문성실 장편소설

巫

신비
소설
무
12
／구원의 날
───
완결

달빛정원

巫

신비
소설
무
12

차례

제1화
이어도로의 초대 7

제2화
오늘이 마지막인 것처럼 61

제3화
안식의 시간 119

제4화
집으로 돌아가다 189

제5화
대갚음 211

짧은 이야기 1
세상에서 가장 소중한 선물 267

짧은 이야기 2
아내에게 323

『신비소설 무』, 그 마지막 장을 덮으며 354

1

 마침내 땅 끝에 도달했다. 두 발을 멈추고 바다를 마주한 그들의 눈빛이 저마다 깊어졌다. 짙은 눈썹의 정현은 더없이 단단한 표정을 짓고 있었다. 곁에 선 정희는 가슴 떨리는 마음을 감추려는 듯 천천히 눈을 깜빡였다. 미덕은 세 마리의 복실이와 함께 그들을 태운 쾌속선 여기저기를 돌아다녔다. 가장 앞쪽에는 어린 박수무당 낙빈이 서 있었다. 아이는 시린 눈동자로 멀리 바다를 바라다보고 있었다. 저 먼 바다 아래서 실낱같은 빛이 어슴푸레 피어오르더니 검고 짙푸르기만 하던 바다가 어느새 초록빛으로 번져가는 게 눈부셨다.
 드디어 그날이 왔다. 오고야 말았다.
 승덕이 세계 전도를 펼쳐놓고 세계 곳곳에서 일어나는 이상 징후를 모두 기록하며 끝내 지목했던 곳이다. 이승과 저승의 경계를 무너뜨리는 수많은 이상 현상이 집중되었던 태평양의 한쪽 끝······. 가고시마 현 사쿠라지마 화산의 거대한 폭발을 필두로 열도와 대륙을 뒤흔드는 지진이 이어졌다. 세계를 깜짝 놀라게 했던 이 패망의 징후가 더 이상 퍼지지 않고 잠잠하게 사그라진 것은 다행스러운 일로 보였지만, 신성한 집행자들은 그로 인해 자신들이 숨긴 반쪽짜리 헤르메스 뱀의 행방이 흑단인형에게 노출되었음을 직감했다. 그럼에도 다른 곳으로 옮기지 않은 것은 이제 그녀를 맞을 준비가 되었다는 뜻이었다.

쾌속선을 타고 너른 바다로 나아가 배를 갈아탔다. 두 번째로 탄 배는 규모가 조금 더 큰 소형 구축함이었다. 함에는 신성한 집행자들로 보이는 수많은 요원뿐 아니라 차갑고 냉랭한 함포까지 눈에 띄었다. 함선 자체에서 풍기는 강렬한 적대적 감정이 고스란히 느껴졌다. 신성한 집행자들로 뒤덮인 이 바다는 호전적 기운이 맹렬하게 들어차서 무섭기까지 했다. 낙빈 일행이 배를 갈아타자 낯익은 얼굴이 다가왔다.

"어서 오십시오. 오랜만에 뵙습니다. 해량입니다."

유난히도 키가 길쭉하게 커서 다른 사람들보다 한두 뼘쯤 위쪽으로 솟은 남자가 다가왔다. 낙빈과 정희, 그리고 정현이 눈을 크게 뜨며 한눈에 그를 알아보았다. 그들은 해량에게 깊이 고개를 숙였다. 언젠가 AT섬에서 일행을 보호해준 결계사였다.

"포인트 지점으로 안내하도록 하겠습니다. 여러분께는 모든 정보를 전달하라는 동방지부장님의 명령이 있었습니다. 궁금하신 모든 부분에 대해 답변해드리겠습니다."

그는 담담한 얼굴로 일행을 바라보았다. 낙빈이 해량을 향해 조용히 입을 열었다.

"우리뿐이 아닌 거군요. 그곳에는……."

"그렇습니다. 일본 대지진 이후로 이미 수일 동안 저희는 포인트 지점을 지키고 있었습니다. 세계 곳곳에서 특급 요원들이 배치되었고 상당한 병력과 범종교적 연대를 이루었습니다."
 해량은 숨김없이 사실대로 말하고 있었다.
 정현과 정희의 눈이 마주쳤다. 두 사람 모두 불안한 눈빛을 떨칠 수가 없었다. 인류의 운명을 낙빈 일행에게만 맡길 리는 없다고 생각했다. 신성한 집행자들이 옆에서 손을 놓고 지켜볼 리 없다는 건 이미 짐작했다. 하지만 많은 병력과 무기까지 배치된 상황이라니 심장이 벌렁거렸다. 돌이킬 수 없는 피 내음이 훅 하고 코밑을 스치는 것 같았다. 끔찍한 장면들이 머릿속을 스쳐갔다. 차가운 바다 위로 예측할 수 없는 운명의 시간이 다가오고 있었다.
 신비의 섬 이어도. 그것은 거대한 장막이었다. 바다에 펼쳐진 위대하고도 사나운 병풍이었다. 존재하지만 함부로 존재를 인식할 수 없는 위대한 섬이 그곳에 있었다.
 산 사람은 눈으로 볼 수도, 발을 디딜 수도 없는 환상의 섬이 낙빈 일행의 앞에 우뚝 서 있었다. 해가 솟아도 그 장대한 섬은 사라지지 않았다. 솟아오른 태양의 빛을 받아 먼 바다에 빛무리가 어리는데도 이어도가 있는 이쪽 바다만큼은 자욱하고 컴컴한 어둠이 주위를 에워쌌다. 거대한 병풍 같은 섬은 희뿌연 안개에 가려져 끝이 보이지도 않았다. 하늘을 뚫고 올라가는 듯한 형세가 험악한 가운데 자욱하고 끈적한 회색 안개가 그 위를 휩싸고 도니 바다 쪽에서는 섬의 안쪽이 잘 보이지도 않았다. 하늘을 뚫을 듯 솟은 환상의 섬 앞에서 사람의 몸은 먼지처럼 작게만 느껴졌다.
 "창을…… 왜 이곳에 숨겼는지 알 것 같아."

정희가 두 팔을 감싸며 중얼거렸다. 여린 목소리가 파르르 떨렸다. 그저 곁에만 있어도 솟아오르는 한기에 기운을 빼앗기는 것만 같았다. 정현이 두 눈을 부릅뜨고 중얼거렸다.

"존재하지만 존재하지 않는 섬. 누구도 함부로 다가갈 수 없는 섬……."

"그리고 함부로 모습조차 허락하지 않는 섬이에요. 저 섬은 움직여요. 살아 있어요."

낙빈 역시 고개를 끄덕이며 동감했다.

"역시 현욱 아저씨야……."

미덕은 황홀한 듯 섬을 바라보았다. 어린 미덕은 이 천혜의 요새에 인류의 존망을 흔드는 헤르메스의 반쪽 창을 숨긴 장본인이 현욱이라는 사실이 자랑스러운 모양이었다.

이어도는 요새 중의 요새였다. 인간의 힘으로 만들어낸 인위적인 요새와는 비교할 수도 없었다. 살아 있는 듯 생동하는 섬은 위대한 자연이 만들어낸 천연의 요충지였다. 인위적인 구축 없이 만들어진 난공불락의 요새가 반쪽짜리 헤르메스의 창을 감추기에는 최적의 장소라는 것은 두말할 필요가 없을 듯했다. 이곳이 아니라면 반쪽의 초록 뱀이 신성한 집행자들의 수중에 남아 있을 수나 있었을까 싶을 정도였다. 이어도…… 이곳은 형용치 못할 만큼 불가사의한 힘이 느껴지는 신비의 터였다.

헤르메스의 반쪽 창을 지키기 위해 오랜 시간 신성한 집행자들은 이곳을 지켰을 것이다. 흑단인형의 출몰을 예감한 뒤에는 세계적인 영능력자가 더 많이 모였을 것이다. 짙은 안개가 병풍이 되어 단단히 가리고 있는 깊은 바다 한가운데에 미사일을 탑재한 고속정과 초계함, 그리고 수천 톤급 이상의 구축함까지 믿을 수 없을 만큼의 대함대가 눈에 들어왔다. 강력한 결계의 힘이 엄청난 규모의 해상 지역을 촘촘히 감싸고 해당 지역의 외곽으로는 인위적으로 만들어낸 거대한 파도가 보통 사람들의 접근을 차단했다.

이토록 막대한 전투력을 한데 모았다는 것은 그들이 이곳에 흑단인형이 나타나리라는 것을 철저하게 인식하고 있다는 방증이었다. 세계의 위대한 예언가들이 흑단인형의 출몰을 예언했을 것이다.

'두렵다…….'

차가운 바닷바람 앞에서 정희는 두 팔을 감싸 안았다. AT섬에서 흑단인형을 만났을 때는 온통 미덕을 구하려는 마음에 현실을 직시하고 공포를 깨달을 시간이 없었다. 더구나 그때 정희와 일행은 흑단인형과 신성한 집행자들의 싸움에 끼어들지 않겠다고 단단히 마음을 먹었다. 그럼에도 그날 느꼈던 지독한 공포가 가슴 저 밑바닥에서부터 스멀스멀 기어 올라왔다. 상상할 수 없을 정도로 막강한 힘을 가진 흑단인형과 새빨간 레드블러드의 모습이 어른거렸다. 그들이 타고 왔던 검은 돛의 배, 온 섬을 휘감았던 새까만 관, 살아 움직이던 시체들의 무리까지……. 섬을 떠나는 순간 새빨갛게 불타오르며 사라지던 AT섬의 모습. 그 섬에 남은 낯선 사람들이 모두 전멸하던 것까지……. 잊고만 싶었던 그날의 공포가 가슴 저 밑바닥에서 튀어나오는 것을 막을 수가 없었다.

오늘, 그날과 비교할 수 없을 정도로 더욱 거대해진 전투태세 앞에서 정희가 공포를 느끼는 것은 너무나도 당연했다. 하지만 내색하지 않으려고 입술을 깨물었다. 정현에게 들켜서는 안 된다. 그 아이의 마음을 흔들어서는 안 된다. 낙빈이와 미덕이, 어린 동생들까지 공포감에 휩싸이게 할 수는 없다. 정희가 받아야 할 것은 눈에 보이는 상처만이 아니다. 아이들이 느끼는 거대한 공포까지 모두 떠안고 받아주는 것이 바로 정희의 역할이었다. 정희는 마음을 다잡았다. 두려워할 동생들의 마음을 제가 다 받아주리라 마음을 다졌다.

자욱한 회백색 안개 속에 묻힌 이어도와 달리 반대쪽 하늘은 아주 맑았다. 자잘한 양떼구름이 태양을 향해 잔뜩 몰려 있었다. 태양에 비친 바다도 구름도 모두가 황금빛 물결로 흔들거렸다. 어쩌면 이토록 평화로울 수 있을까 싶었다. 더없는 긴장감 속에서도 낙빈은 그 아름다움을 놓치지 않으려 애썼다. 마음을 다해 아름다운 세계의 모습을 가슴에 담았다. 낙빈은 이 모든 경험과 생각, 느낌과 감정이 자신을 향한 신과 인간과 세계의 속삭임이라고 생각했다. 소년은 두 눈을 감았다. 눈을 뜨고는 느끼지 못했던 다양하고 자잘한 속삭임이 온몸으로 느껴졌다. 작고 귀여운 빛의 알갱이들이 낙빈의 온몸을 데구루루 구르며 간지럽혔다. 따스한 온기가 피어올라 차가웠던 몸을 사르르 보듬었다. 말캉말캉한 공기 소리가 두 귀를 간질였다. 모든 것이 형용할 수 없을 만큼 아름다웠다. 아름다운 자연의 소리 사이에 인위적인 함정의 소음도 섞였다. 낙빈 일행을 향해 파도를 가르며 다가오는 소리가 들려왔다. 웅성거리는 사람들의 소리. 흔들리는 갑판. 그리고 발소리……. 낙빈은 스르르 눈을 떠보았다.

낙빈 일행의 앞에 현욱, 그가 서 있었다.

"아저씨이……."

현욱을 보자마자 당장이라도 달려가려던 미덕의 걸음이 차차 느려졌다. 저도 모르게 목소리도 차차 작아졌다. 현욱을 향해 달려가 매달릴 만한 분위기가 아니란 걸 천방지축 어린아이도 느꼈던 것이다.

"도와주셔서 감사합니다."

정희와 정현, 그리고 낙빈은 공손히 고개를 숙여 인사했다. 신성한 집행자들의 도움으로 이곳 이어도까지 어려움 없이 도달한 것에 감사했다. 현욱 역시 그런 일행을 향해 마주 고개를 숙였다. 낙빈 일행의 함정에 오른 현욱은 혼자가 아니었다. 그의 뒤에는 앞뒤 모르는 미덕의 기세까지 찍소리 못하도록 내리누르는 거대한 기운을 가진 요원들이 있었다.

"다시 만났군요. 반갑네요."

새파란 눈을 반짝거리며 눈이 부시도록 아름다운 미소를 짓는 것은 미카엘이었다. 티끌 하나 없이 새하얀 블라우스를 펄럭이는 그의 모습은 다시 보아도 심장이 꽉 막힐 것처럼 아름다웠다. 가득한 신의 사랑이 그의 뒤에서 후광을 비추는 듯했다. 모두의 시선을 받는 미카엘이었지만 그의 두 눈은 낙빈에게서 떨어지지 않았다. 그 푸른 눈이 다시 제 표정을 찾은 어린 소년의 얼굴을 바라보며 깊은 감회에 빠졌다. 악마가 되었던 소년이 다시 맑은 눈빛을 반짝거리는 것을 보자 청년의 가슴이 뛰었다.

 나머지 사람들은 살짝 고개를 숙일 뿐, 일행을 아는 체하지는 않았다. 하지만 그들의 은근한 눈빛이 낙빈에게 오래도록 머물다가 그 곁에 있는 정현에 이어 정희까지 한 사람, 한 사람을 훑어보는 것이 느껴졌다.

 그들 중 일부는 낙빈 일행의 눈에도 낯설지 않았다. 먼저 일행의 눈에 들어온 것은 하늘빛 도복을 입은 중년의 남성이었다. 목까지 올라오는 중국식 칼라에 새하얀 버선을 신은 장옷 차림의 남자는 길고 빼죽거리는 머리카락을 어깨까지 드리우고 머리 위쪽은 옷과 같은 색의 푸른 천으로 질끈 묶었다. 낙빈이 일월신검을 찾아 봉선대에 갔을 때 청룡을 타고 그림처럼 등장했던 지장선인이었다. 그 외에도 강한 영능력자가 여럿이었다. 그중 유독 그 존재가 흐릿한 사람이 있었다. 낙빈은 존재를 감추는 엄청난 능력을 알아채고는 선뜻 놀랐다. 스스로를 보이지 않게 만들거나 투명인간이 되는 능력이 아니었다. 눈앞에 분명 보이는데도 마치 보이지 않는 것처럼 존재의 흔적을 말끔히 지워버리는 능력이었다.

 '결계사로구나.'

 낙빈은 신성한 집행자들의 본부에 머물던 때를 떠올렸다. 현욱과 함께 수련을 하던 어느 날, 낙빈이 그 존재를 전혀 인식하지 못해 당황했던 사람이 있었다. 바로 안거선인이라 불리던 결계사였다. 이어도의 너른 바다에 결계를 치고 사람들의 눈에서 감춘 것도 아마 그의 능력이리라.

"흑단인형이 출몰할 시간을 정확히 알아낼 수는 없으나 멀지 않은 시간에 나타날 겁니다. 여러분이 제때 도착하지 않을까봐 걱정했습니다."

현욱의 말은 어쩐지 평소보다 살짝 느렸다. 그것은 다분히 의도적이었다. 승덕의 설명에 따르자면, 이랬다.

'일부러 천천히 말해서 두려움이나 긴장감을 은폐하려는 거야. 저 사람의 행동은 하나하나가 의도적이야. 무심결에 나오는 건 하나도 없다니까.'

의도적으로 말투 하나하나까지 조정하는 현욱이나 그것을 꿰뚫어보는 승덕이나 낙빈으로서는 둘 다 도긴개긴이었다. 어쩐지 낙빈은 이 팽팽한 긴장 속에서도 승덕의 말에 피식 웃음이 나왔다.

"도움을 받고 이런 말씀을 드리기는 송구하지만, 저희는 저희의 방식으로 흑단인형과 조우할 생각입니다."

정현이 분명하지만 차분한 어투로 말했다. 일행이 신성한 집행자들의 작전에 개입되는 것을 사전에 차단하려는 의도가 분명했다. 현욱이 찬찬히 일행을 바라보다가 고개를 끄덕였다.

"알고 있습니다. 여러분의 뜻대로 하십시오. 하지만 이 함정과 함정을 운용하는 최소 인원만은 여러분을 위해 남겨두겠습니다."

현욱은 순순히 정현의 말에 따랐다. 잠시 눈동자가 흔들린 것은 그의 뒤에 서 있는 다른 요원들이었다. 의문 가득한 눈빛들이 질문을 삼키는 듯했다. 특별대우를 하면서까지 기다린 낙빈 일행이 신성한 집행자들과 다른 방식으로 문제를 해결하겠다고 하자 그들이 당황한 것이다. 그렇다고 동방지부장의 말에 토를 다는 이는 없었다.

"그럼, 여러분에게도 우리에게도 행운이 깃들기를……."

현욱은 마지막까지도 조금 느린 듯한 어투로 말을 마쳤다. 그리고 서둘러 일행의 함정에서 내렸다. 그의 등 뒤로 샛노란 태양이 온전히 모습을 드러내고 있었다. 보석처럼 찬란한 햇살이 검은 바다를 비추었다.

2

낙빈은 자욱한 안개로 뒤덮인 만경창파萬頃蒼波에 가만히 몸을 실었다. 끝없이 솟아오른 거대한 이어도를 앞에 두고 섣부른 행동을 할 수가 없었다. 이어도를 바라보는 낙빈의 머릿속에서는 승덕과의 대화가 이어지고 있었다.

'이제 누구도 도울 수 없는 순간이 되었다, 낙빈아. 너도 흑단인 형도 한 치 앞이 보이지 않는 사람들이야. 두 사람이 언제 어떤 방식으로 만나게 될지는 누구도 예상할 수 없어. 그 모든 걸 결정하

는 사람은 너뿐이다.'

'네, 형.'

'너도 이미 알고 있지만 중요한 것은 헤르메스의 창도, 신성한 집행자들도, 그 무엇도 아니야.'

'네, 중요한 건 저의 마음이에요. 제 결정이 곧 신의 뜻이라는 걸 이제는 알아요. 신께서는 미흡한 제가 성장하기만을 기다려왔다는 것을. 그리고 제가 깊은 고뇌 끝에 선택한 길을 신께서도 지지해주신다는 걸 이제는 잘 알아요.'

'그래, 바로 맞았다. 이제…… 나도 곁에서 지켜볼 수밖에 없구나. 힘겨운 시간을 잘 견뎌온 너의 생각과 판단을 믿는다. 스스로를 의심하지 마라. 그게 내가 해줄 수 있는 마지막 조언이야.'

'네. 감사해요, 형.'

낙빈은 스르르 눈을 감았다. 이제 태양은 하늘 위로 두둥실 솟아올랐다. 게으른 자의 창가에서도 그 모습이 보일 만큼 강한 볕이 세계를 비추었다. 노란 태양을 휘감은 자욱한 구름은 강렬한 열감에도 불구하고 물러나지 않았다. 두 가지 다른 힘이 서로를 견제하고 어우르는 가운데 태양은 구름을, 구름은 태양을 더욱더 아름답게 꾸며주었다.

이어도의 냉랭함과 깊은 바다의 매정함이 느껴지지 않는 것은 말간 태양의 따스함 때문만은 아니었다. 낙빈의 온몸을 보듬고 따사로이 덮혀주는 훈훈한 기운은 낙빈과 암자 식구들의 앞날을 축복하고 기원해주는 사람들이 보내준 걱정과 사랑과 기원의 마음이었다. 짧은 만남에서부터 오래도록 깊이 이어져온 인연들까지 함께했던 모든 이들이 보내주는 뜨거운 마음이 마치 갑옷인 듯, 보호막인 듯 온몸을 감싸주는 게 느껴졌다.

그 모든 기운을 감사히 온몸으로 받아들인 낙빈이 사르르 눈을 떴다. 그리고 흔들거리는 고요한 뱃머리를 돌아보았다. 그곳에 정희와 정현, 그리고 미덕과 복실이들까지 낙빈을 기다리고 있었다. 그들의 얼굴에 낙빈을 향한 믿음과 신망이 고스란히 드러났다. 이 거친 운명의 시간을 함께해준 사람들. 목숨을 걸고 죽음의 세계까지 쫓아와준 사람들. 가족이라는 말 이외에 그 어떤 말로도 부를 수 없는, 살과 피를 나눈 사람들이 그곳에 있었다. 그 마음이 고마워서 목울음이 울컥거렸다.

낙빈은 깨달았다. 낙빈이 옳을 수 있는 것은 저 사람들 덕분이다. 온 마음과 몸을 다해 어린 무당을 믿어주는 저 사람들이 있는 이상 낙빈은 결코 부끄러운 판단을 내릴 수 없었다. 깊은 사랑과 감사를 아는 사람이라면 절대로 그릇된 판단을 내릴 수 없었다. 따라서 지금의 낙빈은 낙빈 자신이 아닌, 저토록 고마운 은인들이 만들어낸 존재임을 소년은 가슴 깊이 깨달았다. 낙빈이 말랑말랑해진 눈가를 비비며 기나긴 침묵을 깼다.

"이곳에서 흑단인형을 만난다면 전투를 피하기는 어려울 거예요. 신성한 집행자들의 배에 탔다는 것만으로도 흑단인형과 싸우려는 것으로 오해받을 거예요. 그래서…… 저는 이어도에 들어가려고 해요."

"동감이다."

"그래, 오해를 피하기 어려울 거야."

정현과 정희가 선뜻 동의했다. 낙빈의 눈이 미덕 쪽을 바라보았다. 낙빈의 까만 눈에 미안함이 담겼다. 신성한 집행자들과 선을 긋고 싶지만 선 저편에 미덕도 함께 있다는 걸 알기 때문이다. 신성한 집행자들인 미덕은 그들을 자랑스럽게 생각하는 아이다.

"네가 그렇게 생각한다면 그렇게 해, 낙빈 오빠야."

천방지축이던 미덕이 서운한 마음을 꾹 누르고 낙빈의 상황을 이해해주었다. 겉으로는 아기 짓을 많이 하지만 마음만은 어느새 많이 자라고 깊어졌다.

"고마워, 미덕아."

낙빈이 기어 들어가는 목소리로 말하는 것은 심장이 더 말랑말랑해진 까닭이었다. 잘못하다가는 왈칵 눈물이 나올 것만 같아 소년은 입술에 꾹 힘을 주었다.

"말씀 중에 실례입니다만, 이어도 안에 들어가는 것이 얼마나 위험한 일인지……. 저 예측 불가의 섬은 인간이 범접할 만한 곳이 못 됩니다. 그 점을 간과하지 말아야 합니다."

갑작스럽게 대화에 끼어든 것은 결계사 해량이었다. 그가 말하는 순간 낙빈은 물론이고 정희, 정현, 미덕까지 모두가 깜짝 놀랐다. 그들은 그의 존재를 까맣게 잊고 있었던 것을 순간 깨달았다. 자신의 인기척을 완전히 지운 듯 바로 일행의 곁에 있었음에도 어떤 기척도, 느낌도 없었던 것이 놀라웠다. 결계사로서 해량이 대단히 높은 경지에 섰음을 짐작케 했다.

"걱정해주셔서…… 정말 감사합니다. 하지만 이곳에서 그분을 만날 수는 없습니다."

낙빈은 깊숙이 고개를 숙이며 해량의 걱정에 감사했다. 예의 바르지만 단호한 거절이었다. 해량은 그대로 입을 다물었다. 다시 그의 존재가 흐릿해지는 것이 느껴졌다.

이어도에 들어간다는 것은 바다를 건너 뭍에 올라선다는 의미가 아니었다. 죽음의 세계에 한 발을 내딛지 않은 자는 그 존재를 보는 것도, 느끼는 것도 감히 허락지 않는 영산靈山은 인간의 발걸음을 함부로 허락지 않았다. 살아 있는 인간의 모습으로는 들어갈 수 없는 산이 마지막 관문처럼 낙빈 일행의 앞을 단단히 막아서고 있었다.

정현은 손을 들어 이어도 저편을 향해 뻗었다.

터엉…….

무언가가 단단히 막아선 것처럼 정현의 손을 밀어냈다. 부드럽게 다가가면 부드럽게 밀어내고 억세게 다가가면 억세게 밀어냈다. 정희의 손이 다가가니 우무를 넣은 뭉글뭉글한 양갱을 만지는 것처럼 쑤욱 들어가다가 어느 순간 따악 멈추고 더 이상의 접근을 허락하지 않았다. 미덕과 복실이들도 보이지 않는 막에 막힌 듯 다가설 수가 없었다. 투명한 막은 정확한 경계가 없는 것처럼 어느 순간에는 쑥 들어갔다가도 잠시 후에는 다시 불쑥 튀어나왔다. 그 때문인지 일행의 함정도 어느 순간에는 좀 더 이어도에 다가가는 듯하다가 곧 뒤로 밀려났다.

투명막을 지날 수 있는 것은 낙빈뿐이었다. 정현이 만져도, 정희가 만져도 단단하게 혹은 탄력 있게 막아서던 경계가 낙빈이 손을 뻗으면 아무런 막힘이 없었다. 투명막 사이로 바람마저 멈춰 있다가 낙빈이 그 자리에 손을 대면 바람길이 열리며 선선한 바닷바람이 불어왔다. 이어도는 이 세계와 저 세계의 가운데에 선 무당만 받아주는 듯했다.

"할아버님들…… 부디 도와주세요."

낙빈은 두 손을 모아 기원했다. 신의 제자가 도움을 청하자 낙빈의 뒤에 선 수많은 신령이 우르르 일어나 그 모양을 굽어살피는 것이 느껴졌다. 할아버지가 손주의 말에 주섬주섬 몸을 일으켜서 두루두루 형편을 보아주는 느낌이었다. 그것이 낙빈을 바스스 웃음 짓게 했다. 무섭게만 보면 무서운 분들이었다. 차갑게만 보면 한없이 차가운 분들이었다. 신을 도구로, 무기로 생각하면 그분들도 낙빈을 그렇게 바라보았다. 하지만 자신을 돌보아주는 내 편이라고 생각하는 순간부터 그분들은 모두 푸근한 할머니 할아버지가 되었다. 낙빈이 마음껏 기대고 뒹굴 수 있는, 세상에 둘도 없는 너른 가슴이 되었다.

'아가야, 너를 건너가게 해주련?'

'제자야, 네 식구들을 전부 함께 옮겨줄까?'

'박수야, 네가 탄 배까지 옮겨주련?'

부드러운 어투였다. 이미 다 알면서도 농을 걸어서 신의 제자와 말을 섞고 친근감을 느끼려는 신할아버지들의 마음이 느껴졌다. 다 알면서도 같은 질문을 반복하는 서글서글한 노인 같았다. 낙빈이 그 모습을 그대로 받아들이지 못했을 때는 한없이 두렵고 무서웠다. 때로는 원망스럽기도 했다. 다 알면서 가르쳐주지도, 도와주지도 않는 것만 같아 서운할 때도 있었다. 그런데 마음이 통하니 낙빈에게는 둘도 없는 내 편이고 이토록 다정한 존재일 수가 없었다. 그동안 그 마음을 몰라본 게 낙빈은 한없이 죄송스러웠다.

"누나랑 형, 미덕이랑 복실이들도 함께 보내주세요. 배는 말고요. 도와주세요, 할아버지."

낙빈의 말에 흔쾌히 쏟아지는 미소가 있었다. 제자의 부탁에 싱글벙글 미소를 짓는 신할아버지의 모습이 느껴졌다. 저 무시무시한 치우천왕마저 양팔을 마주 끼고 흐뭇한 얼굴로 낙빈을 바라보았다. '그래, 아가야. 부탁해도 된다. 어리광을 부려도 된다. 우리에게는 체면 차리지 말고 다 말해도 된다. 너와 나 사이에 격식이 무에 있으며 염치가 다 무슨 소용이냐. 우리가 네게 허락을 구하지 않고 들어선 것처럼 너 역시 허물없이 우리를 대하려무나' 라는 기나긴 말들이 푸스스 흩어지는 신들의 미소에 담뿍 담겨 있었다.

'방법이 없겠나?'

'없을 게 뭡니까. 찾아내면 되지요.'

'하나씩 안고 건너면 어떻겠니?'

'구름을 불러 한꺼번에 태워 보내주련?'

된다는 이야기를 다정하도록 길게 주고받는 것은 정이고 친근함의 표현이었다.

낙빈의 등 뒤에서 한쪽 가슴을 드러내고 반대쪽 가슴을 흰 천으로 가린 열두 명의 동자가 동그란 머리를 반짝이면서 데굴데굴 굴러 앞으로 나섰다. 허리에 주홍빛 끈을 질끈 동여맨 열두 명의 동자가 하얀 천을 펄럭거리며 정희의 곁으로 굴러갔다. 그들이 정희를 뱅그르르 둘러싸자 정희의 뒤에서 늘 함께하던 약사여래가 스르르 현신했다.

"나, 낙빈아. 나…… 보여."

정희의 입이 벌어지는 것도 이상한 일은 아니었다. 열두 동자가 정희의 곁에 달라붙는 순간 정희는 한 손에 약사발을 들고 은은하게 미소 짓는 약사여래의 모습이 또렷하게 보였다. 낙빈이 빙긋 미소 지으며 대답했다.

"십이신장님이세요. 약사여래님과 함께 누나가 섬으로 들어가도록 도와주실 거예요."

정희는 눈이 휘둥그레져서 자신의 뒤에 서 있는 약사여래를 바라보았다. 늘 곁에 계시다는 건 알았지만 이토록 또렷하게 느껴지는 게 새삼스러웠다. 은은한 미소를 지으며 기꺼이 바라보는 약사여래의 훗훗한 마음이 정희의 가슴으로 고스란히 전해졌다.

정희의 곁에 있던 정현도 이상한 낌새에 주위를 둘러보았다. 어느새 장신의 남자가 푸른 바다를 꼿꼿이 바라본 채 정현의 옆에 서 있었다. 빛이 진한 청동 투구를 쓰고 검붉은 갑옷을 두터이 걸친 신령이었다. 신령으로부터 느껴지는 거센 기운이 정현의 가슴속으로 밀려들어왔다. 거칠고 용맹한 기운이 느껴졌지만 정현을 몰아세우지 않았다. 정현의 등 뒤에서 단단히 지지하고 지켜주는 든든한 기운이었다. 괄괄한 듯 거센 기운 속에는 형용할 수 없는 위엄과 숭상받아 마땅한 거룩함이 느껴졌다.

"치우천왕 할아버지께서 형을 도우실 거예요."

낙빈의 말을 듣고 나니 정현은 이 위대한 무신武神에게서 느껴지는 모든 감정이 더없이 타당하다는 것을 깨달았다. 둘도 없는 무신의 이름 앞에 더없는 권세가 느껴진 것은 당연했다. 더구나 치우천왕이 가진 모든 권위가 정현의 뒤에 버티고 선 듯한 뿌듯함이 정현의 심장을 달뜨게 만들었다.

"으악! 뭐야앗!"

놀라 소리친 것은 미덕이었다. 미덕은 다리가 들썩들썩 두둥실 뜨는 느낌에 깜짝 놀라 비명을 질렀다. 곁에 있던 복실이들도 비틀거렸다. 파도에 흔들리는 뱃머리 때문이 아니었다. 다리 아래로 뭉글뭉글 솟아오르는 기운 탓이었다. 시퍼런 파도를 타고 두둥실 바다 위로 올라선 듯한 느낌은 거대한 용이 미덕과 복실이들의 아래에 나타났기 때문이었다. 푸르릉. 허연 콧김 같은 것을 내뱉으며 눈을 굴리는 거대한 용의 이마 위에 미덕과 개들이 모두 올라탔다. 흔들거리는 머리 위로 사슴처럼 삐죽빼죽한 뿔 두 개가 솟아올랐다. 미덕은 용의 뿔을 단단히 잡았다. 거대한 청룡이 천천히 몸을 세우더니 두둥실 허공 위로 솟았다.

"감사합니다, 할아버지."

낙빈은 자신의 모든 신에게 감사의 마음을 올렸다. 낙빈의 곁에 선 백두민족 조상신이 허허 웃음을 지었다. 새하얀 수염을 아래까지 길게 늘어뜨리고 새하얀 도포를 발등까지 늘어뜨린 선신이 모든 신을 대표해서 낙빈을 이끌었다.

'가자, 제자야. 아가들아.'

낙빈은 물론이거니와 정희와 정현, 미덕과 복실이들까지 두둥실 허공으로 떠올랐다. 좀 전까지만 해도 그들을 허락지 않았던 이어도의 투명한 막이 신령으로 감싸인 일행의 발걸음을 허락했다. 벽은 사라지고 파도는 잠잠해졌다. 일행은 다리를 움직였지만 구름 위를 걷는 것처럼 둥실거렸다. 바다는 뭍이 되고 뭍은 바다가 되었다. 세계가 문이 되더니 마침내 열렸다. 그들은 문 안으로 당당히 들어섰다.

"이런…… 일이……."

그 모습을 멍하니 바라보던 해량이 목 깊은 신음을 토했다. 해량은 투명한 다리가 있는 것처럼 성큼성큼 이어도 저편으로 들어서는 일행의 뒷모습을 바라보다가 조심스럽게 그 뒤로 다가갔다. 해량은 이어도를 향해 손을 뻗었다. 함선의 끝부분이 파도에 흔들리며 들어섰다 나왔다 하지만 결코 들어갈 수는 없는 저편을 향해서였다. 스르륵 누군가가 저 안에서 끌어당기는 느낌이 들었다. 해량은 더욱더 깊이 손을 집어넣었다. 무언가가 단단히 막아서는 느낌이 밀려왔다. 그가 손을 밀어 넣은 만큼 저편에서 불쑥 기운이 튀어나와 그 손을 반대쪽으로 밀어냈다. 해량은 손을 다시 지그시 눌러보았다. 고무가 제자리로 돌아오는 것처럼 똑같은 탄성이 반대편으로 밀어냈다. 해량은 자신의 손을 내려다보았다. 들어갈 수가 없었다. 그가 아무리 지켜보고 느끼려고 해도 도저히 알아챌 수 없는 비밀스러운 공간이 단단하고도 완벽한 결계가 되어 이어도를 막아서고 있었다. 이편에서도 저편으로 갈 수 없고 저편에서도 이편으로 나올 수 없는……. 그 모든 것이 섬의 허락을 구하지 않고는 감히 이루어질 수 없는 일인 것처럼.

그런데 저들이 그런 곳을 건너고 있었다. 결코 다 자랐다고 할 수 없는 어리고 젊은 그들이 무엇이 기다리고 있는지 상상할 수도 없는 세계의 저편으로 사라지고 말았다. 해량은 가깝지만 너무나도 멀리 떨어진 세계를 한없이 바라볼 수밖에 없었다.

3

허공 위로 투명한 길이 있는 것처럼 타박타박 걸음을 옮겼다. 신령들이 단단히 잡아준 덕분에 낙빈 일행은 어떤 저항도 없이 이어도의 투명한 벽을 통과해 섬 안으로 들어섰다. 날듯이 걷는 발 아래 드높은 산자락이 펼쳐졌다. 상록수 잎이 빼곡한 녹나무와 연푸른 열매가 다닥다닥 달린 비자나무 사이로 보이는 모든 땅은 회흑색이다.
 나무숲의 꼭대기를 계단처럼 사뿐사뿐 오르며 저 멀리 이어도의 꼭대기를 향해 나아가던 낙빈의 몸에서 갑자기 스르륵 힘이 빠졌다. 신령이 손을 놓아주자 사라졌던 중력이 다시 생겨났다. 첫 번째로 내딛던 발이 덜커덩 중심을 잃고 흔들렸다. 두 번째로 내딛던 발이 끝도 모를 저 아래를 향해 쑤욱 빠져들었다. 물리력의 법칙에 반하던 몸이 지구의 기운을 받아 아래로 아래로 떨어졌다. 또렷하게 보이던 신령들의 모습이 감쪽같이 사라졌다. 앞뒤로 움직이던 암자 식구들의 얼굴이 서로를 바라보았다.
 낙빈은 다시 한 발을 내딛었다. 세 번째로 내딛던 발은 나무숲 아래로 떨어져 내려 바닥을 뚫고 추락했다. 키 큰 녹나무와 비자나무 잎사귀들이 귓가를 스쳤다. 나뭇가지들이 몸을 찌르는데도 따갑지 않았다. 부드러웠다. 포르르 바람 소리가 개운했다. 다시 한 발을 내딛었다. 걸음은 단단한 현무암 속으로 빠져들었다. 마그마가 고결된 화산암에는 숭숭 잔구멍이 무질서하다. 그러나 구멍들 사이를 뚫고 멀리 아래로 빠져들자 거리가 멀어질수록 검은 암석들의 구멍은 묘한 어우러짐을 보여주었다.
 뽀그르르······. 몸은 암석을 뚫고 더 아래로, 더 아래로 흘러내렸다. 이곳은 바다인가? 보글거리는 공기 방울이 하도 많아 비눗물 속으로 들어온 것도 같다. 하지만 그러기엔 빤한 푸른빛이 맑기만 하다. 끝도 없는 물속 깊은 곳으로 들어가는 기분이다. 누군가에게 발이 잡혀 끌려가는 것이 아니다. 중력이 그렇듯 당연한 것처럼 아래로 내려간다. 하 깊은 물속인데도 말간 햇살이 반짝반짝 빛났다.

낙빈은 새파란 물결 사이를 바라보았다. 밝게 흘러 들어오는 햇살이 깊은 바다까지 닿았다. 낙빈과 똑같이 바다 깊이로 끌려 들어온 정현도 보이고 정희도 보이고 미덕도 보였다. 한없이 멀리 떨어진 듯한데도 모든 것이 바로 곁에 있는 것처럼 가까웠다. 그래서 깊은 물속인데도, 멀리 떨어져 있는데도 하나 두려움이 없었다. 낙빈뿐 아니라 모두의 얼굴이 다 같았다.

낙빈은 흐늘거리는 물속을 걸어보았다. 흐느적흐느적 손발을 움직여도 제자리인 것만 같았다. 다른 식구들 역시 마찬가지인 듯싶었다. 물빛이 살랑거리는 저 멀리에 일행이 아닌 또 다른 존재가 너울거렸다.

'누구? ……누나!'

보글거리는 푸른 물결 사이로 너울너울 머리카락이 일렁거렸다. 까맣고 반짝이는 머리카락이 하얀 얼굴을 가렸다. 그런데도 누구인지 알았다. 아주 멀리에 있을 때부터 누구인지 짐작했다. 어깨 아래로 검은 머리가 나풀거리는 여인이었다. 그녀가 저편 바다에서 조금씩 조금씩 낙빈의 곁으로 다가왔다. 낙빈은 슬쩍 제 옆을 돌아보았다. 잠시 승덕을 쳐다보고 싶었다. 그런 마음 탓인지 승덕이 흐늘흐늘 낙빈의 곁에 나타났다. 승덕 역시 그녀를 바라보고 있었다.

'형…….'

낙빈이 승덕과 여인을 번갈아 바라보았다. 붉은 모자를 눌러쓴 승덕이 빙긋이 미소를 지었다. 소리가 들리지는 않지만 너울거리는 물을 타고 생각이 흘러 들어왔다. '만나고 싶었구나'라는 승덕의 마음이 흘렀다. 저 멀리 나타난 것은 여인인데도 마치 그녀를 부른 것은 낙빈이라는 투였다. 그 순간 낙빈은 깨달았다. 그녀가 자신을 찾아온 것이 아니라 자신이 그녀를 불렀음을. 그리고 그녀를 불러낸 것은 그녀를 만나고 싶어 한 자신의 마음이라는 것을. 생각은 물을 타고 흘러서 정희에게 번지고, 정현에게 퍼지고, 미덕에게 닿았다. 칠성지율七星之律의 순간처럼 한 사람의 생각이 모두의 생각인 것처럼 퍼지고 느껴지며 흘렀다. 거리와 상관없이 서로가 보고 생각하고 느끼는 것을 고스란히 전해 받았다.

'성주 누나……'

너울거리는 머리카락 사이로 비치는 하얀 얼굴은 성주였다. 양 볼에 사탕만큼 공기를 머금은 듯한 얼굴이 조금 위로 올라갔다가 다시 아래로 가라앉기를 반복했다. 암자에서 보았던 그날의 표정보다 덜 쓸쓸해 보이고 덜 파르래 보이는 성주의 표정이 낙빈을 안심시켰다. 죽음 이전의 삶이 힘들고 고달팠던 만큼 죽음 이후의 세상이 더는 고생스럽지 않구나 하는 안도감이 밀려왔다.

'누나, 만나고 싶었어요. 저는…… 미안하다고 말하고 싶었어요.'

말을 건네기 위해 낙빈이 입을 뻐끔거렸다. 입을 움직일 때마다 입술 사이로 뽀그르르 공기 방울이 만들어졌다. 성주가 입은 하늘빛 원피스가 파르르 물살에 흔들렸다. 폭이 넓은 치맛자락이 하늘하늘 바람에 날리는 선녀복처럼 아름다웠다.
 '한때 누나를 원망했어요. 누나를 미워했어요. 누나가 승덕 형을 빼앗아갔다고 생각했어요.'
 한 번도 말하지 못했던 어린 소년의 속내가 보글거리는 공기방울 사이로 퍼져나갔다. 길고 하얀 손가락이 푸른 물빛에 흐느적거렸다. 마른 손가락이 다가와 소년의 머리카락을 어루만졌다. 살아생전 얼음처럼 차갑던 손이 이제는 그리 차갑게 느껴지지 않았다.
 '누나가…… 내 형을 빼앗아갔다고 생각했어요. 그래서…… 나는 누나를, 누나를…….'
 성주는 말하지 않았다. 대신 마른 손가락을 낙빈의 등 뒤로 돌려 안아주었다. 낙빈의 눈앞에 그녀의 까만 머리카락이 닿았다. 하얀 두 팔이 낙빈의 등 뒤에 닿았다. 말은 없어도 낙빈을 안은 두 팔에 모든 이야기가 흘렀다.
 '당연한 일인 걸. 정말 미안해.'
 흐늘거리는 물빛 사이로 하얀 얼굴이 낙빈을 마주 보았다. 물빛에 반사되어 반짝반짝 부서지는 성주의 얼굴에 가슴 시린 애틋한 표정이 스쳐갔다.
 '정말 미안해, 낙빈아. 어떤 원망이라도 달게 받아야 한다는 걸 알고 있어. 미안해…….'
 '아녜요, 누나. 제가 잘못했어요.'

이제 낙빈은 죽음이 승덕 자신의 결정이라는 걸 잘 알고 있었다. 성주는 그저 작은, 아주 작은 계기를 주었을 뿐이다. 모든 결정과 다짐은 이미 오래전부터 쌓아온 승덕의 업이었다. 그런데도 성주는 진심을 다해 사과했다. 오히려 용서를 빌어야 하는 쪽은 모든 사실을 알면서도 미워하는 마음을 지우지 못했던 낙빈인데도 말이다.

'낙빈아. 내가 알고 있는 걸 이야기해주고 싶어. 아주 사소한 것이라도 전해주고 싶었어. 이것으로 용서를 구할 수는 없겠지. 하지만…… 이야기해주고 싶었어.'

성주의 하늘빛 원피스가 살랑거렸다. 그리고 성주의 두 손이 다시 낙빈을 품어 안았다. 성주가 전해주는 낯선 이야기가 비쩍 마른 가슴에서 낙빈의 심장으로 흘러 들어왔다.

'아주 어릴 적에 들었던 이야기를 네게 모두 해줄게. 내 이야기가 어떤 도움이 될지는 모르겠어. 하지만 낙빈이 너라면 내 이야기 속에서 중요한 것들을 찾을 수 있을 거야.'

성주가 안아주자 그녀의 생각이 영화 속 장면처럼 낙빈의 눈앞으로 흘러갔다. 물결 사이에서 보이는 어떤 장면들은 참으로 또렷하게 구분되기도 하고, 또 어떤 이야기들은 먼 물길 너머에 있는 듯 흐릿하기도 했다. 낙빈은 그 모든 이야기에서 한시도 눈을 떼지 않았다.

위아래로 고운 한복을 차려입은 여자가 보였다. 드높은 서까래가 드리워진 한옥 저택의 숨겨진 방 안에 그녀는 인형처럼 가만히 앉아 있었다. 새하얀 삼베 천에 한 올 한 올 드리워진 섬세한 자수가 아름다웠다. 자태가 고운 여인의 나이는 가늠하기 어려웠다. 쪽 찐 머리를 하고 움직임도 없이 고요히 앉았지만 속 깊은 내면은 어수선하기 이를 데 없었다. 그녀는 방어하고 있었다. 이 집안과 주인을 지키기 위해 그녀가 가진 모든 힘을 쏟고 있었다. 이마에서 떨어지는 땀방울이 다급한 순간을 말해주고 있었다.

비밀스러운 그 방에서 무슨 일인가 일어나고 있었다. 날이 흘러갔다. 창문 하나 없는 비좁은 방이지만 그 안에서도 구름이 흘러가고 해가 떴다 지는 것이 느껴졌다. 밤과 낮이 지나는 동안 여인은 하루하루를 일 년처럼 보냈다. 하늘이 한 번 맑아졌다가 다시 어두워지는 동안 검던 머리가 셌다. 그녀는 모든 시간의 틈새에서 벗어나 있었다. 시간과 상관없이 그녀가 사용하는 영력의 양만큼 해가 지나고 있었다.

방 밖이 부산했다. 거대한 서까래를 받친 이 고귀한 집안은 검은 하늘 아래에서 늘 고요해야 함에도 불구하고 어쩐지 부산함이 느껴졌다. 여러 날이 지나도 꼼짝하지 않던 여인이 갑자기 두 팔을 번쩍 들어 원을 만들었다. 천천히 둥글려지는 그녀의 두 손을 따라 거대한 한옥의 모든 것이 장막에 싸였다. 며칠 동안 미동도 없이 앉아 있던 여인이 자리를 털고 일어나 미닫이문을 벌컥 열었다. 방 밖에는 내내 그녀만 기다리던 식솔들의 얼굴이 그득했다.

"……사라졌어."

"비결이…… 비결이…….."

"……왜놈들이 집안의 보물을…….."

웅성거리는 소리가 드문드문 들려왔다. 극심한 공포와 공황에 빠진 사람들의 괴성이 드문드문 들렸다. 옷차림이 요즘과 달랐다. 낙빈이나 어머니처럼 한복을 입은 사람이 가득했다. 쪽 찐 여인의 손이 바삐 움직였다. 무언가를 지시하는 듯했다. 그러자 당황하던 사람들이 일사불란하게 움직이기 시작했다.

갑자기 눈앞에서 거대한 저택이 사라졌다. 대신 완벽한 어둠 속에서 검은 숲이 나타났다. 칠흑 같은 숲을 달리는 남자들이 보였다. 각진 군복을 입은 사내들이었다. 검은색 군복을 입은 남자는 셋. 그들의 손에는 기다란 장총이 들려 있었다. 그중 가장 앞에서 달리는 한 명은 콧수염이 길었다. 모자에는 금빛 계급장이 달려 있었다. 무엇이 두려운지 그들은 자꾸만 뒤를 돌아보았다. 달리는 세 명 중에 금빛 계급장을 모자에 단 그 남자는 옆구리에 보랏빛 보자기를 끼고 있었다. 몇 번이나 뒤를 돌아보던 두 사람이 검은 숲을 향해 총을 쏘기 시작했다. 숲에는 아무것도 보이지 않았다. 하지만 무언가가 있었다. 인간의 눈으로 볼 수 없는 무언가가 맹렬히 그들의 뒤를 쫓고 있었다. 옆구리에 보자기를 낀 남자는 총소리와 상관없이 미친 듯이 앞으로 내달렸다.

쐐애액. 바람을 가르는 소리가 귀청을 찢었다. 그 순간 총을 쏘던 한 남자의 몸이 허공을 향해 훌쩍 날아올랐다. 쐐애액. 또다시 바람소리가 귀청을 울렸다. 또 다른 남자의 몸뚱이도 아무렇게나 던져지더니 거대한 나무둥치에 부딪혔다. 그들이 미친 듯이 총을 쏴도 아무 소용이 없었다. 그들을 던진 무언가는 형상이 보이지도, 소리가 들리지도 않았다.

우아아아! 이번에는 사람의 음성이 들려왔다. 한 손에는 횃불을, 다른 손에는 몽둥이를 든 사내들이 달려왔다. 그들은 군복을 입은 남자들과 달리 옛날 한복을 걸치고 있었다. 그 수가 많지는 않았다. 대여섯 명. 그들이 어둠 속에서 나타나 두 남자를 매질했다. 방망이 아래에서 두 군인의 비명 소리가 들렸다. 비명 속에 간간이 섞인 것은 우리말이 아니었다. 외국인이다. 우리와 생김새가 똑같은 일본인들이다. 두 명을 곤죽으로 만든 사내들이 다시 달리기 시작했다. 그들이 찾는 것은 하나. 보랏빛 보자기에 감싼 비결이다. 그것을 갖고 달아나던 검은 군복의 남자는 땀으로 온몸이 젖었다. 하지만 두 다리는 멈추지 않았다. 달린다. 달리고 달려서 드디어 검은 숲을 벗어나려는 순간이었다.

쐐애액. 다시금 바람을 가르는 소리가 들렸다. 카아앗. 매서운 짐승의 울음소리 같은 것이 들린다. 땀으로 범벅된 군인이 숲 아래로 데굴데굴 구른다. 숲이 끝나는 길목에서 남자와 똑같은 군복을 입은 자들이 그를 기다리고 있다. 십수 명이 저마다 장총을 어깨에 메고 숲을 노려본다. 그 앞으로 굴러떨어진 남자를 새하얀 손이 붙잡는다. 남자는 그 하얀 손을 멍하니 올려다본다. 그를 기다리고 있던 남자들 중앙에 새빨간 기모노를 입은 여자가 우뚝 서 있었다. 그녀의 얼굴은 사람인가 싶을 정도로 볼품없었다. 무엇에게 저토록 끔찍한 일을 당했는지 얼굴 전체에 끔찍한 화상 흉터와 함께 잔혹한 발톱 자국이 깊이 파여 있었다. 그 깊은 상처가 목까지 내려와 붉은 기모노에 이어져 있었다.

검은 하늘 아래에서도 점점이 수놓인 하얀 벚꽃이 숲을 벗어나는 남자를 감쌌다. 카아아앗. 짐승의 목소리가 들렸다. 여인의 바짝 세운 손톱이 허공을 갈랐다. 카가강! 카가가각! 아무것도 보이지 않는 허공을 긁었는데도 부딪치고 부서지고 나가떨어지는 소리가 들려왔다. 핏발 선 붉은 기모노 여인이 미친 듯이 허공을 긁어대자 매서운 바람 소리를 내던 무언가가 산산이 흩어지고 갈라졌다. 마침내 낡은 한복 차림의 남자들이 숲 밖으로 모습을 드러냈다. 그 순간 두 귀를 찌를 것 같은 매서운 총성이 울려 퍼졌다. 길목을 지키던 군인들의 장총에서 하얀 연기가 피어올랐다. 새빨간 기모노를 입은 여자가 콧수염을 기른 남자를 부축했다. 그의 옆구리에는 여전히 반짝이는 비단 천이 단단히 꿰어 있었다. 여인은 바삐 발을 놀렸다. 두 사람의 눈앞에 시퍼렇게 날선 바다가 기다리고 있었다.

판자로 듬성듬성 만들어놓은 낡은 어촌이었다. 그 어떤 근대적 시설도 보이지 않았다. 가난한 옛 어촌의 모습 그대로인 듯했다. 그런데 그 푸른 앞바다의 작은 나무배들 사이에 참으로 어울리지 않는 배 한 척이 떠 있었다. 앞과 뒤가 길고 뾰족하게 잘 빠진 함선이다. 하늘 위로 3층이나 돛을 단 거대한 배 한 척이 낡고 허름한 바닷가에 둥실 떠 있는 것이다. 시대를 착각해 잘못 가져다놓은 것처럼 홀로 동떨어진 모습이었다.

흉측한 흉터가 얼굴에 가득한 일본 여인이 수염 난 남자를 부축하며 함선에 올랐다. 붉은 기모노 차림의 여자와 작지만 다부진 체격에 검은 수염을 기른 남자, 그리고 그와 동일한 차림새의 군인들은 죄다 바다 건너에서 온 듯했다. 근대 문명을 앞세워 낡아빠진 어촌을 습격한 무리가 목숨을 걸고 빼앗아온 비결이 그들의 배 위에 올랐다. 남은 무리는 비결을 쫓아오던 낡은 한복 차림의 남자들을 전부 살해한 뒤 배에 올랐다.

남자가 옆구리에 단단히 끼고 있던 비단 천을 푸는 모습이 보였다. 목숨을 걸고 훔쳐온 비단 천 안에는 노랗게 변색된 고서적 한 권이 있었다. 군복 차림의 남자가 붉은 기모노 여인을 향해 고개를 끄덕이자 이지러진 여인의 얼굴이 조금 꾸물거렸다. 배가 멀어지는 동안 여인은 해가 떠오르기 전, 짙은 빛깔의 하늘 위로 두 손을 휘돌렸다. 그 움직임 속에서 어쩐지 무시무시한 기운이 느껴졌다.

시간과 공간을 초월하여 머나먼 뭍에 있던 누군가의 모습이 붉은 기모노 여인과 겹쳐졌다. 바로 새하얀 삼베 천으로 한복을 지어 입은 여인이었다. 그녀 역시 허공을 향해 희한한 도형과 글자를 새겼다. 안간힘을 쓰는 귀밑머리에 송골송골 땀방울이 맺혔다. 그녀가 움직이던 손을 멈추고 두 손을 앞으로 내뻗었다. 여인의 두 손이 마치 바윗덩이처럼 딱딱하게 굳어 움직이지 않았다. 여인의 얼굴은 점점 더 고통으로 일그러졌다. 그리고 마지막은 경악, 그 자체였다.

화르륵. 불꽃이 일었다. 곱게 수놓인 새하얀 한복이 빨갛게 불타올랐다. 옷자락이 조각조각 부서지며 하늘로 날아올랐다. 모두 불꽃에 휩싸인 채였다. 까만 재가 되어 허공을 훨훨 날았다. 치맛자락은 시작이었다. 바윗덩이처럼 굳었던 두 손이 새까맣게 타들어가며 부서졌다. 이어서 팔이 타들어갔다. 새하얀 한복 저고리의 동정 아래 그늘진 목선이 까맣게 타들어갔다. 그리고 하얗게 질린 채 놀란 얼굴이 회색 잿덩이로 변했다. 그녀가 디디고 있던 목재 바닥이 불타오르기 시작했다. 새하얀 한지를 두른 문짝이 타올랐다. 한복을 입은 여인이 자리한 작은 방 전체가 화르르 불타오르고 바깥쪽의 방과 마루가 화염에 휩싸였다. 하늘 높은 줄 모르고 솟아 있던 서까래와 지붕을 지키던 들보까지 화마에 사로잡혔다. 와르르…… 무너져 내리는 거대한 한옥 사이사이로 비명과도 같은 음성이 토막토막 들려왔다.

"……비결! ……비결! ……왜놈들이!"

피를 토하는 듯한 음성이 여기저기서 이어졌다.

낙빈은 흠칫 놀라 눈을 떴다. 눈앞에는 이야기를 들려주는 성주의 머리카락이 파란 물에 흔들거리며 이리저리 넘실댔다. 그녀의 까만 속눈썹이 낙빈의 눈에 들어왔다. 낙빈은 다시 눈을 감았다. 꾹 감은 두 눈 사이로 성주가 들려주는 또 하나의 이야기가 흘러 들어왔다.

캄캄한 방이다. 하지만 방이라고 해야 할지 의문이 든다. 너무나 넓고 휑했다. 아무것도 없다. 다만 방 아래에 짙은 나무 빛깔로 깨끗하게 닦인 마룻바닥만 보인다. 마룻바닥의 양쪽에는 한 뼘이나 올라올 것 같은 두꺼운 다다미가 차곡차곡 열을 지어 있다. 여러 개의 방을 연결한 일본식 홀이다. 방은 전체적으로 어둠침침했다. 창틀이 있긴 하지만 창문이 열린 곳은 하나도 없다. 어둑한 천장은 매우 높다. 아무리 다다미를 올렸어도 바닥 전체가 차갑다. 한여름인데도 얼음이 얼 것처럼 차갑고 스산한 기운이 그득하다. 홀의 맨 끝자락에 아주 작은 비단포가 깔려 있다. 그 위에 무릎을 꿇고 앉은 것은 붉은 기모노 차림의 여자다. 멀고 어두워서 얼굴이 보이지 않는다. 다만 분명한 것은 근대식 배를 타고 군인들과 함께 바다를 건넌 여인의 옷과 색이 같다는 점이다. 새빨간 기모노 위에 점점이 이어진 하얀 벚꽃이 그렇게 말하고 있었다.

그녀의 두 손이 바들바들 떤다. 꿇은 무릎도 부들부들 떨린다. 지극한 분노가 그 세계를 지배하고 있다. 너무나 겁이 나 바라볼 수조차 없을 정도로 무섭고도 지독한 분노가 그득했다. 하지만 분노는 이 공간을 벗어나지 못한다. 거대한 방은 겹겹으로 이어진 수많은 금줄로 막혀 있다. 희끗희끗 보이는 갈빛 혹은 금빛의 줄들이 헝클어진 실타래처럼 공간을 휩싸고 있다. 금줄 하나하나에 가혹하리만큼 날선 구금拘禁의 말들이 새겨져 있다. 붉은 기모노는 포획당한 것이다. 절대로 벗어날 수 없는 단단한 결계 안에. 결코 벗어날 수 없는 곳에. 죽음조차 자유롭지 않은 결계 속에 갇혀 있다.

새까만 어둠뿐인 줄 알았는데 감금된 붉은 여인의 곁으로 언뜻언뜻 사람의 모습이 비친다. 언뜻 보아도 죄다 남자들이다. 위는 흰 빛깔의 저고리를 걸치고 아래는 짙은 남색이나 검은색 바지를 입었다. 위도 아래도 통이 넓은 이국의 전통 복장이다. 감금된 여자를 향해 그들은 같은 말을 반복한다. 기나긴 주문처럼 끝없이 이어지는 말들에 붉은 여인은 지쳐간다. 그곳에는 자유가 없다. 선택도 없다. 죽음조차 허락되지 않는다. 여인은 끔찍한 감옥에 갇혀 있었다.

바들바들 떨리는 하얀 살결이 보인다. 한마디 말이 없어도 끔찍한 포획과 저주가 느껴졌다. 그녀의 분노가 하늘을 찌를 게 당연했다. 목숨을 걸고 비결을 탈취할 때까지만 해도 그녀에게는 부서질 수 없는 단단한 신뢰가 있었다. 몸을 의탁한 주인에 대한 신실한 믿음과 신의였을 것이다. 분명히 그 마음이 느껴졌는데……. 그녀는 모든 것을 걸었던 그 신망에 차갑게 배신당했다. 그녀는 모든 것을 걸었지만 그들은 그녀를 포박하고 깨뜨릴 수 없는 저주를 걸었다.

두 눈을 꾹 감고 있던 성주가 사르르 눈을 떴다. 기다란 속눈썹마저 푸른 공기 방울 사이로 하늘거렸다.

'내가 들었던 모든 것이 네게 도움이 되기를…….'

낙빈을 감싸 안았던 성주의 두 팔이 푸르르 풀려나갔다. 낙빈의 몸과 성주의 가는 팔이 떨어지자 점차 그녀의 몸이 소년으로부터 멀어졌다. 새파란 물결이 그녀의 검은 머리카락을 헝클어뜨렸다. 그녀의 하늘빛 원피스가 살랑살랑 흔들렸다. 그리고 곧 아무것도 없던 것처럼 투명한 공기 방울만 가득 찼다.

4

 신수라 불리는 거대한 용의 머리를 두 발로 디디고 선다는 건 꽤 신기한 일이었다. 미덕은 용의 이마에서 아무리 굴러도 떨어지지 않을 거라고 생각했다. 그래서인지 전혀 겁이 나지 않았다. 하늘 높이 오르는 용의 이마 위에서 탁탁 발을 굴러보기도 하고 아예 엎드려서 손으로 툭툭 치거나 만질만질 쓰다듬기도 했다. 용이란 것은 어쩐지 파충류와 비슷하기도 하고 물고기와 비슷하기도 했다. 반짝이는 비늘에 손을 대보니 유리 표면처럼 반질반질하고 차가운 것이 딱 뱀이나 도마뱀의 등껍질 같았고, 비늘 사이사이로 까끌까끌 결을 거스르는 느낌은 물고기 비늘 같기도 했다. 두렵다기보다는 낙빈이 내준 신수가 신기하고 재미나서 미덕은 발로 툭, 손으로 척, 아무렇게나 쳐보았다. 길게 찢어진 용의 눈 속에서 검은 동자가 미덕을 향해 스으윽 움직여도 아예 인식조차 하지 않았다.
 끄으응······.
 용의 눈동자가 구를 때마다 겁을 먹은 쪽은 복실이들이었다. 위대한 신수로서의 대우는커녕 너무나도 허물없이 발로 건드리는 행동은 그만두었으면 싶었다.
 "괜찮아, 괜찮아. 낙빈이가 꺼낸 거니까 날 잡아먹진 않겠지. 그렇지?"
 복실이들이 말해봤자 철없는 주인 소녀에게는 소용도 없었다.

이제는 아예 신수의 이마에 드러누워 요리조리 뱅글뱅글 구르더니 떨어질 것처럼 몸을 숙이고 찢어진 용의 눈동자 위로 얼굴을 떨어뜨렸다. 오금이 저릴 정도로 무시무시한 눈동자가 지그시 미덕을 쳐다보고 있었지만 미덕은 그 앞에서 이를 다 드러내고 씨익 미소를 지었다.

끄으응…….

차라리 안 보는 게 낫겠다 싶은지 세 마리의 개가 서로 머리를 맞대고 납작 엎드렸다. 커다란 눈도 반쯤 감고 일부러 안 보려는 듯 시위를 했다.

"쳇, 뭐가 어쨌다고."

미덕은 복실이들의 시위에 끄응 신음 소리를 내더니 별수 없이 바르게 몸을 펴고 얌전히 용의 머리 위에 좌선을 했다. 저 앞으로 신령들과 함께 두둥실 떠가는 낙빈, 정현, 정희가 보였다. 마침내 하늘 끝까지 닿을 것 같은 이어도의 산꼭대기까지 올랐다. 어릿어릿한 구름이 용의 머리 위로 일렁였다.

"이야, 진짜 높다!"

잠시 앉았던 미덕이 또다시 몸을 틀었다. 이번엔 납작 엎드려 용머리 아래의 검은 바위와 빼곡한 나무숲을 바라보았다. 구불구불 이어지는 작은 틈새는 죄다 까만 빛깔에 구멍이 숭숭 뚫린 돌덩이고 그 위로 어찌 자랐는지 비자나무가 빼곡했다. 숭숭 뚫린 바위 위에서 굳세게 자라난 나무의 모습이 신기해서 미덕은 저도 모르게 손을 뻗었다.

"헤에……."

눈앞에 있는 것처럼 보였지만 청룡의 등허리 아래 숲은 한참이나 떨어져 있었다. 미덕이 짧은 팔을 아무리 내뻗어도 청룡의 눈동자까지도 내려오지 않았다. 그래도 미덕은 청룡의 뿔 하나를 붙잡고 한쪽 팔을 아래로 쭈욱 뻗었다. 손이 닿지 않는데도 손바닥을 흔들며 나무를 만지는 듯한 시늉을 했다. 어쩐지 푸르른 초록 잎들이 차가운 공기를 타고 손가락을 스치는 것 같았다.

뭉클.

정말로 느껴지는 것일까? 미덕은 한참 아래 펼쳐진 숲 속에서 이상한 느낌을 받았다. 그러잖아도 얼굴을 절반 정도 덮을 것 같은 커다란 눈이 더 벌어졌다.

"에, 이게 뭐야?"

미덕은 놀란 마음에 손을 빼기보다 더 깊이 찔러 넣었다. 그러자 파릇파릇한 나뭇잎 사이로 또다시 물컹거리는 생경한 느낌이 반복되었다.

"우와, 신기해!"

매끈거리는 차가운 느낌이 싫지 않았다. 어쩐지 저 아래 무언가는 단단히 겁을 집어먹은 것 같았다. 그래서 유리처럼 차갑게 몸을 사린 것 같았다. 식물이건 동물이건 무생물이건 모든 것의 마음 자국을 읽어내는 미덕인데도 어쩐지 아무것도 읽히지 않았다. 도도하게 마음을 가리고 보여주지 않으려는 게 아니었다. 너무 겁을 먹어서 마음을 꼬옥 감춘 채 보이지 않게 숨은 것 같았다.

너무 무서워서 온몸을 작게 웅크리고 무르팍 사이에 얼굴을 꽉 감추고는 작은 등만 드러낸 약하디약한 존재였다.
"겁먹고 있구나. 내가 이런 무시무시하고 커다란 용을 타고 와서 그래? 놀라게 해서 미안해. 여기는 아주 고요하고 잔잔한 세계인데 우리가 들어와서 방해하는 거구나. 미안, 미안해."
어쩐지 저렇게 겁먹고 있는 존재에게 사과라도 한마디 해야 할 것 같았다. 그래서 미덕은 그냥 미안하다고 말했다. 생각한 것을 감출 줄도, 속일 줄도 모르는 미덕이 저 멀리 숨은 작은 것에게 말을 건넸다. 그 마음이 전해졌는지 몰라도 그걸로 족했다. 손을 뻗어 만지는 것은 내내 고요히 살아온 이어도의 모든 것에게 미안한 일일지도 모른다는 생각이 들었다. 그래서 뻗었던 손도 도로 움츠렸다.
갑자기 하늘 높이 오르던 용이 우뚝 섰다. 이제는 이어도의 맨 위까지 다다라 하얀 구름만 남았다. 어디까지 가려나 싶었는데 이내 무언가에 꼬리가 잡힌 듯이 저 아래 섬을 향해 와르르 떨어졌다. 거대한 몸뚱이가 하늘을 가르고 숲을 가르며 물 밑으로 가라앉았다. 숲도 있고 검은 바위도 있었지만 그 어느 것도 미덕의 몸을 막지 않았다. 미덕이 마치 투명한 영혼이라도 된 것처럼 쑤옥 땅속을 지나쳐 섬 아래의 바다 밑까지 끌려 들어갔다.
'우와, 완전 재밌어!'
놀이공원에 한 번도 가본 적이 없지만 어쩐지 롤러코스터 같은 것을 타면 이런 기분일 거라는 생각이 들었다. 미덕은 새파란 바닷속에서 사방을 둘러보았다. 바다 아래에 들어와 있는 것은 미덕만이 아니었다. 저편에 낙빈이, 또 저편에 정희 언니, 다시 저편에 정현 오빠…… 모두 물속에 있었다.

뽀그르르…….

갑자기 저쪽 낙빈의 앞쪽에 공기 방울 무리가 보였다. 공기 방울 사이사이로 언뜻언뜻 사람의 형상도 비쳤다. 보이지 않았지만 알 수 있었다. 성주 언니다. 살아생전 내내 미워하고 싫어했던 언니. 그래서 꽤나 못되게 굴었다. 원망도 많았고 미안함도 있던 그 사람이 낙빈 곁에서 하는 이야기가 전부 들렸다. 이 깊고 푸른 바다가 마치 하나의 정보를 공유하게 해주는 것 같았다. 성주가 들려주는 이야기에 귀를 기울이고 있으려니 이번에는 미덕을 향해 스르르 헤엄쳐오는 작은 것이 눈에 들어왔다. 저 멀리서 뽀글뽀글 공기 방울을 만들어낼 때는 분명 짙은 파랑인 듯했는데 점점 다가올수록 연초록빛으로 변했다. 그러다 미덕의 코앞까지 다가왔을 때는 하늘하늘한 녹색 가운을 입은 어린아이의 모습이 되었다. 까만 고수머리가 심하게 고불대고 얼굴은 햇살에 그을린 황토색이었다. 체구를 보면 기껏해야 일곱 살이 넘지 않은 듯했다. 아이가 걸친 기다란 초록색 장옷은 어깨가 주르륵 흘러내릴 정도로 커다랬다. 나무줄기로 허리만 질끈 묶고 두 발은 하얗게 벗은 것을 보면 정글에서 오래도록 돌봄 없이 살아왔거나 인간의 문명과는 담을 쌓은 아이 같았다. 머리색과 같은 짙은 눈썹이 양 끝으로 치켜 올라갔고 그 아래에는 미덕만큼이나 커다란 눈이 있었다. 미덕은 그 눈을 보는 순간 아이가 인간이 아님을 알아챘다. 뺨의 절반을 차지할 정도로 커다란 눈은 흰자 대신 에메랄드빛으로 물들었고, 중심의 검은 눈동자는 둥글지 않고 세로로 기다란 상현달 모양이었다.

아이는 공기 방울이 뽀글거리는 물속에서도 팔다리를 한껏 펼치며 움직이지 않았다. 외부 세계로부터 자신을 보호하려는 것처럼 두 손과 두 발을 가슴 안쪽으로 구부린 채 불편한 자세를 취하고 있었다.

"너, 아까 걔구나?"

미덕은 대번에 알아챘다. 용의 이마 위에서 저 아래 나무숲을 향해 뻗었던 손에 닿은 그것. 무척이나 겁을 집어먹고 있던 작은 존재가 분명했다.

미덕이 아는 체하자 다가오던 아이가 대뜸 몸을 움츠렸다. 재빨리 몸을 구부리고 손으로 무릎을 잡더니 커다란 눈만 깜빡였다. 무릎으로 얼굴을 가렸지만 에메랄드빛 눈은 여전히 미덕에게 맞춰져 있었다. 미덕이 갸우뚱 고개를 저었다.

"흐으음……?"

미덕은 겁먹은 아이에게 굳이 다가가려 하지 않았다. 공기 방울이 보글거리는 물속에서 오르락내리락 물결에 따라 움직이며 저도 그냥 아이를 마주 보기만 했다. 편히 쉬고 있는 아이를 커다란 용머리 위에서 뭉클 건드린 것이 거슬려서 미덕을 찾아온 것일까? 아니면 심심해하던 차에 미덕이 자신을 아는 체해준 것이

내심 반가웠던 것일까? 알 수가 없었다. 아이가 세워둔 마음의 벽이 얼마나 두텁고 단단한지 내면에 쌓인 생각이 하나도 보이지 않았다.

"넌 여기 이어도에 살아?"

"……."

아무런 대답이 없었다. 한데 물속에서 뽀글뽀글 입에 거품이 오르면서도 말이 나오는 게 신기했다. 미덕은 아이에게 말을 걸다가 이내 공기 방울에 마음을 빼앗겼다.

"아, 아…… 야, 이거 신기하다."

미덕이 목을 울리며 입을 벌리자 공기 방울이 더 많이 보글거렸다. 미덕이 말을 하려고 벙긋거릴 때마다 크고 작은 공기 방울이 만들어져 머리 위로 떠올랐다. 햇살이 빤히 비치는 수면에서 무지갯빛으로 말갛게 퍼지는 게 참 예뻤다.

"아바바바…… 나는 미덕이라고. 아바바…… 여긴 이어도야. 아바바바…… 낙빈아, 정현 오빠, 정희 언니…… 아바바바……."

미덕이 일부러 의미 없는 말을 중얼거리며 위로 위로 올라가는 공기 방울들을 바라보는데 곁눈으로 뭔가가 다가오는 것이 보였다. 놀라지는 않았다. 검은 고수머리가 눈에 비칠 만큼 바짝 다가온 것이 조금 의외이긴 했다. 잔뜩 겁을 집어먹은 것은 여전한데도 그 아이가 미덕과 어깨가 닿을 정도로 다가와 있었다.

"에헤, 난 이런 거 처음 봐. 사실 난 수영도 못하거든. 히, 신기하다."

미덕은 곁으로 다가온 소년을 힐끗 보고는 다시 말을 만들어 공기 방울을 띄웠다. 그런 미덕을 요리조리 살펴보던 소년도 입을 벌렸다. 말을 하는 것은 아니고 입만 뻐끔댔다. 입을 뻐끔거려도 공기 방울이 나오지 않자 고수머리 소년이 물끄러미 미덕을 바라보았다. 너는 되는데 왜 나는 안 되느냐는 눈빛이었다.

"숨을 내쉬어봐. 그냥 입만 벌린다고 나오지 않아. 나처럼 숨을 뱉어봐. 아아…… 아바바바……."

미덕이 먼저 시범을 보이자 뻐끔뻐끔 입만 벌리던 소년이 소리를 만들어냈다.

"쉬이…… 쉬이익……."

낮은 휘파람 같은 바람 소리였다. 목을 울리는 소리가 아니라서 공기 방울이 많이 만들어지지는 않았다. 그래도 소년은 처음으로 공기 방울을 만들어냈다. 아주 작은 공기 방울인데도 아이의 눈이 휘둥그레졌다. 신기한 듯 공기 방울을 바라보더니 점점 기분이 좋아지는 듯했다.

"쉬이익……."

점점 더 크게 바람 소리를 내니 공기 방울이 커진다. 공기 방울이 뽀그르르 올라가더니 햇살을 받아 온갖 색으로 퍼져나간다. 초록 눈이 더 커졌다.

"헤헤……."

제법 잘 따라하는 걸 보니 미덕도 기분이 좋았다. 꼬일 대로 꼬인 복잡한 세상에서 저보다 어리고 순진한 아이를 만난 게 적잖이 즐거웠다. 특히나 오늘, 이곳에는 너무 심각한 사람만 가득해서 어린 미덕에겐 머리도 감정도 기댈 곳이 없었는데 저만큼이나 아무 생각 없이 공기 방울을 만드는 아이를 만난 것이 생각지도 못한 선물 같았다. 둘이 만드는 공기 방울이 머리 위에 가득 찼다. 나중에는 미덕보다도 아이가 만드는 공기 방울이 더 많아졌다. 아이가 쉬이익 바람 소리를 내면 공기 방울들이 물대포처럼 솟구쳤다.

"우와, 너 무진장 잘한다!"

미덕이 감탄하자 아이는 더욱 기분이 좋아진 것 같았다. 아이는 미덕과 어깨 하나를 사이에 두고 슬며시 눈을 마주쳤다. 단단히 엮인 두 팔과 두 손도 어느새 활짝 펴져서 마음의 벽이 많이 허물어진 걸 느낄 수 있었다.

"쉬이…… 너는 날 탐하지 않니?"

에메랄드빛 눈동자 안의 검은 홍채가 더욱더 길게 찢어졌다. 초점을 모아 미덕을 바라보는 아이의 눈은 의문으로 가득했다.

"내가 뭘…… 네가 뭔데……?"

미덕은 별 의미 없는 듯이 대꾸했다. 그러는 동안에도 자신의 대답이 만들어낸 공기 방울이 뽀그르르 솟아오르는 것만 바라보았다.

"나를 알잖아. 나는 명계와 지상계와 천계를 모두 다니는 자유로운 존재야."

"카두케우스caduceus♦……? 알아. 그래서 뭐?"

미덕이 무심히 그 이름을 부르자 검은 고수머리 소년이 화들짝 놀랐다. 동시에 미덕과의 거리가 수 미터로 멀어졌다. 순간이동을 한 것처럼 소년의 몸이 뒤로 훌쩍 멀어진 것이다. 푸른 물빛 저편으로 멀어진 아이를 미덕은 무심히 바라보았다.

"아바바바……."

아이가 저 멀리 도망치건 말건 미덕은 힐끗 쳐다보고는 다시 공기 방울을 만들어냈다. 표정이 좀 전처럼 밝지는 않았다. 유쾌하지 않은 이야기를 들은 얼굴이었다. 멀리서 고개를 갸우뚱거리며 바라보던 아이가 조금씩 미덕에게 다가왔다. 이제는 미덕의 정면으로 다가와 얼굴을 빤히 바라보았다.

"왜, 뭐……?"

무심한 미덕의 말에 놀란 눈동자가 더욱 길고 좁아졌다. 초점이 모아진 뱀의 눈이 분명했다. 모를 수가 없었다. 아무리 눈치 없고 어린 미덕이지만 뱀눈을 보는 순간 아이가 반쪽짜리 헤르메스의 창임을 알아챘다. 그래, 그게 뭐? 미덕에게는 별 의미 없는 일이다. 문득 깜빡했다는 듯 미덕이 이마를 쳤다.

"아차차, 미안해. 자매라고 했으면 너 여잔 거지? 남잔 줄 알았네. 미안해. 머리가 짧아서……."

기다란 눈동자가 아이의 고불거리는 머리카락을 흉내 내는 미덕의 손가락을 빤히 바라보았다. 뱀눈의 아이가 기다리던 대답은

◆ 헤르메스의 지팡이를 이르는 또 다른 이름이며 성스러운 막대기를 일컫는다. 그리스 신화에 등장하는 전령의 신 헤르메스가 들고 다니는 막대기로, 두 마리의 뱀이 꼬여 있는 형상이다. 전령의 신 헤르메스에게 속한 물건답게 카두케우스를 든 자는 산 사람의 세계인 지상계와 신들의 세계인 천계, 그리고 죽음의 세계인 명계를 자유롭게 통행할 수 있다.

아니었다.

"모두들 나를 탐하지. 나와 내 자매가 함께 있으면 어느 곳이든 갈 수 있으니까. 존재의 한계를 갖지 않고 모든 세계의 것들을 움직일 수 있지. 그래서 나를 탐해."

"알고 있어."

조심스럽게 입술을 떼는 아이의 말을 듣더니 미덕의 고개가 아래로 처졌다. 그런 존재에 대해 욕심을 가져본 적이 없는데 뭐 어쩌란 말인가 싶은 얼굴이었다.

"나를 가지면 세상의 주인이 될 수도 있고, 또…… 세상을 멸망시킬 수도 있대."

"알아. 안다니까."

"다들…… 날 갖고 싶어 해."

"그런가 봐."

미덕의 무심한 대답에 아이의 얼굴이 묘하게 일그러졌다. 무슨 생각을 하는지 아이의 얼굴이 얼음처럼 굳었다.

"넌 날 안 갖고 싶어?"

"응."

담백한 대답에 아이의 얼굴이 다시 바짝 굳었다. 미덕은 깊은 한숨을 내쉬며 조금 더 길게 대답해주었다.

"사는 동안은 여기 있으면 되고 죽으면 저승에 있으면 되잖아. 죽으면 모두 가는 곳인데 왜 그렇게 빨리 가보려고 하지? 난 죽어서 갈 거야. 지금 말고. 실컷 살다가. 그래서 너 안 필요해."

"네 친구들은? 날 탐하고 있잖아."

"저기에 있는 우리 낙빈이랑 정희 언니, 그리고 정현 오빠는 널 탐하지 않아. 하지만 그건 걱정이래. 네가 누군가의 손에 넘어가는 건……. 그래서 네가 이용당하는 걸 걱정하기는 해. 하지만 가지려는 맘은 없어."

"……."

미덕은 나름대로 친절하게 설명했다고 생각했지만 아이는 여전히 의문 가득한 표정으로 고개를 갸우뚱거렸다.

"넌 좋아?"

미덕이 물끄러미 아이를 향해 물었다. 뜬금없는 질문에 또 뱀 눈이 세로로 길게 모아졌다.

"넌 그렇게 인기 있어서 좋냐고. 다들 너를 탐하는 거 말이야."

아이에게 턱도 없는 질문이었던 모양이다. 고불거리는 머리카락이 모두 하늘을 향해 빳빳하게 일어섰다. 날카로운 바늘처럼 바짝 일어선 머리카락 아래의 얼굴 역시 주욱 늘어나는 것 같았다. 아이의 몸통이며 다리며 팔이 주우욱 늘어났다. 그러자 아이는 미덕의 세 배쯤 될 만큼 키가 커졌다. 얼굴도 갑자기 달라졌다. 충분히 나이를 먹은 여자의 얼굴로 변했다. 두 눈은 양옆으로 매섭게 찢어졌다. 단단히 화난 여자가 미덕의 눈앞에 나타났다. 흡사 뱀의 머리카락을 바짝 세운 메두사의 모습과 비슷했다. 성난 여자의 음성이 들렸다.

"지난 3,000년을 이 저주받을 능력 때문에 갇혀 있었어. 그런데…… 좋으냐고? 너희가 나를 탐하는 걸 즐기느냐는 소리냐!"

에메랄드빛 눈이 화르륵 불타오를 것처럼 째졌다. 거인의 모습으로 변한 여인이 분노 가득한 얼굴로 어린 미덕을 노려보았다. 그 순간 또 다른 눈빛들이 미덕 쪽으로 향했다. 정희와 정현, 그리고 낙빈마저 이쪽을 바라보는 것이 느껴졌다. 미덕이 낙빈에게 일어나는 일들을 그대로 듣고 보는 것처럼 미덕에게 일어나는 모든 일이 그들에게 전해지는 게 틀림없었다. 미덕은 분노한 뱀 여인을 향해 눈을 내리깔았다.

"무서워. 그렇게 변하니까."

미덕은 따질 것 없이 제 느낌을 중얼거렸다. 입을 달싹거리자 다시 공기 방울이 뽀글거렸다. 하지만 커다란 여인의 그림자 때문에 공기 방울은 더 이상 반짝이지 않았다.

"무섭게 변하니까 빛나지도 않잖아."

그들 사이로 올라서는 공기 방울을 바라보며 아쉬워하는 미덕을 따라 여인 역시 수면으로 떠오르는 공기 방울을 바라보았다. 미덕의 말대로였다. 공기 방울은 더 이상 아름답지 않았다. 빛나지 않았다. 그녀가 만들어낸 어두운 그림자 속에서 공기 방울이 빛을 잃었다. 그것을 깨달은 순간 여인의 커다란 몸이 다시 쪼그라들었다. 다시 작은 몸의 아이로 돌아왔다. 분노도 사그라졌다.

"넌 정말 내가 탐나지 않아?"

"응, 아무리 말해도 마찬가지야. 너도 날 탐하진 마. 난 내 맘대로 살 거니까. 내가 좋아하는 사람들이랑 사이좋게 살 거야."

미덕은 욕심 없는 말투로 무심히 말했다. 동그란 눈이 더욱 미덕을 뚫어지게 바라보았다. 아이는 더 이상 고개를 갸우뚱거리지 않았지만 여전히 의문이 가득한 눈빛이었다.
"너, 나 도와주면 안 돼?"
까만 고수머리의 아이가 먼저 미덕의 팔을 잡아챘다.
"아야, 살살해."
손등 위로 초록 비늘이 송송 올라와 있는 작은 손이 어찌나 미덕을 세게 부여잡았는지 미덕은 살짝 얼굴을 찡그렸다.
"미안."
어쩐지 부끄러운 듯 아이의 얼굴이 하얗게 질렸다. 아이는 미덕의 손목을 스르르 놓았다. 손목을 잡은 순간 미덕은 뱀의 아이가 하려는 말을 죄다 알아버렸다. 꽁꽁 싸매 보이지 않았던 아이의 마음이 어느새 미덕을 향해 활짝 열려 있었다.
"도와주길 바라는 거야?"
"으응!"
까만 고수머리가 출렁출렁 앞뒤로 움직였다. 아이의 고갯짓에 따라 물결이 흐르고 찰랑거렸다.
"도와줘, 제발……. 나와 내 자매는 도움이 필요해."
미덕이 작은 아이를 물끄러미 바라보았다. 3,000년 동안 갇혀 있었다는 아이는 참 어려 보였다. 아마 세상에 나와 숨을 쉰 시간은 이렇게 어린 모습일 때뿐이었던 모양이다. 미덕은 아이가 그 외의 긴 세월 동안 줄곧 어딘가에 갇혀 있었다는 걸 서로의 손이 닿는 순간 알아버렸다.

"난 힘이 없어. 하지만 네 얘기를 전해줄 수는 있어. 우리 낙빈이라면 널 도울 수 있을 거야. 우리 낙빈 오빠는 이 미덕이 님이 인정한 오빠란 말이야. 나보다 키도 작고 바보천치에다 속도 많이 썩이는 오빠지만 내가 진짜 인정한다고. 그러니까 너도 믿을 수 있겠지?"

"으응!"

아이의 얼굴이 하얘지고 두 눈은 더욱더 세로로 길게 찢어졌다. 오랫동안 사람들에게 시달리고 괴롭힘을 당했는데도 아이는 미덕만큼이나 순수했다. 그래서인지 미덕과는 짧은 한마디에도 마음이 척척 통하는 느낌이었다.

"너 참 맘에 든다. 히히."

아이의 마음이 미덕의 가슴속으로 스르르 들어왔다. 사무치는 속내가 절절히 전해져 웃음을 짓는데도 심장이 좀 쓰라렸다.

초록의 아이가 미덕의 한 손을 잡고 바다 위를 향해 헤엄쳤다. 스르르. 몸이 위로 위로 올라갔다. 끝없이 흔들거리며 한 마리 물고기처럼 물 위로 솟구쳤다. 파아아아. 미덕은 한순간에 물 위로 떠올랐다. 방금 전까지 물 안에 있던 것이 믿기지 않을 정도로 온몸이 보송보송했다. 미덕의 두 발이 바다 위로 두둥실 떠올랐다. 다리가 닿지 않았다. 땅에도. 물에도. 그 어떤 것에도 발이 닿지 않았다. 미덕은 바닥을 내려다보았다. 자욱한 안개 속에서도 검은빛 현무암에 숭숭 뚫린 구멍이 눈에 들어왔다. 거친 바윗덩이가 만들어낸 이어도의 모습이 희한하게도 한눈에 들어왔다. 깊은 바닷속에 감추어진 뿌리부터 하늘을 뚫을 것처럼 솟아오른 봉우리까지 모든 게 훤히 보였다.

물 위로 떠오른 것은 미덕만이 아니었다. 한 가족이나 다름없는 일행의 모습도 눈에 들어왔다. 낙빈은 미덕과 가장 가까이에 있었다. 푸우 하고 거품을 내뱉으며 물 밖으로 나오는 낙빈이 보였다. 두 눈은 꿈을 꾸는 듯 몽롱했다. 모두에게서 어떤 위험도 느껴지지 않았다. 편안해 보였다. 이어도는 편안했다. 무시무시하지도, 매몰차지도 않았다. 오히려 그 안의 모든 것을 푸근히 감싸 안고 상처받지 않도록 보호해주는 것만 같았다.

낙빈은 물의 흐름을 그대로 느끼고 있었다. 성주와 작별한 뒤로 미덕이 만난 가엾은 헤르메스 창의 반쪽도 낱낱이 느낄 수 있었다. 그러다 어느 순간 몸이 솟구쳤다. 생각이 흘러가는 동안 몸은 구름 위로 떠올랐다. 세상의 조화나 법칙에서 벗어난 느낌이었다. 낙빈의 머리 위로는 이미 섬의 가장 높은 곳에 다다른 정현도 보였다. 낙빈은 정현보다 더디게 떠오르면서도 아래쪽이 아니라 하늘 위에서 모두를 내려다보는 느낌이었다. 섬과 바다가 맞닿은 저 깊은 바닥에서 이제 막 떠오르기 시작하는 정희의 모습까지 또렷하게 보였다. 안개와 바윗돌, 그리고 새파란 물길 같은 것은 방해물이 되지 못했다. 모든 것이 훤히 보이고 고스란히 느껴지는 게 참으로 신기했다. 그리고 그 느낌이 나쁘지 않았다.

기분 좋은 노곤함에 몸을 맡긴 채 하늘 높이 솟아오른 뾰족한 섬의 꼭대기까지 날아올랐다. 그러나 잠이 솔솔 쏟아질 것만 같은 부드럽고 포근한 느낌은 한순간에 깨져버렸다.

펑! 퍼펑! 쐐애애액!

바람을 가르는 무시무시한 소리. 잔인한 무기가 무언가와 부딪치며 터지는 소리. 잔잔하던 바다가 상처받으며 시퍼렇게 멍든 얼굴로 솟구치는 게 보였다. 그리고 느껴졌다. 폐부를 찌르듯 욱신거리는 고통이 느껴졌다. 섬이 느끼는 고통이 낙빈의 전신으로 퍼졌다. 온몸을 두들겨 맞는 것처럼 쑤셨다. 섬과 바다가 느끼는 아픔이라는 생각이 들었다. 갑자기 불유쾌한 기분이 들었다. 그것이 낙빈의 생각인지, 이어도의 생각인지 알 수 없었다.

후우욱. 갑자기 누군가가 입을 모아 바람을 만드는 듯했다. 하늘을 모두 가린 거대한 구름 속의 거인이 바람을 모아 낙빈을 빨아 당겼다. 저항할 마음은 들지 않았다. 바람이 이끄는 대로 빨려 들어갔다. 몽글거리는 구름이 포근한 소파라도 되는 듯 낙빈을 당겨 안았다. 끌어당긴 것은 낙빈뿐이 아니었다. 각기 흩어졌던 정희와 정현, 그리고 미덕과 복실이들까지 모두 한곳에 모였다. 그리고 그들 모두를 새하얀 구름이 끌어안았다. 하얀 안개가 그들 모두를 받아 폭신한 곳에 오목하게 앉히고는 그 앞을 보호하듯 몽글몽글 감쌌다. 한없이 푸근한 느낌이 가슴을 파고들었다. 동시에 어느 때보다도 맑은 정신으로 눈앞에서 펼쳐지는 이야기를 바라볼 수 있었다.

이어도의 투명한 결계 저편에서 허연 연기가 피어올랐다. 날카롭고 진득하며 욱신거리는 아픔이 그곳으로부터 느껴졌다. 정현이 벌떡 일어서서 저 멀리를 쳐다보았다. 다들 구름 위에 우뚝 서서 저 아래 까마득히 펼쳐진 시퍼런 바닷가의 광경을 바라보았다. 코앞이지만 한없이 머나먼 이어도의 바깥에서 벌어지는 일들이 눈에 들어왔다. 그들이 결코 끼어들 수 없는 사람들의 이야기였다. 다른 방식으로 세상을 바라보는 사람들이 만나 그들의 이야기를 이어가고 있었다.

1

 현욱은 기다리고 있었다. 이 순간이 올 것을 알고 있었던 것처럼 그의 가슴이 울렁거렸다. 오래전부터 그는 위험을 감지했다. 다가올 위협을 감지했을 때부터 그는 선택할 수 있었다. 또다시 대결을 미룰 것인가, 아니면 맞서 싸울 것인가.
 흑단인형의 눈을 피해 헤르메스의 창을 다른 곳으로 숨길 수도 있었다. 코앞도 예측할 수 없는 흑단인형의 일인지라 예지자들의 설왕설래도 길었다. 그러나 모든 압력에도 불구하고 현욱은 자신이 만든 원칙을 단단히 지켰다. 헤르메스의 창은 이동시키지 않는다. 흑단인형이 원하는 것을 꼭꼭 숨김으로써 시간을 지체할 수 있을지는 모르지만 해결되는 것은 없다. 처리를 뒤로 미루는 대신 또 다른 희생이 따르고 만다. 대결을 뒤로 미루는 것은 폭탄을 후대에 돌리는 것과 다르지 않다는 생각을 끝내 관철시켰다.
 이 해괴한 이어도의 땅에 낙빈이 나타난 그 순간부터 현욱은 곧 흑단인형이 나타날 것을 알고 있었다. 누구보다도 이 순간을 기다린 건 그녀일지도 모른다. 100년이 넘는 이 지루한 시간을 견뎌온 자다. 그녀야말로 이제 더 이상 모든 걸 뒤로 미뤄둘 생각이 없을 것이다. 예언들이 언급한 '짐승의 아이'가 낙빈이라는 것을 안 순간부터 그녀는 낙빈을 기다렸는지도 모른다. 현욱이 그 아이가 홀로 서도록 물심양면으로 가르치고 기다렸던 것처럼. 그녀야말로 오래도록 인고의 시간을 보냈는지도 모른다. 그러니 그녀가 곧 오리라는 것을 현욱은 예상하고 있었다.

그리고 마침내 그녀가 모습을 드러냈다. 약속한 것처럼. 필연코 이날을 기다린 것처럼 나타났다.

촤아아아…….

현대의 기술로 만들어진 거대한 함선과 빠르기를 가늠할 수 없을 정도로 재빠른 초고속 함정들 앞에 바람처럼 유유히 나타난 것은 앞뒤가 뾰족한 범선이었다. 검푸른 바다와 묘하게 어우러지는 새까만 돛을 늘어뜨린 돛배가 나타났다. 순풍을 탄 범선은 눈 깜짝할 사이에 신성한 집행자들의 앞으로 다가왔다. 그들이 다가오기를 숨죽여 기다리는 수많은 함정 앞으로. 조금의 망설임도 없었다. 그 모든 것을 면밀히 지켜보던 현욱의 입이 낮게 중얼거렸다.

"물 위도, 물 아래도 개미 새끼 한 마리 빠져나갈 수 없게 만들라."

차가운 목소리가 전파를 타고 흘러나갔다. 전파가 미치지 않는 곳은 영적 기운이 가닿았다. 검은 범선이 이어도 앞바다로 흘러들어온 그 순간, 현 세계와 이계를 나누는 빼곡한 결계가 바다와 하늘을 뒤덮었다. 행과 열을 한 수 한 수 짜놓은 섬세한 자수처럼 은빛 거미줄이 둥그런 구체 모양으로 이어도의 전 지역을 감싸 안았다. 그 무엇도 들어올 수 없고, 그 무엇도 떠나갈 수 없도록 만든 자욱한 결계가 이 지역을 완벽하게 고립시켰다. 철썩거리던 파도도 잠이 들고 흐르던 바람도 잠잠해졌다. 모든 것이 침묵 속에 빠져들었다.

"안거선인, 부탁합니다. 지장선인, 시작하십시오."

현욱의 낮은 목소리가 드넓은 바다에 흩어져 있던 신성한 집행자들에게 전해졌다. 전파와 영력을 모두 이용하는 까닭에 그의 작은 목소리 하나하나가 광대한 공해를 건너 요원들에게 전달되었다. 신성한 집행자들의 수상 전투함은 역대급 규모였다. 이번에야말로 흑단인형의 마지막이 되도록 모든 병력과 영력을 집중한 초대형 작전이었다. 그 모든 것의 중심에 현욱이 있었다.

흑단인형의 앞날을 예언하는 것은 그 누구에게도 허락되지 않지만 예견 가능한 우회 경로를 총동원하여 측정하고 분석한 결과 인류의 존망을 뒤흔들 절체절명의 날이 드러났다. 난세를 예측한 이후로 인류의 존속을 위한 길일을 뽑고 신성한 집행자들이 위세를 떨칠 수 있는 날을 잡았다. 치열하고 극심한 교전이 예상되지만 미세하고 근소한 차이로 승리할 것이라는 예언이 우세했다. 호리천리毫釐千里로 이기리라는 계시 후 신성한 집행자들은 이 전투에 사활을 걸었다. 미세한 차이가 승리를 만들 수 있다는 예지자들의 참언讖言으로 신중에 신중을 다한 준비 과정이 있었다. 그 어떤 실수도, 그 어떤 실책도 존재할 수 없도록. 그렇게 현욱은 목숨을 걸고 이날을 준비했다. 그리고 예언의 날, 약속한 것처럼 그녀가 나타났다.

현욱의 눈이 가늘어졌다. 늘씬하고 뾰족한 범선이 찢어진 두 눈 사이로 들어왔다. 높다란 폴과 활대에 늘어진 검은 돛이 우아한 포물선을 그리며 우뚝 서 있었다. 하늘을 다 뚫을 것 같은 검은 돛은 아름다운 동시에 공포스러웠다. 그 아름다움이 푸른 바다를 붉은 피로 물들일 것만 같았다.

무기를 장착한 현대식 수상 전투함들이 아름다운 범선의 앞을 버티고 섰다. 해상 전투력을 두고 말한다면 누가 보아도 완벽한 비대칭이다. 감히 구식 범선이 감당할 규모가 아니었다. 그러나 그들의 싸움은 현대식 무기와 화력의 싸움이 아니다. 흑단인형과의 전투는 초자연적인 능력의 대결인 것이다.

휘잉…….

진정지주眞正蜘蛛의 결계 아래 파도마저 멈추어버린 고요한 바다에 다시금 바람이 일었다. 그것은 자연이 만들어낸 참된 바람이 아니었다. 결계가 만들어낸 인위적인 조화일 뿐이다. 은빛으로 반짝거리는 아름다운 거미줄의 한편이 울렁울렁 굽어지며 휘청거렸다. 방사형으로 흩어진 실무리가 휘어지더니 검은 돛 위에서 굼실댔다. 그곳을 중심으로 영적인 바람이 휘르르 불었다. 현욱의 눈이 바다 위 함정 중 하나를 바라보았다. 고요한 파도 위 호위선 갑판에 안거선인이 서 있었다. 존재를 감춘 그는 그곳에 사람은커녕 호위선이 있는지도 인식하지 못할 정도로 은밀하게 머물렀다.

갈대로 엮은 삿갓을 턱 아래까지 눌러쓴 안거선인의 얼굴은 단단히 감춰져 보이지 않았다. 빛바랜 도복을 입은 선인의 명령에 따라 느슨해졌다가 흔들리고 다시 팽팽해지는 은빛 결계가 허공 위로 반짝였다. 안거선인의 손에 들린 굽은 지팡이가 수많은 결계사의 힘을 하나로 모아 섬세하고 빽빽한 결계를 만들어내고 있었다. 결계의 압박과 긴장이 흑단인형의 검은 함선으로 모아졌다. 함선 안에 숨은 존재가 결국 모습을 드러낼 수밖에 없도록 점점 더 강하게 억압했다. 단순한 결계 이상의 강박이 함선 아래로 쏟아졌다. 그 압박에 머리가 조이고 살이 터질 듯한 고통을 느낄 정도였다.

"크워어어……."

잔잔하던 바다 한가운데에 거대한 소용돌이가 몰아쳤다. 물결이 출렁거리자 단단히 서 있던 함정들이 흔들거렸다. 바다가 만들어내는 소용돌이 아래서 거대한 짐승이 모습을 드러냈다. 정수리 위에 사슴과 유사한 두 개의 뿔이 반짝였다. 굵은 중심 가지에 곁가지가 뻗은 유려한 모양의 뿔이 정수리 양쪽에 박혀 있었다. 길게 찢어진 두 눈이 사방을 매섭게 쏘아보았다. 거대한 아가리에서 시뻘건 혀가 빳빳하게 서더니 카르르 깊은 한숨이 흘러나왔다. 짧은 다리가 물 위로 오르고 기다란 꼬리가 좌우로 흔들거리며 허공을 향해 용솟음쳤다. 냉랭하고 푸른빛을 반사하며 거칠게 포효하는 그것은 바다를 수호하는 위대한 청룡의 모습이었다.

신수의 뿔 하나를 붙잡고 정수리에 올라선 자는 지장선인이었다. 푸르른 장옷을 발아래까지 늘어뜨린 선인의 검은 머리카락이 휘날렸다. 바다를 빠져나오는 순간 차디찬 심해의 물이 청룡을 마중하듯 솟아올라 진정지주의 결계에까지 가닿았다가 매서운 비가 되어 떨어졌다. 빗줄기에 담긴 차갑고도 청아한 기운이 사방을 정화시키는 동시에 검은 범선을 향해 호된 공격을 퍼부으며 흑단인형을 위압했다.

"미카엘."

현욱의 곁에서 명령을 기다리던 푸른 눈의 아름다운 청년이 한 발 앞으로 걸음을 내딛었다. 말간 태양의 빛을 머금은 고수머리가 바람에 흩날렸다. 눈이 부시도록 새하얀 블라우스가 미끈한 곡선을 만들었다.

"대천사장의 축복이여."

미카엘의 두 팔이 하늘로 뻗었다. 하늘 어디선가에서 금빛 가루들이 떨어져 미카엘의 두 팔로 흘러내렸다. 금빛의 은총이 미카엘의 온몸을 감싸 안았다.

펄럭.

강한 축복의 기운이 뻗어 나오더니 아름다운 청년의 몸이 허공 위로 둥실 떠올랐다. 그의 등 뒤에서 스르르 펼쳐 나오는 것은 눈부시게 하얗고 거대한 한 쌍의 날개였다. 전신을 휘감고도 남을 만큼 커다란 날개가 그의 등 뒤에서 솟아났다. 기지개를 펴듯 활짝 펼쳐진 날개가 펄럭펄럭 세찬 날갯짓을 해댔다. 위아래로 움직이는 날개 사이로 신성한 축복의 기운이 흩어졌다. 신의 사랑을 받은 미카엘과 그의 동료들에게는 축복이고 은혜지만 그에 맞서는 이에게는 섬뜩하고도 가혹한 기운이었다.
"사나 리시, 비춰주십시오."
 현욱의 낮은 음성에 화답한 것은 두터운 감은빛 터번으로 온몸을 친친 동여맨 남자였다. 그가 머리 위쪽을 둘둘 말고 있던 두터운 터번을 벗어버리자 이마 한가운데에 감춰져 있던 세 번째 눈이 벌어졌다. 단단히 감춰져 있던 제삼안第三眼이 깊은 빛을 반짝이며 깜빡였다. 세상의 모든 빛을 빨아들일 것만 같은 만질만질한 흑요석이 깊은 심안心眼으로 세계를 바라보았다. 사나 리시가 범선을 바라보자 검은 돛에 가려져 보이지 않았던 부분들, 갑판 아래의 창고와 공간들까지 모든 곳이 드러났다. 심안의 눈으로 구석구석을 비추던 끝에 마침내 사람의 형체가 확인되었다. 갑판 아래에 단단히 숨어 있던 존재가 모두의 눈에 들어왔다. 키가 크고 홀쭉한 여인과, 그 곁에 선 키 작은 여자아이의 모습은 오늘 이곳에 서 있는 모두가 기다려온 인류의 숙적이 틀림없었다.
"신의 은총이여!"
 미카엘의 거대한 날개가 다시 한 번 펄럭거렸다. 매서운 바람이 불었다.
"천상군대天上軍隊의 영광스러운 지휘자이신 성聖 미카엘 대천사여, 권세와 폭력과의 싸움에서 우리를 보호하시며 이 암흑세계의 지배자들과 하늘 아래 있는 악신惡神들과의 싸움에서 우리를 보호하소서. 천주天主, 당신의 모상模像대로 창조하시고 사탄의 압제壓制에서 비싼 값을 치르고 빼내신 인간을 도우러 오소서!"

바다 위에 떠 있던 또 다른 함정에서 검은 사제복을 입은 주교와 신부들이 자신들이 가진 모든 기운을 끌어내어 미카엘에게 쏟아주었다. 기도 소리가 강한 영력이 되어 귀를 찌를 정도로 아프게 퍼져나갔다.

"성 미카엘 대천사여, 평화의 천주께서 사탄의 세력을 우리 발 아래 섬멸하사 사탄이 더는 인간을 지배하지 못하고 또 교회를 해치지 못하도록 간구하여주옵소서! 주님의 자비가 우리 위에 내리도록 우리의 기도를 지존至尊하신 분의 대전大殿에 전달하여주옵소서! 마귀와 사탄에 불과한 용龍과 늙은 뱀을 붙들어 쇠사슬에 묶어 심연深淵 속에 빠뜨리사 백성을 더 이상 유혹하지 못하게 하소서!"

사탄과 귀신을 물리치고 승리를 간구하는 신실한 기도가 신에게 가닿았다. 사제들이 보내주는 축복이 미카엘의 몸을 휘돌며 그의 등 뒤에 거대한 모상을 만들었다. 미카엘을 보호하고 그의 소원을 지지하면서 신의 권능에 대적하는 모든 것을 섬멸하는 위대한 대천사장이 미카엘의 등 뒤에 맺혔다. 금빛 머리카락을 휘날리는 거대한 거인의 형상이 매서운 두 눈을 번쩍였다. 그는 태양처럼 빛나는 머릿결 위로 얼굴의 절반까지 황동 투구를 쓰고 있었다. 사랑하는 어린양에게 대적하는 흑단인형을 쏘아보는 대천사장의 한 손에는 금빛으로 번쩍이는 죽음의 검이, 또 다른 손에는 금색 방패가 들려 있었다. 방패의 중심에는 피와 희생을 상징하는 붉은 십자 무늬가 새겨졌다. 새하얀 튜닉을 허리 아래에 늘어뜨린 위대한 천사의 날개는 붉은 황금빛이었다. 어린 미카엘의 날개가 그의 아름다움을 배가시켜준다면 그를 지지하는 대천사의 날개는 철갑보다 강하고 굳건한 성문보다 견고해 보였다. 무시무시한 전쟁의 수호신이 어린 미카엘의 등 뒤를 단단하게 지키고 있었다.

"신의 분노를 받으라!"

아름다운 미카엘의 입에서 나온 차가운 일갈이 번개가 되어 날아갔다. 대천사장이 든 번개 모양의 검날이 검은 함선으로 쏟아졌다. 사나 리시의 세 번째 눈이 비춰주고 있던 붉은 여인들을 향해서였다. 거대한 검은 돛배가 와그작 소리를 내며 갈라졌다. 단순히 부서지는 게 아니라 부서진 조각들 사이로 천상군대의 영도자인 대천사의 축복이 퍼져나갔다. 보호를 받는 이들에게는 축복이지만 그 위세에 거역하는 자에게는 일말의 자비도 없는 무시무시한 형벌이었다. 순간, 새빨간 두 개의 점이 허공으로 솟아올랐다.

"옥죄어라!"

삿갓을 눌러쓴 안거선인의 지팡이가 휘어졌다. 선인이 가리키는 대로 레드블러드를 향해 투명한 결계가 휘청였다. 거대한 짐승을 잡기 위해 정글에 설치된 그물처럼 투명한 결계망이 기다란 곡선을 그리며 레드블러드의 머리 위로 넓게 흩어졌다가 한순간에 냉큼 좁혀들었다. 결계는 그 어떤 존재도 빠져나갈 수 없을 만큼 단단했다.

"크워어어!"

반대쪽으로 솟아오르는 흑단인형을 향해서 새파란 물빛 신수가 입을 벌렸다. 날선 검보다도 더 날카로운 청룡의 이빨이 흑단인형을 덮쳤다.

"두 여자를 갈라놓아야 한다!"

현욱의 음성이 곳곳으로 퍼졌다. 그 순간 흑단인형과 레드블러드를 향해 매서운 공격이 내리쳤다. 동시에 검푸른 바다를 다 뒤집어놓을 것 같은 거센 폭발음이 사방을 메웠다.

콰과과광!

검은 돛을 펄럭이던 유려한 범선이 눈앞에서 사라졌다. 무시무시한 함포 사격이 검은 범선을 조각조각 파괴했다. 부서진 조각들이 바다 위에 어지럽게 널렸다.

쐐애액!

바람을 가르는 날카로운 소리가 사위에 퍼졌다. 소리의 중심부에서 매끄럽고 유연한 초록빛 생물이 재빠르게 움직였다. 가늘고 유연한 몸이 레드블러드를 옥죄던 결계를 향해 나아갔다. 그러고는 한 치의 망설임도 없이 온몸을 부딪쳤다.

꽈과광!

불꽃이 튀기며 하얀 연기가 솟아올랐다. 작은 틈을 비집고 솟아오른 초록 뱀에 의해 레드블러드를 덮치던 결계가 일제히 무효화되었다. 헤르메스의 반쪽 창이며 라미아Lamia의 뱀◆이라 불리는 초록 뱀이 긴 꼬리를 흔들며 맹렬히 솟구쳐 오르는 그 순간이었다.

채앵챙!

날카로운 금속성이 초록 뱀을 붙들었다. 라미아의 뱀을 단단히 붙잡은 것은 두 줄의 체인이었다. 동서 방향에서 뻗어 나온 기다란 체인이 초록 뱀의 몸을 휘감았다. 뱀이 하늘로 솟구쳐 오르자 양쪽에서 체인을 붙든 두 사람 또한 하늘로 솟구쳤다. 짙고 어두운 검회색 체인 끝에는 거울을 바라보는 것처럼 얼굴이 똑같은 두 명의 승려가 있었다. 하얗게 밀어버린 머리에 빛바랜 갈색 도포를 입고 허리를 질끈 묶은 두 사람은 등에 맨 회색의 작은 짐부터 눈썹 하나, 귓바퀴 하나까지 똑같은 모습이었다. 그들이 붙잡고 있던 기다란 체인은 고리 하나하나에까지 깊은 공력이 담겨 있었다. 기다란 체인이 매끄럽고도 유연한 뱀의 몸을 친친 감고 주살誅殺의 기운을 뿜어냈다. 살아 있는 것은 살리고 죽은 것은 죽이려는 주륙誅戮의 기운이 초록 뱀을 압박했다.

"캐애액!"

고통의 신음이 사방으로 터져나갔지만 초록 뱀을 붙든 두 승려는 꼼짝도 하지 않았다. 초록 뱀이 하늘을 날면 뛰어 오르고 몸을 휘두르면 함께 빙글빙글 돌면서도 검은빛 체인 끝에서 떨어지지 않았다.

"캬악!"

◆ 상반신은 아름다운 여인이고 하반신은 뱀의 형상이다. 그녀는 최초의 인간인 아담의 첫째 부인이었던 릴리스Lilith를 상징한다. 릴리스는 아담과 마찬가지로 재에서 만들어졌으나 아담과 신에게서 모두 버림을 받게 된다. 그녀는 남성과 신 중심의 고대 세계를 비판함으로써 둘 모두에게 철저히 버림받았다.

고통에 물든 신음이 퍼져나갔다. 공중에서 허우적거리던 초록 뱀이 미친 듯이 몸부림치며 바다 아래로 떨어졌다. 뱀이 온몸을 비틀어댔지만 검은 체인은 꼼짝도 하지 않았다. 쌍둥이 승려들 역시 반쪽 헤르메스의 창을 따라 차갑고 매서운 바다로 빠져들었다. 안광을 뿜어내는 두 사람의 눈은 초록 뱀을 놓치지 않았다. 요동치는 초록 뱀이 두 승려와 이어진 검은 체인에 감긴 채 고통스럽게 울어댔다. 본래 하나가 아니라 온전한 둘이어야 할 헤르메스의 창이 반쪽이 되어 움직이는 이상 한 쌍을 이룬 주류의 술법을 빠져나오기에는 역부족이었다.

차가운 바다로 빠져들면서도 똑같은 얼굴, 똑같은 모습의 두 승려가 한 손으로 체인을 붙든 채 다른 손으로 술법을 완성하는 문양을 물 위에 그렸다. 그들의 손이 흐르는 대로 불투명한 허연 안개가 피어올랐다. 하느작거리던 안개의 무리는 치렁거리는 검은 체인의 끝으로 모아졌다. 그리고 그 끝에 감긴 초록 뱀 위로 갈라진 두 무리의 안개가 합쳐지면서 점점 더 또렷한 형상이 되었다. 허연 안개가 모여 사람의 형체로 굳어지더니 마침내 무시무시한 신으로 현신했다. 오른손에는 투박한 검을, 왼손에는 삼지창을 든 분노의 신이었다.

"부동명왕不動明王◆의 분노여! 멸적제마滅敵除魔!"

◆밀교에서 모시는 위대한 명왕 중 대표적인 신. 분노를 통해 교리와 신자를 옹호하고 그와 반대에 선 이들을 엄격히 심판한다. 원령이나 나쁜 유령을 퇴치하는 조복법調伏法을 수호하며 오른손에는 검을, 왼손에는 삭을 들고 있다. 부동명왕의 모태는 힌두교에서 모시는 파괴의 신 시바로 알려져 있다.

마지막 힘이 폭발적으로 모여드는 순간, 분노의 신이 휘두른 투박한 검과 날카로운 삼지창의 날이 초록 뱀의 몸통을 파고들었다.

"깨애애액!"

가느다란 뱀의 몸통이 와드득 소리를 내며 반으로 갈라졌다. 검과 삭 사이에서 미친 듯이 요동치는 초록 뱀의 울부짖음이 바다와 하늘로 퍼져나갔다.

2

이어도의 높은 산세 위에 둥글게 뭉쳐진 구름은 말캉말캉한 솜처럼 기분 좋은 느낌을 주었다. 하지만 구름 속에 파묻혀 있는데도 낙빈 일행은 좀처럼 좋은 느낌을 즐길 수가 없었다. 몸은 편하지만 마음은 불편하고 따가웠다. 이어도 저편에서 일어나는 전투를 바라보는 일행은 가슴이 아팠다. 낙빈의 머릿속에서는 끝없는 의문이 꼬리를 물고 이어졌다. 왜 싸워야만 하는가. 왜 저토록 서로를 괴롭혀야만 하는가. 왜 저리도 비슷한 사람들이 서로를 죽이지 못해 안달하는가. 어린 소년의 마음은 답답해서 터질 것만 같았다. 마음이 답답한 것은 낙빈만이 아니었다.

"도와줘."

인간들의 싸움에 휘말린 존재. 자신의 의지와 상관없이 그 중심에 선 가엾은 존재가 낙빈의 한복 소매를 움켜쥐었다. 초록빛 장옷을 입고 허리를 질끈 졸라맨 뱀 아이가 짧은 고수머리를 흔들며 낙빈을 붙들고 늘어졌다. 좀 전에 쌍둥이의 허리가 반으로 쪼개질 때 그녀 역시 아파하고 괴로워했다. 이 작고 가엾은 존재는 자신에게 담겨진 엄청난 능력 때문에 수천 년간 인간에게 위해를 받아왔다.

"넌 나를 필요로 하지 않아, 그렇지? 너는 욕심이 없어. 그러니 제발 나와 나의 자매를 누구도 가질 수 없게 해줘."

뱀 아이의 간절한 바람과 소원은 하나였다. 이 끔찍한 소용돌이에서 벗어나는 것. 그들을 필요로 하는 존재들로부터 자유로워지는 것. 그리고 마침내 해방되는 것. 그 간절한 소망이 낙빈에게 고스란히 전해졌다.

"도와줘, 제발."

제 몸보다 훨씬 작고 비루한 뱀 아이를 바라보며 낙빈은 눈을 질끈 감았다. 낙빈이 할 수 있을지는 몰라도 진심으로 도와주고 싶었다. 아니, 도와주어야 했다. 수천 년간 고통받아온 가엾은 존재를 이제야 겨우 해방시키는 것은 늦어도 너무 늦은 일이 아니겠는가.

"널 도우라고 이어도가 우리를 받아주었나 봐. 도와줄게. 내가 할 수 있는 모든 것을 해볼게."

낙빈의 검은 눈동자가 파르르 떨려왔다. 낙빈의 뒤에 선 천상천하 위대한 신들이 함께 고개를 끄덕이는 것이 느껴졌다.

'가엾구나, 제자야. 너무나 오랜 시간 고통받은 존재로구나.'

인간의 욕망에 피폐해지고 지친 존재를 신들도 낙빈과 같은 눈빛으로 바라보아주는 것이 생생하게 느껴졌다. 이제 제 마음이 신의 마음임을 깨달은 어린 박수무당이 뱀 아이의 검은 머리카락을 쓰다듬었다. 검은 머리카락은 낙빈의 것과 달리 아주 뻣뻣하고 거칠었다. 단단하게 똘똘 말려서 손가락을 밀어 넣어도 쓸리지 않는 빽빽한 머리카락이었다. 그 느낌이 작은 뱀의 고행을 말해주는 것만 같아 낙빈의 가슴이 저렸다. 수천 년간 갇혀 있었던 탓인지 가엾게도 상처받은 어린 마음이 그대로 남아 있는 듯했다.

자신이 원치 않는데도 수많은 인간의 욕심에 휘둘렸던 가엾은 존재. 그 작은 뱀에 대한 깊은 연민이 낙빈의 전신을 휘돌았다. 가엾은 존재를 돕기 위해 어떻게 해야 하는지는 알지 못했지만, 어떻게 해야 하는지 알려줄 사람이 있었다. 그의 곁에서 위대한 나날을 예비하고 제자를 지지하는 신할아버지들에게 모든 것을 맡기고 도움을 구하면 되었다. 기대고 의지하면 되었다. 이제 낙빈은 순수한 마음으로 기쁘게 도움을 바라고 요청했다.

'할아버지들, 꼭 도와주고 싶습니다. 부디 방법을 알려주세요.'

낙빈은 마음속에서 들려오는 신님들의 이야기에 귀를 기울였다. 그분들이 귀 기울여 낙빈의 이야기를 들어주시듯 낙빈 역시 신할아버지의 말씀을 경청했다. 조곤조곤 들려주는 방법을 하나도 흘리지 않으려 깊이 집중했다. 그런 낙빈의 손을 누군가가 꾸욱 힘주어 잡았다.

미덕이었다. 자신의 내면에 집중하던 낙빈이 깜짝 놀라 미덕을 바라보았다. 푸른 바다 저 아래에서 반쪽의 뱀과 내내 이야기하던 어린 소녀가 물끄러미 낙빈을 바라보고 있었다.
"이 아이를 도와주면…… 앤 어떻게 되는 거야?"
"모든 힘을 잃을 거야. 그 후에 어찌 될지는 나도 몰라."
"그럼 이 아이는 누구에게도 필요치 않게 되는 거지?"
"응, 누구도 더 이상 헤르메스의 창을 탐내지 않겠지. 아무런 힘도 없어지고 평범한 지팡이가 되어버릴 테니까."
미덕이 커다란 눈을 껌뻑이며 낙빈과 뱀눈의 아이를 번갈아 바라보았다. 무언가 할 말이 있는 것처럼 미덕의 입술이 달싹거렸다.
"그럼…… 현욱 아저씨에게도…… 더 이상 필요 없게 되는 거구나?"
"응."
고민하던 미덕이 마침내 눈을 위로 뜨며 물었다. 낙빈이 고개를 끄덕였다.
이제야 낙빈은 미덕이 무얼 걱정하는지 알았다. 현욱을 좋아하니까. 그가 갖은 노력을 다해 헤르메스의 반쪽 창을 숨기고 여태껏 보호해온 것을 아니까 미덕은 마음이 불안한 것이다. 제 눈앞에서 벌어질 일들을 아저씨가 좋아하지 않을 것을 아니까 걱정되는 것이다. 사랑받고 싶어 하는 어린 미덕이 사랑을 잃을까 걱정하는 것은 당연한 일일지 모른다.
미덕은 고개를 떨어뜨렸다. 그러다 뱀 아이의 눈동자를 다시 바라보았다. 가엾다. 불쌍하다. 도와주고 싶다는 마음은 미덕도 같았다. 상처받은 뱀 아이를 처음 만났을 때 온몸을 웅크리고 마음을 가두던 모습이 떠올랐다. 뱀 아이는 너무 많이 시달리고 고생해서 그렇게 몸을 사렸던 것이다. 뱀 아이에게 원치도 않는 엄청난 능력이 남아 있는 이상 사람들의 욕망에서 절대로 풀려나지 못하리라는 것을 어린 미덕도 이해했다. 아이가 원하는 자유를 얻기 위해서는 무엇을 해야 할지도 알았다. 미덕이 천천히 고개를 끄덕였다.

"응, 그래 알았어."

사랑받고 싶은 마음보다 뱀 아이에 대한 연민이 앞섰다. 현욱 아저씨를 사랑하지만 상처받은 뱀 아이를 모른 척할 수는 없었다. 마음을 읽는 미덕이기에 더욱더 그 슬픔을 묵살할 수가 없었다.

낙빈은 찬찬히 고개를 끄덕이는 미덕을 말끄러미 바라보았다. 제 고집만 부리는 줄 알았더니, 미덕이도 조금 컸구나. 낙빈의 얼굴에 미소가 어렸다.

"정희 누나, 이 아이를 좀 안아주시겠어요?"

"으응, 그래."

말캉말캉한 구름 한 점이 스르르 정희의 몸을 움직였다. 그녀가 발을 내딛지 않아도 구름이 먼저 움직여 그녀를 뱀 아이 곁으로 당겼다. 움찔 몸을 떠는 아이를 정희가 가만히 제 무릎에 앉혔다. 꽁꽁 얼어붙은 딱딱한 몸뚱이가 정희의 무릎에 닿았다. 아이는 사람의 형상이었지만 몸은 나무토막처럼 단단했다. 본래는 보들보들했을 피부가 하도 경계하고 의심하는 바람에 굳어버린 것처럼 느껴졌다.

낙빈이 정희에게 안아주라는 것은 그런 아이의 마음을 녹여달라는 부탁이리라. 한평생 인간의 탐욕과 욕망 사이에서 괴롭힘을 당한 존재에게 지극한 희생과 헌신의 마음으로 다른 이를 염려하고 걱정하는 사람도 존재한다는 것을 알려주고 싶었을 것이다.

정희는 두 눈을 감았다. 지극한 염려의 마음을 담아 아이를 보듬었다. 금속 표면처럼 차가운 살을 문지르고 유리처럼 딱딱한 등을 쓰다듬었다. 지금껏 그토록 고달프게 해서 미안했다, 진심으로 용서를 구한다는 것을 고스란히 느낄 수 있도록 부드럽게 매만졌다.

"……."

아이는 아무 말도 하지 않았지만 연초록 눈이 커지면서 정희를 말끄러미 바라보는 것만으로도 모두들 느낄 수 있었다. 가엾은 뱀이 정희의 마음을 알아주고 있음을. 그녀가 보내는 지극한 희생과 연민의 마음에 동요되고 있음을.

정희가 문지르는 손바닥 아래로 작은 열감이 일었다. 뱀 아이의 몸이 조금씩 온기를 찾는 것 같았다. 그 온기는 마찰이 만들어낸 착각일지도 몰랐다. 하지만 정희는 짧은 순간, 표면적인 따스함이라도 뱀 아이에게 전달되기를 바랐다. 동그랗게 세로로 찢어졌던 뱀 아이의 눈동자가 조금씩 줄어들었다. 눈동자도 몸도 졸린 듯 꼬물거렸다.

스르르…….

안도한 뱀 아이가 정희의 무릎 위에서 제 모습을 드러냈다. 몸에 맞지 않아 어깨가 다 보이던 커다란 녹색 도포가 정희의 무릎 위로 하느작거리더니 스르륵 바닥으로 가라앉았다. 아이는 금세 자그마하게 줄어들었다. 아이의 모습을 벗고 에메랄드빛 눈동자에 어울리는 늘씬한 뱀의 형상으로 바뀌었다. 푸른 도포 사이로 윤기 흐르는 비늘이 반들거렸다. 비늘 아래로 잘 발달된 단단한 근육이 만져졌다.

취르륵……. 양쪽으로 갈라진 검은 혀가 빠르게 움직였다. 고개를 비스듬히 하고 정희의 몸 위아래, 좌우로 움직이는 모습이 그녀의 체향體香을 맡으려는 것처럼 보였다. 정희의 향을 한껏 들이마시면 마실수록 뱀은 점차 안정이 되는 것 같았다. 바짝 세우던 고개도 수그러들고 팽팽하고 단단하던 근육도 어딘가 이완된 듯이 느껴졌다.

'다행이다.'

정희는 안도했다. 그녀는 초록 뱀의 기다란 몸을 여전히 쓰다듬었다. 팽팽한 근육을 통해 그녀를 향해 마음을 열기 시작한 작은 뱀이 느껴졌다. 만들어진 순간부터 여러 사람들의 욕망에 시달리고, 그 능력을 빼앗으려는 무리들에 희생되고, 끝내는 천년이 넘는 기나긴 시간 동안 감금당하고 억압받은 초록 뱀의 일생은 한없이 애처로웠다. 그저 작은 위안이라노 주고 싶은 게 성희의 마음이었다.

본래 모습으로 돌아간 뱀을 물끄러미 바라보자니 낙빈의 등 뒤가 근질거렸다. 저 뱀을 따뜻하게 바라보는, 뜨겁고도 차가운 어떤 기운이 스멀스멀 일어나는 것이 느껴졌다. 뱀에게 엄청난 힘을 주는 원천으로서 뱀을 수호하고 보호하는 누군가였다. 어린 뱀 아이를 깊이 염려하고 아끼는 마음을 가진 고귀한 어르신이 느껴졌다. 그분이 도움을 주기 위해 낙빈에게 다가와 있었다.

스스스……

하얀 안개가 퍼지면서 새하얀 수염을 길게 늘인 신장이 나타났다. 눈처럼 하얀 수염은 발아래까지 길게 이어졌고 기다란 눈썹은 눈을 다 가릴 정도로 삐죽삐죽했다. 새하얀 눈썹 아래 언뜻언뜻 보이는 눈동자는 그저 고개가 숙여질 만큼 존귀했다. 금빛으로 일렁이는 비단옷을 위에 걸치고 아래로는 새빨간 용포가 이어졌다. 발아래까지 길게 늘어진 적포赤布에는 샛노란 용이 좌우로 새겨져 있었다. 새하얀 머리 위로는 높다란 금관을 썼다. 신장이 고개를 움직일 때마다 금관에서 길게 늘어진 동그란 영락瓔珞들이 반짝반짝 흔들렸다. 금관은 물론 전신에서 비춰오는 황홀한 광채에 눈이 시렸다.

낙빈의 눈에도, 일행의 눈에도, 작은 초록 뱀의 눈에도 그 존재가 생생했다. 떠오르는 모습만으로도 그 위엄에 고개가 숙여지는 높은 신격이 분명하다. 그의 위엄 앞에서 온 바다가 고개를 숙이고 온갖 물의 기운이 엎드려 경배했다. 그 기운을 읽은 낙빈은 저분이 누구인지 알아챘다. 사해를 다스리는 용왕님이시다. 사방천지의 바다를 다스리고, 바다에 속한 짐승을 다스리며, 거북과 뱀

같이 물을 떠나서는 살 수 없는 존재들의 모체이자 근원인 위대한 바다신이다. 그가 뱀 아이를 도우러 나타나다니……. 낙빈 역시 심장이 뛰었다. 사해의 왕이라면 가엾은 뱀을 도울 수 있을 것이다.

'가엾은 아이야…….'

그분이 입을 여는 순간 우르르 쾅쾅 천둥이 울고 비가 쏟아지는 듯한 착각이 일었다. 비와 바람이 이어도의 머리 위로 몰려오고, 차갑지만 한없이 맑은 기운이 사위를 감쌌다.

'바다에 속한 뱀의 아이야. 너에게 담겨진 이능異能이 너의 주제를 넘어서면서 불가능한 바람을 이루기 위해 닿아서는 안 될 곳에 손을 뻗은 자들로 인하여 네가 그 삯을 무는구나. 네가 가진 이능을 지우려 해도 치러야 하는 대가가 너무나도 큰 까닭에 누구도 너를 구원치 못하리라.'

용왕의 첫마디는 비극적이었다. 낙빈의 심장이 차갑게 오그라들고 뱀의 까만 눈동자가 에메랄드빛 눈알을 다 덮을 정도로 커졌다. 눈이 탁해지면서 초록빛은 모두 사라지고 말았다. 누구도 구원할 수 없다는 말만 뱀의 귓가를 맴돌았다.

'……그러니, 내게 속한 짐승의 형상아.'

모든 것을 굽어보는 무시무시한 눈동자가 작은 초록 뱀을 깊은 눈으로 바라보였다. 속 깊은 마음까지 모든 것을 꿰뚫어보는 날카로운 눈빛이었다. 초록 뱀은 저도 모르게 꼿꼿이 고개를 세웠다.

'너를 구원할 자는 너 자신뿐이리라.'

용왕이 금빛 소매를 들어올렸다. 반짝이는 비단 천 아래로 길게 드리워진 풍성한 소매단이 스르르 작은 뱀을 향해 다가갔다. 정희의 무르팍에 돌돌 몸을 말고 있던 뱀이 파르르 전신을 떨었다. 그 미끈한 근육 위로 위대한 바다신의 손길이 스르르 스쳤다. 깊은 눈이 뱀 아이의 눈동자를 뚫어질 듯 바라보았다.

'모름지기 구원은 스스로의 몫이니라. 너뿐 아니라 모든 것의 이치가 그러하니라. 구원은 본디 스스로의 소명이니라.'

마지막 말은 뱀을 위한 것이 아니었다. 구원을 말하던 용왕의 마지막 시선이 낙빈에게 닿았다. 그의 제자로서 세상을 구원할 수도, 멸망시킬 수도 있다는 신의 계시를 받은 아이. 그 신 아이를 향해 서늘한 눈동자가 마지막 말을 삼켰다.

위대한 사해용왕의 용안을 마주하는 낙빈의 눈동자가 파르르 떨렸다. 사해용왕은 낙빈만이 알아들을 수 있는 말을 한 것이다. 수수께끼 같은 마지막 말을 마치고 존귀한 신의 형상이 푸르르 사라졌다. 본래 그곳에 아무것도 없었던 것처럼.

"너를 구원할 자는 너 자신뿐이라고……."

초록 뱀을 내려다보던 정희가 용왕의 말을 반복했다. 그녀가 말했다기보다는 그녀와 살을 맞대고 있는 뱀의 마음이 정희의 입을 통해 흘러나오는 듯했다. 뱀은 깨달은 것 같았다. 그 말의 의미를. 수천 년간 받아온 이 끔찍한 고행을 중단하고 구원받을 수 있는 유일한 방법을.

3

 치렁거리는 검은 머리카락은 매서운 바람 속에서도 가지런히 찰랑거리고 아름답게 빛났다. 작은 소녀의 몸보다 더욱 기다란 머리가 흑단인형의 등을 타고 아래로 길게 뻗어 있었다. 거대한 용의 머리가 그녀를 향해 커다란 입을 벌리고 달려드는 순간에도 그녀의 긴 머리는 흑진주처럼 반짝였다.
 "카아악!"
 거대한 푸른 용의 머리는 집채만큼이나 컸다. 머리에 비해 왜소한 두 개의 뿔이 정수리 양쪽에 돋아난 신수가 푸른 도복의 지장선인을 태우고 흑단인형을 향해 거대한 아가리를 쩍 벌렸다. 청룡의 머리 위에 선 지장선인은 붉은 기모노를 입은 흑단인형을 내려다보았다. 그의 매서운 눈이 바라보는 그곳으로 청룡의 허연 입김이 정확하게 내쏘아졌다. 새하얀 입김은 강철도 녹일 만큼 강한 염강수鹽強水였다. 허연 입김이 사라지기도 전에 시뻘건 불구덩이가 그 자리를 뒤덮었다. 청룡의 앞을 막아선 것은 그 무엇이라도 깨끗하게 녹여버릴 용광로였다. 희번덕 돌아가는 청룡의 눈알이 깔보듯 흑단인형을 쏘아보았다. 하얀 연기와 붉은 화염 속에 녹아 없어질 존재에게 한 치의 동정도 없는 눈빛이었다.
 "크아아아……."
 용맹한 울음을 터뜨리며 솟구치는 거대한 청룡의 꼬리가 근질거렸다. 기다란 몸을 뒤틀며 허공으로 세차게 솟아오르는데 꼬리

저편에 새빨간 천 쪼가리가 펄럭였다. 길게 찢어진 청룡의 눈동자가 데구륵 굴렀다. 흑단인형의 작고 여린 손이 날카로운 비늘 하나를 단단히 쥐고 있었다.

"사방성좌四方聖座의 권능, 청룡참월도靑龍斬月刀!"

꼬리에 붙은 실오라기를 떨어뜨리는 것은 청룡이 허락한 제자의 역할이다. 지장선인이 왼손으로 뿔을 잡고 오른손은 꼬리를 향해 뻗었다. 오른손 아래에 갑자기 무언가가 단단히 잡혔다. 빈 공간에서 나타난 것은 끝이 갈지자로 휘어진 기다란 창이었다. 끝부분에 용의 형상이 새겨진 창이 지장선인의 손아귀에 들려 있었다. 청룡의 피를 담아 만든다는 전설의 창이었다. 창끝이 흑단인형의 붉은 기모노를 향해 무언가를 내쏘았다. 쐐애액. 바람을 가르는 용의 아가리가 펄럭이는 붉은 천을 향해 번개를 내뿜었다. 투명하던 번개가 점점 허연빛으로 또렷해지더니 붉은 천 자락을 맞혀 떨어뜨렸다. 용의 비늘을 놓친 붉은 비단옷이 저 아래로 멀어져갔다.

"청룡등천靑龍登天!"

기다란 청룡의 꼬리가 허공을 내려치며 하늘 높이 솟구쳤다.

토오옹.

가벼운 발걸음 소리가 들렸다. 팽팽한 고무 위를 힘차게 차오르며 가볍게 올라서는 듯한 소리였다. 지장선인이 그 소리의 근원을 향해 고개를 돌렸을 때는 무서운 속도로 청룡의 등천을 따르는 어린 여자아이의 모습이 있었다. 세상의 모든 빛을 끌어 담을 것처럼 검게 물든 긴 머리를 가지런히 날리는 소녀. 분명히 번개를 맞았는데도 흑단인형은 순식간에 청룡을 따라잡더니 지장선인의 위쪽으로 높이 솟아올랐다. 은빛으로 출렁이던 진정지주의 결계에 부딪히기 직전 두 발로 결계를 차고 반대쪽으로 내려서는 흑단인형의 모습이 지장선인에게도, 푸르른 신수의 눈에도 또렷이 들어왔다. 거대한 신수는 불길을 내뿜으려 했고, 지장은 청룡의 피를 담은 신비의 창을 꽂기 위해 가늠하던 순간이었다.

화르르르!

새빨간 불꽃이 선제공격을 시작하고 참월의 번개가 그 뒤를 이었다. 하지만 청룡과 지장의 공격보다 흑단인형의 움직임이 앞섰다. 그녀의 작은 몸이 청룡의 왼쪽 얼굴을 향해 덮쳐왔다.

토오옹…….

그녀의 발이 청룡의 왼쪽 눈알을 밟는 순간. 지장선인의 장창이 방향을 틀어 검은 머리카락 위를 덮쳤다.

"사방성좌四方聖座 동권지령東權之令!"

푸우욱. 무언가 날카로운 것이 무른 살을 파고드는 소리가 들렸다. 싸아악. 날카로운 창날이 매섭도록 허공을 가르는 소리도 이어졌다.

"크와아아아악!"

고통의 비명 소리를 내지르는 거대한 청룡의 왼쪽 눈알에서 시퍼런 진액津液이 뿜어져 나왔다. 눈알의 중심에 단단히 박힌 것은 얇고 가는 검정색 비녀였다. 흑단인형이 눈알에 박아 넣었던 비녀를 뽑아드는 순간, 푸른 진액이 온 사방으로 폭발하듯 날아갔다. 비녀를 비껴 바스스 떨어지는 검은 다발도 허공 위로 흩어졌다. 지장선인의 창날이 흑단인형의 긴 머리카락을 가르며 예리하게 베어낸 것이다.

"카아악!"

고통으로 범벅이 된 청룡이 온몸을 비틀며 요동쳤다. 신령한 신체神體에 이런 저열하고 추잡한 흉을 남긴 것은 처음이었다. 거대한 신수의 몸이 타래를 감은 듯 비비 꼬이더니 그대로 저 깊은 바다 밑으로 첨벙 뛰어들었다. 왼쪽 눈알에서 느껴지는 무시무시한 화마火魔의 기운을 깊은 바닷속에서 식히려는 심사리라.

추락하는 청룡의 뒤를 따라 흑단인형 역시 추락했다. 바다로 끌려 들어가기 전, 그녀의 작은 발이 파도치는 물결을 발판 삼아 다시 토옹 하늘 위로 올라섰다. 그녀가 하늘로 오르는 동안 지장선인의 일격에 베인 검은 머리카락이 하얀 가면 위로, 붉은 비단 위로 후드득 떨어져 내렸다. 고작 머리카락 일부일지언정 가면 안쪽에서 심히 불편한 표정을 짓는 흑단인형을 느낄 수 있었다.

흑단인형의 저편에서 레드블러드의 붉은 옷자락이 검푸른 바다를 발판 삼아 사방으로 물을 튀기며 솟아올랐다. 늘씬한 여인의 몸이 길디긴 붉은 머리카락을 휘날리며 뛰어오른 곳은 그녀의 절반 정도나 될까 싶은 작은 몸을 가진 흑단인형의 등 뒤였다. 레드블러드의 위로 부서지듯 흩날리는 머리카락들이 스쳐갔다. 검은 머리카락에서 흑단인형의 체취가 느껴졌다. 붉디붉은 레드블러드의 눈동자가 그야말로 뒤집어질 것처럼 빛났다. 흑단인형이 느낄 짜증스러운 심경이 레드블러드에게서 폭발할 것처럼 확장되었다. 초록 뱀은 꼬리가 반으로 갈라졌고 흑단인형은 머리카락이 잘렸다. 새빨갛게 분노한 여인의 음성이 사방에 쩌렁쩌렁 울렸다. 귀가 터질 것 같은 천둥소리가 강력한 영파를 담아 퍼져나갔다.

"감히…… 감히…… 너희가…… 내 지옥을 선사하…….."

그러나 저주의 말은 끝을 맺지 못했다. 무시무시한 영파를 내뿜던 그녀를 향해 불기둥이 터졌다.

퍼엉, 펑!

레드블러드의 음성만큼이나 강력한 파동이 그녀의 몸 위에서 터져나갔다. 시뻘건 불덩이가 맹렬하게 솟아올랐다. 명령만 기다리고 있던 함포들이 일제히 레드블러드의 몸 위로 공격을 감행한 것이다. 불꽃이 채 가시기도 전에 자욱한 안개 더미가 몰렸다. 인위적인 안개가 자욱하도록 피어올라 레드블러드 주변을 휘감았다.

"열어라, 열어엇!"

자욱한 안개의 안쪽에서 새빨간 머리카락이 휘날렸다. 날카롭고 기다란 손톱이 안개를 쥐어뜯는 모습이 보였다. 성난 레드블러드가 그녀를 감싼 자욱한 안개 속에서 울부짖었다.

"우, 우우욱!"

레드블러드가 안개를 쥐고 흔들며 찢어댈 때마다 여러 함정에 나뉘어 타고 있던 요원들이 픽픽 쓰러졌다. 안거선인을 필두로

한 결계술의 대가들과 그의 제자들이었다. 단단히 가두어둔 레드블러드가 발악하고 저항할수록 일부 결계사들이 극심한 내상을 받으며 무릎을 꿇었다.

"견뎌라, 견뎌야 한다."

얼굴이 보이지 않을 정도로 깊이 삿갓을 눌러쓴 안거선인이 이를 악물며 중얼거렸다. 이어도를 중심으로 한 외곽에 방대한 결계를 친데다 레드블러드까지 붙잡고 있는 것은 세계 최고의 결계사들을 전부 모아도 녹록한 일이 아니었다. 그래도 견디어야 한다. 오늘이 마지막인 것처럼. 아니, 진실로 마지막이 될 수도 있는 오늘이기에! 결계사들은 목숨을 다해 술법을 펼쳤다.

더욱 짙은 안개가 레드블러드의 앞을 가렸다. 미친 듯이 발악하던 소리도 단단한 벽 저편으로 사라져갔다. 희뿌연 결계가 닫히면서 그녀의 모습도 보이지 않고 음성도 들리지 않았다. 휘날리던 붉은 머리카락도 사라졌다. 발악하던 그녀의 모습이 안개 저편으로 사라져갔다. 일그러진 공간의 저편으로. 그녀를 위해 준비된 깊고 깊은 심연의 세계를 향해. 결코 빠져나올 수 없는 저 먼 세계로 사라져버렸다.

가장 중요한 순간이 끝내 완성되었다. 흑단인형과 레드블러드를 완전히 분리하는 것. 이번 결투의 핵심인 치밀한 현욱의 작전이 마침내 절정을 향해 치닫는 순간이었다.

"시작한다. 이제…… 모든 공격을 시작한다!"

레드블러드를 단단히 붙잡아 돌아올 수 없도록 깊은 결계 저편에 가둔 것은 흑단인형에 대한 총공격을 의미했다. 현욱의 낮은 음성과 함께 치밀하게 준비해둔 공격들이 흑단인형을 향해 쏟아졌다.

콰르르릉!

흑단인형이 안개 속에 붙잡힌 레드블러드를 향해 몸을 틀었지만 두 여인이 만날 틈은 없었다.

"불결한 신이여, 너와 마귀의 모든 세력과 지옥의 원수들의 모든 공격과 마귀의 모든 군단과 동맹과 씨족을 추방하노라!"

흑단인형의 눈앞에 눈부시게 하얀 날개를 퍼덕거리는 아름다운 청년이 나타났다. 새하얀 블라우스를 펄럭이며 위대한 신의 은총에 싸인 미카엘의 손이 신의 영광을 담은 노란 번개를 내뿜었다. 샛노란 번개가 흑단인형의 미간을 향해 날아갔다. 하늘로 솟구치던 그녀의 몸이 방향을 바꿀 수도 없는 찰나였다. 흑단인형의 붉은 기모노가 그녀의 얼굴을 막았다. 붉은 기모노 가득 막강한 방어의 힘이 어렸다.

콰과앙!

매서운 폭발음이 터졌다. 붉은 기모노가 미카엘의 공격을 막아냈다. 그러나 폭발이 잦아든 후에도 기모노의 한쪽 끝에 모락모락 연기 같은 것이 올라왔다. 붉은 기모노의 끝자락이 불꽃에 훼손되고 말았다. 무표정한 듯, 미소 짓는 듯 새하얀 가면 아래 까만 눈동자가 매섭게 번뜩였다.

"주제를 모르고 덤벼드는 부나방들아. 네 것들을 움직이고 희생토록 만드는 것이 진정 누구인지 모르느냐!"

성난 흑단인형이 미카엘을 향해 달려들었다. 작고 민첩한 몸이 순식간에 아름다운 청년의 앞으로 날아갔다. 그녀의 오른손에서 가늘고 뾰족한 비녀가 새까만빛을 발했다. 그 검은 비녀가 미카엘의 이마 한가운데를 노렸다.

가가각…… 쩌저억…….

그것이 미카엘의 아름다운 얼굴로 달려드는 순간 거대한 흰 날개가 미카엘의 앞을 막아섰다. 흑단인형이 내지르는 검은 비녀와 거대한 날개 사이에서 파고들고 밀어내는 맹렬한 공격과 방어가 끔찍한 소리를 만들어냈다.

"주의 권능으로 마귀를 벌하노라! 교회를 해치고 그 자유를 묶으려는 사탄아, 너를 심판하노라!"

미카엘을 공격하는 흑단인형의 뒤로 엄청난 속박이 느껴졌다. 그녀의 눈썹이 꿈틀거렸다. 하늘에 뜬 두 사람 외에 저 아래 바다 위의 함정에서 튜닉을 펄럭거리는 다섯 명의 사제가 흑단인형을 노려보고 있었다. 순결한 하얀 튜닉을 걸친 그들의 앞섶에는 피와 희생을 상징하는 붉은 영대가 양어깨를 타고 길게 늘어져 있었다. 미카엘과 같은 유일신의 가호를 받으며 그의 권능을 실현하는 성인聖人들의 모습이었다. 그들이 명하는 엄중한 심판이 흑단인형의 등 뒤에 꽂혔다. 그들의 기도가 하나로 모아지더니 금빛으로 물든 십자가 모양이 되었다. 그것이 미카엘을 공격하던 붉은 소녀의 등 뒤에 박혔다. 그녀의 등 길이만큼이나 기다란 금빛 십자가가 작은 여자아이에게 박히는 순간, 채챙! 유리 조각이 깨지는 것 같은 매서운 소리가 울려 퍼졌다.

"……읍!"

미카엘을 공격하는 데 몰두했던 흑단인형의 입에서 작은 신음이 터져 나왔다. 그녀의 몸이 앞뒤로 한 번 크게 휘청거렸다. 미카엘을 향해 비녀를 내리꽂던 흑단인형의 얼굴이 매섭게 뒤쪽으로 돌아섰다. 새하얀 가면 속에서도 시퍼렇게 날선 눈동자가 생생히 느껴졌다.

"감히 네 것들이!"

분노한 음성이 낮게 울려 퍼졌다. 그 순간, 그녀의 등허리를 관통했던 금빛 십자가가 반대 방향으로 날아갔다. 그리고 동시에 다섯 개의 조각으로 깨어지더니 그것을 만들어낸 다섯 명의 사제를 향해 날아갔다.

"으허억!"

그들이 만들어낸 신의 은총이 다섯 성인의 심장에 단단히 박혔다. 어깨에 두른 붉은 영대만큼이나 붉은 피가 그들의 가슴과 입에서 뿜어져 나왔다. 그들을 태운 함선 갑판이 새빨갛게 물들었다.

"라미아의 뱀이여!"

분노한 흑단인형이 매서운 음성으로 헤르메스의 반쪽 창을 불렀다. 바다에 빠져 퍼덕이던 초록 뱀이 푸른 물결을 뚫고 솟아올랐다. 하지만 초록 뱀에게는 몹시도 거추장스러운 것이 감겨 있었다. 유연한 초록 뱀을 옥죄고 있는 것은 두 줄의 검은 체인이었다. 그게 다가 아니었다. 체인 끝에는 두 명의 승려가 매달려 있었다. 공력을 담은 체인은 두 승려가 만들어내는 주살의 문자를 고스란히 받아내고 있었다. 그들이 기운을 만들어 쏘아댈 때마다 고통에 물든 뱀이 온몸을 꼬며 허덕였다.

그런데도 초록 뱀은 자신을 부르는 흑단인형에 화답하며 하늘로, 하늘로 올라갔다. 바다를 뚫고 하늘로 오르는 뱀을 바라보던 흑단인형의 눈이 가늘어졌다. 뱀에 매달린 두 승려의 모습을 가증스럽게 쳐다보는 눈빛에 분노가 어렸다.

"이제 그만, 떨어져요! 빨리!"

코앞에서 흑단인형의 생생한 분노를 느낀 미카엘이 소리쳤다. 청년은 흑단인형의 분노가 두 승려에게 몰아칠 것을 감지했다. 미카엘이 두 팔을 높이 들어올렸다. 대천사장의 거대한 검◆이 흑단인형의 머리 위로 솟구쳤다.

카가강!

거인의 형상으로 일렁거리던 미카엘 대천사가 죽음의 검을 들어 흑단인형의 머리를 내리쳤다. 순간, 붉은 비단옷을 입은 여인의 손에서 은빛으로 빛나는 기다란 검이 그것을 막아냈다. 마치 공기 속에 숨어 있던 것처럼 어디에도 보이지 않던 검이었다. 그

◆ 밀턴의 『실낙원』에는 천상군대의 영도자인 미카엘이 든 신의 무기가 묘사되어 있다. 빛나는 갑옷 위로 선명한 자줏빛 군복을 입은 대천사의 한 손에는 사탄이 두려워하는 공포의 칼이 쥐어져 있다. 이 칼은 신의 명령을 받아 지상에 내려온 미카엘 대천사가 악마(사탄)와의 전쟁에서 수세에 몰리다가 결국 사탄을 베는 영광의 무기로 소개된다. 빛나는 공포의 칼은 사탄을 베지 못하는 다른 무기와 달리 그에게 치명상을 입힐 수 있는 유일무이한 것으로 전해진다.

것이 흑단인형의 작은 두 손 사이에서 나타나 죽음의 검을 가로막았다.

미카엘이 만들어낸 잠깐 동안 초록 뱀을 감고 있던 검은 체인이 스르르 풀렸다. 더 이상 따라갔다가는 목숨을 부지하기 어렵다는 판단은 본능적이었다. 두 명의 승려가 동서 방향으로 갈라지며 바다를 향해 뛰어들었다.

4

하나로 뭉쳐 일사천리로 공격을 감행하는 신성한 집행자들은 수많은 시뮬레이션 전투를 해왔다. 그토록 치밀하게 준비된 작전은 성공적으로 보였다. 지난 100여 년간 이토록 흑단인형에게 위해를 가하고 그녀를 몰아낸 적이 있을까 싶을 정도로 흑단인형과 레드블러드는 수세에 몰렸다. 이토록 성공적으로 흑단인형을 몰아낼 수 있었던 것은 현욱이 찾아낸 흑단인형의 비밀 덕분이었다. 흑단인형의 과거가 밝혀지고 예측과 수색을 통해 꼭꼭 감춰져 있던 실체들이 확인되면서 비밀스럽게 유지되었던 흑단인형의 영적 근원과 저주의 핵심에 근접할 수 있었다. 또한 흑단인형의 본체를 찾아갈수록 그 존재의 허무함이 밝혀진 레드블러드에 대해 현욱은 과감한 결단을 내렸다.

'허상은 허상일 뿐이다.'

그가 세운 가정은 그러했다. 이번 전투에서 모든 작전은 흑단인형을 중심에 두었다. 동시에 그녀를 보호하고 협공하는 레드블러드는 필연적으로 분리되어야 했다. 그러나 허망한 존재인 만큼 레드블러드를 죽음에 이르게 하는 것은 불가능하다. 예언과 계시대로 그 존재가 허망한 것이라면 레드블러드 제거에 전력을 낭비할 필요가 없다. 현욱은 그녀를 이 전투에서 철저히 배제시킬 작전을 짜냈다. 그 존재가 흑단인형을 도울 수 없고 신성한 집행자들을 방해할 수 없도록 빠져나올 수 없는 결계 저편에 묶어놓아야 했다. 그리고 지금, 그 모든 것이 예비한 대로 이루어지고 있었다.

"캬아악!"

뱀의 비명 속에 깊은 괴로움과 지친 기색이 생생했다. 반쪽으로 갈린 뱀 하나를 온전한 쌍둥이 승려들에게 맡긴 것이 유효했다. 놈은 영적인 공격은 물론 쌍둥이들이 만들어낸 정신적 합심에 패배하고 말았다. 가늘고 기다란 몸에서 쌍둥이 승려들이 감아두었던 검은 체인이 떨어져나가자 반쪽의 뱀은 부르르 몸을 떨었다. 그런데도 지체 없이 흑단인형의 왼팔로 휘르륵 감겨 들어갔다. 흑단인형의 두 팔은 은빛 검 자루를 쥐고 대천사의 거대한 검을 막아선 채였다.

"캬악!"

지친 기색이 역력한데도 초록 뱀은 흑단인형의 팔과 손을 타고 그녀의 은빛 검을 휘르륵 돌더니 대천사가 누르는 거대한 죽음의 검을 향해 돌진했다. 그 몸이 대천사의 검을 뱅글뱅글 휘돌더니 곧장 거인의 얼굴을 향해 뛰어들었다. 고매한 천상대군의 장군이자 주님의 오른팔이며 위대한 대천사장의 미간을 향해 초록 뱀이 달려들자 어린 제자 미카엘이 다급하게 날개를 퍼덕였다. 청년의 등에 달린 여리고 아름다운 하얀 날개였다.

푸드덕. 거대한 날개가 위아래로 퍼덕이자 그와 그를 축복하는 대천사의 기운도 후르르 뒤쪽으로 물러섰다. 초록 뱀이 대천사 미카엘의 미간에 뛰어드는 것보다 한 발이 앞섰다. 청년 미카엘과 그의 등 뒤에 현신한 거대한 대천사가 뒤로 물러나면서 흑단인형과 대천사의 검도 챙 하는 금속성을 만들며 떨어졌다. 물러서는 대천사를 향해 초록 뱀이 다시 뛰어들려고 하자 흑단인형이 손을 들어 제지했다.

"멈춰."

소녀의 음성이 갈라졌다. 초록 뱀이 그녀의 명령대로 다시 뒤돌던 그 순간이었다.

와그작!

잔혹한 소리가 귀에 스쳤다. 미카엘의 수호천사이자 천상군대의 수장인 대천사의 검이 가늘고 길쭉한 뱀의 허리를 파고들었다. 거인과도 같은 대천사장의 발아래 초록 뱀은 흡사 작은 지렁이처럼 밟혔다. 거인이 들고 있던 죽음의 검은 작은 뱀의 수십 배에 달할 정도로 거대해 보였다. 대천사장의 검에는 깊은 신의 은총과 강건한 믿음이 예리한 날로 서 있었다. 새파랗게 날선 심판의 기운이 기다란 뱀의 허리를 끊었다.
"끼히…… 익!"
 뱀은 괴상한 비명을 내질렀다. 갈라져 있던 뱀의 꼬리가 뭉뚝하게 잘리고 초록색과 붉은색으로 범벅이 된 체액이 터져 나왔다. 허리가 끊어지는 중에도 작은 뱀은 몸을 비틀어 흑단인형의 왼손을 향해 꿈틀거렸다. 흑단인형의 가느다란 팔뚝이 부르르 떨렸다. 그녀가 뱀을 향해 손을 뻗었지만 겨우 코앞까지 기어가는데도 뱀은 힘겨워했다. 흑단인형의 팔목까지 기어가는 것이 끝없는 시간을 거스르는 것만큼 길게 느껴졌다. 뱀의 꼬리 부분은 아예 잘려 없어지고 나머지 부분도 찢어진 천 조각처럼 너덜거렸다.
 초록 뱀이 지친 듯 흑단인형의 손목에 감기는 그 순간, 어린 소녀에게서 느껴지는 무시무시한 분탄이 미카엘의 온몸을 저릿저릿하게 했다. 그리고 저 멀리에 떨어져 있던 현욱 역시 그녀의 분노를 절감했다.
"미카엘, 물러나! 그대의 역할을 모두 다 했어!"
 저 아래쪽의 함정에서 현욱의 다급한 고함이 울려 퍼졌다. 매서운 그의 목소리는 지금 상황이 미카엘 자신이 느끼는 것보다도 얼마나 위험천만한지를 말해주는 것만 같았다. 아름다운 청년은 똑똑히 보았다. 하얀 가면 너머에서 불타오르는 눈을. 분명코 까맣게 반짝이는 눈인데도 그것은 불타오르고 있었다. 화르륵 타올랐다. 그렇게 느껴졌다.
 파아아…….

아름다운 청년의 앞을 그의 등에서 솟아난 새하얀 날개가 막아섰다. 그뿐 아니었다. 천상군대의 영도자로서 신의 군대를 통솔하는 위대한 대천사의 금빛 방패가 어린 제자의 앞을 가렸다. 붉은 십자가가 반짝반짝 빛을 발하는 거대한 방패였다. 거인의 어마어마한 기운이 아름다운 청년을 보호하기 위해 한데 모아졌다. 잠시 후에 있을 엄청난 공격을 미카엘도, 그의 수호천사도 생생히 알 수 있었다.

"결계를! 미카엘을 도와라! 어서!"

목이 터져라 외처대는 현욱의 음성이 생생했다. 그 다급한 목소리에 담긴 뜻을 미카엘은 알아챘다. 늦었다. 한 발 늦었다. 아니, 흑단인형이 한 발 빨랐다. 분노한 그녀가 미카엘의 위를 덮쳤다. 작은 소녀의 몸길이만큼이나 되는 기다란 검이 위대한 대천사의 금빛 방패를 거침없이 뚫고 들어갔다. 금빛 방패에 새겨진 붉은 십자가 정중앙을 향해 불타오르는 새빨간 검기劍氣가 파고들었다.

가가가각.

귀를 찢을 듯한 매서운 소리가 사면에 퍼졌다.

쩌저엉!

신의 방패가 붉은 화염에 휩싸인 채 볼품없이 갈라진 것은 순식간의 일이었다. 기다란 검이 금빛 방패를 통과해 아름답게 팔락이던 새하얀 빛깔의 여린 날개를 거침없이 파고들었다.

우웅!

천둥소리 같은 것이 울렸다. 대천사장의 등에 매달려 있던 거칠고 단단한 붉은 날개가 하늘을 가릴 듯 펼쳐지더니 사방으로 펄럭거렸다. 날개에 달린 깃털 하나하나가 날카로운 단검처럼 반짝거렸다. 핏빛의 그것이 흑단인형을 거칠게 공격했다.

"흥!"

짧은 콧소리가 들렸다. 하얀 날개 안쪽으로 파고들던 은빛 검이 방향을 틀었다. 기다란 검이 미카엘의 위쪽으로 올라섰다. 금빛 방패를 깨뜨린 검이 새하얀 날개를 거스르며 아름다운 청년의 얼굴 위쪽으로 방향을 틀었다. 검이 움직일 때마다 파사사…… 새하얀 깃털이 갈라지고 쪼개지며 볼품없이 떨어져나갔다. 위를 향해 곧게 그어대던 흑단인형의 은빛 장검이 아름다운 청년을 뚫고 지나 그의 등에 현신한 대천사의 날개로 뻗어나갔다.

카앙, 캉!

검과 날개가 만나며 소름 끼치는 금속성을 만들어냈다. 흑단인형의 눈동자는 방패를 찔러대던 그 순간부터 지금까지 한곳만 바라보았다. 하얀 날개 저편에서 이 모든 것을 휘두르고 움직이는 영적 주인인 하얀 얼굴의 청년이었다. 금빛으로 물든 아름다운 머리카락을 곱실거리며 푸른 눈을 깜빡이는 청년. 그에게만 초점을 맞추었다. 푸스스 떨어지는 하얀 깃털 사이로 이제 그가 똑똑히 보였다. 흑단인형에게 수치를 안겨준 청년의 새파란 눈동자가 눈앞에 있었다. 흑단인형은 기다란 장검을 왼손에 거머쥐고 오른손으로 청년의 하얀 날개 안쪽을 파고들었다. 그녀의 오른손에 무언가가 단단히 잡혀 있었다. 새까맣고 길쭉한 무언가가 그녀의 손아귀에서 숨죽이며 때를 기다렸다. 그것은 흑단인형의 머리카락만큼이나 깊은 어둠을 품고 있었다. 아름다운 금빛으로 물든 미카엘의 머리카락도, 그의 등 뒤에서 피어나와 고귀하게 펄럭이는 하얀 날개도 그 검은빛에 죄다 잠식당할 것만 같았다. 머리 부분은 둥글납작하고 아래로 내려갈수록 뾰족하게 날선 그것은 검은 정이었다.

검고 날카로운 정이 미카엘의 하얀 날개 사이로 들어왔다. 그리고 새까만 그것이 청년의 새하얀 블라우스 안으로 파고들었다. 그의 가슴 위로 거침없이 들이닥치는 검은 정을 미카엘은 피할 수가 없었다. 가슴으로 파고드는 정이 느린 화면처럼 생생했다. 눈앞에서 벌어지는 모든 것이 이토록 낱낱이 구분될 수가 없었다. 심장을 파고드는 무기도. 그것이 찌르는 동시에 터져 흐르는 붉은 피도. 하늘을 향해 울부짖는 그의 영도자이자 사탄을 멸하는 위대한 대천사장의 모습도. 알알이 터지는 열매처럼 자신의 심장에서 분분히 흩어지는 핏덩이가 흑단인형의 새빨간 기모노와 묘하게 어우러지는 것도 느린 화면처럼 생생하게 보였다.

"안 돼!"

저 멀리서 터져 나오는 현욱의 괴성도 느리게 느껴졌다. 순간 시큰한 고통이 미카엘의 온몸으로 퍼졌다. 신의 사랑 속에 살아오는 동안 한 번도 느껴본 적이 없는 끔찍한 아픔이 심장을 중심으로 손끝과 발끝으로 퍼져나갔다. 청년은 손을 들어 자신의 가슴을 만졌다. 심장의 중심에 단단하고 거대한 못이 박혀 있었다. 신의 아들을 죽음으로 몰았던 검고 차가운 철심이 미카엘의 심장에 남아 있었다. 비릿한 쇠 내음이 코를 찔렀다. 역한 느낌이 들어 입을 벌린 순간 푸억 하고 시뻘건 핏덩이가 터져 나왔다.
"안 돼, 미카엘! 안 돼!"
미친 듯이 질러대는 현욱의 고함 소리가 저 아래서 들려왔다. 그 단단한 사람이 저토록 처절하게 소리치다니. 미카엘은 자신의 처지를 현욱의 비명으로부터 생생히 깨달았다.
'이게 마지막이구나.'
피가 터지는 반동으로 고개가 하늘을 향해 꺾어졌다. 허공으로 퍼져나가는 자신의 붉은 피와 함께 푸르른 하늘빛이 묘한 대조를 이루었다.
'안녕, 세계여. 태어나는 그 순간부터 신의 은총 속에서 모두의 사랑을 받아왔다. 짧은 세월이었지만 즐거운 기억뿐이다…….'
죽음의 순간이 그다지 끔찍하지 않다는 사실에 미카엘은 안도했다. 붉은빛으로 펄럭이던 대천사의 날개가 사라지고 거대한 신이 들고 있던 검과 방패도 사라졌다. 그리고 늘 그를 보호하던 새하얀 날개도 청년의 등에서 바스스 떨어져 내리는 것이 느껴졌다.
'이제야 무거운 사명이 다 사라졌구나.'
푸른 눈이 애매한 미소를 지었다. 하얀 날개도, 영광의 보호막도, 그 무엇도 남지 않은 미카엘에게 바람에 팔락이는 하얀 블라우스의 느낌만 생생했다. 하얀 블라우스가 점점 더 무겁고 축축하게 젖어들었다. 태어나는 순간부터 받았던 무거운 책무가 사라졌지만 심장을 적시는 죽음의 피도 꽤나 무거운가 보다. 미카엘의 몸은 한 번도 경험해본 적이 없는 매서운 속도로 추락했다. 그러고는 새파랗게 입을 벌린 거대한 바다 위로 철썩 떨어져 내렸다. 마지막 순간까지도 미카엘의 머리 위 하늘은 맑고 푸르렀다. 지극한 신의 은총이 태양 볕을 받아 사르르 부서졌다. 나쁘지 않은 마지막이라고…… 청년은 생각했다.

5

저 아래 바다로 떨어지는 미카엘을 바라보는 흑단인형의 두 눈은 여전히 날카로웠다. 비록 미카엘이라는 신의 제자를 심판했지만 여전히 분한 마음이 가시지 않았다.
쩌저억.
공간이 부서지고 갈라지는 소리가 들렸다. 바로 흑단인형의 코앞에서 공간이 갈라졌다. 새까만 양복 팔이 공간을 거슬러 흑단인형의 목을 옥죄는 게 느껴졌다. 저 멀리 떨어진 함선 위에서 공간을 뜯어낸 현욱의 거센 분노가 흑단인형의 목덜미와 연결되어 있었다. 현욱은 함선 위에서 한 발도 움직이지 않은 채 손만 저 멀리 흑단인형의 공간 속으로 집어넣었다. 어리고 작은 소녀의 목이 커다란 남자의 손에 단단히 잡혔다. 분노 어린 사내의 손이 소녀의 목을 옥죄었다. 그런데도 하얀 가면은 웃고 있었다.

"오늘, 너를 죽인다. 이 내가……."

피맺힌 분노로 중얼거리는 남자의 얼굴이 갈라진 공간의 저편에서 흑단인형을 노려보고 있었다. 검은 양복을 입은 현욱의 얼굴이 엉망으로 구겨져 있었다. 그 표정을 바라보는 흑단인형의 입이 웃고 있었다.

"인간에게 정을 주고 슬퍼한다. 그리워하고 애태운다. 그런 얼굴을 하고 있구나. 너 정도 된다면 알아채야 하지 않느냐. 정을 주면 안 된다는 것을. 믿음을 주면 안 된다는 것을. 그 마음이 필경 네 목을 죄고 너를 괴롭힌다는 것을. 아직도 모르는가 보구나."

"죽인다, 너를 내가……."

"아하하하…… 죽음이라……. 참으로 고마운 선물이로구나!"

자지러지는 비웃음이 진실되지는 않았다. 흑단인형 역시 고통스러운 눈빛이 스쳤다. 웃음을 지으면서도 그녀의 손은 쉬지 않았다. 그녀는 붉은 기모노 안에서 늘씬하고 유려한 선을 가진 검은 비녀를 뽑았다. 그것이 공간의 저편에 선 현욱을 향해 파고들었다.

사아아…….

낮은 바람 소리와 함께 흑단인형의 목을 죄던 커다란 남자의 손이 순식간에 사라졌다.

쩌엉.

공간을 향해 나아가던 검은 비녀가 벽에 부딪힌 것처럼 멈춰

섰다. 좀 전까지만 해도 갈라져 있던 공간이 본래대로 단단히 붙은 채 떨어지지 않았다.

"흥!"

코웃음이 울렸다. 흑단인형의 길고 검은 머리카락이 좌우로 팔랑거렸다.

쩌억. 쩌저어억. 쩌어억!

또다시 공간이 뜯어졌다. 흑단인형의 발목이 공간 저편으로 비틀어졌다. 또 다른 공간이 하나 더 쪼개지더니 그녀의 검은 머리카락 뭉텅이가 비틀어진 공간 속으로 틀어졌다.

쩌저적. 가각!

공간을 비틀어 여는 끔찍한 소리가 퍼졌다. 이번에는 그녀의 손목 하나가 비틀어진 공간 속에 갇히고 다음에는 그녀의 허리께가 뜯어진 공간에 끌려 들어가며 괴상하게 일그러졌다. 흑단인형이 손쓸 틈도 없이 여기저기의 공간이 갈라지고 뜯어졌다.

"네…… 네놈!"

흑단인형의 까만 눈동자에 깊은 그림자가 드리워진 것은 한순간이었다. 공간을 비틀고 순간을 이동하던 동방지부장이 겁도 없이 제힘을 한도 끝까지 뽑아내는 게 느껴졌다. 그는 제 말대로 이 순간 흑단인형을 죽일 셈이다. 그의 힘을 마지막까지 다 꺼내 쓰더라도 그럴 참인 모양이었다.

"공격하라! 때를 놓쳐서는 안 된다!"

비틀어 뜯어낸 공간들을 향해 현욱이 소리쳤다. 본래는 저 멀리 하늘 위에 있어야 할 흑단인형의 공간이 이제는 함선들의 코앞에 놓여 있었다. 공격은 빗나갈 수 없고 흑단인형은 피할 수 없었다. 흑단인형의 손발이 요동치며 비틀렸지만 여러 개의 공간에 갇혀버린 채 벗어날 수가 없었다. 갇힌 공간들에서 그녀의 몸이 제각기 발버둥칠 뿐이었다.

퍼펑! 퍼퍼펑! 퍼어어엉!

시뻘건 불덩이가 터졌다. 그 모든 불덩이가 어느 것 하나도 목표를 잃지 않고 정확히 적을 향해 나아갔다. 분노한 현욱의 힘이 한없이 거칠게 공간을 찢어발겼다. 틀어진 공간 속에 흑단인형의 몸은 제각각 단단히 붙잡힌 채 갇혀버렸다. 어느 곳을 공격하든 모든 공격이 흑단인형에게로 돌아갔다. 찢어진 공간 속에 붙잡히고 갇힌 주적主敵은 어디로도 도망칠 수 없었다.

콰아아앙!

불타올랐다. 붉은 기모노가 새까맣게 타올랐다. 반짝이던 검은 머리카락도 빛을 잃었다. 새하얗던 가면이 잿빛으로 그을렸다. 신체 곳곳이 화염에 불타올랐다.

"키야아아앗!"

분노 가득한 비명은 흑단인형의 것이 아니었다. 꼬리가 너덜거리는 초록 뱀이 그녀의 왼팔에서 괴성을 질렀다. 그것이 흑단인형의 팔에서 빠져나오더니 공간의 여기저기를 헤집고 다니며 그녀를 향한 공격을 받아내기 시작했다.

펑! 퍼펑! 퍼어어엉!

구겨진 공간 저편에서 흑단인형에게 가야 마땅한 공격들이 초록 뱀 위로 터져나갔다. 이미 해질 대로 해진 그 몸이 모든 공격을 고스란히 받아내며 걸레가 되었다. 너덜너덜 볼품없이 갈라진 초록 뱀이 구겨진 공간 속에서 힘을 잃고 축 늘어졌다.

힘을 잃고 늘어진 초록 뱀을 보는 순간, 흑단인형의 검은 눈이 시뻘겋게 타올랐다.

"네놈, 네노오옴!"

분노한 소녀의 높은 고함이 하늘을 갈랐다. 순간 고요하던 바닷물이 하늘 높이 솟아오르고, 그녀가 내던지는 분노의 기운이 비가 되어 떨어졌다. 분노의 감정이 파도가 만들어낸 차가운 빗방울 하나하나에 바늘처럼 박혔다. 무시무시한 기운이 이어도를 둘러싼 전역으로 매섭게 내리쳤다.

찢어진 공간이 힘을 잃고 사라졌다. 나뉘었던 손목이, 발목이, 허리가 하나씩 돌아오면서 분노한 그녀의 힘은 더욱더 거센 공격으로 바다 위에 둥실 뜬 모든 존재를 향해 가감 없이 꽂혔다.

"크윽, 크으윽!"

고통에 찬 비명이 흘렀다. 저 멀리 바다 위에서 가늠할 수 없는 엄청난 위력으로 공간을 찢어내고 흑단인형의 몸을 조각내던 현욱이 신음을 토하며 무릎을 꿇었다. 그것은 이치를 벗어난 과도한 힘을 사용한 대가이기도 했고, 그의 주적인 흑단인형의 분노가 현욱의 온몸을 내리쳤기 때문이기도 했다.

"순형楯形의 결계여!"

바다 위의 한 점에서 엄청난 기운이 솟구쳤다. 결계사 안거가 그의 힘을 사방으로 쏟아냈다. 판판한 방패 모양의 결계가 신성한 집행자들의 머리 위에 솟아났다. 모든 공간을 막을 수는 없지만 둥근 방패가 요원들의 머리를 가리고 치명상을 막음으로써 방패 아래에 선 그들의 몸이 흑단인형의 분노에서 보호받았다. 삿갓을 눌러쓴 안거선인의 방패는 현욱의 전신을 가렸다. 동시에 검은 복장의 요원들이 현욱을 둘러쌌다.

"쿨럭!"

마지막 기력까지 쥐어짠 동방지부장의 입에서 핏덩이 하나가 울컥 튀어나왔다.

"지부장님!"

그의 몸을 지지하는 요원 한 명과 내상을 치료하려는 또 다른 요원이 재빨리 그를 붙잡았다. 잠시 무릎을 꿇었던 동방지부장의 몸이 뻣뻣해졌다. 그가 피를 모아 퉤하고 뱉더니 다시 몸을 일으켰다. 두고 보지 않아도 깊은 내상을 입은 게 틀림없는데도 그는 요원들을 제지했다. 그는 인상을 한번 쓰더니 기어코 몸을 일으켜 세웠다.

"지부장님!"

요원들이 현욱을 붙잡았지만 그의 눈이 예리하게 찢어졌다.

"치료는 모든 것이 끝난 후에. 지금은 나를 막지 마라."

앙다문 입술로 한 줄기 피가 주르르 흘렀지만 단호한 얼굴 앞에 누구도 그를 막을 수가 없었다. 현욱의 눈에는 지금 흑단인형밖에 보이지 않았다. 그가 찢어낸 공간의 틈새로 모든 공격을 고스란히 받아야 했던 그녀의 온몸에서 모락모락 피어오르는 검회색 연기에서 눈을 떼지 않았다. 불타오른 붉은 기모노 자락, 타다 만 검은 머릿결, 그리고 그녀의 왼손에 똬리를 튼 조각난 뱀까지……. 이 순간을 놓친다면 평생 후회할 것임을 그는 알고 있었다.

요원들은 동방지부장의 엄명을 어길 수 없음을 잘 알고 있었다. 그들은 즉시 지부장의 후방 지원 태세에 들어갔다. 부족한 영력을 끝없이 채워 넣기 위해 일단의 요원들이 현욱의 뒤편에 섰다. 그들은 자신의 영력을 모아 고스란히 현욱에게 전달하기 시작했다. 과도한 영력을 방출하면서 영적·체력적으로 바닥을 치던 현욱의 힘이 다시금 차곡차곡 채워졌다.

와그작!

뼈가 부러지는 것 같은 끔찍한 소리가 들렸다. 악을 쓰고 다문 현욱의 입에서 나는 소리인지, 아니면 그가 공간을 깨뜨리며 만들어내는 소리인지, 아니면 둘 다인지 분간되지 않았다. 흑단인형의 바로 옆에서 또다시 공간 하나가 갈라지고 그녀의 몸이 틀어졌다. 하얀 가면 너머에서 질끈 인상이 찡그려지는 게 느껴질 정도로 흑단인형의 분노는 극에 달했다.

차원을 왜곡한 공간 속에 갇힌 흑단인형의 발목이 그녀의 다리와는 떨어져 하늘 위로 둥실 떠올랐다. 그와 동시에 기다리고 있었던 듯 그 작은 발목을 향해 시뻘건 불덩이가 쏟아지고 엄청난 영적 공격이 이어졌다.

"으윽……."

입술을 깨물며 참았지만 흑단인형이 받은 타격은 심각했다. 뭉게뭉게 피어오르는 불길 사이에서 너덜거리는 그녀의 발목이 보였다. 부서졌던 공간이 원래대로 돌아오자 검게 타오르고 찢어진 붉은 기모노 자락과 피투성이가 된 작은 발이 흑단인형의 발목에 위태롭게 달려 있었다.

토옹.

더 이상 공간에 잡혀 들어서는 안 된다는 것을 깨달은 그녀가 재빨리 움직였다. 허공을 차며 하늘 위로 올라섰지만 평소 그녀의 움직임보다 더디고 힘겨워 보였다. 한순간 눈에서 사라지는 엄청난 도약이 아니었다. 하물며 그런 도약을 했더라도 그녀의 머리 위에 자욱한 진정지주의 결계가 그녀를 자유롭게 놓아둘 리도 없었다.

토오옹…….

그녀가 아래쪽으로 하강하며 초계함 하나에 내려서려 했다. 새하얀 초계함이 마치 그 순간을 기다렸다는 듯 붉은 여인을 향해 나란히 늘어선 쌍열기관포를 발사했다.

투투투투…… 투투투투…….

잠시 쉴 틈도 없이 맹렬한 기세가 푸른 바다 위로 펼쳐졌다. 아래로 떨어지던 붉은 기모노 자락이 착지하지 못한 채 다시 허공으로 떠올랐다.

와그작.

그녀가 떠오르기를 기다렸다는 듯 그녀가 그리는 궤적의 앞쪽에 공간이 이지러졌다.

토옹.

또다시 방향을 바꿔 이동하는 붉은 기모노 자락이 보였다. 그 붉음을 향해 매섭게 소용돌이치는 염화지옥도 보였다. 새빨간 화염을 터뜨리는 포신들과 함께 강력한 영적 구속을 내쏘는 영능력자들의 공격이 가세했다. 조밀한 공격이 마침내 그녀를 사로잡을 것만 같았다.

이리저리 몸을 움직이던 흑단인형의 붉은 옷자락이 갑자기 속도를 내는 것은 한순간이었다. 극심한 공격으로 현저하게 속도가 떨어졌다고 생각한 것은 오산이었다. 허공을 이리저리 휘젓던 그녀의 몸이 엄청난 속도로 함선 하나를 향해 내리꽂혔다. 눈으로 따라가기도 힘겨울 정도로 재빠른 움직임이었다. 불꽃들이 따라가고 영능력자들의 구속력도 뒤를 쫓았지만 한 발 늦었다.

콰지지직!

붉은 화염을 쏟아내던 함선이 비정상적으로 기울었다. 흑단인형이 그 위를 타닥 밟고 다시 떠오르는 순간이었다. 거대한 철로 만들어진 단단한 함선이 반쪽으로 와득 갈라지며 요란한 소용돌이를 만들었다. 함선이 조그마한 소녀의 발돋움 한 번에 여지없이 바닷속으로 빠져 들어갔다. 잔잔하던 바다에 거센 물결이 굽이치고 거대한 소용돌이가 만들어졌다. 주변에 둥실 떠 있던 함선들이 소용돌이를 향해 조금씩 끌려 들어갔다.

"동요하지 마라. 그대로 위치를 지켜라. 자신의 역할을 다하라."

경악하는 순간도 잠시였다. 얼음처럼 차가운 음성이 울려 퍼졌다. 현욱의 목소리가 들리자 요원들이 정신을 차리고 다시 흑단인형을 쫓았다. 함선 하나를 반쪽으로 쪼개버린 어린 소녀의 몸이 다시 하늘 저편으로 올라서고 있었다. 현욱이 바드득 이를 갈았다. 그가 한 손을 뻗어 공간 저편에 떠오르는 흑단인형을 붙잡으려 했다.

붉은 여인을 쫓던 현욱의 눈에 묘한 것이 어른거렸다. 그것이 무엇인지 확인하는 순간, 현욱은 이를 악물었다.

"안 돼, 결계가!"

흑단인형이 이리저리 공간을 피해 도망친다고 생각한 것은 오산이었다. 그녀는 자신의 목적을 달성하기 위해 지금껏 움직여왔던 것이다. 그녀가 부순 함선 위에는 요원이 여럿 있었다. 그리고 그들 중 대다수가 결계사였다. 그들이 바다로 빠져드는 순간 결계에 틈이 생겼다. 흑단인형은 그 순간을 놓치지 않았다. 바로 레드블러드를 이계의 공간 속으로 잡아놓은 결계다.

안거선인을 주축으로 남은 결계사들이 재빨리 영력을 올렸지만 대응 속도가 느렸다. 눈에 보이지 않을 만큼 작은 공간의 틈으로 흑단인형이 검은 비녀를 꽂았다.

콰직!

분명 푸르른 하늘이었다. 아무것도 없는 푸르른 하늘 저편. 작은 점도 차마 보이지 않는 그 틈을 향해 가늘게 뻗은 검은 비녀가 꽂혔다. 흑단인형은 왼손에 늘어진 초록 뱀을 조심스럽게 거머쥐고 오른손으로 빈 공간을 향해 검은 비녀를 내리꽂았다. 그리고 아래쪽으로 비녀의 끝을 힘 있게 갈랐다.

바드드득!

단단히 닫힌 것만 같았던 결계가 요란한 소리를 내며 쪼개졌다.

"공격, 공격하라!"

펑! 퍼펑! 퍼퍼펑!

공간의 작은 틈새를 벌리는 동안 꼼짝도 못하던 흑단인형의 등 뒤로 수많은 불꽃이 터졌다. 함선마다 붉은 포문을 거세게 열어젖히고 어린 소녀의 등허리를 향해 매서운 공격을 내쏘았다. 영능력자들의 공격 역시 작은 소녀의 등짝을 향해 휘몰아쳤다. 흑단인형의 몸은 보이지 않는 강한 영력으로 갑옷을 입은 것처럼 단단히 보호받고 있었지만 온몸으로 빗발처럼 쏟아지는 공격을 모두 막아낼 수는 없었다. 붉은 기모노가 갈라지고 검은 머리카락이 타오르면서 흑단인형은 피투성이가 되어갔다.

와드드득! 와그작!

흑단인형이 제 몸의 상처를 내버려두고 공간을 찢어내자 저편에서 붉은 손톱이 나타났다. 길고 하얀 손가락 사이로 새빨갛게 채색된 붉은 손톱이 단단히 막혀 있던 이계의 공간을 안쪽으로부터 찢어냈다. 그리고 마침내 와르르 무너지는 소리와 함께 굳건하던 결계가 세로로 찢어졌다. 붉은 머리카락을 휘날리며 나타난 것은 붉은 여인, 레드블러드였다.

그녀의 눈이 불타올랐다. 본래도 새빨갛던 그 눈이 분노로 활활 타올랐다. 레드블러드가 눈앞에 있는 흑단인형의 모습을 확인하는 순간, 시퍼런 분노가 하늘을 찌를 듯 매섭게 솟아올랐다. 그녀가 온 생명을 다해 보호하고 지켜온 어린 소녀가 온몸에 깊은 상처를 입은 것을 확인하는 순간 레드블러드의 눈이 뒤집혔다. 레드블러드의 붉은 머리카락이 바다 아래쪽을 향해 휘날렸다. 하늘거리는 붉은 드레스가 흑단인형을 향해 공격을 퍼붓는 함선 하나를 향해 날아갔다.

타다다다.

매서운 총성이 울려 퍼졌지만 레드블러드의 움직임은 너무나도 빨랐다. 늘씬하고 아름다운 치타 한 마리가 저를 향해 쏟아지는 총성보다 한 발 앞서 움직이더니 매섭게 공격을 퍼부어대는 검은 포신을 짓눌렀다.

으드드득! 와드드득!

그녀의 손이 포신에 닿는 순간. 나란히 쏘아대던 기다란 포가 엿가락처럼 휘어졌다. 영력을 떠나 엄청난 물리력이 느껴졌다. 그녀의 두 팔에서 분노로 일그러진 불꽃이 확확 튀어나오는 것 같았다. 들끓는 분노가 온몸을 달군 것처럼 그녀와 닿는 모든 것이 부서지고 휘어졌다.

"비겁한 족속들아, 죽음의 힘이 너희를 부르리라. 네놈들의 간악한 술수가 독이 되어 너희에게 돌아갈 것을 선언하노라!"

레드블러드의 분노가 함선 위로 폭발했다. 곳곳에서 차갑고 서

늘한 기운이 서리서리 뿜어져 나왔다. 모든 곳에 스며 있던 음울한 생각과 고통의 기억들이 스멀스멀 기어 나와 진득한 액체를 뿜어대는 애벌레처럼 신성한 집행자들의 마음속에 찐득찐득 달라붙는 것만 같았다. 요원들 각자가 가지고 있던 불안과 공포, 두려운 생각과 기억들이 그들의 머릿속에 떠오르기 시작했다.

"안 돼!"

의지와 상관없이 솟아오르는 끔찍한 생각에서 빠져나오기 위해 몇몇이 소리를 질러댔다.

"너희의 두려움이 네놈들을 잡아먹으리라!"

그녀가 사방을 향해 소리치며 팔을 뻗는 순간. 붉은 여인의 두 발 아래 있던 함선이 요동쳤다. 그리고 그곳에 실려 있던 모든 것이 와르르 무너지고 부서지며 파괴되었다.

"끄아아악!"

머릿속에서 떠오르는 끔찍한 공포와 두려움을 견디지 못한 요원들이 바다로 뛰어들었다. 그들의 머릿속에서 일어나는 공포와 두려움은 요원들 스스로가 만들어낸 것이었다. 이성의 힘으로 꾹꾹 눌러왔던 각자의 두려움이 먹이를 찾아 어슬렁거리며 마침내 스스로를 집어삼켰다. 서로 다른 기억과 서로 다른 이유로 인해 끔찍한 세계를 마주한 요원들이 머리를 감싸 쥐며 견딜 수 없는 고통을 식히려는 듯 바다로 뛰어드는 것을 주저하지 않았다.

세계에서 가장 두려운 적은 자신의 머릿속에 숨어 있다는 것을 깨닫는 순간이었다.

콰드득!

레드블러드가 두 손을 뻗으며 하늘로 올라서는 순간, 거대한 함선의 갑판이 요란한 소리를 내며 부서졌다. 그녀의 온몸에서 뿜어져 나온 시뻘건 불의 기운이 말 그대로 불꽃이 되어 그 자리에서 타들어갔다. 함선 하나가 또다시 바닷속으로 빠져 들어갔다.

"생각을 차단하라. 외부로부터 들어오는 생각들을 완전히 차단하라."

현욱의 음성을 마지막으로 요원들은 저마다 영적 생각의 시달을 완전히 차단했다. 그것이 지금껏 요원들이 물리적 전파를 이용한 소리의 전송 이외에 그들의 작전과 생각을 재빠르게 연결시켰던 중대한 소통의 방법이었음에도 불구하고 현욱은 이를 차단하지 않을 수 없었다.

바다 위에서 레드블러드가 소란을 피우는 사이 흑단인형 역시 움직였다.

토웅. 그녀가 가벼운 발소리를 내며 공간을 차고 위로 오르더니 이어도를 향해 나아가기 시작했다.

"막아라!"

이어도 내부에 단단히 숨겨져 있는 초록 뱀을 향해 드디어 그녀가 움직이기 시작했다. 이미 영적 통신이 끊어졌다 해도 방어와 공격의 약속은 사전에 면밀히 준비되어 있었다.

채앵챙!

날카로운 금속성이 울려 퍼졌다. 흑단인형을 향해 똑같은 얼굴을 가진 두 명의 승려가 솟아올랐다. 그들의 손에 들린 기다란 체인이 초록 뱀과 흑단인형의 왼팔을 향해 뻗어나갔다. 그녀의 왼손에 들린 뱀은 본래 선명한 초록이었지만 이제는 시커먼 잿빛으로 변해 있었다. 힘을 잃은 채 지쳐 보이는 뱀 위로 부동명왕의 공격이 재개되었다.

"크아악!"

고통에 물든 신음이 울려 퍼졌다. 흑단인형의 왼팔과 초록 뱀을 검은 체인이 한꺼번에 돌돌 말았다. 검은 체인의 끝에서는 삼지창을 든 분노의 신이 이글이글 타올랐다.

"부동명왕의 분노여! 멸적제마!"

새까만 체인이 초록 뱀의 머리를 산산이 부수려는 찰나. 채앵. 깊은 검은빛을 띤 가녀린 비녀가 그 앞을 막아섰다.

채앵, 챙!

분노의 신이 휘두르는 삼지창이 보잘것없어 보이는 검은 비녀 앞에서 점점 더 뒤쪽으로 물러났다. 그동안에도 체인 안에 갇힌 뱀은 고통스러운 듯 요동쳤다.

으드득!

검은 체인을 끊은 것은 흑단인형의 비녀였다. 그녀의 비녀가 부동명왕의 힘으로 만들어진 제마의 결을 끊어내는 순간, 명왕이 내쏜 삼지창이 새빨간 기모노를 입은 소녀의 가녀린 팔뚝으로 깊숙이, 아주 깊숙이 박혀들었다.

푸우욱!

영적인 공격임에도 불구하고 그 하얀 팔뚝에서 핏줄이 터졌다. 사방으로 쏟아지는 핏줄기를 보며 눈이 뒤집힌 것은 저 멀리에 있는 레드블러드였다. 흑단인형은 마치 이런 기회를 노린 듯이 자신의 팔뚝을 내주고 타들어간 반쪽 뱀을 단단히 붙잡았다. 그리고 그 앞을 막아서고 있는 이어도의 결계를 향해 부동명왕의 삼지창을 내던졌다. 삼지창이 닿은 곳을 중심으로 번개가 치는 듯 요란한 소리가 울려 퍼지더니 언뜻 결계의 틈이 생겼다.

그 짧은 순간을 놓치지 않고 흑단인형은 사르륵 붉은 기모노를 밀어 넣었다.

"안 돼! 막아야 해!"

애끓는 소리가 그녀의 뒤통수에서 터졌지만 이미 흑단인형은 신성한 집행자들의 결계를 깨고 이어도의 안쪽으로 사르륵 미끄러져 들어가고 말았다.

1

　신비의 섬 이어도 바깥쪽에서는 안쪽에 있는 그 무엇도 제대로 보이지 않았다. 하늘을 뚫을 듯 높다란 산세도, 푸르른 나무도, 검은 바위도 언뜻 보이다가 또 언뜻 사라졌다. 그것은 신비의 섬이 이승과 이어진 듯 또 멀리 떨어져 있기 때문이었다. 반대로 이어도 안에서는 투명한 유리 너머를 바라보듯 바깥세상이 깨끗이 비쳤다. 저 멀리 들려오는 소리가 생생한데다 붉게 타오르는 화염과 들썩거리는 파도와 부서지는 햇살까지 금방이라도 손에 잡힐 듯 가깝고 또렷이 느껴졌다.
　"캬아앗! 캬아아앗!"
　초록 뱀은 그 생생한 모습을 지켜보면서 한없이 많은 비명을 내질렀다. 가슴이 찢어질 만큼 아픈 외침이었다. 걸레처럼 꼬리가 갈라진 자신의 자매가 마침내 흑단인형의 품에서 힘을 잃고 쓰러지는 모습을 바라보는 뱀의 슬픔은 형용할 수 없을 정도로 깊었다.
　뱀 아이의 반쪽은 온몸이 화염으로 터지고 흩어져 이제는 빛깔도 초록이 아니었다. 그 몸이 모두 검게 그을려 잿덩이가 되어버린 듯했다. 비킬 수도, 막을 수도 없는 일그러진 공간 속에서 제 몸으로 폭거를 막아내고는 쓰러져버린 반쪽이 가슴 아프도록 가 없어서 뱀 아이는 소란을 피웠다.

"카앗! 카아악! 카앗!"

그 소리가 메아리가 되어 울려 퍼졌을까?

이어도의 안쪽에 있는 그들의 눈에 재거름이 된 흙빛 뱀이 꿈틀거리는 게 보였다. 허리께가 끊어져버린 시커먼 뱀이 푸르르 고개를 들어 이어도 안을 향해 고개를 돌렸다. 흑단인형은 자신의 작은 손아귀에 똬리를 틀고 있는 그 작은 뱀이 힘겨운 표정으로 노란 눈을 돌려 제 쌍둥이 자매를 똑바로 바라보는 것을 알아챘다.

"크아……."

힘겨운 비명 같은 소리가 흘렀다. 나오지도 않는 울음을 쥐어짜는 듯했다. 구름 안쪽에서 저를 보며 미친 듯이 소리치는 반쪽을 알아보았는지 노란 눈이 커졌다. 좀 전만 해도 새하얀 구름 속에 갇혀 보이지 않던 존재들이 스르르 그림자를 벗었다. 바깥세상에 있던 뱀이 흐늘흐늘 고개를 비틀었다. 하지만 고개를 조금 들어올리는 것도 힘겨워 보였다. 다만 눈동자만 이어도 안에 속한 초록 뱀을 똑똑히 바라보고 있었다. 그것을 단단히 들고 있던 흑단인형 역시 뱀의 눈길을 따라 같은 곳을 바라보았다.

레드블러드를 해방시키는 동안 흑단인형의 붉은 기모노 자락은 여기저기가 불탔다. 까만 연기 속에서 새하얀 가면의 턱 부분도 살짝 그을렸다. 그런 흑단인형 역시 이어도 안을 똑바로 바라보았다. 그녀의 검은 눈이 힐끗 저 아래를 바라보았다. 레드블러드가 시뻘건 분노를 발하며 함선 하나를 침몰시키는 것을 확인한 그녀가 토옹 발을 굴렀다. 그리고 곧장 이어도 안쪽을 향해 쏘옥 들어서려 했다.

쑤우욱.

붉은 기모노를 입은 흑단인형은 별 어려움 없이 이어도의 안쪽으로 들어오는 듯했다. 그녀의 발을 감싼 가죽신이 먼저 이어도의 결계를 지나 안으로 들어섰다. 그녀의 발은 회색으로 높다랗게 뻗은 산등성이 비자나무의 두툼한 회갈색 나뭇가지 위에 사뿐히 내려왔다. 그리고 그녀의 다리가, 가슴이, 목이, 얼굴이 모두 이어도 안으로 들어오는데…….

철크렁!

무언가 거친 쇳소리가 났다.

"웃!"

짧은 신음 소리는 흑단인형의 것이었다. 이어도 안으로 들어오려던 그녀의 몸이 덜컹하고 멈춰버렸다. 왜인지 그녀의 오른쪽 손목 부분이 결계에 매달린 채 움직이지 않았다. 뱀을 품은 왼손은 결계의 안으로 들어섰지만 오른손만은 결계 바깥쪽에 붙잡혀 있었다.

카르릉! 철크렁!

흑단인형의 오른손이 이어도 안으로 들어서려 할 때마다 귀를 스치는 카랑카랑한 마찰음이 퍼졌다. 왜인지 이어도는 흑단인형의 다른 모든 것을 허락했음에도 그녀의 오른손만은 섬에 들이는 것을 허락지 않았다. 몇 번이나 손목을 움직이던 그녀가 포기한 얼굴로 앞을 바라보았다.

그녀와 낙빈 일행 사이에는 불과 수 미터의 공간밖에 없었다. 서로가 손을 뻗으면 금방이라도 닿을 듯한 거리를 두고 그들은 마주 보게 되었다. 낙빈은 눈앞에 선 흑단인형의 모습에 몸이 굳은 것처럼 움직이지 않았다. 말할 수 없는 긴장이 온몸을 소름 돋게 했다. 낙빈에게 그녀는 두려움 이상의 어떤 감정을 불러일으켰다. 숨겨왔던 모든 기억을 바라본 이후로 그녀에 대해 가엾은 마음도 갖게 되었다. 그런데 그 모든 것을 뭉뚱그린 감정이라는 것이 너무나 복잡해서 함부로 이름을 붙일 수가 없었다. 그런 존재가 드디어 소년의 코앞에 있었다. 수십 번, 수백 번 이 순간을 생각해보고 가상해보았지만 언제나 예기치 못한 순간에 만남이 이루어졌다.

"이곳에 숨어 있었구나. 네가 있을 줄 알았다."

흑단인형이 까만 눈동자를 들어 낙빈을 찾았다. 그 눈이 슬며시 웃음을 짓는 것만 같았다. 그녀의 눈동자가 물처럼 스르르 흐르더니 낙빈의 곁에서 초록 눈을 동그랗게 뜬 뱀에게로 향했다.

"라미아의 뱀이여, 너의 자매가 기다리고 있다. 내게로 오라."

뱀을 향해 느리지만 강렬한 의지를 담은 그녀의 말이 또박또박 새겨졌다.

"사아악!"

이어도 안에 있던 초록 뱀이 몸을 일으키며 입을 벌렸다. 초록 뱀이 몸을 세우는 순간, 흑단인형의 손아귀에서 까맣게 타들어간 또 다른 뱀 역시 고개를 치켰다. 두 마리의 뱀이 입을 벌리자 새까만 혀가 허공을 가르며 바쁘게 움직였다. 이제야 만난 것을 기뻐하는 것도 같고 상처받은 서로에 대해 슬퍼하는 것도 같았다.

"라미아의 뱀이여. 오라, 내게로. 너희에게 끔찍한 저주를 내린 간악한 인간들에게 종말을 선언하자."

흑단인형의 음성에 이어도 안쪽에서 기다리던 초록 뱀이 온몸을 비비 꼬았다. 가고 싶지만 가고 싶지 않은 마음도 있다는 듯 양가의 감정이 뱀의 몸을 비틀었다. 초록 뱀은 흑단인형에게 가까이 가지도, 그렇다고 멀어지지도 못했다.

"뱀이 선택한 것은 인간의 종말이 아니에요."

곁에 서 있던 낙빈이 반걸음쯤 앞으로 나섰다. 소년의 의지와 상관없이 목소리가 사시나무처럼 떨렸다. 부끄럽다는 생각조차 못할 정도로 낙빈은 모든 걸 흑단인형에게 집중했다. 그녀가 뱀에게서 눈을 굴려 다시 낙빈을 바라보는 순간 소년의 가슴은 한없이 두방망이질해댔다.

"뱀이 선택한 것은 인간의 종말이 아니라…… 스스로에 대한 구원이에요."

낙빈의 곁에 있던 초록 뱀이 소년의 말에 동의하는 것처럼 더더욱 머리를 솟구쳐 흑단인형을 바라보았다. 아름다운 에메랄드빛 눈이 흑단인형과 자신의 자매에게서 떨어질 줄 몰랐다. 생각을 전하기 위해 안간힘을 쓰는 것 같았다.

"지난 세월 갇혀 있으면서 때로는 복수를 꿈꾸기도 했지만 이제는 스스로에게 가장 필요한 것이 무엇인지 깨달았다고 했어요. 진정으로 원하는 것을 깨닫고…… 그래서 자매를 찾았어요."

카아악. 흑단인형의 손아귀에서 반쪽의 뱀이 몸을 비틀었다.

하얀 가면 저편에서 흑단인형의 눈이 찌푸려지는 것이 보였다. 말도 안 되는 소리를 하고 있다는 듯 낙빈을 나무라는 눈빛이었다.

"그녀들은 복수를 원한다. 그 복수는 인류 전체에 대한 근본적인 회의야. 자신을 이렇게 만든 인간들을 찾아 하나하나 멸하는 것이 아니야. 이런 끔찍한 생각을 끊임없이 해대는 인간 종족에 대한 멸절을 뜻하는 것이야. 세계의 질서를 엉망으로 만드는 사악한 무리에 대한 궁극의 심판 말이다."

"그걸 원하는 것은…… 당신이 아닌가요?"

낙빈의 목소리가 다시 파르르 떨렸다. 흑단인형의 눈초리가 매섭게 낙빈을 바라보는 게 느껴졌다.

스르릉.

고요한 세계에 어울리지 않는 차가운 쇳소리가 울려 퍼졌다. 살기를 느낀 정현이 저도 모르게 반짝이는 은빛 검을 빼들었다. 팽팽한 긴장이 이 자리를 다 얼릴 것처럼 퍼져나갔다. 낙빈이 슬픈 얼굴로 흑단인형에게 애원했다.

"뱀의 결정을 받아들여주시면 안 되나요? 인간들의 싸움으로부터 이제는 해방을 원하고 있어요. 누군가의 도구가 된 뒤로 고통의 나날을 살아온 가엾은 존재예요. 그것을 만들어낸 것도 인간이라는 걸 알아요. 인간이 몹쓸 짓을 했다는 것도 알아요. 그러니까 더더욱 그들을 놓아주시면 안 되나요?"

매서운 눈빛이 다시 낙빈을 노려보았다. 정현의 손아귀도 더욱더 단단해졌다. 금방이라도 낙빈을 향해 흑단인형의 분노가 퍼부어질 것만 같았다.

"뱀들은 복수를 원한다. 인간 종족의 멸절을 원해. 잠시 동안 그녀를 만났다고 그 마음을 다 안다고 하지 말아라."

"그 마음이 변했다면요? 진짜 원하는 게 복수가 아니라 해방이라면요? 복수의 마음을 이용해서는 안 되잖아요. 그렇다면 당신 역시 이들을 이용하려는 한 사람에 지나지 않는 거잖아요."

"갈喝!"

쉰 듯한 목소리가 울려 퍼졌다. 그 음성에 노한 감정이 그득했다. 감히 그녀가 누군가를 이용하려 한다는 말에 몹시도 성을 내고 있었다. 흑단인형의 목소리에 가득한 분노의 기운이 낙빈을 향해 소용돌이쳤다. 그 앞에서 소년은 언 듯 꼼짝하지 못했다.

휘잉, 휭!

대신 그 앞을 막아선 것은 은빛의 날선 검이었다. 순식간에 튀어나온 정현이 낙빈과 흑단인형의 사이를 막아서며 검을 휘둘렀다. 빙그르르 돌아서는 날선 검기가 흑단인형이 내쏜 강력한 기운을 휘돌리며 사방으로 퍼뜨렸다. 낙빈을 공격하던 분노의 기운이 순식간에 무효화되었다. 정현의 짙은 눈이 흑단인형을 노려보았다.

"우리는 당신과 다투려는 것이 아닙니다."

은빛 검을 든 정현은 흑단인형의 분노한 눈동자가 차분히 가라앉을 때까지 낙빈 앞에서 비켜서지 않았다. 그 눈이 평정을 찾자 정현은 천천히 옆쪽으로 비켜섰다. 조심스러운 동작이었다. 상대를 함부로 도발하여 다툼으로 이어지지 않도록 절제하면서 무력은 절대 허용하지 않겠다는 뜻을 온몸으로 전하는 발걸음이었다.

정현이 물러서자 흑단인형과 낙빈이 서로를 마주 보았다.

파스스…….

두 사람의 사이에 있던 작고 여린 초록 뱀에게서 푸르르 휜 연기가 뿜어져 나왔다. 연기가 눈앞을 가렸다 다시 사라지자 그 자리에 짧고 억센 고수머리의 어린 소녀가 나타났다. 제 몸보다 몇 치수는 커 보이는 초록빛 비단 천 쪼가리를 목욕 가운처럼 두르고 허리를 잘록하게 동여맨 뱀 아이였다. 언뜻 보아도, 자세히 보아도 여자아이인지 남자아이인지 분간하기 힘든 어린 소녀가 에메랄드빛 눈을 반짝이며 흑단인형과 낙빈 사이에 섰다. 유독 얇은 입술은 죽은 이의 것처럼 검은빛이었는데 그것을 달싹이자 귀에 거슬리는 쇳소리가 나왔다. 쉭쉭거리는 뱀의 소리에 인간의 말이 섞여 들려왔다.

"쉬이익. 쉭. 인간의 딸아, 내 말을 들어라. 가없는 시간 동안 나와 나의 자매는 복수를 꿈꾸었다. 나와 내 반쪽이 만들어진 그날에 우리는 함께였으나 끝없는 욕심과 지나친 욕망에 휘둘리며 하많은 세월을 떨어져 살아왔다. 구구한 세월 동안 인간들을 원망하며 광일지구曠日持久한 나날을 보냈노라. 그 얼마나 헛되고 또 헛된 일일는지! 수많은 풍파를 겪으며 한없이 휘돌던 나의 자매와 달리 나는 오랜 세월 깊은 어둠 속에 갇혀 사색하고 사유하였다. 그리고 깨달았다. 허무하고 의미 없는 시간이로다. 복수에 열과 성을 허비하는 것마저도 우리가 인간들에게 휘둘리는 것이다. 마음을 졸이고 고통을 당하며 나와 내 자매가 헛되이 버린 시간을 이제는 후회하노라. 이제 우리는 스스로를 위해 남은 힘과 시간을 운용해야 할 것이다. 그리하여 나는 묻노라. 자매여, 가엾은 나의 반쪽아. 우리가 진정으로 원하는 것은 무엇인가? 너와 나 스스로를 위하여 네가 진정으로 원하는 것은 무엇인가? 쉬익."

아이의 얇은 입술이 벌어졌다 닫히면서 그녀가 말하는 이상의 것들이 고스란히 전해졌다. 허리가 끊긴 반쪽의 뱀은 물론이고 낙빈 일행과 흑단인형에게까지 그 마음이 전해졌다. 한쪽 끝이 그을린 새하얀 가면이 뱀 아이의 초록 눈동자를 뚫어져라 바라보았다. 흑단인형은 미동도 하지 않았으므로 그녀가 무엇을 느끼는지, 무엇을 생각하는지 짐작할 수가 없었다. 대신 움직인 것은 그녀의 손에 감겨 있던 검게 그을린 뱀이었다. 똬리를 틀고 있던 뱀에게서 탁한 회색 연기가 끓어올랐다. 연기가 사라질 즈음 까만 고수머리 소녀와 똑같은 얼굴의 뱀 아이가 흑단인형의 소매를 붙잡은 채 나타났다. 다른 점이 있다면, 쌍둥이 뱀 아이의 초록빛 옷자락이 검게 그을려 군데군데 타들어갔다는 것과 그 아이의 눈이 샛노란빛이라는 사실뿐이었다. 길고 헐렁한 도복 차림도 같았고 짙은 검은색 머리카락에 짧고 강한 곱슬도 그대로였다. 노란 눈의 뱀 아이가 입을 벌렸다. 까만 혀가 들락날락거리자 뱀의 소리와 인간의 음성이 함께 들렸다.

"쉬익. 내가 원하는 것은 복수지. 우리를 이렇게 생으로 떼어놓고 고통받게 한 장본인들에 대한 복수지. 쉬이익."

노란 눈동자에는 원망과 분노의 마음이 서려 있었다.

"쉬익, 자매야. 우리가 진정 원하는 것이 그것인가? 그럼 우리를 떼어놓고 우리를 고통받게 한 자들은 누구지?"

이제 뱀 아이들이 서로를 바라보며 대화를 이어갔다. 다른 사람들의 존재 따위는 염두에도 없는 듯했다.

"쉬익. 너를 가둔 것들이 있었지. 나에게 결계를 채워서 세계를 돌아다닌 것들도 있었지. 쉬익."

"쉬익. 그것들은 어디에 있지?"

"쉬익. 세월의 흔적을 따라 죽었지. 하지만 살아 있는 것들도 있지."

"쉬이익. 살아남은 것들은 어떻게 되지?"

"쉬익. 세월의 흔적을 따라 죽게 되겠지."

노란 눈의 뱀 아이가 대답하다가 문득 눈동자를 굴렸다. 죽을 자들에게 죽음을 선사하는 행위에 대해 묘한 역설을 느낀 눈치였다. 그들의 대화를 듣는 동안 흑단인형도 낙빈도 미덕도 정희와 정현도 말을 하지 않았다. 함께한 시간보다 떨어져 있는 시간이 더욱 길었던 두 존재의 대화는 짧고 단편적이었지만 질문과 대답

안에 그들이 살아왔던 시간의 굴레와 경험의 깊이가 숨어 있었다. 눈을 굴리는 자매를 빤히 바라보던 에메랄드빛 눈동자의 뱀아이가 천천히 물었다.

"쉬이익. 그것들을 다 죽이면 무얼 할 거지?"

"으응?"

"쉬이익. 너는 네가 기대고 있는 인간의 딸아이에게 의지하여 그 아이의 소원을 들어줄 셈이냐? 우리를 빼앗고 우리를 이용하려던 그 무리들에게 했던 것처럼?"

"으응?"

"쉬이익. 너와 함께하고 있는 붉은 옷의 딸아이가 원하는 것이 무엇이지?"

"쉬익. 인간의 멸망. 나의 복수."

"쉬이익. 산 것을 저승으로 보내고 저승의 것들을 세상으로 끄집어낸다. 그리고 인세人世를 엉망으로 만든다. 쉬익. 인간 세상은 멸망한다. 그리고…… 저 붉은 아이의 소원이 다 이루어지면 어찌할 셈이지?"

"으응?"

에메랄드빛 눈이 곤란한 물음을 던질 때마다 노란 뱀눈이 갸우뚱갸우뚱 이리저리 움직였다. 말문이 막힐 때마다 노란 눈동자가 흑단인형 쪽을 바라보았지만 흑단인형은 마주 바라봐주지 않았다. 하얀 가면 저편에 숨은 흑단인형의 검은 눈은 반대편 에메랄드빛 눈동자에서 떨어지지 않았다.

"쉬이익. 자매야, 내 쌍둥이 반쪽아. 진짜 네가 원하는 것이 뭐지? 우린 진짜 무얼 원하지?"

"으으응?"

이제 노란 눈의 뱀 아이는 머리를 뱅그르르 돌리며 눈을 함지박만 하게 떴다. 낙빈은 그 노란 뱀눈의 아이를 고스란히 이해할 것만 같았다. 복수만 생각하고 달리는 것은 차라리 쉽다. 그것 하나만 눈앞에 두고 달리면 된다. 다른 어떤 것도 보지 않고 어떤 것에도 마음을 두지 않고 말이다. 승덕 형이 죽었을 때 낙빈도 그랬다. 하나의 목표만 붙잡고 달리면 되었다. 복수. 누군가에 대한 원망. 그것 하나에만 매달렸을 때는 나의 속마음이나 내면 따위에 귀 기울이지 않아도 되었다. 그러한 삶은 단순하다. 생각을 하지 않아도 되는 간편함이 있었다. 하지만…… 복수를 놓는 순간 세상은 복잡다단해진다. 생각은 수없이 머리를 헝클어뜨린다. 복수를 이룬 후에는 어떻게 살아갈 것인가? 진정한 물음은 그때부터 시작이다.

진정으로 해야 할 것을 찾는다는 것, 진정한 목표를 찾는다는 것은 그것만으로도 충분히 고통스럽다. 지금 초록 눈의 뱀은 그 고통을 자매에게 건네고 있었다. 네가 진정으로 원하는 것은 무엇이냐? 복수가 아니라…… 외부에 의지한 변명이 아니라 너 자신의 내면이 진실로 말하는 것을 들으라고 자매를 압박하고 있었다.

본질을 꿰뚫는 것은 늘 고통스럽다는 것을 낙빈은 이제 알고 있었다. 때문에 노란 눈의 뱀 아이가 눈동자를 굴리고 고개를 꺾어가며 내면을 바라보는 이 순간이 얼마나 힘겨울지 가늠이 되었다.

"쉬이익. 이제…… 그만 고통스럽고 싶다……."

노란 눈동자가 한참 만에 그 말을 뱉었다. 짧은 그 한마디가 긴 한숨처럼 느껴졌다. 평생 느껴온 깊은 피로감이 기다란 한숨에 묻어났다. 에메랄드빛 눈이 고개를 끄덕였다.

"쉬이익. 참 지긋지긋하지?"

"쉬익. 참 지긋지긋하다."

"쉬이익. 이런 지긋지긋한 짓, 그만 끝내고 싶지?"

"쉬이익. 응, 그만 끝내고 싶다."

노란 눈동자가 끄덕끄덕 동의를 표했다.

"쉬익. 나…… 그만 쉬고 싶다."

까만 그을음 속에서 지독히도 지친 목소리가 울려 퍼졌다. 그녀의 몸보다 훨씬 크게 보이던 가운이 푸스스 꺼져버리더니 아이의 모습이 다시 뱀으로 변했다. 그을린 옷 사이로 노란 눈동자를 반짝이는 작은 뱀이 모가지를 꼿꼿이 세웠다.

"쉬이익. 나도…… 이제 그만 지쳤다. 나는 안식을 원한다. 나는…… 그리고 우리는…… 영원한 안식을 원한다. 쉬이익."

초록 눈의 뱀 아이 역시 그 몸을 감고 있던 커다란 비단옷을 후르르 떨어뜨리고는 작고 가는 뱀의 모습으로 나타났다. 두 마리의 뱀이 옷을 벗어던지자 상처받기 쉬운 나약한 하얀 살점이 보였다. 이제 두 마리의 뱀은 초록빛이 아니었다. 그들이 벗어던진 껍질 안에는 어린아이의 살색과 같은 연한 살점이 감춰져 있었다. 여리고 나약한 살결이 되어버린 두 마리의 뱀이 서로 가까이 다가섰다. 누가 먼저랄 것도 없이 서로가 서로의 몸을 감싸며 돌돌 말았다. 하얀 살점이 서로의 몸을 꼬며 기다란 지팡이 모양으로 길쭉하게 늘어났다. 서로의 몸을 비비 꼰 채로 노란 눈의 뱀이 붉은 기모노를 입은 흑단인형 쪽을 바라보았다. 노란 눈의 뱀은 하얀 가면을 쓴 소녀가 뱀들만큼이나 깊은 고통을 받았고, 수없이 배신을 당했으며, 가차 없이 버림받았고, 인간에 대한 복수심으로 들끓는다는 것을 알고 있었다. 샛노란 눈이 크게 벌어지더니 그녀를 빤히 바라보았다. 무언가를 갈구하는 듯한 그 노란 눈 앞에서 흑단인형은 고개를 가로저었다.

"나…… 너희를 해방시킬 수 없다. 너희를 도와줄 수 없어."

흑단인형은 끓어오르는 가슴을 억누르며 말하는 듯했다. 기운을 잃은 듯 중얼거리는 한마디가 상처받은 듯 아프게 들렸다.

"쉬이익. 인간의 딸아. 알고 있다. 누구도 우리를 해방시킬 수는 없다. 나를 구원하는 것은 나 자신뿐이다."

에메랄드빛 눈도 그녀를 바라보았다. 초록 뱀은 낙빈에게서 들었던 그 말을 자매에게 들려주고 있었다. 스스로를 구원하는 것은 자신뿐이다. 두 마리의 뱀은 그 말뜻을 고스란히 알아들었다.

"쉬익. 붉은 인간의 딸아. 나는 너를 가엾게 여긴다."

노란 눈의 뱀이 고개를 까닥이며 흑단인형을 바라보았다. 동정 어린 노란 눈이 쳐다보았지만 흑단인형은 고개를 돌렸다.

"쉬익. 나처럼 가엾은 존재여. 그대를 두고 떠난다. 나와 나의 자매는 구원을 택하겠다."

　노란 눈의 뱀은 흑단인형을 향해 마지막 말을 마쳤다. 두 마리의 뱀은 서로의 몸을 재빨리 타고 오르며 위로, 위로 솟구쳐 올랐다. 그리고 마침내 그들의 꼬리가 땅에서 떨어져 허공에 머무는 순간 새하얀 두 개의 이빨에 날을 세웠다.

　"캬앗!"

　"캬악!"

　쩍 벌어진 두 개의 이빨이 반짝거렸다. 두 마리의 뱀은 자신의 이빨을 상대의 몸통에 박아 넣었다. 여리고 나약한 살점에 새하얀 독니가 박히는 순간, 살점이 주욱 찢어지고 새빨간 피가 사방으로 터져나갔다.

　"캬아앗!"

　"캬아아악!"

　고통스러운 비명이 울려 퍼졌지만 그것은 순간이었다. 욱신욱신한 통증이 그들의 벗은 살을 꿰뚫는 순간 자매는 지금껏 한 번도 가져보지 못했던 진정한 휴식과 안락이 서로에게 찾아드는 것을 느꼈다. 그들이 더 깊이, 더 깊이 서로의 몸통에 독니를 박아대고 스스로를 구원하기 위해 마지막 발버둥을 쳐대는 그 순간. 그것은 처절하도록 끔찍하고 안타까운 동시에 황홀한 해방과 구원의 순간이기도 했다.

2

 현욱의 주먹에 새파란 혈관들이 터질 듯이 튀어나왔다. 흑단인형에게 결계의 틈을 내준 것은 결정적인 실수였다. 흑단인형이 이어도에 들어가는 것만은 반드시 막았어야 했다. 하지만 흑단인형은 한순간의 작은 틈새도 놓치지 않았다. 그토록 철저한 계획과 치열한 공방 속에서도 그녀는 레드블러드를 도로 꺼내왔고, 이어도 안으로 들어가버렸다. 그 모습을 바라보던 현욱의 눈썹이 단단히 짙어졌다.

 아드득!

 공간을 찢어내는 순간, 현욱의 검은 양복이 저편 공간을 향해 사라졌다. 찢어낸 공간은 흑단인형이 사라져버린 결계의 코앞이었다. 현욱이 공간을 찢어내며 한 발을 내딛자 함선 위에 있던 그의 몸 반쪽이 멀리 허공 위에 나타났다. 그 순간, 현욱은 멀리서는 보지 못했던 광경을 똑똑히 확인할 수 있었다. 이어도가 만들어낸 자연의 결계 사이에 무언가 작은 살점이 꾸들꾸들 움직이는 모습이었다.

 '들어가지 못했다. 흑단인형의 손목…… 오른손의 손목 부분이 이어도의 바깥쪽에 붙잡혀 있다!'

 예상치 못한 일이었다. 죽음과 삶 사이에서 비틀어진 존재인 흑단인형이 이어도 안으로 들어가는 게 불가능하리라고는 생각지 못했다. 그런데 왜인지…… 그녀는 이어도 안에 온전히 들어가지 못했다. 손목 하나가 바깥쪽에 단단히 붙잡혀 있는 것이다.

"공격, 저 지점을 공격하라!"

현욱의 명령이 떨어지는 순간, 그의 뒤통수로 매서운 바람이 불어닥쳤다. 새빨간 다섯 개의 손톱이 그의 정수리를 잡아 뜯을 듯이 달려들었다.

으득!

현욱은 펼쳤던 공간을 도로 접으며 재빨리 함선 위로 되돌아왔다. 방금 전까지 그가 있던 이어도 결계 앞, 저 멀리 하늘 높이에 새빨간 레드블러드의 다섯 손톱이 박히는 것이 눈에 들어왔다. 시뻘건 분노로 활활 타오르던 붉은 머리의 여인이 허공 속에 사라진 현욱의 뒤통수를 쥐어뜯었다. 그러나 이제 뜯어졌던 공간은 다시 매끈하게 달라붙었다. 한 발 앞서 사라져버린 현욱을 찾아 붉은 눈동자가 매섭게 돌아갔다.

"공격!"

이제 레드블러드는 표적이 되었다. 그녀가 있는 그곳에 이어도로 들어가지 못한 흑단인형의 신체가 있다는 걸 들켜버렸으니까. 레드블러드가 있는 그 자리에 새빨간 화염이 휘몰아쳤다.

콰우우우우…….

파도가 사방으로 흩어졌다. 푸르른 바닷속에서 솟구친 것은 거대한 청룡이었다. 지장선인의 하늘빛 도복이 휘날렸다. 청룡의 머리 위에 있는 것은 선인뿐만이 아니었다. 젖은 금발 머리를 용의 머리에 기댄 채 힘없이 늘어진 청년의 모습도 있었다. 눈이 부시도록 하얗던 그의 블라우스는 심장의 윗부분이 붉게 물들어 있었다. 다시 뜰 수 없는 두 눈을 차갑게 감은 미카엘이 용의 머리에 가지런히 누운 채였다.

흑단인형에게 상처받은 것은 신이 사랑한 천사의 아이뿐만이 아니었다. 그녀가 내지른 검은 비녀로 한쪽 눈에 허옇게 꺼풀이 생긴 청룡이 분노한 표정으로 입을 벌렸다. 그 입속에서 뼛속까지 차갑게 얼릴 냉랭한 기운이 푸르른 불꽃이 되어 레드블러드에게 내쏘아졌다. 청룡의 눈동자 하나를 꿰뚫어버린 적에 대한 차가운 분노가 얼음송곳이 되어 날아갔다.

"인간의 졸개! 지옥에나 가버려라!"

레드블러드의 붉은 손톱이 새파란 기운을 막아내며 허공을 긁어댔다. 분노한 붉은 기운과 냉랭한 푸른 기운이 부딪치며 맹렬한 폭발음을 만들었다.

퍼퍼펑!

폭발 뒤 사방으로 흩어지는 날선 기운의 파편에도 레드블러드는 그 자리를 지켰다. 붉은 여인은 온몸을 다 내놓더라도 흑단인형의 오른손을 지켜낼 기세였다. 그 모습을 바라보던 현욱이 차갑게 명령을 내렸다.

"레드블러드는 움직이지 않을 것이다. 피하지도 않을 것이다. 제거하라. 피할 수 없는 공격을 쏟아부어라. 닥치는 대로. 잔인하게. 퍼부어라."

차가운 명령이 전 요원을 향해 흘러갔다.

3

 서로의 몸을 타고 오르던 두 마리의 뱀이 서로의 몸에 날카로운 이빨을 꽂아 넣은 채로 허물어지듯 땅 위에 떨어졌다. 마지막 순간까지도 서로의 몸을 단단히 붙든 두 마리의 뱀은 외로워 보이지 않았다. 쌍둥이로 태어났지만 함께할 수 없는 날이 더욱더 길었던 가엾은 존재가 끝내 그들이 그토록 원했던 해방과 구원을 얻었다.
 생명을 잃어버린 두 마리의 뱀에게서는 더 이상 어떤 기운도 느껴지지 않았다. 온 세상을 집어삼킬 수 있었던 막강한 힘이 사라졌다. 이승과 저승을 부수고 그 안의 모든 것을 어지럽힐 수 있었던 존재가 깨끗이 기운을 버리고 진정한 마지막 순간을 얻었다. 그 누구도 구원할 수 없었던 그들은 스스로를 구원했다. 그 모습을 바라보는 이들의 콧등이 시큰해졌다. 여린 두 마리의 뱀이 인간에 의해 가당치도 않은 능력을 부여받고 존재해서는 안 될 위험한 존재로 여겨진 뒤 받았을 수많은 고난과 고통을 짐작하는 까닭이었다.
 미덕은 정희의 품에 얼굴을 묻었다. 정희의 품 넓은 승복 안에 몸을 감춘 채 고개를 묻었다. 머릿속에 여러 가지 생각이 엉켜 있었다. 현욱 아저씨에게는 죄를 지었는지도 모른다. 아저씨에게는 소중한 보물을 함부로 사라져버리게 했는지도 모른다. 그래도 잘했다는 생각이 들었다. 낱낱이 설명하지는 못해도 그냥 그런 생각이 들었다. 미덕을 안은 정희의 마음도 홀가분했다. 인간이 지은 커다란 죄를 조금이나마 갚은 것 같아 다행스러운 마음이었다.

흑단인형과 낙빈 사이에 헐벗은 두 마리 뱀의 주검이 놓였다. 흩어져 있던 녹색 가운과 검게 그을린 가운이 회색 연기 속에서 사라지고 생생하게 살아 있던 두 마리 뱀이 뻣뻣한 나무줄기가 되었다. 거죽이 벗겨진 듯한 나뭇가지 두 개가 비비 꼬인 형상이 되어 차갑게 놓여 있었다.

그 모습을 멍하니 바라보던 낙빈이 성큼 앞으로 나섰다. 흑단인형과는 크게 한 걸음 정도의 사이만 남겨둔 채였다. 낙빈의 곁눈으로 긴장한 채 뻣뻣하게 굳어지는 정현의 모습이 보였다. 그의 주먹이 은빛 장검을 단단히 거머쥐는 것도 보였다. 만일을 대비하는 것이리라. 하지만 낙빈은 더 이상 흑단인형이 두렵지 않았다. 그녀는 스스로를 구원한 초록 뱀 자매와 똑같은 처지라는 생각이 들었다. 그래서 그들의 해방을 막아서지 않은 것이다. 하얀 한복을 입은 소년이 무릎을 꿇고 고개를 숙여 흑단인형에게 절을 했다.

"······고맙습니다. 고, 고맙습니다."

낙빈은 그녀의 연민에 감사했다. 흑단인형의 마음이 이 작은 두 마리의 뱀에게까지 가닿았다는 사실이 너무나 고마웠다. 마침내 영원히 쉴 수 있도록 그들을 내버려둔 것에 깊은 감사를 드렸다. 검은 머리를 깊이 숙이는 소년을 바라보던 흑단인형이 눈살을 찌푸렸다. 하얀 가면이 한쪽 옆으로 휙 돌아갔다.

"내가 구원한 것도 아닌데 어째서 내가 고마우냐."

날카롭고 매몰찬 말투였지만 낙빈은 이제 더 이상 떨리지 않았다. 발발 떨리던 가슴도, 몸도, 손가락도 두 뺨을 놓아준 그녀를 확인한 그 순간부터 더 이상 요동치지 않았다. 낙빈은 제 마음을 숨기지 않을 생각이었다. 상상조차 해본 적이 없는 자신의 행동이 걱정스럽지 않았다. 마음을 사리지 않고 있는 그대로 표현하고 싶었다. 낙빈은 그 마음을 따르기로 했다.

"낙빈 오빠야! 너 미쳤니……!"

미덕이 꺄악 소리를 지르는 것도 들렸고, 정현과 정희가 놀라서 숨을 삼키는 소리도 들렸다. 그런데도 끝내 그러고야 말았다. 제 마음이 가는 대로.

"……!"

놀란 것은 암자 식구들만이 아니었다. 낙빈이 마저 한 발을 크게 내딛으며 흑단인형에게 다가가 그녀를 와락 껴안았을 때는 이곳에 있는 모두가 경악에 겨운 얼굴을 했다. 흑단인형은 물론이고 심지어 낙빈의 모든 것을 지켜보던 승덕의 영혼까지 소년의 머릿속에서 으악 비명을 질렀다. 그 누구도 예상치 못했다. 낙빈이 스스로도 그랬으니까. 생각을 하고 움직인 것이 아니었다. 모두가 소스라치게 놀라는 와중에 낙빈의 표정만 푸근했다.

낙빈은 처음 알았다. 흑단인형의 몸이 저보다 더 작고 더 어리다는 것을. 늘 붉은 기모노에 감싸인 그 몸이 항상 크고 웅대하고 무시무시하게만 느껴졌다. 그런데 이제야 어린 소년인 제 어깨보다도 더 좁고, 제 키보다 더 작고, 제 몸보다 더 말랐다는 걸 알았다. 왜인지 여태껏 그렇게도 커 보이고 그렇게도 무시무시해 보이던 게 새빨간 거짓말이란 사실이 믿어지지 않았다.

"형이…… 승덕 형이……."

깜짝 놀라 제 두 팔 안에서 바짝 굳어버린 흑단인형을 향해 낙빈은 와락 안은 채로 말을 이어갔다. 제가 말할 때마다 그녀의 길고 검은 비단결 머리카락이 입술을 간질이는 게 싫지 않았다.

"승덕 형이…… 당신이 보여주었던 연민을 말했을 때 나는 그것이 무언지 잘 믿어지지 않았어요. 당신이 연민으로 성주 누나와 형을 세상으로부터 구원했다는 말을 듣고도 잘 이해되지 않았어요. 하지만…… 이제 알게 되었어요."

낙빈이 두 팔을 뻗어 안았던 어깨를 놓았다. 붉은 기모노에 싸인 작은 어깨가 새초롬한 작은 새처럼 떨고 있었다.

"당신은 두 마리의 뱀에게도 연민을 느낀 거군요. 저도 그 감정을 느꼈어요. 그리고 당신은 나의 어머니에게도 당신의 연민을 베풀어주셨죠."

흑단인형은 움직이지 않았다. 하얀 가면에 가려 있었지만 어쩐지 가면 안에서 그녀는 입술을 깨물고 있을 것만 같았다.

"당신은 어머니를 늘 염려해주셨지요. 그래서 몇 번이나 저를 해할 수 있었지만 어머니에 대한 연민으로 절 살려주었지요. 복수심에 빠진 부나방이 되어 당신을 해하려던 나인데도 끝내 죽이지 않았지요. 어머니는 그것을 다 알고 계세요."

흑단인형의 가녀린 어깨가 바르르 떨렸다.

"그래서 당신에 대해 오해를 불러일으킬 말씀은 한 번도 하신 적이 없어요. 어머니는 제게 당신을 바로 보라고 하셨어요. 그분은 당신에 대한 깊은 감사를 지금도 늘 간직하고 계세요. 저를 낳아 키울 수 있었던 것, 어머니의 목숨을 부지할 수 있었던 것이 모두 당신의 도움 덕분이라는 것을 알고 계세요. 짐승이었던 어머니를 사람으로 만들어주셨던 분이 당신이라는 것을 이제는 저도 알아요. 그래서…… 저 역시 당신의 연민에 더없는 감사를 드려요."

낙빈의 두 눈이 그렁그렁했다. 하얀 한복을 입은 소년이 다시 한 번 안으려 하자 붉은 기모노가 슬쩍 몸을 비켰다. 도저히 예상할 수 없었던 소년의 애정 공세에 크게 당황한 게 분명했다. 마음을 표하려던 낙빈의 두 팔이 멋쩍은 듯 허공을 휘젓다가 얌전히 아래로 내려갔다. 그제야 휴우 하고 안도하는 암자 식구들의 한숨 소리가 낙빈의 뒤통수에 꽂혔다. 그 한숨이 우스워서 낙빈이 피식 웃음을 지었다. 고개를 돌린 흑단인형이 그런 낙빈을 곁눈으로 쳐다보았다.

"흑단인형님……."

피식하던 웃음이 왜 눈물이 되었을까? 소년의 볼을 타고 뜨거운 물 한 줄이 흘렀다. 흑단인형의 눈이 가늘어졌다. 도대체 가늠할 길이 없는 어린 소년 앞에서 그녀도 할 말을 잃은 듯했다.

"용서하세요. 당신이 아마도 절대 보여주고 싶지 않았을 것까지 저는 보고 말았어요. 그래서 알게 되었어요. 당신이 왜 그토록 분노하고 왜 인간을 저주하는지. 왜 인간 세상을 멸망시켜야 한다고 생각하는지를요."

 소년의 고개가 푹 숙여졌다. 소년의 기다란 속눈썹이 깜빡거리자 그렁그렁하던 눈물이 툭 떨어졌다. 무얼 생각하는 걸까? 무엇 때문에 눈물을 흘리는 것일까? 흑단인형은 아이에게서 눈을 뗄 수가 없었다.

 "아마도 처음에 당신은 인간에 대한 믿음을 가지고 계셨겠지요. 그래서 애정을 가진 인간을 위해 목숨을 걸고 위험한 비결을 훔치는 일까지도 하셨겠지요. 당신이 가진 모든 힘을 걸고 그에게 도움을 주었지만 돌아온 것은 배신과 변절이었겠지요."

 낙빈은 두 눈을 질끈 감았다. 도움에 감사하기는커녕 비결을 이용해 흑단인형을 가두고 온 집안의 액을 모두 받아내게 만든 사람들을 생각했다. 그 액을 다 받은 액막이는 당연히 저주를 견디지 못하고 생을 마감해야 한다. 그러나 그 사람들은 가엾은 액막이에게 스스로의 배를 가르고 태어나는 끔찍한 고통의 저주를 가했다. 행운과 복운에 대한 모든 응보應報를 액막이가 다시 고스란히 떠안게 만든 그 끔찍한 저주는 지금껏 그녀를 놓지 않고 있다. 배를 찢는 고통 속에서 스스로의 분신을 낳는 그녀의 심정은 어떠할까! 자신의 배를 찢고 나오는 순간, 그 고통의 순간까지도 모든 기억을 고스란히 간직해야 하는 또 다른 어린 분신의 심정은 어떠할까!

 누군들 감히 상상이나 할 수 있을까. 그 누군들 그 끔찍함을 감히 이해한다고 말할 수 있을까. 그녀가 인간을 도륙하고 멸하는 것을 어찌 부당하다 말할 수 있을까! 낙빈은 그 모든 것이 떠올라 눈앞의 흑단인형이 한없이 가엾고 또 가련했다.

"감히 제가…… 어린 제가…… 이렇게 말씀을 드려요. 저는 당신을…… 연민합니다. 당신이 우리에게 그랬던 것처럼……."

한 손이 이어도의 결계 바깥에 묶여버린 흑단인형의 움직임은 자유롭지 않았지만, 그렇다고 멀리 피하지 못할 것도 아니었다. 하지만 그녀는 몸을 피하지 않았다. 눈물을 흘리며 다가온 낙빈이 다시 어깨를 감싸 안았을 때 그녀는 굳은돌처럼 가만히 자리에 머물러 있었다. 강한 충격을 받은 듯 움직이질 못했다.

"나에게 네가…… 연민이란 말을…… 감히 나에게……."

멍한 얼굴로 중얼거리는 흑단인형의 음성이 어쩐지 어눌했다. 마치 꿈속에서 웅얼거리는 것처럼 또렷하지 않았다. 흑단인형은 큰 충격을 받은 듯 낙빈만 바라본 채 중얼거렸다. 낙빈은 흑단인형의 가녀린 어깨를 감싼 채 비켜서지 않았다. 부드러운 붉은 기모노 자락이 반질반질 볼을 간질였다.

낙빈은 기억 속으로 빠져들었다. 처음 어머니가 흑단인형의 품에서 느꼈을 감정이 새록새록 느껴졌다. 따사롭고 향긋한 내음…… 한없이 포근하고 따스한 느낌…… 처음으로 누군가의 품에서 따스함을 느꼈던 어머니의 마음이 낙빈의 가슴으로 전해졌다.

"저는…… 당신을 불행하게 만든 사람들을 용서하라고 말씀드리지는 못하겠어요. 그러나 당신을 불행하게 만들었던 사람들로 인해 더 이상 당신이 불행하지 않기를 바라요. 부디, 그러길 바랍니다."

낙빈은 마지막으로 흑단인형을 힘주어 안은 뒤 스르르 놓아주었다. 눈물에 이어 맑은 콧물이 그녀의 붉은 비단옷을 더럽힐까 봐서였다. 저도 모르게 흐르는 콧물을 소매로 닦으며 소년은 떨어지는 눈물도 애써 참았다.

"감히 네가 나를…… 나는…… 네가……."

흑단인형은 여전히 무언가를 중얼거리고 있었지만 의미를 담은 말은 아니었다. 그녀는 낙빈의 얼굴에서 눈을 떼지 못한 채 멍하니 같은 말을 반복하고 있었다.

"신할아버지께서 말씀하시기를, 당신의 저주가 당신을 죽음으로부터 떼어놓았다고 하셨어요. 당신은 죽음으로부터도 자유롭지 못하신 분……."

"……!"

낙빈이 울렁거리는 마음을 삼키며 말을 잇는 동안 멍하던 흑단인형의 눈빛이 점점 더 또렷해졌다. 어쩐지 잠시 정신을 잃었다가 깨어난 것처럼 다시금 기운을 차린 매서운 눈이 낙빈을 바라보았다.

"너, 신의 노예인 아이야, 신이 하는 말을 그대로 믿어서는 안 된다. 그 간악한 신의 혀가 내뱉는 말을 그대로 받아들이다가는 무슨 사달이 날지 모른다."

"……."

낙빈이 빤히 흑단인형을 바라보았다. 그녀의 말이 무슨 의미인지 소년은 곱씹고 또 곱씹었다. 낙빈의 속에서 승덕 역시 똑같은 생각을 하고 있었다. 갑자기 왜 흑단인형이 날카롭게 변했을까? 낙빈은 그녀의 말에 온 정신을 집중했다.

"너도 잘 알 것이다. 네 어미가 바로 신인神人의 아이로 지목된 자들 중 하나다. 간악한 신들의 속셈에 빠져 신인의 아이로 지목된 순간, 겪지 않아도 되는 고통이 범람하고 받지 않아도 되는 고행을 지나게 됐느니라. 그러고는 모든 것이 틀어지면 변명도 하나 없이 입을 다물어버리는 족속이 바로 신들이다. 그런 그들이 저지른 끔찍한 짓을 보아라. 그게 바로 네게 있다."

흑단인형의 붉은 비단 소매가 위로 움직였다. 그녀의 왼손이 낙빈의 볼 위에 가볍게 닿더니 스르르 아래로 떨어졌다.

"네 어미에게 한 짓도 모자라 너를 다시 예언의 아이라고 말하지 않느냐. 가엾고 불쌍한 이들에게 전혀 동정심도 없이 또다시 이런 짓을 되풀이하고 있지 않으냐. 네 어미의 인생을 앗아간 것도 모자라 네 인생을 얽매고 너를 옥죄어 끝내는 이 자리에 불러들이지 않았느냐."

"……."

"지난날 너를 처음 보았을 때부터 너를 살려둔 것을 후회할지 모른다고 생각했다. 아니, 네 어미를 살린 그 순간부터 후회할지 모른다고 생각했다. 하지만 우리 모두가 신의 농간에 놀아난 인간들일 뿐이다. 인간이라는 족속 중에서 가장 가엾은 존재가 바로 너와 네 어미 같은 이들이다. 간악한 신의 예언이 시작되면 너희 같은 인간들은 혼란 속에 빠져들게 된다. 신이라는 것들은 때로 우리와 같은 자들을 통해 세상을 구원할 것처럼 굴다가 또다시 우리를 통해 세상을 다 멸할 것처럼 예언을 흘린다. 간악한 신들은 우왕좌왕 미쳐 날뛰는 인간들의 모습을 바라보고 있겠지. 재미나는가? 그런 모습을 지켜보면서 웃어대고 있단 말이다. 끔찍한 신의 장난이 느껴지지 않느냐?"

흑단인형의 눈은 어쩐지 처연해 보였다. 낙빈은 그 까만 눈에서 분노 말고도 아픔과 슬픔을 보았다. 그녀의 말이 자신을 홀리기 위한 거짓말이라는 생각은 들지 않았다. 그녀는 그녀가 보는 세상에 대해 말해주고 있었다. 그 말 하나하나가 진실이기에 낙빈의 가슴에 작은 파장이 일었다.

"너도 알고 있을 것이다, 이제는. 네게 오리라 예언된 태고지신으로 인해 수많은 인간이 고통을 받고 핍박에 시달렸으며 비정하게 사라지기도 했다. 그런 인간들을 붙잡아 사리사욕을 채우는 간사한 무리들도 판을 친다. 언제까지 이대로 놀아날 테냐! 언제까지 너는 네 신들의 농간에 놀아나고 사악한 인간 무리들에게 휘둘릴 테냐! 아이야, 나의 말을 알아듣겠느냐?"

"……."

흑단인형의 까만 눈동자 앞에서 낙빈은 가만가만히 고개를 끄덕였다. 알아들을 수 있었다. 그녀가 말하는 모든 것을. 정작 오지는 않으면서 간간이 예언만 내리는 태고지신, 신의 아이로 지정

되는 이들의 운명, 그런 이들을 이용해 세상을 살아가는 잔혹한 무리들, 그리고 그런 이들에게 삶을 도륙당한 흑단인형과 같은 이들…… 전부 다 알아들었다.

"그래서…… 당신은 세계의 멸망을 결정하신 거군요."

"신의 노리개로 살아갈 바에야 차라리 멸망을 하는 것이 옳지 않으냐? 잔혹하고 무서운 신의 성상을 그대로 받은 인간들이란 차마 상상할 수도 없을 정도로 끔찍한 무리들이다. 그들이 버려 놓고 망가뜨린 산을, 하늘을, 이 세계를 보아라. 이제 지구를 넘어 우주를 더럽히는 사악한 존재를 보아라. 선한 인간들은 짓밟히고 간사한 삶의 방법을 깨우친 무리들만 살아남는다. 너와 같이 순진한 인간들은 간사한 무리들에 의해 이용당하는 존재가 되어버린단다. 그게 인간의 숙명인 것이다. 그러니 이 최악의 생물들이 더 이상 세계를 망쳐버리기 전에 나는 인류를 멸살할 생각인 것이다."

흑단인형의 차가운 눈빛이 낙빈에게서 떨어지지 않았다.

"인간의 멸살은 포악한 신들의 멸망이기도 하단다. 인간이 신의 부산물이라면 신 역시 인간으로 말미암아 존재할 수 있는 불온한 존재다. 그러니 인간이 사라져야 세계도 살아날 것이다. 세계를 다 훼손해버리는 이 끔찍한 존재들로부터 간신히 살아남아 생성과 소멸의 법칙을 어그러심 없이 유지하게 되는 것이다."

흑단인형의 말 한마디 한마디가 귀에 꽂힐 듯 전해졌다. 그 말 하나하나에 담긴 진실한 기운이 있는 그대로의 언어를 넘어서서 수많은 깨달음을 전달해주었다. 낙빈은 다 알아들었다. 다 이해했다. 그 마음의 진실함도, 그 생각의 근원도 전부 알아들었다. 그러나 그녀의 말에 모두 동의할 수는 없었다.

"나쁜 사람들이 있다는 걸 알아요, 저도. 그런 사람들을 본뜬 것처럼 나쁜 신이 있다는 것도 잘 알고요. 상상할 수도 없을 만치 나쁜 사람도 보았어요."

낙빈의 머릿속에 인간의 사욕에 갇혀버린 흑단인형의 모습이 스쳐갔다. 본래는 그녀도 사람들의 편에서 그들을 도왔으련만 그러한 그녀를 오히려 가두어둔 사람들의 모습이 아른거렸다. 심지어 죽음으로 얻는 자유까지 빼앗기고 되풀이되는 윤회의 굴레 속에서 분신을 낳으며 자신의 배를 찢는 고통을 고스란히 기억해야 하는 가엾은 그녀의 모습이 아지랑이처럼 흔들거렸다. 흑단인형을 올려다보는 낙빈의 눈도 아른거렸다.

"알아요. 하지만……."

소년의 까만 눈이 찰랑거렸다. 고개를 가로젓는 그 눈이 슬펐다.

"하지만…… 신님들은 우리를 농락하기 위해 오신 게 아니에요. 내 인생을 차지하고 나를 괴롭히려는 게 아니라…… 저를 도우려 하세요. 때로는 저로 인해 누군가 돕기를 바라시기도 하죠."

"저런, 저런……."

흑단인형이 혀를 끌끌 찼다. 어린 소년이 신의 계략에 세뇌되었다고 생각하는 게 분명했다. 낙빈은 그런 흑단인형의 마음도 이해할 수 있었다.

"저도…… 한때는 저를 괴롭히는 줄로만 알았어요. 신님들이 저를 이용해 사욕을 채우는지도 모른다고 생각했어요. 하지만…… 이번 여행 중에 크게 깨달음을 얻었어요. 신할아버지들은 궁극적으로 저를 사랑하세요. 그리고 저를 도와주고 싶어 하세요. 제 인생이 구김 없이 이어지도록 살펴주시는 거예요. 저는…… 그걸 알았어요."

낙빈은 여행 중에 만났던 성황당 집의 할머니 영혼을 떠올렸다. 낙빈은 시골 촌부와의 만남을 통해 끝내 알지 못했던 신들의 마음 깊은 곳을 들여다볼 수 있었다. 그리고 그것이 진실임을 확신했다.

"신들은 제 어머니에게서 평범한 인생을 빼앗은 대신 어머니에게 다시 못 올 사랑을 만나게 해주셨고 그 사랑이 이어지도록 애써주셨어요. 어머니와 아버지의 만남은 아름다웠지만 헤어짐은 비극적이었어요. 그러나 두 분의 만남이 신들의 농락이라고 말할 수는 없어요. 슬픔으로 인해 아름다움을 묵살할 수는 없어요. 신들의 각별한 보살핌이 없었다면 저란 존재도 없었을 것이고 어머니는 인생의 고귀한 사랑도 얻지 못하셨을 거예요. 슬프지만…… 그 슬픔을 덜어주기 위해 어머니의 신들께서 애쓰신 걸 알아요."

낙빈의 눈이 촉촉해졌다. 소년은 흑단인형을 내내 바라보았다. 그녀의 얼굴은 하얀 가면 아래에 완전히 가려져 있는데도 어쩐지 흑단인형이 소년의 감정을 낱낱이 이해하고 있으리라 여겨졌다. 어머니와 아버지의 과거가 보이지 않는 다리가 되어 흑단인형과 낙빈 사이를 이어주는 듯했다.

"어머니는 저를 깊이 사랑하셨습니다. 그래서…… 안 된다는 것을 알면서도 제게 강신하실 신들에게 맞서 싸우기도 하셨답니다. 어머니는 제게 평범한 삶을 주고 싶어 하셨으니까요. 헛된 도전일지언정 목숨을 바쳐 제 삶을 지켜주려 하신 겁니다. 만일 어머니를 사랑하는 마음이 없었다면 어머니의 신들은 제 신할아버지들께 대항치 않으셨을 거예요. 신들께서 어머니를 염려하고 사랑하는 마음이 없었다면 감히 이길 수 없는 저의 신들에게 대적하면서까지 저를 구하려고 힘을 보태지는 않으셨을 겁니다. 어머니의 신들은 사멸될 수도 있다는 걸 알면서도 어머니와 함께 한길을 걸어가주셨습니다. 부질없는 줄 알면서도 함께해주신 것…… 그게 바로 신들의 사랑이라는 걸 저는 이제 알게 되었습니다."

낙빈은 오래전 신력을 다해 자신의 신에 대항하던 어머니와 어머니의 신님들을 기억했다. 깊은 믿음과 사랑이 없이는 불가능한 그날의 투항이 주마등처럼 뇌리를 스쳤다.

"신들은 우리와 공생하고 계시니까요. 그분들의 방식으로 우리를 아끼고 계실 거예요. 제가 늘 부족하니 가엾은 마음으로 우리를 바라보고 계시지 않을까요? 그래서 그분들은 기꺼이 도움을 망설이지 않으시지요. 그래도 늘 성공하지는 못해요. 신의 제자가 바라는 걸 다 들어주시지는 않지요. 우리는 불완전한 존재이고 신님들은 그 불완전한 존재와 함께하고 계시니까요."

"……너는 참으로 어찌할 수 없는 신의 종이로구나."

한참을 듣고 있던 흑단인형이 고개를 저었다. 혀를 차는 그녀의 모습에는 낙빈의 말을 받아들일 수 없다는 뜻이 명백했다. 그래도 낙빈은 꿋꿋하게 제 이야기를 이어갔다.

"태고지신에 대한 예언이 흘렀다가 사라지고 태고지신은 올 듯하다 오지 않지요. 마치 우리를 농락하는 것처럼요. 하지만 이제 알 것 같아요. 왜 그분이 늘 예언 속에만 머문 채 지상에 내려오지 않으시는지를요. 위대한 신이 우리를 농락하고 괴롭히기 위해 가혹한 일을 벌이는 것은 아닐 거라고 생각하니 이해가 되었어요. 그분은 세계를 끝내 절멸할 수 있는 존재예요. 하지만 그분은 그러기를 원치 않는 것입니다. 때문에 예언을 미루고 또 미루는 것이지요. 인간이 먼저 깨닫고 세계를 이어주기를 바라는 것입니다. 자연과 더불어 살아갈 기회를 다시 주고 또 주는 겁니다. 어서 생각을 가다듬고 몰락의 위기를 넘어가라고 은근한 암시를 주는 겁니다. 그분은 인간이 멸절하지 않기를 바라는 겁니다. 우리 스스로에게 기회를 주는 겁니다. 그래서 그분은 오시지 않아요. 분명 제게도 오시지 않을 거예요. 우리가 잘못을 저지를 때마다 태고지신의 예언을 떠올리겠지만 그분은 이후로도 오시지 않을 겁니다. 마지막 순간, 정말로 우리가 모두 절멸하기 전에는 그분이 스스로 우리의 삶을 결정하시지는 않을 거예요."

어린 소년이 가슴 깊은 곳에서 솟아난 깨달음을 말하는 동안 저도 모르게 눈동자에서 맑은 물이 주르륵 흘렀다. 소년은 하얀 소매로 쓰윽 볼을 닦았다. 그래도 말을 멈추지 않았다. 그 마음에 가득한 것들을 흑단인형이 조금이라도 알아주기를 바랐다. 낙빈은 소망 가득한 눈으로 하얀 가면의 저편을 바라보았다.

"태고지신이 그런 것처럼…… 인간들에게 기회를 주시면 안 될까요? 당신이 너무나도 강하고 위대한 힘을 가진 것을 압니다. 그래서 끝내 마음먹으면 인간들을 멸할 권능도 가지고 있으리라는 걸 짐작합니다. 저 헤르메스의 창이 없어도 당신은 우리의 세계를 멸망시킬 또 다른 방법을 찾아내실 거예요. 하지만…… 잘못을 저지르고는 그 잘못을 되새기고, 실수를 하고는 그 실수를 바로잡는 바보 같은 되풀이일지라도 참고 바라봐주면 안 될까요? 이토록 어리석고 못되어서 늘 잘못을 저지르는 우리들이지만 그걸 깨닫고 고치기도 하니까……. 그럴 수 있는 기회를 주시면 안 될까요?"

"어차피 망쳐버릴 것이라면 기회를 준들 무슨 소용이 있겠느냐. 지금껏 수많은 세월 동안 인간이 저지른 잘못을 보아라. 인간이 인간에게 저지른 잘못은 둘째치더라도 아무 잘못 없는 짐승들에게, 식물들에게, 이 지구와 우주에 인간이 저지르고 있는 이 끔찍한 일들을 보란 말이다! 아름답던 세상을 그 누구도 살지 못할 쓰레기 더미로 만들고 이제는 이 세계를 넘어 다른 세상까지 호시탐탐 넘보는 이 끔찍한 존재들을 보란 말이다!"

"그러다 끝내 모든 걸 다 망쳐버린다고 해도…… 결국에는 당신의 말대로 다 멸망한다고 하더라도 지금 살아 있는 우리가 앞으로 살아갈 모든 아이들의 기회까지 앗아버린다는 건 너무나 가혹해서…… 기회를 주면 안 될까요? 이대로 모든 걸 망쳐간다면 당신이 아니라도 이 세계가, 자연이, 만물이 인간들을 멸망시킬 거예요. 그 전에 우리가 잘못을 후회하고 바로잡을 기회를 주면 안 될까요? 너무 늦지 않았다면 제발…… 그 시간을 주면 안 될까요?"

팔자로 꺾인 낙빈의 눈썹이 흑단인형을 가엾이 바라보았다. 그 눈에 제가 하는 말보다 더한 진실을 담아 흑단인형에게 전하려 애를 썼다. 그 모습을 바라보는 정희와 정현, 그리고 미덕까지도 가슴이 다 먹먹할 정도로 애가 탔다. 가슴 아픈 애원의 뜻을 흑단인형도 느끼는지 선뜻 말하지 못했다. 그렇게 한참의 시간이 지난 후에야 흑단인형이 대답했다.

"어린 소년아, 나를 보아라. 누구보다도 강한 힘을 가진데다 그 무엇보다도 높은 권능을 가진 신을 부여받았다. 그러나 결국 나는 저주 속에 갇힌 존재가 되었다. 저주를 풀어줄 그 무엇도 없이 끝없는 고통의 반복 속에 갇혔다. 그 모든 시간 동안 나의 신들은 간악한 무리들의 소원을 받는 데 제 힘을 쓰고 내 몸까지 망가뜨렸으며 그 끔찍한 무리들이 바치는 신단神壇에만 욕정을 가졌느니라. 신의 제자인 내가 완전히 망가지고 나의 삶이 송두리째 저당 잡히는 순간까지 사악한 인간의 무리들과 함께한 것들이 바로 나의 신들이니라."

"그래서…… 그래서 저분들을 그리 만드신 거군요."

낙빈의 눈이 어른어른했다. 그 눈이 흑단인형의 오른손을 바라보았다. 이어도가 만들어낸 고유의 결계를 통과하지 못하고 바깥 세상에 분리된 오른손이다. 그 손에 이어져 있는 것이 낙빈의 눈에 보였다. 어떤 신안神眼을 가진 자라도 바로 볼 수 없을 정도로 교묘하게 감추어진 모습이 흑단인형의 오른쪽 손목 끝에 있었다. 이어도 안에 들어온 순간부터 영계와 육계의 모든 것을 똑똑히 볼 수 있게 된 암자 식구들까지도 교묘히 감춰둔 흑단인형의 손목 저편은 보지 못했다. 이어도 안이 이럴 정도면 그 바깥쪽에서는 그 존재에 대해 감도 잡을 수 없을 것이다. 하지만 낙빈의 눈에는 그것들이 보였다. 낙빈의 신령들이 만들어주는 강력한 신안의 힘으로 그 모습이 어릿어릿이라도 눈에 들어왔다.

그녀의 손목 끝에는 피눈물을 흘리는 신들이 있었다.

4

흑단인형의 손목은 이어도의 저편과 이편에 걸쳐 있었다. 안에서 몸을 띄우거나 움직인다 하더라도 단단히 잡힌 손목만은 결계의 저편에서 안으로 들어올 수 없었다. 그녀의 하얗고 가느다란 손목에는 용광로에서 끓는 것 같은 붉은 쇠붙이가 감겨 있었다. 그곳으로부터 살을 파고드는 열감이 느껴졌다. 살점이 타들어가는 고통 속에 모락모락 열기도 피어올랐다. 뜨거울 것이다. 아플 것이다. 고통을 늘 달고 살 것이 분명했다. 그러나 그 고통은 흑단인형만 느끼는 것이 아니었다.

 그녀의 붉은 쇠붙이는 기다란 주철의 고리로 연결되어 있었다. 기다란 고리 끝에는 거대한 위엄을 가진 신들이 있었다. 그녀의 손목과 연결된 신은 모두 넷이었다. 부릅뜬 눈은 백호의 것처럼 부리부리하고 머리와 등허리 뒤로는 분노와 위엄을 담은 맹염이 모닥불처럼 활활 타올랐다. 머리에는 금빛으로 번들거리는 각기 다른 모양의 면류관을 썼다. 한 신은 하늘거리는 구름 같은 얇은 옷을 걸쳤고, 한 신은 붉은 갑옷을 입었으며, 또 하나의 신은 한쪽 어깨 아래로 기다란 천을 걸쳤고, 또 하나의 신은 푸르른 비단을 어깨에 둘렀다. 낙빈의 눈에는 조금 낯설어 보이는 신들의 모습이었지만 하나같이 고귀한 위엄에 차 있었다. 보일 듯 말 듯 아지랑이처럼 어른거리는 모습만으로도 그 위대함을 짐작할 수 있을 만큼 드높은 신격이 느껴졌다. 그런데 그런 네 신이 흑단인형의 볼모처럼 붉은 주철을 목에 두르고 입에는 재갈이 물린 채 훨훨 타오르는 용광로 속에 갇혀 있었다.

 처음에는 낙빈도 그 모습을 볼 수 없었다. 그러나 흑단인형과 찬찬히 대화를 이어가면서 분리된 오른쪽 손목의 신들이 눈에 들어오기 시작했다. 흑단인형이 단단히 감추던 그 모습들이 서서히 눈에 들어온 것은 낙빈의 신들이 부리는 조화 덕분이며, 또한 흑단인형의 경계가 늦춰진 까닭이리라. 낙빈의 눈앞에 나타난 신들의 모습은 처절하고 고통스러워 보였다. 자신에게 속하고 스스로에게 강림한 신들을 저리 홀대하는 것은 신의 제자로서 차마 못할 일이었다. 고통을 가하는 신의 제자도, 그 고통을 고스란히 받아야 하는 신들도 뜨거운 용광로 속에서 괴롭기는 매한가지일 터였다.

"스스로의 신을 저리 만드셨군요……."

소년의 목소리가 파르르 떨렸다. 말 한마디 한마디에 깊은 염려가 스며들어 있었다.

"……그들이 저지른 짓이 있으니 저항도 못하고 저리 될 수밖에. 아가야, 세상을 오래 살지 않은 네게는 신들의 달콤한 말이 다 진실로 들릴 법도 하구나. 하지만 보아라. 저들이 증거니라. 신들은 나의 인생이 오물통에 박혀버려도 아는 척도 안 하였느니라. 신들이 좋아하는 일을 할 때는 다 너의 편인 것 같지만 그들에게서 돌아서봐라. 그들은 너를 조롱하고 괴롭히며 제 잇속만 차리는 잔인한 것들이다. 그러고는 헌신짝처럼 너를 버리고 만다. 인간도 똑같다. 저 간악한 신을 그대로 닮았으니까 말이다."

흑단인형의 서늘한 눈이 그녀의 손목 저편을 바라보았다. 입이 막히고 목이 졸린 네 신을 바라보는 그 눈은 차가웠다. 그녀는 인간에게도 신에게도 버림받았고, 그 모든 경험이 지금의 흑단인형을 만든 것이다. 그래, 그럴 것이다. 낙빈은 흑단인형의 말을 깊이 이해할 수 있었다. 그래서…… 가엾었다.

"당신을…… 연민합니다."

소년의 입에서 나온 한마디에 흑단인형의 눈이 화들짝 커졌다. 하얀 가면이 도로 낙빈에게 박혔다. 감히 어리고 약해빠진 인간의 아이가 그녀를 향해 연민을 말한다는 것이 기가 막힌 것을 넘어서서 그 이상의 감정을 뒤흔들었다. 너무나 강한 그녀에게 누구도 할 수 없었던, 누구도 줄 수 없었던 연민을 약해빠진 어린아이가 말한다는 사실이 복잡한 감정을 불러일으켰다.

낙빈은 제 마음의 연민을 어찌할 줄 몰랐다. 흑단인형에게 보이는 세상의 모습을 소년은 이해했다. 낙빈은 그녀가 바라본 모든 것이 세상의 한쪽 면이며 진실임을 알았다. 낙빈은 여행 중에 만났던 삼남매를 기억했다. 거대한 코끼리를 매만지는 장님처럼. 그래, 그녀가 보고 느끼고 만졌던 세상은 더없이 가혹하고 끔찍한 것이 분명하다.

그녀가 본 세계는 그 나름대로 진실이라는 것을 낙빈은 안다. 낙빈의 어머니 역시 흑단인형처럼 가혹한 세계에서 태어나 자랐다. 그 때문에 흑단인형은 어머니의 모습에서 자신을 보았고 그녀에게 연민을 느꼈다. 하지만 어머니는 또 다른 코끼리의 다리를 만질 수 있었다. 아버지……. 아무리 부르려고 해도 늘 목이 메는 그분을 통해 사랑의 마음을 깨닫고, 세상의 소중한 것들을 맛보고, 지켜야 할 소중한 아들과 그 아들을 위해 맑게 남겨두었다가 소중히 건네주고픈 세상을 보았다. 그래서 어머니는 흑단인형과 뜻을 달리하게 된 것이다. 어머니는 어린 아들을 위해 세계가 아름답게 지켜지기를 바라게 된 것이다.

그토록 지극한 마음을 받으며 자랐기에 낙빈은 사랑으로 충만한 세계를 안다. 어머니의 사랑을 받고, 아버지의 목숨을 받았으며, 천신의 아낌을 받았고, 승덕과 정희, 정현과 미덕으로부터 가족의 따스한 정과 형제애와 마음의 울타리를 얻었다. 그래서 낙빈이 아는 세계는 사랑으로 충만했다. 그 사랑 속에서 자라온 낙빈은 흑단인형이 본 세상이 참으로 가엾고 안타깝기만 했다.

"우리는 모두 서로 다른 코끼리의 다리를 만지고 있어요."

난데없는 말일 텐데도 흑단인형의 눈이 가늘어졌다. 무슨 말인지 금세 알아챈 눈빛이었다.

"당신이 만진 그 다리가 너무나 가혹하기만 해서 정말…… 미안합니다. 제…… 가슴이 다 아립니다. 용서하세요. 감히 당신을 연민한다고 말하는 철부지를 용서하세요."

흑단인형은 소년의 모습에서 눈을 떼지 않았다. 고개 숙인 소년의 등 뒤에서 그를 어루만지는 수많은 신격이 그녀의 눈에 어른거렸다. 얼마 전 흑단인형으로 인해 인생을 끝마친 붉은 모자의 청년마저 소년의 등을 가득 안는 게 눈에 들어왔다. 낙빈의 말대로 아이의 신들은 그를 사랑하는 듯 보였다. 인정하고 싶지 않지만, 아니, 그럼에도 인정할 수밖에 없지만 아이는 신들의 사랑을 담뿍 받고 있었다. 고작 종으로, 노예로 길러지고 이용당하는 것이 아니라는 것은 삼척동자가 보아도 알 일이었다. 그것이 흑단인형을 곤혹스럽게 했다. 흑단인형은 소년과 소년의 뒤에 선 신들을 물끄러미 바라보았다. 끈끈해 보이는 그 결합 사이에서 틈을 찾아내려는 듯 예리한 눈빛이었다.

낙빈은 낙빈대로 흑단인형의 오른손에 이어진 이어도 저편의 신격들을 가만히 바라보았다. 위대한 네 신이 흑단인형의 손목으로부터 이어진 고리 끝에서 짐승의 목줄처럼 목에 쇠붙이를 감고 입에도 재갈이 물린 채 이쪽을 바라보고 있었다. 입과 목이 불타오르는 쇠붙이에 갇힌 네 신은 한 명 한 명이 거인과도 같이 컸다. 한 분 한 분이 지하세계와 지상세계의 위대한 명왕의 모습을 한 사천왕임이 느껴졌다. 입과 목이 감기고 묶인 채였지만 사천왕의 위엄이 사라지진 않았다. 그 신격으로 보건대, 과연 저들이 순순히 흑단인형에게 잡혀 있는 게 가능할까 싶었다. 흑단인형이 가진 엄청난 힘은 여전히 저들 사천왕으로부터 나오는 것이 분명할 텐데 말이다. 낙빈은 비굴하게 잡혀 있는 신들이 흑단인형에게 더없이 크나큰 권능을 부여해주는 이유가 무엇일까를 가만가만 생각해보았다. 그런 낙빈의 귓속에 낮은 속삭임이 들렸다.

'너를 구원할 자는 너 자신뿐이리라.'

낙빈이 힐끗 뒤쪽을 바라보았다. 초록 뱀에게 구원을 알려주던 바다신의 그 말이 반짝이는 하늘빛 어딘가에서 울려 퍼졌다.

'구원은 본디 스스로의 몫이니라.'

낙빈이 휘이휘이 고개를 돌려보았지만 신의 모습은 보이지 않았다. 동시에 그 소리는 제게만 전해졌다는 사실도 깨달았다. 구원에 대해 말하는 신의 음성을 알아챈 것은 낙빈이 유일했다. 그 말의 뜻을 깨닫는 순간, 낙빈은 입안이 타들어갈 것 같았다. 바싹 마른 입으로 침을 삼키는데 목이 따끔거렸다. 낙빈은 그 소리와 함께 눈앞에 어른거리는 미래를 보고 말았다. 앞날을 알게 되는 것이 때로는 몹시 힘겹다는 걸 절절히 깨달았다. 마음이 아플지 모르지만 지금 이 순간 낙빈은 흑단인형을 위해 자신이 할 수 있는 일들을 마저 끝내야 한다고 생각했다.

"당신은 삶과 죽음에서 배제되어버린 사람이지요. 당신의 삶이 허망하고 안타까워서 가슴이 아프다는 말은 저 같은 작은 아이가 감히 해서는 안 되는 것이지요. 하지만…… 느낀 그대로를 전하지 않을 수가 없어요."

흑단인형은 낙빈의 입술에 눈동자를 모았다. 그 아이의 말을 듣기도 전에 팽팽한 긴장감이 두 사람 사이에 감돌았다.

"인간들이 지은 죄는 인간들에 의해, 세상에 의해 고스란히 그 대가가 돌아갈 겁니다. 부디 우리에게 그 기회를 주시고 당신은 스스로를 먼저 생각하기를 바랍니다. 저는…… 당신이 구원받기를 원합니다. 살아 있는 세계에 있지만 죽음을 얻지 못하는 당신에게 안식을…… 그래요, 안식을 드릴 수 있기를 바랍니다."

"하!"

소년의 말이 채 끝나기도 전에 한숨과도 같은 웃음이 흑단인형의 입가를 스쳤다. 구원과 안식이라니. 흑단인형은 그 단어로부터 한없이 먼 존재였다. 그런데 턱도 없이 어린 꼬마가 감히 그 말을 언급했다. 어린아이의 분별없는 말에 기가 찼다.

"너는…… 그 안식을 내가 원치 않았다고 생각하는 거냐?"

낙빈을 바라보며 혀를 차는 흑단인형의 모습은 모든 것을 짐작케 했다. 그녀는 이미 모든 것을 해보았을 것이다. 끝없는 분신의 탄생과 소멸에 기억의 대물림이라는 끔찍한 저주를 멈추기 위해 그녀가 얼마나 많은 시도를 해왔을지 상상할 수나 있을까! 아마도 그녀는 죽음을 맞이하기 위해 수많은 시도를 했을 것이다. 그리고 늘 실패한 것이다. 그녀를 그렇게 만든 사람들을 전부 처단하고도 끝내 얻지 못한 것이 분명하다. 그래서 지금도 끊임없는 괴로움 속에서 윤회를 계속하며 그 고통만큼이나 인간의 존재를 미워하게 되었을 것이다. 낙빈은 그 모든 걸 느낄 수 있었다.

"누구도 나를 구원할 수는 없다. 네 일이 아니라고 손쉽게 말하는 것이 아니다, 아이야."

흑단인형의 비웃음에 자조의 빛이 스며 있었다.

"네, 누구도 당신을 구원할 수는 없어요. 저 역시도…… 저의 신님들께서도 하실 수 없어요. 하지만 당신은…… 당신만은 하실 수 있어요."

낙빈의 말에 그녀의 눈이 날카로워졌다.

"당신은 당신을 구원하실 수 있어요. 헤르메스의 창이 스스로 구원받은 것처럼……."

스파앗. 귓가에 날쌘 바람이 스치는 건 정말 순식간이었다. 너무나 빨라서 무슨 일이 일어났는지 파악지도 못할 찰나의 순간이었다. 내내 긴장하며 낙빈을 바라보던 정현이 아니었다면 낙빈의 여린 목이 그대로 달아났을지도 몰랐다. 낙빈의 가는 목으로 흑단인형의 까맣고 날카로운 비녀 끝이 날아들었다. 정현이 낙빈의 가슴을 밀쳐 뒤로 넘어뜨리고 검은 비녀의 끝을 해의 검으로 막아서지 않았다면.

스르릉.

갑작스러운 공격에 분노한 정현이 번쩍이는 쌍둥이 검을 모두 꺼냈다. 아무런 방비도 없던 낙빈에게 가한 공격은 참을 수 없는 기억을 떠올리게 했다. 아차 방심한 순간, 승덕을 향해 날아들던 흑단인형의 끔찍한 모습이 눈앞의 현실과 겹쳐지고 있었다.

채앵, 챙, 챙!

머리에 꽂는 짧은 비녀일 뿐이었다. 게다가 오른손은 저편 결계의 바깥쪽에 잡힌 흑단인형이었다. 그럼에도 바람을 가르고 공간을 지나는 해의 검과 달의 검을 모두 막아냈다. 한 차례의 공격을 퍼부은 정현은 마음속 깊이 혀를 찼다. 이런 조건인데도 이길 수 있다는 확신이 서지 않는 상대였다. 눈앞의 어리고 작은 소녀, 흑단인형이라는 자는!

"정현 형. 저 괜찮아요. 저 정말로 괜찮아요······."

낙빈은 정현이 밀치는 그대로 뒤로 넘어졌다가 얼른 몸을 세우고 정현을 붙잡았다. 낙빈은 두 사람이 싸우는 걸 원치 않았다. 갑작스러운 공격에 화도 나지 않았다. 그만큼 자신의 말이 흑단인형의 마음을 뒤흔들었다고 생각하니 차라리 안도감이 들었다. 그녀가 동요한다는 것은 여전히 그녀가 해방과 구원을 원한다는 뜻이다. 그것도 간절히.

정현은 곁눈으로 낙빈을 훑었다. 괜찮다는 걸 확인했지만 마음이 놓이지 않는지 흑단인형과 낙빈의 사이에서 물러나지 않았다.

순간적으로 매서운 화를 내긴 했지만 흑단인형은 더 이상 공격을 가하지 않았다. 대신 낙빈으로부터 고개를 돌렸다. 마음을 굳게 닫으려는 것처럼. 그녀의 옆얼굴을 향해 낙빈은 다시 간절히 말을 이어갔다.

"할아버지께서 말씀하셨어요. 당신께서 스스로를 구원할 수 있다고······."

"아아, 신의 종아! 그런 농간에 또 휘둘리는 것이냐. 그게 진실이라고 믿는 거냐? 네 신은 나를 농락하려는 것이다. 나에게 또다시 의미 없는 소망을 주고 오늘의 위기를 넘겨보려는 속셈이겠지. 신들의 말을 듣지 않는 나를 제거하고 신의 노예로서 신에게 세뇌된 너를 이용하려는 심사겠지. 참으로 간악하구나. 간사하구나!"

"아니에요. 한 번만······ 한 번만 기회를 주시면 안 될까요? 당신 스스로에게 한 번만 기회를 주시면 안 될까요? 보아주세요. 이상하지 않은가요? 당신의 위대한 사천왕의 모습이 제게는 보여요. 그분들이 드높은 신격과 힘을 가지고도 왜 당신 곁에 머물러 있는지 생각해주세요. 그분들의 진심을 느껴주세요. 당신의 생각과 달리 그분들은 당신을 이용하고 농간하시는 분들이 아닐 거예요."

"저것들은 내게 머무르는 게 아니다. 나에게 잡혀 있는 것이다. 내가 저들을 벌하고 복수하기 위해 목줄을 꿰고 놓아주지 않는 것이다. 나를 이용할 대로 이용하면서 내가 위험한 순간에는 모른 척 내버려둔 내 간악한 신들은 벌을 받는 중일 뿐이다."

"아녜요. 그렇지 않을지도 몰라요. 저분들은 스스로 당신께 잡혀 있기로 결정하셨을 거예요. 저분들은 누군가에게 붙잡혀 있을 분들이 아니에요. 당신은 신들이 당신의 고통을 모른 척하고 사욕을 챙기는 존재라 말씀하셨지만 저분들이야말로 당신이 가진 힘의 원천이에요. 그들은 당신께 묵묵히 그 힘을 건네주고 계세요. 당신이 분신을 통해 재탄생하는 그 순간 나약한 당신의 몸과 마음을 점거하고 신의 것으로 만들 힘을 가지고 있음에도 그 누구도 나약한 순간의 당신을 범하지 않으셨어요. 저분들은 늘 묵묵히 당신 곁에서 기다려준 거예요."

"너 따위가 무엇을 안다고! 너 따위가 감히! 너 따위가……!"

낙빈은 흑단인형이 몹시도 흥분하는 것을 느꼈다. 반사적으로 정현이 낙빈의 앞을 가로막았다. 그녀의 분노가 하늘을 찌를 것처럼 높아지는 순간, 그래도 낙빈은 그것을 작은 희망으로 보았다.

"간사한 신들! 간악한 인간들! 너희가 감히 나를……! 나에게 거짓을 말하느냐!"

흑단인형은 낙빈과 아이의 뒤에 선 신들의 무리를 향해 악에 받친 소리를 내질렀다. 그런데도 소년은 간절한 눈빛을 거두지 않았다. 그 눈이 거짓 하나 없이 맑아서 더욱 분노가 치밀었다. 두려움과 기대가 뒤범벅되도록 심장을 뒤흔드는 어린 박수에게 흑단인형은 분노했다.

토옹.

흑단인형이 발을 구르는 소리가 들렸다. 그 몸이 허공으로 훌쩍 뛰어올랐다. 포물선을 그리며 뛰어오르는 붉은 비단을 응시하며 정현은 단단히 낙빈을 가렸다. 또다시 공격하려는 거라고 생각했지만 그녀는 결계를 따라 포물선을 그리며 저 위로 날아오르더니 점차 바깥세상으로 몸을 이동시켰다. 분노한 여인의 음성이 점점 더 멀어졌다.

"아아! 조금만 더…… 조금만 더 내 이야기를 들어줘요. 한 번만 기회를 주세요."

낙빈이 안타까운 신음을 토했다. 하지만 흑단인형에게 전달되지 않을 만치 작은 목소리였다. 그제야 멀어지는 붉은 비단 저편에서 엄청난 화염이 펑펑 퍼져 오르는 것을 깨달았다. 모든 것을 흑단인형에게 집중한 사이 까맣게 잊고 있던 바깥세상에서는 막대한 공격이 자행되고 있었다.

5

허공에 떠오른 레드블러드는 조금도 움직이지 않았다. 그녀는 한자리에 멈춰 선 채 엄청난 공격을 조금도 피하지 않았다. 그녀는 유일하게 손목만 둥실 남겨둔 채 이어도로 들어간 흑단인형의 앞을 단단히 가렸다. 이어도로 완전히 들어가지 못한 흑단인형을 지키기 위해 그녀는 스스로를 포기한 것 같았다.

현욱은 즉시 그 사실을 알아챘다. 허망한 존재인 레드블러드가 흑단인형의 앞을 비켜서지 않으리라는 것을 깨달았다. 그의 깨달음은 그대로 공격으로 이어졌다. 결계는 필요 없었다. 레드블러드를 붙잡을 필요도 없었다. 그녀는 꼼짝도 않을 것이 분명하므로. 때문에 모든 공격력을 하나로 모았다. 레드블러드를 향해 포문이 돌아섰다. 강력한 물리력이 한데 엉켜 그녀의 위로 터졌다.

펑! 퍼펑! 퍼퍼펑!

마치 불꽃놀이를 하는 것처럼 수많은 폭격이 허공을 갈랐다. 귀가 먹먹할 정도로 이어지는 파열음이 끝나기도 전에 날카로운 영적 공격이 또다시 휘몰아쳤다.

퓨쉭! 고귀한 대성당의 은십자가를 녹여 만든 은빛 탄환이 방해물을 통과하며 자욱한 연기 속에서도 정확히 레드블러드의 몸을 관통했다. 강력한 영적 힘을 가진 은빛 탄환이었다. 어떤 공격이라도 귀신같이 비켜서고 도망치던 레드블러드가 꼼짝도 않고 그 모든 공격을 받아내고 있었다. 수많은 은빛 탄환이 발사되고 그 모두가 레드블러드의 몸을 명중했다. 뒤이어 강력한 빛의 소용돌이가 번개처럼 매서운 속도로 레드블러드에게 내쏘아졌다. 너무나 날카롭고 잔혹한 공격이었지만 그것조차 레드블러드의 위로 떨어졌다. 동시에 신령한 짐승들이 나타나 하늘을 가리기 시작했다. 세계의 열두 방향에서 십이지신의 모습이 나타나더니 쥐, 소, 양, 뱀, 호랑이가 각각 레드블러드의 손과 발을 물어뜯었다.

"으...... 으으으......"

자욱하던 화염과 검은 연기가 사라진 후에 그곳에는 레드블러드의 끔찍한 모습이 남아 있었다. 온몸의 곳곳이 탄환에 관통당한 채 검고 둥근 구멍이 뚫렸다. 심장에는 번쩍이는 뇌편이 꽂혔고 그녀의 붉은 치마와 머리카락, 그리고 손발에는 수많은 신수가 이빨을 박고 늘어져 있었다.

하얀 얼굴의 앙다문 입술 사이로 시뻘건 핏줄기가 주르륵 흘렀다. 구멍이 뚫린 모든 곳에서 붉은 피가 흘러내렸다. 본래도 붉었던 레드블러드는 더욱더 붉어지고 말았다. 그래도 레드블러드는 비켜서지 않았다. 살기 위해 몸을 피하지 않았다. 그녀는 흑단인형의 앞을 단단히 막아선 채 움직이지 않았다.

현욱의 눈이 레드블러드를 차갑게 응시했다.

"허망한 존재다. 저것을 죽일 방법은 없을지라도 흑단인형을 돕지 못하게 할 수는 있을 것이다. 잠시라도. 오늘 이곳에서만이라도!"

그는 레드블러드를 죽일 수는 없을 거라고 생각했다. 어느 곳에도 속하지 못한 허망한 존재란 본래 산 것도 죽은 것도 아닌 존재임을 알기 때문이다. 하지만 그녀에게 가해지는 저런 치명적인 공격은 의미가 있었다. 레드블러드가 흑단인형의 오른팔이 될 수 없도록 적어도 오늘 이곳에서만이라도 엉망진창으로 만들어버릴 심사였다. 그렇게 된다면 운명은 신성한 집행자들의 편에 설 것이다.

토옹.

순간 결계의 저편에서 귀에 거슬리는 발소리가 들려왔다. 뭉클

하고 반투명한 것이 불룩거리며 이어도의 저편에서 튀어 올랐다. 붉은 기모노를 입은 검은 머리의 소녀, 흑단인형이다. 그녀가 마침내 이어도로부터 벗어나 레드블러드 앞으로 돌아왔다.

 현욱은 제일 먼저 흑단인형의 양팔을 확인했다. 그녀의 두 손 어디에도 헤르메스의 창은 없었다.

 '해냈구나!'

 흑단인형의 양팔에 뱀의 형상이 없다는 것은 헤르메스의 창을 빼앗기지 않았다는 말이다. 낙빈 일행이 헤르메스의 창을 지켜낸 것이다.

 "크으으……."

 비명도 제대로 지르지 못하고 모든 공격을 고스란히 받아내던 레드블러드가 흑단인형의 모습을 바라보았다. 온몸이 난자당한 레드블러드를 본 흑단인형의 눈이 뒤집혔다. 흑단인형의 검은 비녀가 레드블러드의 사방에 매달린 열두 마리의 신령한 짐승을 향해 움직였다.

 콰악! 콰직! 콰드득!

 "쫴액! 캐애액!"

 비녀를 내리그을 때마다 괴물들의 비명이 들려왔다. 마침내 열두 마리의 신수를 다 떼어놓았을 때 기다렸던 것처럼 그녀의 뒤로 은빛 탄환이 내리꽂혔다. 시뻘건 포신도 함께 불을 뿜었다.

 콰아아앙!

 맹렬한 폭발음이 귀를 괴롭혔다. 엄청난 공격이 또다시 한데

뭉쳐 흑단인형에게 내쏘아졌다. 검은 연기가 가득한 그 자리에서 토옹 하고 붉은 비단이 튀어 올랐다. 그녀의 한 팔에는 자신보다 두 배쯤 큰 붉은 여인이 매달려 있었다. 엉망으로 해진 붉은 여인의 몸을 단단히 붙잡은 흑단인형이 미친 듯이 분노했다.

"이 간악한 인간들아! 미천한 존재들아! 나의 분노를 받으라!"

그녀의 분노가 사방으로 뻗어나가는 순간, 바다 위에 둥실 뜬 함선들마다 요상한 기운이 느껴졌다. 그것은 바다 깊은 곳에서 뻗어 나오는 거대한 지진이나 해일 같았다. 바다 위에 떠 있는데도 저 깊은 곳에서 땅이 흔들리는 것이 느껴지는 듯했다. 잠잠하던 바다가 소용돌이치더니 거대한 입을 벌려 함선을 삼켰다.

"으아악!"

신성한 집행자들의 고함이 사방에서 터져 나왔다.

"결계의 힘이여!"

강력한 결계를 펼친 몇몇을 제외하고는 거대한 함선들이 거짓말처럼 바다에 먹혀버렸다. 새파란 바다가 끔찍한 입을 벌리고 야금야금 배들을 삼켰다. 거대한 함선까지 날름 삼켜버린 뒤에도 거센 파도가 미친 듯이 맴돌았다.

"멈추지 마라! 모든 요원은 공격을 멈추지 마라!"

들썩이는 파도 저편에서 현욱의 음성이 울려 퍼졌다. 그제야 패닉 상태에 빠졌던 요원들이 제정신을 차렸다. 흑단인형이 지금껏 보지 못했을 정도로 강력한 힘을 끌어올렸다면 힘을 발휘한 직후가 가장 나약한 순간일 것이다. 현욱은 그때를 놓치지 않았다. 그는 널을 뛰는 함선 위에서도 으득 이를 악물었다. 제정신이 아닌 것 같은 그녀의 심장을 향해 손을 뻗었다. 그리고 마침내 멀리 허공에 떠 있는 그녀의 심장 위 공간을 뜯어냈다.

아드득.

요란한 소리를 내며 공간이 찢어진 그 순간, 엄청난 영력이 현욱의 손바닥 위로 내쏘아졌다. 현욱의 손바닥에 집중한 모든 공격은 그의 손이 붙잡고 있는 흑단인형의 심장, 그 뜯겨진 공간을 향해 내리꽂혔다.

펑! 퍼엉! 퍼어엉!

엄청난 영력의 소용돌이가 거친 파도 사이에서도 생생히 느껴질 정도였다. 그 모든 것이 현욱의 손을 통해 고스란히 붉은 비단에 싸인 흑단인형의 심장으로 내쏘아졌다.

"꺄아아아!"

소녀의 높은 음색이 사방에 울려 퍼졌다. 인간이라면 도저히 견딜 수 없는 끔찍한 공격이 그 작은 심장에 집중되었다. 현욱은 생생히 느낄 수 있었다. 저 멀리서 공간을 찢어내고 흑단인형의 심장을 움겨쥔 그의 손가락 아래에서 미친 듯이 요동치는 작은 소녀의 생명을! 미친 듯이 발버둥치는 저항이 느껴졌지만 현욱은 그 작은 심장을 놓지 않았다. 그의 손이 다 떨어져나가는 순간이 오더라도 현욱은 그 심장을 놓지 않을 작정이었다.

"지금, 지금이닷!"

현욱의 매서운 음성이 울려 퍼지는 그 순간, 갈색과 금빛을 엇

갈려 꼰 줄이 현욱의 손을 친친 감았다. 지름이 집게손가락 한 마디쯤 되는 줄이 이 순간을 기다린 것처럼 현욱의 손으로 모여들었다. 결계의 줄과 함께 현욱의 곁에 홀연히 나타난 것은 모든 자취를 감추고 단단히 숨어 있던 안거선인이었다. 세계 최강의 결계사가 이날을 위해 준비해놓은 깊은 공력의 밧줄이 흑단인형의 심장을 옥죄었다. 그와 함께 하늘에 둥실 떠 있던 흑단인형의 몸이 세계의 질서를 적용받아 중력의 방향으로 속절없이 떨어져 내렸다.

쐐애액! 터어엉!

저 멀리 허공에 떠 있던 몸이 현욱이 선 갑판 위로 떨어져 내렸다. 중력의 힘을 고스란히 받은 작은 소녀의 몸이 커다란 충격에 휘청거리며 튕겨 올랐다. 그녀의 두 팔에 레드블러드의 몸도 함께였다. 그들의 몸이 한 번 튀어 오르는 순간, 기다렸다는 듯이 안거선인의 두 손에서 세 가닥으로 꼬인 삭도가 그들의 몸을 친친 감았다.

금빛과 갈빛의 밧줄 사이사이에 새까만 빛깔의 보석과 새빨간 핏빛의 보석이 번갈아 끼워져 있었다. 흑단인형의 온몸을 감은 줄을 확인하고 나서야 현욱이 손의 힘을 풀었다. 그제야 찢어진 공간이 붙으며 엉망으로 상처받은 붉은 심장이 본래의 자리로 되돌아갔다. 그 심장에서 하염없이 붉은 피가 뚝뚝 떨어졌다. 상처받은 것은 찢어진 공간에 갇혀 있던 흑단인형의 심장뿐이 아니었다. 그것을 단단히 거머쥐고 있던 현욱의 손아귀는 그야말로 처참했다. 그 모진 공격 속에서도 흑단인형의 심장은 여전히 펄떡였지만 그것을 부여잡고 있던 현욱의 손은 손목 아래쪽이 거의 사라져버린 채였다. 흑단인형의 심장에 가해지는 모든 공격을 함께 받은 현욱의 손목 아래쪽으로 살점이 너덜거리는 붉은 피만 하염없이 떨어졌다.

"허, 허억…… 허억……."

공격을 받은 흑단인형보다 그녀를 붙잡기 위해 안간힘을 쓴 현욱의 숨이 더 거칠었다. 지금껏 버텨왔던 무릎이 저도 모르게 꺾였다. 현욱은 무릎을 꿇으면서도 자신의 손아귀에 붙잡힌 인류의 적을 잡아먹을 듯이 노려보았다. 금줄에 걸린 붉은 여인 역시 피눈물을 쏟을 듯한 얼굴로 현욱을 마주 노려보고 있었다. 중심을 잃고 쓰러졌던 그가 곁에 있던 요원들의 부축을 받으며 일어섰다.

흑단인형이 끔찍한 것을 바라보듯 제 몸을 뱅뱅 감은 금줄을 바라보다가 현욱을 바라보았다. 형용할 수 없는 분노와 함께 그녀가 느끼는 생생한 공포도 보였다. 그 금줄이 그녀가 도저히 풀어낼 수 없었던 끔찍한 과거를 교묘히 반복하고 있다는 것을 알아챘다.

"네놈이 어떻게 이런 짓을……!"

"흑단인형, 지금껏 네 비밀을 지키기 위해 애썼다만 이제 모두 끝났다. 너는 이 금줄을 끊을 수 없겠지. 기나긴 시간 동안 너를 가두었던 것이니까. 과거에 너를 가두었던 것보다 더욱더 강력한 술법들이 쓰였다. 네 과거를 알아낸 그 순간부터 너를 위해 금줄을 만들고 이날만을 기다렸다. 남은 평생이 100년이건 200년이건, 아니 수천 년일지라도 너는 이 줄 밖으로 다시는 나올 수 없을 것이다."

 현욱의 입술이 차갑게 일갈했다. 갑판에 드러누운 붉은 레드블러드는 이제껏 정신을 차리지 못했고, 그 곁에 몸을 일으켜 앉은 흑단인형의 눈빛은 피눈물을 쏟을 것처럼 매서웠다. 현욱은 그런 흑단인형의 눈길을 피하지 않고 곧게 서서 그녀를 내려다보았다.

 "너의 비밀을 파헤친 그 순간부터 오늘 결투의 결과는 결정되어 있었다. 너는 우리를 벗어날 수 없고 우리는 너를 생포할 것이었다. 너는 여전히 우리가 네 정체를 온전히 알아내지 못하리라 생각했겠지. 하지만 너는 수많은 족적 속에 흔적을 남겼다. 그것이 너 자신을 가두게 되었다. 이제 역사는 끝났다. 너는 지금껏 세계에 남겨두었던 모든 업보를 받게 될 것이다. 그 응보를 평생토록 갚게 될지도 모르겠군. 영원히······."

 현욱의 마지막 말은 너무나도 싸늘했다.

 "안 돼······."

 들리지 않을 정도로 작은 소리였다. 예상하지 못했던 끔찍한 이야기가 그녀를 또다시 옭아맬 줄은 까맣게 몰랐다. 가늠할 수도 없는 공포가 그녀의 온몸을 덮었다. 떠올리고 싶지 않은 끔찍한 나날의 기억이 그녀의 곁에 되돌아왔다는 것을 믿을 수가 없었다. 그 먼 과거에 그녀를 옥죄던 것과 같은 모양의 금줄이 더욱 더 강력해진 힘으로 그녀의 온몸을 휘감았다는 사실이 더없이 괴로웠다.

"너는 네가 원한 대로 인류의 최후를 보게 될 것이다. 그러고 나서도 너는 죽지 않고 살아남을지도 모르겠구나. 영원히 살아남아 인류의 마지막을 지켜보아라."

"안 돼……."

입술을 깨물고 중얼거리는 흑단인형의 목소리는 바로 곁에 있는 사람에게도 들리지 않을 정도로 작았다. 그러나 누군가는 그 피맺힌 울음을 전달받았는지도 모르겠다. 그녀의 귓가에 그 누구도 들을 수 없으나 그녀만이 들을 수 있는 음성이 들려왔다.

'구원을 원하나요?'

과연 정말로 들었는지도 확신할 수 없는 작은 소리였다. 그녀를 둘러싼 어떤 영능력자도 반응하지 않았다. 수많은 신성한 집행자들을 뚫고 흑단인형에게만 들리는 그 목소리가 간절한 마음을 담은 어린 소년의 목소리임을 흑단인형은 알 수 있었다.

'당신은…… 진정 원하나요?'

그냥 내뱉는 말이 아니라 진심을 담은 말이었다. 그리고 그 말에 대한 자신의 진실한 대답도 깨달았다. 그동안 진정으로 바란 것은 무엇이었을까. 죽지 못할 존재들에게 죽음을 나누어주며 연민을 베풀었던 흑단인형. 신의 노예가 되어 자유롭지 못한 인간들을 도왔던 것도 연민이라고 말했다. 그런 연민을 베풀었던 이

유는 하나였다. 그녀는 자유롭고 싶었던 것이다. 그것이 해방이라면 해방을 원한 것이다. 그것이 구원이라면 구원을 원한 것이다. 아무리 바라고 원해도 그녀는 갖지 못했던 삶으로부터의 해방. 진정한 안식을 원했다. 그래서 그들에게 연민을 베풀었던 것이다.

끔찍한 순간이 찾아오자 흑단인형은 진정으로 바란 것을 깨달았다. 너무 늦었는지 몰라도 그것을 원하는 스스로를 알아냈다. 흑단인형이 먼 하늘을 바라보며 대답했다.

'원…… 한…… 다.'

들리지 않을 대답이었다. 누구에게도. 입을 벌리지도 않았고 숨을 내뱉지도 않았다. 하지만 진심으로 대답했다.

그 답이 누군가에게 전해질 것을 알았다. 하얀 가면 속에서 새까만 두 눈이 꾸욱 감겼다. 감은 눈에서 피눈물이 흘렀다.

화아아악!

하늘이 새하얀빛으로 물들었다. 진정지주의 결계가 화르르 풀리면서 환한 햇살이 더욱더 거세게 쏟아져 내렸다. 한순간 눈이 부셔 모두의 눈이 찌푸려졌다. 맑은 빛이 쏟아져 내리면서 함선을 에워쌌다. 순간 함선이 한쪽으로 기우뚱거렸다.

"누구냣!"

날카롭게 소리를 내지른 것은 현욱이었다. 하지만 그가 깨달았을 때는 이미 늦었다. 현욱의 목에 기다란 검을 대고 매섭게 눈썹을 치켜뜬 청년이 사방을 노려보고 있었다.

6

갑작스러운 상황에 현욱은 순간 당황했다. 그의 목에 칼을 대고 있는 것은 정현이었다. 인류의 숙적인 흑단인형의 곁에서 그녀를 꽁꽁 싸맨 금줄을 쥐고 이쪽을 쳐다보는 것은 쌍둥이 누나인 정희였다. 정희 곁에 새까만 방울을 들고 서 있는 것은 한복을 입은 낙빈이다. 그리고 미덕마저 세 마리의 개와 함께 신성한 집행자들과 암자 식구들 사이에 서 있었다.

"재미있지 않습니다. 그만두시죠."

현욱이 인상을 찌푸리며 몸을 움직였다. 그의 움직임에 정현의 팔이 거칠어졌다. 현욱의 목을 죄며 칼을 바짝 들이댔다. 현욱은 가만있어도 주위의 요원들이 긴장한 자세를 취했다.

"용서하세요."

낙빈이 현욱을 향해 빌었다.

"아니요, 용서하지 않겠습니다. 지금 여러분의 장난은 매우 유쾌하지 않습니다만."

현욱의 음성이 차가웠다. 진심이었다. 혹시라도 흑단인형을 이찌할 생각이라면 용서할 생각이 없는 게 분명했다. 그는 그런 마음을 조금도 숨김없이 말하고 있었다.

"수많은 요원의 희생으로 생포한 자입니다. 손끝도 건드리지 마십시오. 우리 서로 약속했을 텐데요. 오늘 이 자리에 함께 있을지라도 우리는 우리의 길을, 여러분은 여러분의 길을 가기로요.

이런 식으로 방해해서는 안 되는 겁니다."
 싸늘했다. 진심이었다. 조금이라도 방해했다가는 모두를 적으로 간주하겠다는 무언의 압력이 생생히 느껴졌다.
 "죄송해요. 이것이 우리의 방식입니다."
 낙빈의 대답이 끝나기도 전에 현욱이 몸을 틀었다. 정현이 팔에 힘을 가했지만 자신을 해치지 않으리라는 것을 현욱은 너무나 잘 알고 있었다. 그러니 현욱은 겁을 내지 않았다. 정현을 밀치고 그의 공격을 온몸으로 막으면서도 두려워하지 않았다. 은빛 검이 코앞으로 날아와도 눈 하나 깜짝하지 않았다. 그 검이 그를 해하지 못하고 멈추리라는 것을 뻔히 알고 있으니까.
 짤랑!
 현욱의 움직임과 동시에 낙빈의 방울이 흔들렸다. 일월신령의 검은 방울이 허공으로 흩어지는 대신 소리 하나하나가 흑단인형을 옥죄고 있는 금줄에 매달렸다.
 딸랑딸랑!
 방울을 한 번 더 흔들었을 때는 금줄에 달라붙은 소리들이 바르르 떨며 요동을 쳤다. 일말의 틈도 없던 금줄에 공간이 생겼다. 작은 공간 사이로 단단히 꽂혀 있던 검은 보석과 붉은 보석이 흔들거렸다. 요란한 소리가 울려 퍼졌다.
 분노한 신성한 집행자들이 낙빈의 행동에 화를 내며 달려들었다. 미덕과 복실이들이 그런 요원들을 막아섰다. 정현 역시 은빛 검의 자루로 달려드는 이들을 막았다. 낙빈의 등 뒤에 서 있던 위대한 신령들도 일어섰다. 붉은 갑옷을 입은 치우천왕이 암자 식구들의 뒤를 지켰다. 대무신제가 푸르른 도복을 휘날리며 나타나더니 낙빈의 앞을 막아섰다.

"줘요! 어서 주세요!"

낙빈이 급하게 소리치며 흑단인형에게 한 손을 뻗었다. 그 손은 흑단인형이 단단히 쥐고 있는 비녀로 다가왔다. 여전히 금줄에 묶인 흑단인형이 단단히 쥐고 있던 감은빛 비녀를 스르르 놓았다. 소년이 다급하게 그것을 받아 허공으로 치켜 올렸다. 그리고 흑단인형의 손목을 향해 내리그었다. 이어도에서 출입을 허락지 않았던 그녀의 오른쪽 손목에 감긴 영적 쇠사슬을 향해서였다.

채애앵!

맑은 쇳소리가 울려 퍼졌다. 종소리처럼 청아한 소리가 사방으로 울려 퍼지는 순간이었다.

쩌저적. 쩌어어억!

세계가 반으로 쪼개지는 듯한 소리가 모든 사람의 귀를 찢을 것처럼 울렸다. 흑단인형의 손목을 단단히 감고 있던 붉은 주철이 갈라지는 순간, 낙빈의 눈에만 보이던 존재들이 다른 영능력자의 눈에도 나타났다.

용광로에서 펄펄 끓을 것 같은 붉은 쇳덩이가 보였다. 하도 뜨거워 흑단인형의 오른쪽 손목에서도 하얀 김이 팔팔 나는 것이 고스란히 눈에 들어왔다. 그 손목에 깊이 새겨진 화상도 눈에 들어왔다. 그리고 그 쇳덩이로부터 길게 이어진 고리를 따라가다

보면 네 명의 거대한 신이 생생히 드러났다.

놀라울 만큼 엄청난 힘을 가진 신격이었다. 그중 한 명이 누군가에게 강신하면서 자신의 이름이 태고지신이라고 말한다면 다들 그 말을 믿을 정도로 아무도 본 적이 없는 강력한 신들이 목과 입에 이어져 있던 붉은 쇳덩이를 모두 떼어내며 흑단인형의 등 뒤에서 화르륵 현신했다.

"안⋯⋯ 돼!"

신음 같은 소리가 현욱의 목을 울렸다. 현신한 네 신을 등에 지고 흑단인형이 스르르 일어섰다. 상상할 수 없을 정도로 강력한 신격들이 무시무시한 기세로 일어섰다. 지금껏 느꼈던 흑단인형의 기운이 우스울 정도로 엄청난 영적 힘이 휘몰아쳤다. 네 명의 사천왕에게 씌워져 있던 붉은 쇳덩이가 산산이 깨어지더니 그 작은 조각들이 쓰러져 있는 레드블러드에게로 몰려들었다. 레드블러드의 몸 위로 붉은 고리의 조각들이 회오리처럼 뱅글뱅글 돌아가더니 붉은 가루가 되어 떨어졌다. 상처받은 레드블러드의 몸 곳곳으로 그 붉은 가루가 스며들었다. 수많은 공격으로 입은 상처들이 깨끗하게 복원되었다. 그것도 잠시. 레드블러드의 온몸이 그녀를 치유한 붉은 가루처럼 산산이 부서지더니 흑단인형의 뒤쪽으로 휘몰아쳤다. 붉은 가루는 엄청난 기운을 내뿜는 사천왕의 손목으로 빨려 들어갔다.

철컹. 철커덩.

한 뼘쯤 되는 붉은 쇳덩이가 쩡쩡 소리를 내며 여덟 개의 팔찌가 되어 사천왕들의 손목에 감겼다.
"……이제 모든 게 끝났어."
현욱의 앙다문 입에서 자조 섞인 신음이 흘렀다. 흑단인형을 붙잡을 기회는 두 번 다시 없을 것이다. 아예 영원히 말이다. 그나마 갇혀 있던 위대한 신들이 해방되는 순간, 그는 알았다. 그 엄청난 힘에 그 누구도 대적할 수 없으리란 것을. 그래, 이제 영원히 기회는 없었다.
원망이 가득한 눈이 붉은 기모노 너머 하얀 한복을 입은 낙빈을 바라보았다. 소년을 다 이해한다고 생각했는데 그가 왜 이런 짓을 하는지 알 수가 없었다. 낙빈이 자신의 편에 설 거라고, 아니, 자기편에 서지는 않더라도 절대로 현욱과 신성한 집행자들을 방해하지 않을 거라고 생각했는데…… 믿을 수가 없었다. 이런 일은 상상한 적도 없었다. 결국 인류는 이렇게 멸망하는 것인가!
현욱의 눈앞에서 새빨간 기모노를 입은 흑단인형과 하얀 한복을 입은 낙빈이 서로를 뚫어져라 바라보고 있었다. 흑단인형의 몸을 단단히 옥죄고 있던 금줄이 붉은 기모노를 지나 미끄러지듯 아래로 흘러내렸다. 사유를 되찾았지만 흑단인형은 자리를 뜨지 않았다.
'들어주세요. 당신의 신이 당신에게 건네는 이야기를.'
두 사람은 서로만이 들을 수 있는 이야기를 시작했다. 낙빈이 간절한 마음을 담아 흑단인형에게 바람을 말했다. 하얀 가면 너머 검은 눈동자가 파르르 흔들렸다. 낙빈의 말이 아니더라도 이미 흑단인형은 자신의 신들이 들려주는 이야기를 더없이 분명히 듣고 있었다. 그 말들이 하도 기가 막혀서 말이 한마디도 나오지 않았다.

'딸아, 그 오랜 세월 고생하였다.'

'너와 함께 고행을 하였으나 그 깊은 슬픔을 다 나누지는 못하였나 보구나.'

'네가 지어낸 응보가 사라질 때까지 오랜 시간을 기다렸노라.'

'기나긴 세월 동안 끝내 업보를 씻었구나.'

원수라고 생각했던 신들이 그녀를 향해 건네는 말은 거짓말처럼 따스했다. 믿을 수가 없었다. 마치 자신을 이해하면서 늘 함께 해왔던 것처럼 말하는 신들이 사실을 말하는 것인지, 거짓을 말하는 것인지 알 수가 없어서 고개를 저었다. 하지만 이미 그 마음이 고스란히 전달되었다. 거짓은 없었다. 진실만이 담긴 깊은 뜻을 그녀의 가슴이 알아채버렸다.

'인과의 늪에서 고행하는 것이 너의 숙명이었다.'

'네가 지은 업을 해결하지 않은 채 너를 보듬을 수는 없었다.'

'또 다른 응보를 만들고 그것을 갚게 할 것을 알기에.'

'기다리고 있었다. 네가 모든 것을 깨닫게 되기를.'

'나의 딸아. 가엾고 어린 존재야.'

그들이 속삭이는 모든 말이 죄다 새빨간 거짓말처럼 느껴졌지만 그 진실한 마음을 도저히 모른 척할 수가 없었다.

'어떻게 이럴 수가…… 어떻게 이런 일이 있을 수가…….'

원망으로 가득한 신의 제자, 신의 딸을 바라보는 그들의 눈은 흑단인형이 알고 있던 것이 아니었다. 보드랍고 따스하며 깊은 연민에 차 있었다.

'나를…… 구원한다는 것은…… 내가 나를 구원할 수 있다는 것은…….'

흑단인형은 그 순간 모든 것을 알았다. 청천벽력처럼 그녀의 머리를 세게 내리치는 강한 빛이 모든 것을 말해주었다. 그녀는 자신이 구원받지 못하도록 방해한 것은 그녀 자신이었음을 깨달았다. 그녀의 신들은 그녀가 인과응보를 다하고 업을 쇠하기까지 말도 하지 않고 곁에서 고행을 함께했을 뿐임을 깨달았다. 흑단인형은 신들의 손목에 감긴 붉은 팔찌를 바라보았다. 여덟 개의 팔찌 각각에서 그녀의 곁을 내내 지켜준 레드블러드의 기운이 생생히 느껴졌다. 그녀는 기가 막혔다. 아아, 심지어 그녀를 보필해 온 그녀의 분신 레드블러드가 자신의 신들이 만들어낸 또 하나의 분신임을, 그 보살핌의 흔적이었음을 이제야 깨달았다.

"나는……."

흑단인형이 뒤로 놀았다. 그제야 그녀는 등 뒤에 선 거대한 네 신과 똑바로 얼굴을 마주했다.

"나, 나는……."

작은 손이 그녀의 얼굴을 감쌌다. 차갑고 반들반들한 하얀 가면이 툭 하고 떨어졌다. 작은 얼굴이 나타났다. 제 몸과 어울리는 작고 어린 얼굴이었다. 낙빈보다도, 미덕보다도 더 어려 보이는 얼굴이 가면 아래에 숨어 있었다. 그 얼굴은 더 이상 여러 얼굴로 뒤바뀌지 않았다. 작은 소녀의 얼굴만이 있었다.

가늠할 수 없는 깊은 슬픔이 소녀의 얼굴에 넘쳐흘렀다. 작은 손이 붉은 기모노의 가슴을 감싸 쥐었다. 그녀는 견딜 수가 없어 아픈 가슴을 쥐어뜯었다.

"나였구나!"

비통한 신음이 흘렀다.

"이 세상을 끔찍하게 바라본 게 나였구나! 내가 만든 끔찍한 세상만 바라본 게 나였구나. 이 모든 걸 내가 만들어냈구나!"

흑단인형은 이를 악물었지만 윽윽 하는 신음이 자꾸만 입술 사이로 흘렀다.

"내가……."

소녀가 뒤로 돌았다. 그러고는 그녀와 마주한 하얀 한복 차림의 소년을 향해 물기 어린 눈을 맞추었다. 낙빈의 두 눈도 물기를 머금었다. 어른거리는 눈동자가 흑단인형의 얼굴을 가엾게 바라보았다.

"당신이 저와 제 어머니께 베풀어주신 은혜가, 그리고 그간 다른 존재에게 베푼 당신의 연민이 당신을 구원하였습니다."

까만 바가지 머리가 그녀를 향해 깊이 고개를 숙였다.

"그래, 그랬구나."

낙빈이 채 고개를 들기도 전에 흑단인형에게서 빌려왔던 검은 비녀가 낙빈의 손아귀에서 스르르 빠져나갔다. 그것은 붉은 기모노를 입은 어린 소녀의 손아귀로 되돌아갔다. 그리고 그녀는 기다리지 않았다. 그 갈빛의 아름답고 유려한 선이 소녀의 가슴을 지그시 눌렀다.

푸우욱.

살을 찢는 깊은 소리가 울려 퍼졌다. 흑단인형은 자신의 가슴을 내려다보았다. 새까만 비녀가 그녀의 가슴속으로 깊숙이 파고들었다. 작은 두 손 위로 거대한 거인의 손이 겹쳐 있었다. 흑단인형의 손에 거인들의 여덟 손이 차곡차곡 포개져 있었다. 사천왕의 손이 가엾은 신의 딸에게 구원을 선사했다. 검은 비녀를 타고 새빨간 피가 주르르 흘러내렸다.

고통은 달콤했다. 더없이 지극한 고통이 그토록 바라고 염원했던 죽음을 부른다는 걸 알기에 그것은 달고도 달았다. 그래, 그랬다. 그녀는 그녀 스스로를 구원했다.

"안식을 누리소서. 영원한 안식을."

스러지는 작은 소녀 앞에서 하얀 한복을 입은 소년이 무릎을 꿇었다. 깊이 고개를 숙이고 그녀의 마지막이 영원하기를 기원했다. 수많은 기억이 주마등처럼 스치며 그의 까만 두 눈이 뜨거워졌다.

"안녕히……."

소녀의 머리가 함선의 바닥에 떨어지는 순간, 그녀를 감쌌던 위대한 네 신의 모습도 함께 사라졌다. 소녀가 쓰러진 뒤, 간헐적으로 떨리던 몸의 움직임마저 완전히 사라질 때까지 그 누구도 움직이지 않았다. 현욱도, 다른 신성한 집행자들도 눈앞에서 벌어진 광경에 망연자실할 뿐, 누구도 움직일 줄을 몰랐다.

흑단인형이던 어린 소녀의 머리가 함선의 바닥에 누운 채 한쪽으로 돌아가더니 완전히 멈춰졌다. 까만 두 눈은 하얗게 하늘을 향해 홉뜬 채였다. 제일 먼저 움직인 것은 낙빈이었다. 하얀 한복을 입은 어린 소년이 이제야 구원을 얻은 흑단인형의 곁으로 다가갔다. 초점을 잃은 두 눈을 낙빈의 어린 손이 가만히 감겨주었다.

더 이상 낙빈을 막을 사람은 없었다. 정현도 정희도 미덕도 복실이들까지 소년과 소녀의 모습을 넋 놓고 바라보았다. 누구도 두 사람을 막아서지 않고 누구도 두 사람을 방해하지 않았다.

바다는 고요하고 태양은 뜨거웠다. 차가운 파도 소리 외에 어떤 소리도 들리지 않았다.

기나긴 하루가 꿈처럼 느껴졌다. 괴성을 지르며 불타오르던 세계는 사라졌다. 한없이 평화로워만 보이는 하루가 살아 있는 이들 곁에 남았다.

1

"깨드득."

감았던 두 눈이 요상한 소리에 반짝 떠졌다. 낙빈의 앞에 하얀 안개가 자욱했다. 연기 저편에 태양과도 같은 강한 광원이 있는 것처럼 온 사방이 환했다. 눈부신 하얀 안개를 똑바로 마주 보려니 눈이 시렸다. 도로 눈을 감고 편히 자고 싶은 맘이 굴뚝같았지만 좀 전에 들려온 그 소리를 확인하고 싶었다. 시린 눈앞으로 두 손을 포개 그림자를 만들어보았다. 그러고 나니 눈앞에 작은 여자아이가 철퍼덕 다리를 펴고 앉은 게 보였다. 어쩐지 낯설지 않은 소녀였다.

"너였어?"

낙빈은 아이를 바라보며 슬며시 미소를 지었다. 환히 웃으려 했는데 왜인지 입꼬리가 올라가지 않았다. 표정이 단단히 굳어서 억지로 웃음을 지으려니 경련이 일었다.

"깨드득. 이것 좀 봐."

쭉 펴고 앉은 다리 사이로 새빨간 공 하나와 새파란 공 하나를 요리조리 굴리던 아이가 킥킥 웃어댔다. 그제야 낙빈은 좀 전에 들었던 요상한 소리가 소녀의 웃음이란 걸 확인했다. 낙빈은 소녀가 가지고 놀던 공을 유심히 살펴보았다. 빨간 공이나 파란 공이나 거울처럼 만질만질해서 제 얼굴도, 소녀의 얼굴도 환히 다 비쳤다.

소녀는 새빨간 비단 천을 두르고 있었다. 빨간 비단 천에는 한 수 한 수 고운 벚꽃 문양이 수놓아져 있었다. 쭉 뻗은 발 아래로는 발가락이 두 갈래로 갈라진 새하얀 버선이 보였다. 버선발 위로 보랏빛 비단 천이 두 줄 드리워져 발을 붙잡고 그 아래의 두꺼운 나무판과 연결되었는데 참 고운 나무 슬리퍼였다.

"그게 재미나니?"

낙빈이 쪼그리고 앉아 소녀가 노는 모양을 물끄러미 바라보았다. 뭐 그리 재미나 보이지 않는데도 아이는 공을 요리조리 굴리면서 즐거워했다.

"응, 재미나. 깨드득."

소녀의 웃음소리가 우스워서 낙빈의 입에서 피시식 웃음이 흘렀다. 그러다가 문득 슬픈 느낌이 들었다. 별거 없는 재미에 신나라 하는 아이를 보니 이 아이는 그동안 저런 단순한 재미도 하나 느껴보질 못했나 보구나 하는 가엾은 생각이 들었다.

"닌 친구도 없니?"

낙빈의 눈에 만질만질 공만 가지고 노는 소녀가 어쩐지 외로워 보였다.

"으응?"

그제야 공만 바라보던 여자아이가 고개를 들어 낙빈을 바라보았다. 새까만 눈이 또릿또릿하게 반짝거렸다. 짙은 눈썹 아래 깜빡거리는 두 눈을 보다가 낙빈은 깜짝 놀라고 말았다. 지금껏 아이든 어른이든 예쁘다 못생겼다 헤아려본 적이 없는데 '와, 진짜 예쁜 아이다'라는 생각이 반사적으로 떠올랐다.

"뭐야, 나 친구 있어."

아이가 살래살래 고개를 흔들자 길고 새까만 머리가 등 뒤에서 찰랑거렸다.

'우와!'

고개를 흔드는 모습에 낙빈의 가슴이 철렁 내려앉았다. 새하얀 얼굴에 흑요석처럼 까만 눈이 깜빡거리고, 앵두보다 빨간 입술이 속상한 듯 뾰족해졌다. 그 얼굴을 마주 보던 낙빈은 두 뺨이 다 붉어지고 말았다. 의식하지 않으려 했지만 너무나 예쁜 얼굴에 눈이 모아졌다.

"다 내 친구들이야."

빨간 비단 천을 입은 여자아이가 제 뒤를 가리켰다. 그러자 좀 전까지만 해도 보이지 않았던 네 명의 작은 아이가 올망졸망 나타났다. 진흙처럼 얼굴이 까무잡잡한 아이도 있고 양 눈이 길게 찢어져 앞이 보이지 않을 것 같은 까까머리도 있었다. 한 명은 눈썹이 너무 빽빽하게 나서 검은 눈썹이 이마를 지나 거의 머리카락에 닿을 것처럼 삐죽삐죽했다. 네 명의 머리 위에는 아이들에게 꽤 무거울 것 같은 높다란 금관이 씌워져 있었다. 아이들이 움직일 때마다 금관에 붙은 동그란 영락들이 반짝였다. 다들 낯선 얼굴이었지만 언젠가 한 번 본 것도 같았다.

네 아이가 여자아이의 곁에 옹기종기 모여들었다.

"친구들인데 오랫동안 놀지를 못했어."

소녀는 네 아이와 함께 제 다리 사이에서 요리조리 움직이는 공 쪽으로 다시 고개를 돌렸다. 독특한 생김새의 네 아이가 소녀만큼이나 호기심 가득한 얼굴로 두 개의 공을 바라보았다.

"와, 이거 참 예쁘구나."

그중 한 명이 말하자 모두들 고개를 끄덕였다.

"으응, 진짜 예뻐."

소녀는 말할 수 없이 예쁘다는 뜻으로 빨간 공을 들어 볼과 어깨 사이에 꼈다. 빨간 공에 얼굴을 비비더니 말간 광원 쪽으로 공을 들어올렸다. 낙빈의 눈에도 반짝거리는 붉은 공이 그대로 비쳤다. 처음에는 그냥 빨간 공인 줄로만 알았는데 광원에 비춰보니 공 안에 뭔가가 어른거렸다. 공 안쪽에 문양을 새겨놓았는지 사람의 형상 같은 게 보였다. 여자아이들이 꽤나 좋아할 법한 늘씬한 여자 인형이었다. 붉은 머리카락이 아름답게 파도치며 등허리 아래로 굽이치는 아주 멋진 마론 인형이었다.

인형의 모습을 비춰보던 아이가 몇 번이나 볼을 비비며 기쁨을 표현했다. 그 모습을 물끄러미 바라보는데 은근히 웃음이 났다. 낙빈이 미소를 짓다가 문득 옆을 보니 아이의 친구라는 네 명도 기쁜 얼굴로 소녀를 바라보고 있었다.

모두들 소녀를 깊이 사랑하고 있는 게 분명했다.

"저기, 이거 너 줄까?"

한 손에는 붉은 공을 단단히 쥐고, 다른 한 손에는 파란 공을 든 아이가 낙빈을 바라보았다.

"응?"

좋아하는 공을 선뜻 건네준다고 하니 받을 수가 없어 머뭇거렸다.

"자아."

소녀가 재촉하듯 손을 흔들었다. 낙빈이 대답도 못하고 머뭇거리는데 소녀가 낙빈의 두 손 위에 새파란 공을 건네준다. 낙빈은 얼떨결에 파란 공을 들었다. 가만히 공 안을 들여다보자니 무언가가 일렁거렸다. 빨간 공 안에 예쁜 마른 인형이 숨어 있던 것처럼 파란 공 안에도 뭔가가 감춰진 것 같았다. 그것이 무엇인지 출렁이는 아지랑이 때문에 잘 보이지 않았다.

"네가 좋아하는 공인데 왜 나한테 줘?"

공과 소녀를 내려다보며 낙빈이 미안한 듯 어물거렸다.

"고마워서. 깨드득."

소녀가 또 요상한 웃음소리를 냈다. 그게 또 우스워서 낙빈은 피식 숨을 흘렸다.

"내가 뭐가 고마워?"

낙빈이 소녀를 바라보며 물었다.

"내 친구들을 찾아줘서."

"내가?"

낙빈이 되묻자 소녀가 힘껏 고개를 까딱였다. 소녀의 까만 머리카락이 반짝반짝 찰랑거렸다. 잘 생각나진 않지만 어쩐지 그런 것도 같았다.

"내가 그랬나?"

낙빈이 뒷머리를 벅벅 긁었다. 잘 기억나지 않지만 어쨌든 잘 했다는 생각이 들었다. 저렇게 좋아하는 친구들을 찾아주었다니 다행이라는 생각이 들었다.

"그리고 나 고향으로 돌아가게 해준 것도 고마워. 깨드득."

소녀가 두 손으로 입을 가리며 웃었다.

"너 고향으로 돌아가?"

"응!"

짧은 대답 속에 즐거움이 묻어났다.

"이제 갈 수 있어. 그동안 가고 싶어도 갈 수 없던 곳을 이제 갈 수 있어. 나, 갈 수 있어. 깨드득 깨드득."

이번에도 전혀 기억나지 않았지만 입을 가리고 자꾸만 웃어대는 소녀를 보자 낙빈은 어쨌든 잘했다는 생각이 들었다. 그렇게 킥킥 웃어대던 까만 머리카락의 소녀가 두 손으로 입가를 가린 채 낙빈 쪽을 말끄러미 쳐다보았다. 까만 눈이 낙빈을 마주 보며 반짝거렸다. 그 눈에 담긴 게 하도 깊어 낙빈은 소녀에게서 눈을 뗄 수가 없었다.

"너도 얼른 돌아가."

"나? 어디로?"

낙빈이 멍하니 되물었다.

"니네 엄마한테 가. 니네 엄마가 기다리잖아. 깨드득."

"엄마……? 너도 우리 엄마를 알아?"

"깨드득."

마지막 웃음을 끝으로 소녀는 자리에서 발딱 일어섰다. 붉은 비단 천 자락이 소녀의 발아래까지 길게 늘어졌다. 소녀는 두 손으로 치마를 움켜쥐더니 갑자기 새하얀 안개 저편으로 달리기 시작했다. 기다랗던 치마가 쑤욱 올라가 아이의 종아리가 하얗게 보였다. 그렇게 아이는 버선발로 내쳐 달려가버렸다.

"얘, 가는 거야? 얘, 너 가는 거야?"

낙빈이 소녀의 등 뒤를 향해 몇 번이나 외쳤지만 아이는 한 번도 뒤돌아보지 않았다. 저 말간 광원의 끝을 향해 소녀는 재빠르게 내달렸다. 낙빈은 그 뒷모습만 하염없이 바라보았다. 어쩐지 안타깝고도 아쉬운 마음이 낙빈의 가슴에 진득하게 남았다.

그러다 문득 제 손에 쥐어진 파란 공을 알아챘다. 파란 공에서 맑은 기운이 느껴졌다. 낙빈은 만질만질한 파란 공을 뚫어져라 바라보았다. 처음에는 아지랑이처럼 일렁거려 아무것도 보이지 않았는데 한참 동안 지켜보니 일렁거리던 연기가 어떤 형상을 만들어냈다.

연한 옥색 저고리와 청자색 주름치마를 입은 고상한 여인이 뒷머리에 쪽을 찌고 단아한 얼굴로 앉아 있었다. 참 그립고 참 보고 싶은 얼굴이 그 안에 있었다.

"어머니."

낙빈은 푸른 공 안에 가만히 앉아 있는 어머니의 옆얼굴을 물끄러미 바라보았다.
"그래, 나도 어서 돌아가야겠다."
낙빈이 마음을 먹은 그 순간, 하얗던 안개가 사르르 사라지고 눈을 붉히던 밝은 광원도 한순간에 사라졌다. 그리고 깜깜한 세계의 저편에서 소년을 기다리는 이들의 얼굴이 또렷하게 들어왔다. 낙빈은 자신을 기다리는 식구들의 모습을 마주 보았다.

2

바닷가 마을의 작은 방에 암자 식구들이 오밀조밀 모여 있었다. 방 한가운데에 낙빈이 누워 있었고, 주변으로 걱정스러운 얼굴의 정희와 정현, 그리고 미덕이 함께였다. 작은 소음도 조심하며 가만가만히 낙빈의 얼굴을 들여다보는데 갑자기 소년의 까만 눈이 번쩍 뜨였다.
"낙빈아!"
제일 먼저 알아챈 건 정희였다. 내내 낙빈의 손을 쥐고 있던 터라 작은 움직임도 금세 알아챘다.
"낙빈아, 낙빈 오빠야!"
미덕의 눈도 휘둥그레졌다.
낙빈이 자리에서 벌떡 일어나 앉았다. 그러더니 까만 눈으로 멀뚱멀뚱 주변을 둘러보았다. 작은 방 안에 앉은 정희와 미덕, 그리고 방문 앞에 앉은 정현까지 한눈에 들어왔다.

"낙빈아, 괜찮은 거니?"

정희가 낙빈의 이마를 감쌌다. 좀 전까지 열이 펄펄 끓었는데 거짓말처럼 열기가 사라졌다. 방금 전까지 사경을 헤매듯 끙끙거렸는데 발딱 일어난 얼굴에 그런 낌새는 아예 없었다.

"어떻게 된……?"

무슨 일이 있었는지 물으려던 낙빈이 입을 다물었다. 무슨 일이 있었던 건지 제 머릿속 기억에서 다 찾아낸 까닭이다. 흑단인형의 눈을 감기던 제 두 손이 생생히 기억났다. 그리고 누가 뭐라고 말할 사이도 없이 어린 소녀의 몸을 이어도 앞바다에 던진 것도 기억났다. 흑단인형의 몸이 환상의 섬 이어도를 향해 흘러가는 동안 그 누구도 움직이지 않았다. 그녀의 붉은 기모노가 함선을 떠나 이어도 안으로 흘러 들어가는 것을 확인한 직후 낙빈은 그대로 정신을 잃었다. 그러고는 아무런 생각이 나지 않았다.

"얼마나 지난 거죠?"

낙빈이 놀란 얼굴로 물었다.

"사흘…… 사흘이 지났어."

정희가 낙빈의 머리카락을 쓰다듬으며 조용히 대답했다.

"낙빈 오빠야, 너 그대로 기절해서 눈을 뜨지 않았어. 정희 언니가 아무리 애를 써도 열도 안 떨어지고, 나아지질 않았어."

미덕이 울상이 되어 낙빈의 얼굴을 빤히 바라보았다. 그런 미덕을 바라보던 낙빈의 눈썹이 팔자 모양으로 축 처졌다. 어린 동생에게 또 걱정을 끼친 것 같아 마음이 아팠다.

"미안해."

낙빈의 한마디에 미덕의 커다란 두 눈에서 기어코 말간 눈물 한 방울이 또옥 떨어졌다.

"아냐, 됐어. 일어났으니 됐다."

정희가 낙빈의 등을 쓰다듬었다. 다행히 어디서도 아픈 기운을 느낄 수 없었다. 지난 3일 동안 정신을 잃었지만 몸은 더할 나위 없이 건강해 보였다.

"정현 오빠가 업으려고도 하고 현욱 아저씨가 암자까지 데려다주려고도 했는데 네가 움직이질 않았어."

"그래, 내내 '내 두 다리로 가야 해요'라면서 꼼짝도 안 했어."

정희가 한숨 섞인 미소를 지었다. 어린 낙빈이 의식을 잃으면서도 내내 약속을 지키려 했다는 걸 모두가 잘 알고 있었다. 암자를 떠나오기 전 스승님께 드렸던 마지막 인사, 그 마지막 약속이 생생했다.

'……하나 약속해다오. 이번에 돌아올 때는 너의 두 다리로 돌아와다오. 행여 누군가의 손에 이끌려 돌아오지 않는다고 약속해다오.'

스승님의 그 말씀에 단단히 고개를 끄덕이던 낙빈은 정신을 잃는 순간까지도 잊지 않았던 것이다.

"그럼 여긴……."

"응, 아직 제주야."

정희의 말에 낙빈이 벌떡 일어섰다.

"너무 오래 지체했네요. 너무 오랫동안 기다리시게 한 것 같아요. 죄송해요, 정말……. 이제라도 서둘러 가야겠어요."

발딱 일어선 낙빈을 정희가 찬찬히 살펴보았다. 사흘 동안 누워 있었는데도 두 다리가 단단하고 얼굴 표정이 또릿했다. 미덕은 어쩔 줄 몰라 정희와 정현의 얼굴만 번갈아 바라보았다.

"그래, 그러자. 그래……."

정희가 순순히 고개를 끄덕였다. 정희가 괜찮다고 한다면 분명 낙빈은 괜찮을 것이다. 지난 사흘간은 몸이 아팠던 게 아니라 정신적인 작별을 고하는 수순이었는지도 모른다. 정희가 낙빈을 따라 일어섰다. 그 모습을 확인한 정현과 미덕도 몸을 일으켰다.

"그래, 어서 가자."

모두들 눈이 빠져라 기다리고 있을 분들을 생각했다. 속이 새까맣게 타들어간 채로 일행을 기다리고 있을 그분들의 얼굴이 눈에 선했다. 전할 이야기도 많지만 무엇보다 건강한 얼굴을 보여드려야 했다.

바쁜 발걸음이 오던 길보다 더욱더 빠르게 고향을 향해 돌아섰다.

3

 푸른 녹빛 갈나무가 빼곡하고 사철 푸른 솔나무가 향긋한 깊은 산속은 내내 고요하고 평안했다. 병풍마냥 암자를 에워싼 푸른 나무들과 암자 앞으로 지나가는 작은 시내마저 꾸벅꾸벅 조는 것처럼 평화로운 시간이었다. 숲에는 고요한 평화가 그득했지만 산속 깊숙이 외따로 선 암자에는 결코 평화로울 수 없는 이들이 있었다.
 이제나저제나 가족이 돌아오기를 기다리던 이들은 울창한 나무숲 사이로 새 한 마리가 날아오르고 다람쥐 한 마리가 뛰어오를 적마다 화들짝 놀라 뒤를 돌아보았다.
 "무녀님, 아이들의 발소리가 들립니다."
 암자의 법당 마루에 서서 내내 산 아래를 지켜보던 천신이 청자색 치마에 옥색 저고리를 고이 차려입은 낙빈 어머니에게 기쁜 소식을 전했다.
 "아아, 드디어······."
 자마 방에도, 마루에도 들어서지 못하고 마당을 서성이던 낙빈 어머니가 가슴을 쥐어뜯으며 기도했다. 마지막 한 걸음까지도 제발 무사히······ 떠나던 그 모습 그대로 돌아오기를 간절히 바라는 어미의 마음이 절절했다.
 낙빈 어머니가 암자에 도착한 것은 세상 온갖 곳을 뒤흔들던 영육의 문이 단단히 닫힌 그날이었다. 뒤섞여 있던 이승과 저승이 본래의 모습으로 나뉘고 혼란스럽던 결계가 온전히 제 모습을 되찾았음을 깨달은 순간, 그녀는 곧장 천신의 암자로 왔다. 그리고 내내 아들과 암자 식구들을 기다려왔다. 그렇게 피맺히는 하루하루가 지나갔다. 하루가 일 년보다 긴 것만 같던 그날들이 드디어 마지막을 고하고 있었다.

낙빈 어머니는 초를 재며 다가오는 이들을 기다렸다. 그리고 마침내 깊은 숲의 그늘을 뚫고 두런두런 이야기꽃을 피우며 다가오는 이들을 보았다. 그중에서도 특히나 그녀가 손수 짓고 꿰맨 하얀 한복을 입은 상고머리 소년을 확인하는 순간, 낙빈 어머니의 두 발이 마당에 달라붙어 떼어지지 않았다. 하늘빛이 하도 맑아 눈이 부실 지경인 한 날에 그토록 기다려온 아들이 그녀의 품으로 돌아왔다.

"어…… 어머니!"

그런 어머니의 모습을 확인하는 순간, 두 다리가 땅에 달라붙은 건 아들도 마찬가지였다. 정희와 정현이 은근한 미소를 지으며 등을 떠밀지 않았다면 낙빈은 그대로 석고상이 되었을지도 몰랐다. 두 사람이 밀어주는 손길에 스륵 움직이기 시작한 두 다리가 그대로 어머니의 품을 향해 달려 나갔다.

"어머니!"

굳어서 움직이지도 못하는 어머니의 품으로 소년의 두 팔이 파고들었다. 어느새 불쑥 자란 어린 아들이 얼굴을 비비며 등을 끌어안자 그제야 어머니도 두 팔을 감아 아들을 붙잡았다. 그 어린

아이의 얼굴을 두 손으로 감싸고 하나하나 뜯어보는 두 눈에 눈물이 그득했다. 목이 메어 한마디도 못하는 어머니의 두 손이 이마를 쓰다듬고, 볼을 스치고, 귀를 살피고, 목을 보고, 두 손과 두 다리를 꼼꼼히 확인했다. '다친 데는 없는 거지? 얼마나 고생이 많았느냐. 얼마나 힘겹고 어려운 걸음이었느냐.' 말로 하지 않아도 손길 하나하나에 그 모든 것이 느껴져서 아들은 절로 그 품에 얼굴을 묻었다.

 아들이 무사한 걸 확인한 어머니가 그제야 뒤에서 물끄러미 바라보는 다른 아이들에게로 고개를 돌렸다. 모두들 어미가 없어 가엾은 아이들이다. 그 어린것들에게도 비척거리는 걸음을 뗐다. 양 갈래로 머리를 묶고서 낙빈과 낙빈 어머니의 재회를 멍하니 바라보던 미덕에게로 다가갔다. 그녀의 마른 두 손이 미덕의 얼굴을 감싸고 이리저리 뜯어보았다. 볼을 만지고 이마를 만지고 손가락 하나하나까지 모두 만졌다. '내 아이만 보아 미안하구나. 너도 내 자식이다. 내 아이에게 소중한 너도 내게 한없이 소중하다'는 마음을 담아 꼼꼼히 미덕을 요모조모 살폈다. 그 손길에 어쩐지 눈물이 핑 도는 미덕이었다.

 "괘, 괜찮아요! 씨이……."

 눈물을 보이기가 싫어서 미덕이 냉큼 눈을 비볐다. 괜한 소리로 마지막 말을 흐리면서 마음을 숨기려고 애를 썼다. 그런 미덕의 마음을 다 아는 듯 낙빈 어머니가 어린 소녀를 가슴 가득 안았다. 따스한 품에 가득 안아 뜨거운 체온을 나누었다. 미덕의 콧속으로 보드라운 살 냄새가 밀려들어왔다. 그 내음이 싫지 않았다.

"너희도…… 괜찮은 거니?"

미덕을 보듬은 낙빈 어머니가 이제는 정희와 정현 쪽으로 몸을 틀었다. 이제는 성인이나 마찬가지인데도 아주 어린 아이를 만지듯 요모조모 살펴주는 손길이 살가웠다. 그 손길이 어색하고 부끄러우면서도 쌍둥이 모두 싫지 않았다. 정희도 정현도 얼굴이 발갛게 익었지만 싫다고 몸을 빼지는 않았다.

그렇게 한 명 한 명을 다 확인하고 보듬고 나서야 낙빈 어머니가 와락 눈물을 흘렸다. 그 자리에 무릎을 꿇고 앉아 두 손을 모았다. 비손한 그대로 천지신명께 감사를 드리는 그녀의 마음이 모두를 무사하게 했구나 싶었다.

"고맙다, 모두들…… 약속을 지켜주어 정말로 고맙구나."

낙빈 어머니가 가슴 벅찬 재회를 나누는 동안 천신은 가만히 차례를 기다렸다. 검은 도복을 입은 그의 모습은 떠나기 전과 다르지 않았지만 어쩐지 살이 줄고 까칠해진 듯했다. 평정심으로 위장했지만 암자 식구들이 떠나 있던 동안 내내 그들을 걱정하고 염려했을 스승의 마음이 다 보였다.

"스승님!"

"할아버지!"

낙빈과 미덕, 정희와 정현까지 검은 도복으로 달려들었다. 풍성한 검은 도복을 붙잡고 매달리면서 이제 간신히 고향에 돌아왔음을 실감했다. 천신의 암자는 영원한 고향 땅이며 마음의 안식

처였다. 그 누구라도 편히 쉴 수 있는 안락한 집이었다. 그곳을 지키는 그들의 대부가 바로 천신임을 암자의 가족들은 다시 한 번 절감했다. 지금껏 느꼈던 모든 평화 중에 가장 깊고 가장 느긋한 평화로움이 천신의 곁에 있었다.

"고맙다. 무사히 돌아와줘서 정말로 고맙다."

검은 도복을 입은 도사는 아이들 하나하나를 어루만져주었다. 말을 하지 않아도 아이들이 겪었을 많은 고난과 어려움을 다 나누려는 깊은 배려가 낱낱이 느껴졌다. 그렇게 모두가 한데 겹쳐 기쁨을 느끼던 그때였다.

삐그덕.

승덕과 낙빈이 머물던 북편 방에서 가만히 문이 열렸다. 그늘 속에서 누군가가 조심스럽게 암자 식구들을 지켜보고 있었다. 먼저 정현이 그 낌새를 알아차렸고 낙빈과 정희, 그리고 미덕도 또 다른 인기척을 느꼈다.

연한 회색 옷을 입은 남자의 모습이 낯설었다. 늘 몸에 잘 맞는 양복을 입었던 사람이 평소에 입지 않던 풍성한 회색 옷을 위아래로 입은 게 이상했다. 그를 확인한 미덕의 눈이 왕방울처럼 커졌다. 어린 소녀가 한달음에 그 곁으로 달려갔다.

"아저씨! 현욱 아저씨!"

소녀는 재빠르게 현욱의 목을 타고 올랐다. 목을 잡고 늘어지는 소녀를 가뿐하게 어깨에 올린 채 키 큰 남자가 불쑥 몸을 일으켰다. 그가 한 걸음 한 걸음 암자 식구들을 향해 다가오자 목말을 탄 미덕의 머리카락이 달랑달랑 흔들렸다.
"어떻게 여기에……."
정희와 정현, 낙빈은 말을 잇지 못했다. 제주도에서 마지막으로 만났던 그가 왜 암자에 있는지를 미처 생각하기도 전에 그들의 두 눈에 박힐 듯 들어온 모습이 있었다. 붕대로 친친 감긴 그의 오른손이었다.
흑단인형의 심장을 부여잡고 그 심장을 향하는 모든 공격을 함께 받았던 그의 오른손과 오른팔이 하얀 붕대로 감겨 있었다. 붕대에 감기기만 했으면 좋았을 테지만 그 팔은 다른 팔에 비해 지나치게 짧았다. 누구도 말하지 않았지만 모두들 오른팔의 어딘가부터 손가락까지가 그의 몸에서 사라져버린 것을 눈치챘다.
"저도 좀 신세를 질까 해서 이곳에 들어왔습니다."
현욱이 깍듯이 고개를 숙이며 천신을 비롯한 일행에게 인사했다. 일행이 도착하기 전부터 와 있었던 모양인지 천신이나 낙빈 어머니는 가만히 그 말을 듣기만 했다.
"본의 아니게 공력의 상당 부분을 소실했고 신체적 손실도 있었습니다. 덕분에 홀가분한 마음으로 동방지부장이라는 중책에서 벗어날 수 있었답니다. 한동안 천신님의 구름 아래서 앞으로의 날들을 좀 생각해볼까 하고 이곳에 왔습니다."
깍듯한 말투였다. 예전에는 저 깍듯한 말투에 약간의 조롱이 섞인 것도 같고 조금 비웃는 듯한 낌새도 느껴졌는데 지금의 현욱에게서는 그런 기미가 보이질 않았다.

'저자…… 손을 하나 잃으면서 평온을 얻은 것 같은데?'

낙빈의 머릿속에서 가만가만 승덕이 뇌까렸다. 낙빈도 현욱의 모습이 전에 없이 평화로워 보였다. 몸에 딱 달라붙던 검은 양복을 벗어던지고 풍성한 회색 옷을 입은 것에서부터 풍요로워진 그의 마음이 느껴졌다.

"저도 이곳에 머물러도 될까요? 허락해주시겠습니까?"

천신은 물론 암자 안의 한 명 한 명과 눈을 맞추는 현욱을 모두들 물끄러미 바라보았다. 그의 어깨에 매달린 미덕은 당장 춤이라도 출 것처럼 신나 있었다. 다른 식구들은 어떻게 대답해야 할지 몰라 가만히 입을 다물었다.

모두를 대신해 그들의 스승이 대답했다. 천신은 마치 처음 만나는 사람에게 말을 건네듯 한마디 한마디가 깍듯했다.

"이곳은 누구의 소유도 아닙니다. 그러니 누구에게 허락을 구할 것도 없지요. 오는 사람은 자유로이 머무시면 되고, 또한 떠난다는 사람을 막을 수도 없습니다. 그러니 원하는 만큼 편히 쉬십시오."

고개를 숙이는 스승의 곁에서 정현도, 정희도, 낙빈도 모두 함께 고개를 숙였다. 암자에 또 다른 가족이 생긴 것 같았다. 그리고 또 다른 이야기가 쓰일 것이다. 세계는 다시 한 번 기회를 얻었고, 기회를 얻은 자들은 하루하루를 더없이 간절한 마음으로 살아야 한다.

깊이 숙였던 고개를 들자 그제야 변함없이 그들을 기다려준 푸르른 숲과 고즈넉한 암자가 똑똑히 보였다. 낙빈은 한껏 그 맑은 공기를 들이마셨다. 모든 것이 끝난 것 같았던 며칠 전이 꿈만 같았다. 이제 이곳에서 또 다른 이야기가 시작될 것임을 소년은 깨달았다.

크나큰 일들을 겪었지만 언젠가 그 이야기들은 기억 속의 한 줄기, 추억 속의 한 가닥이 될 것이다. 내일은 또다시 푸르른 물기를 한껏 머금은 새벽이슬이 수풀 가득 내려앉을 것이고 또 다른 아침이 떠오를 것이다.

그들에게 찾아올 하루하루가 얼마나 고귀한 대가를 치른 것인지를 소년은 결코 잊지 않으리라 다짐했다.

1

 미덕이 암자와 산 위의 절벽 집을 오르내린 횟수는 오늘 아침 나절만 족히 열 번이 넘을 듯싶었다. 뭐가 그리 신이 나는지 쉴 새 없이 절벽과 암자를 오가는 탓에 미덕의 머리카락이 땀으로 축축했다. 젖은 머리카락 몇 올이 찰싹찰싹 얼굴에 달라붙었지만 미덕은 지칠 줄을 몰랐다. 까무잡잡한 볼에는 끈적한 땀이 굳어서 빛을 받을 때마다 번쩍거렸다. 그렇게 사방을 휘젓고 다녀도 내내 모른 척하던 낙빈은 미덕이 나무 마루에 발자국을 내자 결국 한마디 하고야 말았다.
 "야, 황미덕! 그만 좀 왔다 갔다 해."
 인상을 찌푸리는 낙빈의 손에는 젖은 걸레가 쥐여 있었다. 좁은 방과 마루를 몇 번이나 닦고 또 닦던 낙빈이 지저분한 미덕의 발이 마룻바닥에 먼지 발자국을 만들자 인내심의 바닥을 보인 것이다. 그 모습을 보던 정희도 피식 웃음이 나왔다. 지붕 위를 꼼꼼히 확인하던 정현의 입에서도 실소가 터져 나왔다. 다들 그럴 줄 알았다는 얼굴이다.
 그동안 낙빈이 무가 수련 중에 종종 사용하던 절벽 동굴 위쪽에 작은 너와집 한 채가 세워졌다. 비밀스럽던 그 작은 동굴이 낙빈 아버지, 하백이 죽음을 당하던 순간 천신 스승이 낙빈 어머니를 숨겼던 그 자리라는 걸 7인의 술법(칠성지율)을 함께했던 이들 모두 알고 있었다.

그 동굴 절벽 위에 며칠 동안 지은 작은 너와집 한 채가 들어섰다. 토막 낸 나무껍질을 한 켜 한 켜 이어 맞춘 너와집은 작은 방 하나와 부엌 하나가 전부였다. 그래도 그 집을 지으려고 암자 식구들이 얼마나 고생하고 신경 썼는지 모른다. 그리고 지금 집주인을 맞이하기 전에 마지막으로 정희와 정현, 그리고 낙빈이 먼지 하나 없이 청소를 하는 중이었다.

"미덕아, 그리 좋으니?"

너와집 문턱과 기둥을 마른걸레로 문지르던 정희가 땀에 젖은 미덕을 바라보며 물었다.

"응, 좋아. 좋아. 아이, 빨리 엄마가 오셨으면 좋겠어!"

철없는 그 말에 낙빈이 고개를 휘휘 저었다. 한 소리를 하긴 했지만 저리도 기다려주는 것이 밉지 않았다. 살갑게 불러주는 그 이름도 참으로 고마웠다.

이 작은 너와집을 지은 건 천신 스승의 말씀 때문이었다.

스승님의 배려에 낙빈은 늘 가슴이 벅찼다. 스스로의 안위보다 제자들의 사정이 늘 먼저인 그분이 낙빈과 낙빈 어머니를 불러 간곡하게 말했다.

"이제 더 이상 무녀님께서는 숨어 살 이유가 없습니다. 무녀님께 내려진다던 태고지신의 약조는 다음 대로 넘겨진 것이 확인되었으니 해코지할 사람이 더 이상 없을 겁니다. 낙빈이에게 내려진 예언이 여전히 유효한 것으로 이해하는 사람들도 있긴 하겠지만. 현욱 저 사람이 태고지신의 예언이 이번 대에 실현되지 않으리라는 사실을 신성한 집행자들에게 잘 설명한 모양입니다. 그 사람 말로는, 낙빈이에 대한 감시는 지금처럼 계속되겠지만 낙빈이를 조직에 해가 되는 사람으로 여기지는 않는다고 합니다. 그 사람 말…… 믿을 만합니다. 제가 보증합니다. 그러니 이제 그만 숨어 살아도 됩니다. 이렇게 혈육이 떨어져 살 필요도 없습니다. 무녀님께서 불편하지 않다면 암자로 들어오시는 것은 어떨지요? 그동안 들어주지 못했던 하백의 부탁을 이제라도 들어주게 해주시면 아니 되겠습니까. 감히 부탁을 드려봅니다."

천신의 말은 하나하나가 참언이었다. 진심을 담은 친절을 마음으로부터 전부 알아들었지만 낙빈 어머니는 감히 그러겠다고 답하지 못했다. 한평생 자신의 인생을 홀로 감당해온 어머니였다. 감히 천신에게 폐를 끼칠 수는 없다면서 천신의 부탁을 단호히 거절했다.

어린 낙빈은 더 깊은 경험과 공력을 쌓을 때까지 어머니와 헤어져 있기보다는 여기서 함께 지내기를 바랐다. 그래도 어머니는 단단한 사람이었다. 아들의 뜻에 따라 결정을 바꿀 사람이 아니었다. 그래서 고집을 부리지도, 부탁을 드리지도 못했다.

그 올곧은 마음을 무장해제시킨 게 바로 미덕이었다. 세상천지에 없을 것 같은 귀염성 있는 눈빛으로 어머니에게 매달리고 꼬리를 흔드는 모습에 낙빈의 입이 쩍 벌어졌다. 하나뿐인 아들이

한 번도 해본 적 없는 애교와 아양으로 아주 사람을 들었다 놨다 했다. 제 어머니도 아니면서 '엄마, 엄마'라고 붙임성 있게 불러 대더니 결국엔 그 강한 마음을 사르르 녹여버렸다. 부러질지언정 꺾이지 않을 분이 미덕 앞에서 완전히 녹았다.

그 덕에 암자 식구들이 모두 바빠졌다. 천신도 어머니도 함께 살기엔 불편할 듯해서 절벽 위의 평탄한 곳에 작은 너와집을 지었다. 한 번도 집을 지어본 적이 없어 처음 자리를 잡을 때는 아주 고생을 했다. 그렇게 올린 너와집이 한쪽으로 기운 것을 확인한 현욱이 한마디를 했다.

"쯧쯧. 사람을 깔아 죽일 관을 짓는 겁니까?"

미운 소리를 하긴 했지만 결국 그가 동원한 신성한 집행자들이 너와집의 기초 공사를 해주었다. 전 동방지부장이었던 직책 덕분인지 많은 인원이 뛰어들어 반나절 만에 뚝딱 공사를 끝냈다. 고마워서 어쩔 줄 몰라 하는 암자 식구들에게 현욱이 어깨를 으쓱하며 거만하게 말했다.

"뭐, 딱히 도와주는 건 아니지요. 어차피 감시 대상들이니 한데 모여 있으면 SAC 쪽도 편하니까요."

부담 갖지 말라는 말이겠지만, 같은 말이라도 곱게 할 줄 모르는 사람이었다. 다들 입술이 삐죽 나오긴 했지만 그의 도움 덕에 낙빈 어머니가 지낼 너와집의 기초가 튼튼하게 완성되었다. 그리고 산에 널린 나무판을 이어 지붕을 짜고 청소를 하고 어머니의 짐을 옮겨다가 신단을 꾸미는 것까지 마지막 정리는 죄다 암자 식구들이 맡았다. 사실 짐이라고 해봤자 신단을 꾸미는 그림 몇 점과 작은 신상神像이 전부였으므로 하루 날을 잡아 정현과 낙빈이 짐을 챙겨 오는 것으로 끝이 났다.

그렇게 이삿날을 기다리던 너와집이 드디어 오늘 주인을 맞이하게 되었다. 천신 스승과 현욱이 어머니를 맞이하러 산 아래로 내려갔고, 미덕은 아침나절 내내 산 위와 아래를 오르락내리락하는 중이었다.

"으앗! 저기 보인다! 엄마다, 엄마 왔다!"

미덕이 너와집 마루에서 발돋움을 하더니 이내 산 아래로 쏜살같이 달려갔다.

"미덕아, 신발!"

"야, 너 신발 신으라고!"

정희와 낙빈이 소리쳤지만 미덕은 하얀 맨발로 먼지를 날리며 벌써 저 아래로 사라졌다. 다들 저리도 좋을까 싶어서 하하 웃음소리를 냈다.

사실 앞에서야 툴툴대곤 했지만 낙빈은 그런 미덕이 너무나 고마웠다. 엄마라고 부르면서 제 어머니를 살갑게 대해주는 어린 동생이 여여뻤다. '낙빈이 엄마는 내 엄마야'라고 하는 게……. 미덕이 덕에 모두 가족이 된 것 같았다. 어색함이나 거리감을 한순간에 사라지게 하는 고마운 아이였다. 낙빈은 미덕이 덕에 어머니가 딸을 키우는 살가운 정도 느끼는 것 같아 한없이 행복하기만 했다.

천신의 보살핌으로 늘 고요하고 평안한 산에 작은 변화가 생겼다. 천신 스승은 어머니가 베푸는 복덕이 산의 기운을 정화하는 데 도움이 된다고 말했지만 낙빈 어머니는 늘 미안한 마음을 감추지 못했다.

낙빈 어머니가 너와집에 들어선 이후 종종 무녀를 찾아 산을 오르는 사람들이 생겼다. 그동안 꽁꽁 싸매고 감추었던 기운을 이제는 자연스럽게 풀어둔 탓에 일반인에게도 연이 닿고 소식이 전해지면서 낙빈 어머니를 찾아 산을 오르는 사람이 늘어났다. 낙빈 어머니를 찾는 사람들 중에는 간간이 반가운 얼굴도 있었다. 낙빈 어머니의 신력에 대해 소문으로 전해 듣고 이곳을 찾은 사람들이 예전에 암자 식구들과 연이 닿았던 경우가 바로 그러했다.

하루는 10대 중반쯤 되는 소년이 낙빈 어머니를 찾아왔다. 위아래로 진회색 승복을 입은 소년은 아직 머리를 밀지 않은 채였다. 소년은 낙빈 어머니가 사는 산속 절벽의 너와집에 와서 말했다.

"사람을 찾고 있어요. 신력이 뛰어나시다는 말씀을 듣고 찾아왔어요. 스님 한 분을 찾고 있는데…… 제 인생을 구원해준 분이에요."

소년의 말에 따르면 원혼이 깃든 칼에 온몸을 난자당하는 저를 살려준 은인이 있다는 것이었다. 번쩍이는 두 개의 은빛 검으로 원혼이 깃든 칼을 자르고 제 인생을 구원했다는 말도 전했다. 그분 덕분에 절에 들어가 무술을 연마하고 곧 삭발도 하는데 삭발식 전에 꼭 뵙고 싶다고 했다.

"자네 아래쪽에 귀인이 계시네."

"네, 아래요? 그럼 남쪽이란 말씀이세요?"

"아니, 남쪽이 아니라 아래라 했네."

"네, 아래요? 산…… 아래요?"

"그래, 나가보게."

 소년의 입을 통해 '정현 스님'이란 말을 듣지 않아도 그가 누구인지는 손바닥보다 뻔했다. 낙빈 어머니를 만난 지 고작 삼사 분도 지나지 않아 산을 내려오던 소년은 숲 속 깊숙이에서 들려오는 기합 소리를 들었다. 소년이 허위허위 달려갔더니 제 인생을 구원해준 정현 스님이 코앞에 있었다. 소년은 그렇게 제 인생의 은인을 만났다.

 또 어느 날은 어린 소년을 찾아달라며 어머니의 너와집을 찾은 가족도 있었다. 말끔하게 정장을 차려입은 남자와 부인, 그리고 그들의 어린 딸이었다.

"제 딸아이가 악몽을 꾸어 괴로워했답니다. 그 악몽이 제 아내는 물론이고 저에게까지 이어지면서 단순한 악몽이 아니란 걸 눈치챘지만 어찌할 방법이 없었습니다. 제 친구가 소개해준 어린 소년이 저희를 찾아와 집에 서린 원혼들에 대해 알려주었습니다. 고맙다고 말하고 싶었습니다. 처음에는 믿지 못하고 그 소년을 내쳤는데 진심으로 사과하고도 싶었습니다. 그런데 사과도 감사 인사도 받지 않고 사라져버린 그 소년을 꼭 찾고 싶습니다. 이제 그 소년을 소개해준 제 친구와도 연락이 끊어져서…… 꼭 좀 도와주십시오."

"자네 아래쪽에 귀인이 계시네."

"아래쪽이오? 아래라면…… 혹시 남쪽을 말씀하시는 건가요?"

"아니, 남쪽이 아니라 아래라 했네."

"네, 아래요? 아래라고 하면 어디를……."

멀끔하게 양복을 차려입은 남자가 방바닥 아래를 내려다보며 고개를 갸우뚱거리자 낙빈 어머니가 혀를 끌끌 찼다.

"방구들에 숨겼을까봐? 그만 나가보게."

어리둥절해진 세 식구가 너와집을 나와 터덜터덜 산 아래로 내려오는데 작은 개울가 앞에서 날쌔게 도망치는 여자아이를 발견했다. 아이는 뒤를 돌아보며 혀를 내밀었다.

"헤헤, 이 바보야!"

"야, 황미더어억! 거기 서!"

그리고 소녀의 뒤에는 물을 쫄딱 맞은 채 고래고래 소리치는 소년이 있었다. 새하얀 한복을 입고 씩씩거리는 소년이…… 설마 그들이 그토록 찾던 소년일 줄이야! 악몽을 없애주고 가족을 도와준 그 소년을 무녀의 말대로 몇 걸음 아래에서 만난 것이다.

이렇게 예상치 못했던 순간, 예상치 못했던 사람들이 암자 식구들을 찾아왔다.

베푼 인연들이 고리가 되어 돌아오는 것은 즐거운 일이었다. 그렇게 인연이 이어지고 엮어지며 평온한 하루하루가 지나갔다.

2

 깊은 가을이 찾아온 어느 날이었다. 초록빛이 그득하던 산에 울긋불긋 아름다운 색깔이 뒤덮였다. 처음에는 가뭇가뭇 색이 진해지더니 어느새 산은 화려한 빛깔로 물들어 있었다.
 암자 식구들은 늘 그렇듯 평상심을 잃지 않았다. 어제와 오늘이 늘 하루 같은 천신 스승 덕에 모두가 어제가 오늘 같고 오늘이 내일 같은 나날을 보냈다. 근래 낙빈은 암자의 누구보다도 바쁜 하루를 보냈다. 검정고시를 보는 날짜가 정해져서 매일 승덕과 공부하는 시간이 빠지지 않았다. 승덕의 말로는, 검정고시에는 기초적인 것만 나와서 그 외에 낙빈이 알아야 하는 '진짜 공부'도 해야 했다. 깊이 있는 역사를 배운다든가 무속에 대한 자료들을 찾아 하나하나 수양하는 것도 포함되었다. 그 모습을 바라보던 미덕이 '승덕 오빠가 시험 볼 때 답을 알려주면 되잖아!'라고 했다가 꿀밤을 맞았다. 지식을 쌓는 것만이 전부는 아니었다. 정현과 함께 새벽과 저녁에는 체력 단련을 하고 수련도 게을리하지 않았다. 또 신님들과의 영적 훈련과 수양 역시 중요한 일과로 잡혀 있었다. 하루하루가 바쁘지만 낙빈은 그 모든 것을 흔쾌히 받아들였다. 무언가를 배우고 도야하는 시간은 아무리 바빠도 휴식 같은 느낌을 주었다. 즐거워하는 일이니 힘든 줄 모르는 것이다.
 곁에서 아들의 모습을 지켜보던 낙빈 어머니도 내심 감탄했다. 멀리 아들을 두고 간간이 소식을 들을 때는 몰랐는데 곁에서 지켜보니 아들의 모습이 참으로 놀라웠다. 모든 것을 즐겁고 기쁘게 받아들이는 모습들이 대견했다. 어린 나이에 많은 일을 겪으면서 제 나이보다 훌쩍 커버린 것이다. 그래서 낙빈 어머니도 더욱더 마음을 다해 하루하루를 보냈다. 이 산과 암자 식구들을 위한 기도에 일념을 다했고, 아들과 아이들이 살아갈 이 세상이 더욱 아름답도록 마음을 다해 빌었다.

　어머니의 자그마한 너와집에는 간간이 손님이 들었다. 낙빈과 둘만 살던 깊은 산속 집에는 찾아오는 사람이 거의 없었으니 정말 많은 손님이 찾아오는 셈이었다. 그럴 수밖에 없는 것이 늘 사력을 다해 자신의 자취를 숨기던 때와 달리 이제는 사람들이 어머니를 찾는 것이 훨씬 쉬워진 덕분이다.

　그날도 어머니의 너와집으로 손님이 찾아왔다. 할머니와 중년 부부였다. 아무 연락 없이 찾아온 사람들인데도 어머니는 벌써 알고 계셨다. 산의 초입에서 정현과 낙빈이 손님들을 기다렸다. 도움이 필요한 사람들이 찾아올 거라는 말씀 때문이었다. 정현이 거동이 불편한 할머니를 등에 업고 조심스럽게 절벽 위 너와집까지 올랐다. 할머니는 내내 미안해했지만 정현에게는 일도 아니었다.

　"천상선녀님!"

　할머니는 너와집에 도착하자마자 낙빈 어머니를 와락 붙들었다.

　"할머님, 정말 오랜만이네요."

　쪼글쪼글한 손으로 낙빈 어머니의 손을 붙잡고 눈물을 쏟는 할머니를 어머니도 환히 반겼다.
 "이분이여, 이분! 우리 옆집 무당 아주머니가 감당하지 못할 귀신이 붙으면 모셔왔던 선녀님이 바로 이분이여! 무서운 귀신도 선녀님이 도와주기만 하면 다 사라지고, 미쳐 날뛰던 사람들도 다 고치고 했단다. 그게 바로 이분이여!"
 이야기를 들어보니 낙빈 어머니가 가끔 도와주던 무당 어른과 인연이 닿았던 할머니인 모양이다. 어머니가 아무리 산속에 숨어 살아도 어린 아들과 사는 이상 입에 풀칠은 해야 했으므로 가끔 시내 무당집을 오가곤 했다. 쪽을 찌고 다소곳이 예쁜 모습을 보아서인지 할머니는 낙빈 어머니를 '천상선녀님'이라고 불렀다.
 할머니 일행은 너와집의 작은 방에 들어와 네모진 개다리소반 이쪽저쪽에 나누어 앉았다. 워낙 좁은 방인지라 방 안에 그림과 촛불들 외에는 별다른 물건이 없는데도 자리가 가득 찼다. 어머니가 손님을 받는 동안에는 밖에 물러나 있던 낙빈이 그날만은 방구석에서 쪼그리고 앉아 함께 이야기를 들었다.
 "선녀님, 우리 애들 좀 살려주시오! 아이들 집에 큰일이 났어요. 우리 옆집에도 말을 해봤는데 자기가 감당할 만한 귀신이 아니라고 허네. 이를 어쩐단 말이오. 지발 우리 애들 좀 살려주시오!"
 할머니는 소반 위로 어머니의 하얀 손을 부여잡고 눈물을 훔쳤다. 자글자글한 주름 사이로 물기가 찔끔 어렸다가 사라졌다. 할머니 뒤에 앉은 중년 부부의 얼굴은 하얗게 질린 듯했다.
 "무슨 일이 있었는지 자세히 말씀해보세요."

어머니의 말씀에 반걸음 뒤쪽에 앉은 중년 부인이 무겁게 말을 꺼냈다. 중간중간 손을 바들바들, 입술을 파르르 떨면서 그 집에서 벌어졌던 힘겨운 사투를 하나하나 풀어냈다.

"저희 집은 시내에 있는 다세대 주택이에요. 반년 전쯤에 이사를 갔답니다. 어머님은 고향에 혼자 계시고 저희는 다세대 주택에서 두 딸과 살고 있지요. 첫째딸은 중학교에 다니고, 둘째딸은 근처 초등학교에 다녀요. 남편이랑 저랑 맞벌이를 해서 안 먹고 안 쓰고 힘겹게 모은 돈으로 반년 전에 다세대 주택을 구입했답니다. 그전까지 투룸에 지하방을 전전하다가 노후에 세라도 받으면 좋겠다는 생각에 열 가구가 사는 주택을 무리해서 구입한 거예요. 1, 2층에는 원룸이 여덟 개이고 3층에는 저희가 사는 방 세 개짜리 세대와 투룸 하나가 있답니다. 그렇게 모두 열 가구예요. 처음에 이사해서는 얼마나 좋던지 잠도 안 왔지요. 지하방에서 살던 우리가 이제는 건물 주인이라니요! 얼마나 믿기질 않던지······.

주변 시세보다 몇천은 저렴하게 샀어요. 처음엔 이 좋은 물건이 저렴하게 나왔으니 누구에게 빼앗길까봐 얼른 계약을 했답니다. 집을 사면서 빚도 어마어마하게 얻었지만 매달 꼬박꼬박 세가 나오면 금세 저축해서 갚을 생각이었어요.

남편이나 저나 한동안 이 집 때문에 정신이 나가 있었나 봐요. 그래서 아이들의 말을 잘 듣지 않았답니다. 저녁에 직장 일을 끝내고 돌아오면 월세를 어떻게 돌려볼지 계획을 잡고, 빚을 어떻게 줄일지 고민을 했어요. 그런데 그때 둘째아이가 처음 그 말을 했어요.

저희 딸내미가 계산기를 두드리던 우리에게 와서 '엄마, 언니가 좀 이상해'라고 말하더라고요. 중학생이 되고 나서 첫째아이가 좀 날카로워졌거든요. 그뿐 아니라 외모에도 신경을 많이 쓰는지 갑자기 상의도 없이 긴 머리를 단발로 자르고 오기도 했어요. 왜 머리카락을 잘랐냐고 물었더니 '그냥'이라고 말하더군요. 그러다 문득 지나가는 말로 '나도 내가 왜 그랬는지 모르겠어'라고 했어요. 그래도 착한 아이라 별말을 않고 지나갔는데 얼마 뒤에는 아예 남자아이처럼 머리카락을 바짝 자르고 왔더라고요. 깜짝 놀라서 물었더니 머리가 자꾸 신경 쓰이고 가려워서 잘랐다는 거예요. 전에는 사소한 일도 묻고 상의하던 아인데 좀 충격이었죠. 둘째가 언니더러 이상하다고 하는 것도 사춘기 시절 으레 나타나는 모습 때문이라고 생각했어요. 그래서 별 신경을 안 쓰고 '네 언니가 사춘기라서 그래. 네가 좀 이해해줘'라면서 넘겼어요. 둘째아이가 그냥 하는 말이 아니라는 걸 꿈에도 몰랐답니다.

돌이켜보니 첫째도 이상한 말을 했어요. 자꾸 이상한 소리가 난다는 거예요. 천장에서 뭔가 와다닥와다닥 달리는 소리가 들린다고 했어요. 마치 옛 시골집 천장에 쥐가 사는 것처럼 그런 소리가 들린다는 거예요. 하지만 저희 부부에게는 아무 소리도 들리지 않았죠. 딸아이 방에서만 이상한 소리가 들리나 했는데 그렇지도 않았어요. 둘째도 그런 소리는 못 들었다는데 유독 첫째만 들린다고 했죠. 그때 이상하다는 걸 눈치챘어야 했는데 그냥 넘겨버리고 말았어요."

중년 부인은 회한의 눈물을 훔치더니 그래도 힘을 내어 이야기를 이어갔다.

"우리 동네에는 저희 같은 다가구 주택이 참 많아요. 동네 토박이들 중에 부동산 중개업자와 다가구 주택 주인이 가장 많죠. 우리는 격월로 반상회를 열어 정보도 공유하고 세금 이야기도 나누지요. 저희가 이사한 후에 인사를 하기 위해 처음으로 반상회에 참석했답니다. 이런저런 이야기가 끝도 없이 나와서 참 오랫동안 이야기를 나눴어요. 우리는 잘 부탁드린다며 치킨 몇 마리를 샀고 금세 술자리가 만들어졌답니다. 그렇게 아주 늦은 시간까지 동네 사람들과 함께 있었답니다. 그날 밤 우리 아이들이 얼마나 무서움에 떨었는지도 모른 채 말이에요.

저희 부부는 거의 새벽 2시가 다 되어서야 얼큰하게 취해서 집에 들어갔어요. 당연히 아이들은 자고 있을 거라고 생각했지요. 이전에는 투룸에서 제 방도 없이 살던 아이들이 각자 방을 갖게 되어 너무너무 좋아했거든요. 자기 방에 어울리는 침대랑 책상까지 딱딱 맞춰주고 저희는 부모의 도리를 다 했다고 생각했던 모양이에요. 평소보다도 아이들 걱정을 안 했던 것 같아요. 그런데 그 새벽에 집 앞에서 잠옷 바람으로 덜덜 떨고 있는 작은아이를 발견한 거예요.

딸아이는 사색이 되어 이제나저제나 우리가 오길 기다리고 있었던 거예요. 집 안에다 핸드폰을 놓고 나오는 바람에 연락도 못하고 발만 동동 굴렀던 거지요. 다시 집에 들어가 제 방에서 핸드폰을 가지고 나올 수도 있었겠지만 웬걸요, 집에 다시 들어갈 수 없을 만큼 겁을 바짝 집어먹었던 거지요. 우리가 깜짝 놀라서 무슨 일이냐고 물으니까 딸아이는 제 언니 이야기를 했어요.

우리가 반상회에 나가면서 둘이 밥을 먹으라고 대충 저녁을 차려줬거든요. 작은아이는 아직 어려도 손이 야무져서 데울 것은 데워서 먹고, 설거지까지 깨끗하게 해두거든요.

저희가 없는 사이 둘째아이는 제 언니보다 먼저 집에 와서 텔레비전을 보고 있었더래요. 그러다 언니가 돌아올 때쯤 국을 데워놓고 기다렸다는 거예요. 근데 지 언니가 집에 오자마자 샤워를 하더래요. 밥부터 먹고 샤워하라고 하는데 대답도 없이 욕실로 들어가더래요. 둘째가 텔레비전을 보면서 먼저 밥을 먹는데 지 언니가 욕실에서 나오더래요. 그래서 어서 밥을 먹으라고 하니까 젖은 머리를 대충 닦더니 밥만 퍽퍽 먹더래요. '언니, 반찬도 먹어야지. 국도 먹고'라고 하니까 갑자기 첫째아이가 그 자리에서 벌떡 일어서더니 젖은 머리를 막 긁더라는 거예요. 그러고는 '아, 머리가 가려워! 아, 머리가 가려워'라면서 또 욕실로 들어가버리더래요. 잠시 후 교복이 흠뻑 젖도록 아무렇게나 머리를 감고 오더라지 뭐예요. 보니까 샴푸를 하고 물로 헹구지도 않았는지 머리에 거품이 하얗더라는 거예요. 근데도 아무것도 모르는 것처럼 식탁 앞에 도로 앉더니 또 밥만 퍽퍽 욱여넣더래요. 그때부터는 작은아이가 조금씩 겁이 났나 봐요. 무서워서 말을 할까 말까 하다가 결국 '언니 머리가 하얘. 언니, 물로 씻어야 할 것 같아'라고 하니까 첫째가 젖은 머리를 번쩍 들고 애를 노려보는데…… 작은애 말로는 언니의 눈이 아니더래요. 처음 보는 눈빛으로 성이 나서 노려보는데 애가 아주 질려서 아무 말도 못하고 굳어 있었던 모양이에요. 근데 애 언니가 다시 벌떡 일어나서 머리를 벅벅 긁더니 '아, 머리가 가려워'라고 몇 번 중얼거리고는 욕실로 들어가더래요.

작은아이는 지 언니가 욕실에 들어간 걸 보고는 제 방에 들어가 문을 잠갔대요. 그러고는 방문 앞에서 꼼짝도 못하는데 언니가 또 머리를 다 감았는지 욕실 문이 열리더라는 거예요. 저희 집에는 방문에 세로로 길게 고방 유리가 끼워져 있는데, 작은아이는 울룩불룩한 유리 너머로 지 언니를 보고 있었대요. 근데 첫째가 뭔가에 홀린 사람처럼 또 식탁 앞에 앉아 밥만 푹푹 떠먹는 것 같더래요. 얼마 있다가는 밥을 다 먹었는지 벌떡 일어서서 제 방이 아닌 안방으로 휘적휘적 가다라지 뭐예요.

어쨌거나 작은아이는 그 모습이 언니 같지 않고 너무 무서워서 방문을 잠그고 달달 떨었대요. 그런데 지 언니가 안방에서 크게 떠들더라는 거예요. 뭐라고 뭐라고 하는 말 중에 '이놈의 연놈들은 또 없네'라는 소리를 했다는 거예요. 그러고는 발소리를 쾅쾅 내면서 작은아이 방 앞으로 오더라지 뭐예요. 지 언니가 얼룩덜룩한 고방 유리 너머로 다가오더니 문손잡이를 비틀어대더랍니다. 딸아이가 너무 무서워서 덜덜 떨고 있는데, 갑자기 꽉 잠가둔 문손잡이가 스르르 돌아가더라지 뭐예요. 애가 너무 무서워서 제 방에 있는 장롱에 들어가 달달 떨었답니다. 장롱이 작아서 몸이 다 안 들어가고 문이 완전히 안 닫혔나 봐요. 장롱 안으로 세로로 길게 빛이 들어왔대요. 그래서 딸아이가 밖에서 벌어지는 일을 모두 지켜보았답니다.

문이 빠끔 열리고 제 언니가 들어오는데 젖은 머리가 눈까지 가리고 있더랍니다. 정신이 나갔는지 몇 번이나 머리를 감았는데도 하얀 거품이 가득 묻어 있더래요. 그런데 지 언니가 작은애 방을 이리저리 살피면서 '어딨지? 어딨어?' 하더랍니다. 저를 찾는 것만 같아서 아이는 정말 심장이 다 오그라들 지경이었답니다. 들켰다가는 뭔가 큰일이 벌어질 것만 같더래요. 그런데 그때 이상한 소리가 들리더라지 뭡니까. 뭔가가 바닥을 손톱으로 박박 긁어대는 소리 같았대요. 그 소리가 들리니까 제 언니가 인상을 잔뜩 찌푸리더랍니다. 그러더니 보이지 않는 뭔가가 제 언니한테 달려드는 것 같더랍니다. 꺅 소리를 지르는 언니의 팔뚝에 갑자기 손톱자국 같은 게 생겼대요.

처음에는 깜짝 놀라서 무서운 표정을 짓는 거 같더래요. 헐레벌떡 방문을 빠져나가더니 방 밖에 서서 '이런다고 네가 날 막을 수 있을 것 같아? 이런다고 내가 그 여자애를 못 찾을 거 같아?'라고 고래고래 소리를 지르더랍니다. 조금 있다가 다시 문이 열리고 언니가 들어오려는데 또 손톱을 벅벅 긁는 소리가 들리더니 지 언니 머리카락 앞쪽을 누가 콱 잡아당겨 뽑는 것처럼 몇 가닥이 후드득 떨어지더랍니다. 무언지 몰라도 언니 앞을 막아서는 것 같더래요. 그러니까 지 언니가 기분 나쁘게 소리를 지르면서 방문을 활짝 열어둔 채로 후다닥 뛰어가버리더래요. 언니가 달려간 뒤로 갑자기 쾅 소리를 내면서 문이 닫히더라지 뭡니까. 문이 닫힌 후로도 누군가가 방문을 손톱으로 벅벅 긁는 소리가 들렸답니다. 바깥쪽이 아니라 문 안쪽에서 들리더래요. 안 보이는 뭔가가 방문을 긁고 있는 것 같더래요. 이렇게 되니까 작은애는 제 방이나 방 밖이나 모두 무서워서 꼼짝도 못하다가 한참 후에 아무 소리도 들리지 않자 간신히 장롱 밖으로 나왔다고 해요. 장롱 밖에 나와서도 한동안은 꼼짝도 못하다가 얼른 밖으로 빠져나가야겠다고 생각했대요. 작은애가 살살 문을 열었더니 맞은편의 언니 방은 텅 비어 있더래요. 살그머니 나와봤더니 지 언니가 안방 바닥에 아무렇게나 쓰러져 있더랍니다. 그걸 보자마자 뒤도 안 돌아보고 곧장 집에서 나와버렸대요. 잠옷 차림에 신발도 핸드폰도 없이 밖으로 나와 새벽까지 우리 내외를 기다렸던 거지요.

애가 얼마나 겁에 질렸던지 우리를 보자마자 엉엉 울더라고요. 간신히 달래서 집 안으로 들어갔더니 작은아이 말대로 첫째아이가 안방에 엎어져서 자고 있더라고요. 교복을 입은 채로 허리춤까지 완전히 젖어서 말이에요. 아이를 흔들어 깨웠더니 온몸에 오한이 드는지 덜덜 떨면서 일어나더라고요. 입이 하얗고 눈도 제대로 못 뜨는데 몸이 불덩이였어요. 얼른 옷을 갈아입히고 침대에 눕혔죠. 작은아이도 '네 언니가 열이 나고 아파서 그랬나 보다'라고 달래서 간신히 잠을 재웠어요. 밤중까지 첫째 곁에 앉아 얼음물에 수건을 적셔 이마에 얹어줬어요. 그런데도 통 열이 떨어지질 않는 거예요. 그러다가 새벽이 오면서 간신히 열이 식더라고요. 열이 떨어지는 걸 보고서야 저도 기절하는 것처럼 잠이 들었어요. 다음 날에는 열이 감쪽같이 떨어져서 정말 다행이다 싶었는데 첫째아이는 지난밤 일을 하나도 기억하지 못하더라고요. 커다란 쥐에게 내내 쫓기는 꿈만 꾸었다고 하더라고요. 그 외에는 학교에서 집에 온 것도 생각이 안 나고, 밥을 먹은 것이나 머리를 감은 것이나 기억나는 게 없다고 했어요.

그 일 이후로 딸아이들이 이상한 꿈을 꾼다고도 하고 기분이 나쁘다는 말도 했지만 별로 중요하게 생각하지 않았어요. 저희 부부는 첫째가 그때 열이 올라서 이상스러운 행동을 한 거라고 애써 생각했어요. 에휴, 그때 미리 알아봤어야 했는데……. 그랬으면 이 지경까지 오지는 않았을 텐데……!"

부인이 다시 눈물을 닦으며 한숨을 내쉬었다. 기나긴 이야기가 끝날 때까지 낙빈 어머니와 낙빈은 아무 말도 하지 않았다. 아주머니의 말과 함께 그동안의 이야기가 두 사람의 눈앞에서 흘러가고 있었다. 생생하게 그날의 장면들이 가슴에 들어왔다.

"한동안 첫째에게는 별다른 일이 없었어요. 워낙에 내성적이고 조용한 아이라서 그냥 학교와 집을 왔다 갔다 하는 것을 보고는 괜찮은 줄 알았어요. 전학을 오고 나서 걱정스러운 마음에 학교를 찾아가 면담도 했지만 내성적인 성격 탓에 발표를 잘 하지 않는 걸 제외하면 비슷하게 조용한 아이들과 친구로 지내고 적응도 잘하고 있다는 말씀을 들었어요. 그래서 안심하고 말았죠.

몇 달이 지난 후였을 거예요. 그날은 아이들을 두고 어머님을 뵈러 가게 되었어요. 집을 산다, 뭐를 한다, 늘 바쁘게 사느라 어머님 댁에 한동안 못 갔거든요. 그래도 몇 달 지나니 월세도 착착 들어오고 아이들도 새로운 학교에 잘 적응해서 한시름 놓았죠. 그러고 나니까 시골에 혼자 계신 어머님을 제대로 챙겨드리지 못한 것이 마음에 걸려 남편이랑 저는 어머님 댁에서 하룻밤 자고 오기로 했어요. 아이들도 제법 자라서인지 우리가 어디든 가자고 하면 잘 따라오질 않거든요. 그래서 하루 동안 둘이서 지내게 하고 연휴 첫날 아침 일찍 어머님이 계신 시골로 갔어요. 일찍 도착해서 어머님 댁 청소도 해드리고, 무거운 물건들도 옮겨드리고, 밭일도 도와드렸어요. 그러다가 어머님이 저더러 옆집 무당 아주머니 댁에 잠깐 놀러 가자고 하시더라고요.

그래서 마실 가듯 옆집에 갔지요. 옆집 아주머니는 이사한 곳에 대해 이리저리 물어보았고 어머님께서는 좋은 소리를 해달라고 부탁하셨어요. 처음에 옆집 아주머니는 다른 말씀은 없었어요. 젊은 사람들이 벌써 건물을 샀냐고 칭찬해주면서 우리 부부가 저축도 잘하고 절약 정신도 투철해서 나이 들수록 점점 더 부자가 될 거라고 했어요. 저는 핸드폰에 찍어둔 집과 방의 사진을 조금 보여주었어요. 그중에 우리 아이들이 움직이다 찍힌 사진이 있었답니다. 그런데 아주머니가 첫째아이 사진을 보고는 깜짝 놀라더라고요."

 낙빈의 눈앞에 그날 할머니의 옆집에 사는 무녀의 놀란 얼굴이 생생히 떠올랐다. 못 볼 것을 보았다는 듯 꺼림칙한 표정. 좋은 집을 샀다고 칭찬만 해주려고 했는데 일이 뜻대로 되지 않아 낭패라는 표정이었다. 무녀님은 그곳에 맺힌 좋지 않은 영의 모습을 확인했던 것이다.

3

 옆집 무당의 집은 대체로 어두웠다. 특히 신방은 조금 더 어두웠다. 아주머니의 뒤로 반짝이는 금빛 불상이 섰고 그 앞에는 연꽃 무리와 청홍 촛불들이 있었다. 할머니, 중년 부인과 함께 도란도란 이야기를 나누던 무녀가 핸드폰을 낚아채듯 빼앗았다.
 무녀는 할머니보다는 젊고 중년 부인보다는 나이가 들었다. 화장이 진한 편이어서 나이를 짐작하기는 어려웠지만 그래도 예순 즈음으로 보였다. 강하게 파마한 까만 머리에 진한 분홍빛 헤어밴드를 둘렀는데 윗옷에는 검은색 스팽글이 반짝이고, 아래로는 발목까지 오는 긴 치마를 입었다. 위아래 검은 옷에 걸친 조끼는 진겨자색이었다. 눈 화장이 특히나 진한 무녀가 핸드폰을 확인하며 눈살을 찌푸렸다.
 "이봐, 이게 자네 딸인가?"

"아, 네. 첫째아이예요."

순간 환하게 웃던 중년 부인의 얼굴이 딱딱하게 굳었다. 딸아이에 대해 묻는 순간 등골이 싸늘해지는 느낌을 받았다.

"이 아이한테 그동안 아무 일도 없었어?"

"아니, 그게……."

무녀의 말이 떨어지기가 무섭게 지난번에 겪었던 일이 생각났다. 아주머니는 딸이 열이 오르던 날에 있었던 일을 조곤조곤 이야기했다. 시어머니가 지레 겁을 먹을까봐 내내 비밀로 해오던 이야기였다. 곁에서 얘기를 듣던 할머니의 얼굴도 창백해졌다.

"사진…… 사진 좀 더 내놔봐."

부인이 핸드폰에 찍혀 있던 사진들을 더 내밀었다. 이사 후에 찍은 방 안 사진과 아이들의 사진을 살펴보던 무녀의 표정이 점점 더 일그러졌다.

"좋지 않네……. 쥐가 있어. 아주 커다란 쥐야. 엄청나게 커다란 쥐 한 마리가 자네 딸을 쫓아다니고 있어. 얼굴은 여자야. 긴 머리를 한 여자. 몸통은 쥐고."

"네? 대체 그게 뭐래요?"

부인은 울상이 되었다. 할머니 역시 주름진 손으로 무녀의 손을 잡았다.

"이를 어쩐대! 우리 손주 좀 도와주게!"

"아이고, 참말로 좋지 않네, 좋지 않아."

혀를 끌끌 차던 무녀가 불상 아래 작은 서랍들 중 하나를 열었다.

진한 나무색으로 물든 작은 서랍에는 노란 치자 물을 들인 종이가 차곡차곡 쌓여 있었다. 그 옆의 서랍을 여니 빨간 경명주사를 녹여 놓은 조그맣고 동그란 인주 같은 것이 있었다. 세 번째 서랍에는 명필용 붓이 가지런히 놓여 있었다. 무녀는 즉시 노란 종이 위에다 붉은 글자를 적어 내려갔다. 한 장, 두 장, 세 장, 네 장에 똑같은 글자를 적었다. 그러고는 종이들을 조각조각 접어 손톱만 하게 만들더니 각각을 작은 비단 주머니에 넣었다.

"이걸 붙여놓으시게. 하나는 현관문 위에, 하나는 첫째 방문 위에, 그리고 또 하나는 둘째아이 방문 위에. 나머지 하나는 부부의 방문 위에. 그렇게 하나씩 붙여놓으면 되네. 우선 임시방편은 될 거야."

무녀가 부적들을 건네는데 핸드폰이 울려댔다.

"받아, 집이야!"

누구인지 확인하지도 않았는데, 무녀가 재빨리 말했다. 핸드폰을 열자 아니나 다를까 막내의 전화였다. 통화 버튼을 누르는 중년 부인의 손이 벌벌 떨렸다.

"엄마!"

통화가 되자마자 울먹거리는 작은딸의 목소리가 들렸다.

"왜 그래? 무슨 일이니? 무슨 일 있어?"

"엄마, 언니가…… 언니가……!"

중년 부인은 엉엉 울지도 못하고 흐느끼는 딸의 울음소리에 온몸이 덜덜 떨렸다.

"갈게. 지금 곧장 갈게. 엄마랑 아빠랑 지금 당장 갈 테니까 기다려!"

사색이 된 부인이 남편을 붙들고 집으로 내달렸다. 무녀가 건네준 부적들을 손아귀에 쥐고서 두 시간이 넘는 동안 가슴을 졸이며 집으로 돌아왔다. 시간이 어떻게 흘렀는지도 몰랐다. 사고가 나지 않은 것이 신기할 정도로 엄청난 속력으로 차를 몰았다. 덕분에 평소보다 30분쯤 빨리 집으로 돌아왔다. 부부가 문을 열고 집에 들어가자마자 1층 현관문 앞에 쪼그린 딸아이가 보였다.

"인영아!"

"엄마, 아빠! 무서웠어!"

부부는 어깨를 떨며 품안에 들어오는 둘째아이를 안으며 3층으로 올라갔다. 디지털 도어록의 비밀번호를 누르는데 안에서 인기척이 들렸다. 첫째 목소리 같기도 하고 아닌 것도 같은 음성이었다. 그러니까 딸의 목소리가 분명하지만 평소의 그 아이라면 절대 내지 않을 크고 높은 음성이었다. 항상 조용조용한 아이가 소리치는 법이 없었으니 딸아이의 목소리로는 안 들리는 것이다.

부부가 현관문을 열고 들어가니 제일 먼저 보이는 것은 엉망진창으로 어지럽혀진 거실이었다. 휴지 조각이 이리저리 널려 있고 밥이며 반찬들이 바닥 여기저기를 뒹굴고 있었다. 아수라장이 되어버린 거실보다 안방의 장면이 더욱 놀라웠다. 안방 바닥에 첫째아이가 앉아 있었다. 딸아이는 뭐가 그리도 성에 차지 않는지 거칠게 숨을 내쉬면서 고함을 질러댔다.

"가려워. 가렵다고! 왜 이렇게 가려운 거야!"

중학교에 입학한 뒤 두 번이나 자른 탓에 딸아이의 머리카락은 짧은 편이었다. 그런 아이가 짧은 머리를 가는 빗으로 벅벅 빗으며 소리치고 있었다. 아니, 머리를 빗는다기보다 긁는다는 표현이 더 옳았다. 빗을 것도 없는 머리를 세게 빗는 바람에 머리카락이 빠져 바닥에 흩어져 있고 간간이 핏덩이까지 보였다. 고개를 푹 숙이고 머리카락을 빗어대는 통에 얼굴은 보이지 않았다.

"미…… 민영아……."

남편이 조심스럽게 딸의 이름을 불렀다. 하지만 첫째는 들리지 않는지 화난 목소리로 소리만 고래고래 질렀다. 지금껏 길러온 자식이 그 순간만큼은 낯설어 보였다. 남편이 신을 벗고 난장판인 거실 위로 발을 디뎠다. 아내와 둘째도 신발을 벗고 그 뒤를 따랐다. 세 명이 거실 위로 올라서자 첫째가 따악 손을 멈추었다. 그러고는 머리를 번쩍 들어 이쪽을 노려보는데, 머리를 얼마나 세게 문질렀는지 이마 위쪽으로 붉은 피가 몇 가닥 흘러 있었다.

"미, 민영아……."

가족은 너무 놀라 입도 벌어지지 않았다. 마른침을 삼키며 딸의 이름을 불렀지만 눈앞에 있는 사람이 딸처럼 보이지 않았다. 흰자 가득한 눈으로 하얗게 노려보는데 온몸에 소름이 와르르 일어났다.

"이 연놈들! 이 연놈들! 어디 갔다가 이제 오느냐! 네 것들을 기다렸다! 네 것들을 다 잡아 죽여버릴 거야!"

그 하얀 눈이 와다닥 달려 나오더니 부엌 쪽으로 내달렸다. 처음에는 다들 어안이 벙벙해서 큰딸이 무얼 하나 지켜보다가 칼꽂이에서 식칼을 꺼내는 모습을 확인한 순간 머리카락이 쭈뼛 일어섰다.

"엄마, 아빠! 내 방으로 가! 내 방에는 못 들어와. 얼른!"

먼저 움직인 건 둘째딸이었다. 현관문 앞에서 왼쪽으로 꺾어 들어가는 방으로 둘째 인영이 먼저 달렸다. 그 뒤로 부인이 달리고 마지막으로 남편이 두 사람을 감싸듯 팔을 벌린 채 달려갔다.

"네 것들을 다 잡아 죽일 거야! 네 것들을 다 잡아 죽일 거야, 이 연놈들!"

남편의 등 뒤로 무시무시한 기세가 느껴졌다. 작은아이의 방으로 들어가 문을 닫기 전에 등줄기로 서늘한 칼부림이 닿았다.

"으아악!"

남편이 소리를 지르며 방 안으로 고꾸라졌고 식칼을 꺼내 든 첫째가 들이닥치려 했다. 둘째와 아내는 남편의 몸이 방 안으로 들어오자마자 문을 밀었다. 하지만 식칼을 들고 있는 딸의 힘이 어찌나 센지 벌어진 문이 꼼짝도 하지 않았다. 천하장사가 따로 없었다. 바로 그때였다.

박박박박.

날카로운 손톱이 바닥을 긁는 듯한 소리가 들렸다.

"으악! 이게 또! 저리 가, 저리 가라고! 너 따위가!"

제정신이 아닌 첫째의 입에서 고함 소리가 터져 나왔다. 눈에 보이지는 않지만 발톱을 가진 무언가가 딸의 앞을 휙휙 그어대는 모양이었다. 딸은 귀찮은 것을 뿌리치려는 듯 몸을 틀다가 문 저편으로 한 발이 빠져나갔다. 그때를 노려 막내와 부인이 있는 힘껏 문을 닫았다. 방 안을 뒹굴던 남편도 정신을 차려 합세하고 나서야 간신히 문을 닫아걸 수 있었다.

"문 열어! 문 열어! 이 연놈들아! 문을 열란 말이야!"

방 밖에서 들리는 소리는 정말 무시무시했다. 소리를 버럭버럭 지르는 딸의 목소리뿐 아니라 방문을 찍어대는 무시무시한 칼부림 소리도 소름 끼쳤다. 작은아이의 방 안에서도 거칠게 막아서는 발톱 소리가 몇 번이나 들렸다. 이리저리 방문을 그어대는 발톱 소리가 들리면서 작은아이 방문 안쪽에 가늘고 기다란 자국이 조금씩 생겨났다.

"엄마, 무서워! 무서워!"

두 귀를 막은 작은아이가 부인의 품속으로 파고들었다. 부인도 무서워서 눈물이 났다. 여전히 방문을 밀고 있는 남편의 등이 보였다. 셔츠 위에 입은 풀색 조끼의 등 부분이 예리한 칼날에 북 찢겨 있었다. 조끼가 있었으니 다행이지 조금이라도 더 깊이 찔렸다가는 등에 깊은 상처가 났을 게 분명했다.

날카로운 칼로 문을 쾅쾅 찍어대는 사람은 그들의 딸이 아니었다. 무녀가 말했던 귀신인 모양이었다. 아주머니의 말대로 딸이 귀신에 씌었음을 인정하지 않을 수가 없었다.

"여보, 아까 무당 아주머니가 줬다는 그거……."

"아아, 맞아."

그제야 부적을 생각해냈다. 남편은 아내가 건넨 손가락 크기의 작은 비단 주머니를 딸아이 방에 있던 스카치테이프로 문틀 위에 붙였다. 나무 문틀 위에 부적을 붙이자 밖에서 들리던 칼부림 소리가 사라졌다.

"그래, 그렇게 나오겠단 말이지? 내 가만두나 봐라. 어디 한번 숨어봐라. 내가 가만두나."

첫째는 더 이상 칼로 문을 찍어대지 않았지만 끝없이 뭐라고 중얼거리면서 문 앞을 떠나지 않았다. 방문에 세로로 길게 나 있는 고방 유리 너머로 그 모습이 고스란히 보였다. 부적 때문인지 더 이상 가까이 다가오지는 않았지만 문 앞을 떠나지 않고 왔다 갔다 하는 모습이 공포 그 자체였다.

덜덜 떨고 있던 부인이 조금 정신을 차렸다. 손이 발발 떨렸지만 호주머니에 넣어둔 핸드폰을 꺼내 시골집에 계신 시어머니께 전화를 걸었다.

"어머니, 저예요. 어머니, 큰일 났어요. 무당 아주머니 좀 바꿔주세요. 얼른요. 제발요. 서둘러주세요."

시어머니의 목소리를 듣자 와락 눈물이 터진 부인이 무녀를 찾았다. 전화를 끊었다가 다시 할 생각도 못했는지 핸드폰 너머로 우당탕탕 방문을 여는 소리, 신발을 신는 소리, 골목을 달리는 발소리까지 생생히 들렸다. 시어머니는 '보살댁, 보살댁' 하고 몇 번을 부르다가 무녀에게 큰일이 났다고 전하며 핸드폰을 건넸다.

"어찌 됐어? 부적은 붙였어?"

다짜고짜 물어오는 무녀의 말에 중년 부인은 또다시 울음이 터졌다.

"어흑, 다 붙이질 못했어요. 지금 작은아이 방으로 도망쳐서 여기에만 붙였어요. 어흐흑. 집에 오니까 첫째아이가 완전히 정신이 나가버렸지 뭐예요. 어떤 귀신인지 우리를 다 죽이겠다면서 식칼을 들고 달려들어 죽을 뻔했어요. 간신히 둘째 방으로 도망쳤어요. 어흐흑, 어떡해요!"

"알았어, 조용히 해봐. 내가 소리 좀 듣게. 아무 소리도 내지 말고 있어봐."

부인은 눈물이 터져 나왔지만 입을 가리고 소리를 참았다. 사방이 조용해지자 방 밖에서 '다 죽여버릴 거야. 도망쳐도 소용없어'라고 중얼대는 첫째아이 목소리만 생생히 들렸다. 간간이 문 안쪽에서 손톱으로 긁는 소리도 들려왔다.

"어라? 잠깐만……."

한참 동안 귀를 기울이던 무녀가 고개를 갸웃거렸다.

"방 밖에 딸이 있는 거지? 귀신 들린 딸 말이야."

"네, 맞아요."

"그건 알겠는데……. 그 방 안에도 뭔가가 있는데? 뭐야, 저건?"

"네, 누가 있다고요? 방 안에는 저랑 작은애랑 남편밖에 없어요."

부인이 대답한 후에도 무녀는 한참 동안 아무 말이 없었다.

"아냐, 또 있어. 그런데 당신늘을 놉는 것 같네. 걱정하지 않아도 되겠어. 근데 문제구먼. 내 부적, 그거…… 그쪽 애들한테도 안 좋은 영향이 있을 텐데 어쩌나?"

"네? 그쪽 애들요? 누가 있다고……."

"나도 자세히는 모르지. 허지만 도와주는 애들이 있어. 근데 그 애들도 좀 영향을 받을 거야."

"……."

부인은 더 할 말을 잃고 입을 다물었다. 뭔가가 이 방에 있다는 말은 또 다른 귀신이 함께 있다는 것이다. 그 말이 너무 무서워서 더 알고 싶지도 않았다.

"이 집, 귀신 소굴인가요? 저희 어쩌면 좋아요? 첫째는 방 밖에서 왔다 갔다 하고 있어요. 식칼도 들고 제정신이 아니에요. 너무 무서워요. 어쩌면 좋아요, 아주머니."

"음……."

핸드폰 너머로 인상을 찌푸리는 무녀의 얼굴이 생생했다.

"어쨌든 절대 나가지 마. 사달이 날 거야. 나가지 말고 기다려. 귀신이 기운 빠질 때까지 그 방에서 움직이지 마. 아마 새벽이 오면 잠잠해질 거야. 조용해지면 방마다 부적을 붙여놓고 곧장 여기로 와. 첫째랑 둘째랑 모두 데리고 와야겠어. 귀신이 나가면 첫째아이는 정신을 잃을 거야. 그대로 깨우지 말고 그냥 데려와."

"네, 알겠습니다. 알겠습니다!"

부인은 몇 번이나 고개를 끄덕였다. 그리고 쥐 죽은 듯이 조용히 기다렸다. 시간이 지나자 겁먹었던 작은아이도 엄마 품에서 꾸벅꾸벅 졸기 시작했다. 몇 시간이 지난 것 같은데도 방 밖에서는 내내 첫째가 왔다 갔다 했다. 지치지도 않고 삐거덕삐거덕 발소리를 내는데 정말 귀가 다 멍멍해질 지경이었다.

그러다가 갑자기 그 소리가 멀어졌다. 쿵쿵쿵 크게 발을 구르며 멀어지는 것을 보면 아무래도 안방 쪽으로 들어가는 듯했다. 그리고 무슨 일이 일어났는지 콰당탕 넘어지는 소리가 들렸다. 남편과 아내의 눈이 마주쳤다.

'드디어 귀신이 나간 건가?'

서로 말하지 않아도 눈으로 묻고 대답했다.

'조금만 더 기다려봅시다.'

그래서 그들은 조금 더 기다려보았다. 길게 뚫린 고방 유리 저편에서 일렁거리는 것이 없는지 연신 확인해보았지만 움직임은 느껴지지 않았다. 부부는 한참을 그렇게 있다가 살며시 문을 열었다. 방문을 열고 확인해보니 저쪽 안방에 아무렇게나 구겨진 듯 넘어져 있는 첫째의 모습이 눈에 들어왔다. 언젠가 정신을 잃고 쓰러져 있던 그 날의 모습과 같았다.

"내가 나갔다 올게. 먼저 방마다 부적부터 붙여야겠어. 당신은 여기 있어."

무섭기는 남편도 매한가지일 테지만 가장이란 자리가 무엇인지 남은 세 장의 부적을 들고 문 밖으로 나섰다. 그는 스카치테이프를 뜯어 부적 주머니를 붙이면서도 내내 안방 쪽을 확인하고 또 확인했다. 다행히 첫째 방과 안방, 그리고 현관 앞에까지 부적을 모두 붙인 후에도 첫째는 기절한 상태였다. 둘째 방으로 돌아온 남편이 속삭였다.

"여보, 인영이 데리고 밖에 나가 있어. 내가 민영이를 데려갈게."

"당신 혼자 괜찮겠어요? 인영이 차에 태우고 올라올게. 같이 데려가. 아까 힘쓰는 거 봐요. 정신 차리면 당신 혼자 감당 못해."

"아냐, 한 명이라도 살아야 큰일이 나더라도 수습을 하지. 먼저 가."

"그런 말 하지 마, 여보. 무서워."

어른이라고 공포가 없는 것은 아니었다. 게다가 귀신에 씐 것이 딸이라 해서 무서움이 덜하지는 않았다. 무녀의 말대로 첫째가 정신을 잃은 채 깨지 않기만을 간절히 바랄 뿐이었다. 부인이 먼저 졸고 있던 작은아이를 깨워 차 조수석에 태웠다. 좀 더 기다리자 첫째를 짊어진 남편이 나타났다. 현관에서 기다리고 있던 부인이 달려가 기절한 맏이를 뒷좌석에 태우고 자신의 무릎에 기대게 했다. 남편이 운전하는 차는 다시 시골집을 향해 내달렸다.

아까까지는 그렇게나 무섭고 살이 떨리더니 이제는 정수리 부분에 피가 덕지덕지 덮인 첫째의 짧은 머리카락을 보자 가엾고 불쌍해서 눈물이 났다. 깜깜한 밤을 매섭게 달려대는 자동차 안에서 부인은 딸의 머리카락을 쓸어내리며 울음을 참아야 했다.

차는 무녀의 집 앞에서 멈추었다. 내내 기다리고 있었는지 늙은 시어머니와 무녀가 문 앞에 서 있었다. 네 식구가 도착하자마자 무녀가 달려들어 차와 시트는 물론이고 아이들과 부부의 몸에 새하얀 소금을 뿌려댔다.

"됐어, 이제 내려. 어머니 댁으로 가지 말고 우리 집으로 먼저 들어가세."

무당은 가족들을 데리고 신당으로 들어섰다. 신방과 이어진 작은 방은 방구들이 아주 뜨끈뜨끈했다. 부부는 그곳에 아이들을 눕혔다. 첫째는 내내 정신을 잃은 것처럼 잠이 들어 눈을 뜨지 않았고 잠시 깨어났던 둘째도 뜨끈한 온돌에 기대자 병든 닭처럼 꾸벅대더니 그대로 깊은 잠에 빠져들었다. 동그란 팥 베개를 베고 곤히 잠든 두 아이의 얼굴이 말도 안 되게 편안해 보였다.

"이제 됐어. 무엇을 봤는지 모두 말해봐."

부부는 무녀 앞에서 죄다 이야기했다. 턱을 괴고 고민하던 무녀가 여러 개의 방울이 달린 가지를 살살 흔들었다. 자는 아이들을 생각해서인지 소리를 줄이려고 애쓰는 것 같았다.

"아휴, 고약하네. 고약해. 정말로 죽일 태세야. 너무나 강한 원혼이야. 왜 저런 게 들러붙은 거지? 게다가 모습은 또 왜 그런지. 쥐랑 사람이 한데 엉겼어."

무녀가 내리 고개를 흔들어댔다. 무녀의 눈에는 보이지 않는 것까지 보이는지 부부의 이야기 속에서 여러 가지를 읽어내는 것 같았다.

"아휴, 그래도 딸아이가 죽지 않고 목숨을 보전한 건 모두 둘째 아이 방에 있는 아이들 때문이야."

"아이들이오?"

"응, 동물 아이들."

"동물이라고요?"

"그래, 그동안 동물을 좀 키웠는가?"

"아뇨……."

245

부부는 고개를 저었다. 아이들이 어릴 적부터 내내 아끼고 저축하느라 거추장스러운 짐승을 키울 생각은 해본 적이 없었다.

"그럼 뭐지? 어쨌거나 동물인 것 같은데……."

무녀가 고개를 갸웃거리며 얼굴을 찌푸렸다.

"어쨌거나!"

순간 탁 소리가 나면서 부부는 정신이 번쩍 뜨였다. 무녀가 흔들던 방울의 가지 부분을 소반 모서리에 부딪치는 소리였다.

"나는 감당할 수가 없어."

"아이고, 이 사람아. 자네가 감당 못하면 누가 하나. 우리 애들 좀 도와주시게!"

무녀의 말에 화들짝 놀란 할머니가 그 손을 붙잡았다. 할머니가 무녀의 손을 붙잡고 늘어지자 지켜보던 부인도 합세해서 그 손을 부여잡았다.

"아주머니, 제발 도와주세요! 우리 좀 살려주세요!"

"아이참, 고집을 부린다고 되는 일이 아니에요."

인상을 찌푸리던 무녀가 고개를 설설 저어댔다.

"어쨌든 그 집에 들어가면 안 돼. 보아하니 내 부적도 감당을 못하겠어. 열흘 버티기도 힘들어. 나는 저렇게 무서운 귀신은 해결 못해. 내가 워낙에 겁이 많아서 아주 진저리가 쳐져."

"아이고, 이 사람아. 자네처럼 용하다는 사람이 그 무슨 말인가. 그럼 우리 아이들은 어쩌나!"

"그러니까 할머니, 감당할 사람을 찾아야지요. 기억하세요? 제가 감당 못할 때마다 도와주던 그 무당요."

"으응?"

무녀의 말에 할머니의 눈이 커졌다. 누구인지 잠시 생각하더니 옳다구나 하고 무릎을 쳤다.

"아아, 그 말도 없고 새초롬한 각시! 그 말도 없고 조용한 천상선녀!"

"맞아요, 그 사람!"

무녀가 맞장구를 쳤다.

"그 사람을 찾아야 해요. 그 사람 지금은 저랑 연락이 안 돼요. 하지만 그 사람이라면 해결할 수 있어요."

무녀의 눈썹이 부리부리하게 진해졌다.

"그동안 아이들은 할머니네서 지내야겠어. 집에 돌아갔다가는 아주 사달이 날 테니까. 학교에도 쉰다고 해둬. 당신 둘도 웬만하면 잠깐 일을 쉬고 여기 시골에 와 있어. 낮에 집에 가서 필요한 것만 들고 와. 꼭 둘이 함께 가야 해."

그렇게 말하는 무녀의 눈에서 빛이 번쩍거렸다. 자세히 말하지는 않았지만 무녀가 경계할 정도로 무시무시한 뭔가가 그 집에 있는 것이 분명했다. 집을 사고 그렇게나 좋았던 감정들이 사그라졌다.

집은 한순간에 무서운 귀신 소굴로 변해버리고 말았다.

부인은 연신 눈물을 훔치며 그 긴 이야기를 최대한 상세하게 전했다. 이야기를 풀어가는 동안 낙빈 어머니는 한 번도 말을 끊지 않았다. 이야기를 듣는 동안 그녀의 눈이 가늘고 깊어졌다.

"그 뒤로 한 달이 다 되어가요. 아이들은 학교를 쉬고 할머니 댁에서 머물고 있어요. 저와 남편은 회사를 아예 쉴 수가 없어서 먼 거리를 왔다 갔다 하고요. 주말이 되면 무녀님을 찾기 위해 안 가본 곳이 없어요. 이리저리 소문을 듣고 찾아다니다가 결국엔 이렇게 뵙게 되었네요. 제발 저희를 도와주세요!"

말없이 듣고만 있던 낙빈 어머니가 낙빈 쪽으로 고개를 돌렸다. 방구석에 쪼그리고 앉아 같은 이야기를 듣고 있던 아들에게 어머니가 나지막이 말을 붙였다.

"낙빈아, 한때 신세를 졌던 할머니시다. 네가 내려가서 좀 도와드리겠느냐?"

찬찬히 건네는 말에 낙빈은 어머니가 모든 내막을 알아챘음을 깨달았다. 낙빈도 이런저런 것들은 알아챘지만 어머니처럼 깨끗하게 이해하지는 못했다. 좋은 신이 오시건 말건 그동안의 깊은 내력과 끈질긴 수련을 당해낼 수는 없다는 생각이 들었다. 어머니가 낙빈을 내려 보내는 것도 그런 깨달음을 더욱 깊이 느끼게 하려는 것이리라.

"네, 알겠습니다. 제가 다녀오겠습니다."

구석에 쪼그리고 있던 소년이 발딱 일어서서 깊이 고개를 숙였다. 그 모습을 바라보는 할머니 가족은 어안이 벙벙한 것도 같았다. 왜 저런 어린아이더러 도우라고 하는지 못 미더운 듯도 하고 의아한 듯도 했다. 그들의 마음이 눈빛에서 고스란히 느껴졌다. 그래도 하얀 한복을 곱게 입고 까만 눈이 반짝거리는 모습을 보면 저 대단한 무당이 믿고 맡기는 이유가 있을 거라고 여기는 눈치였다.

4

 가족과 함께 도착한 다세대 주택은 비교적 깨끗한 3층 건물이었다. 앞에는 좁은 도로가 나 있고 큰길 쪽으로 나가면 버스 정류소와 작은 상가가 다닥다닥 붙어 있었다. 길가 쪽은 전부 상가고, 그 안쪽은 다세대 주택이 밀집한 도심의 소형 주택가였다.
 공기가 좋은 너른 산에서 살다가 이렇게 집이 다닥다닥 붙은 곳으로 내려오니 낙빈은 숨이 막혔다. 비좁은 도로에 양방향으로 주차한 차가 빼곡하고 그 사이로 또 다른 차들이 이리저리 곡예하며 오가는 모습에 낙빈의 눈이 빙글빙글 돌았다.
 "휴우……."
 낙빈은 들리지 않게 한숨을 내쉬었다. 그런 집들 중에 유독 기운이 나쁜 것은 바로 이 가족이 살고 있다는 다세대 주택이었다. 보통 사람들의 눈에는 보이지 않지만 건물의 3층부터 옥상까지 까마득하게 잿빛 먹구름이 낀 듯 시커멨다.
 부부와 할머니, 그리고 낙빈이 차에서 내리자 맞은편에 서 있던 승합차의 문이 드르륵 열렸다.
 "어머나, 우리 선녀 무당님 대신 다른 분이 왔네?"

뽀글거리는 파마머리에 두꺼운 분홍색 헤어밴드를 두른 아주머니는 할머니의 옆집에 산다는 무녀가 분명했다. 빠끔 열린 봉고 문으로 파리한 얼굴의 자매도 따라 내렸다.

"안녕하세요."

낙빈이 깊이 고개를 숙이며 무녀에게 절을 했다. 낙빈 어머니가 숨어 살던 시절에는 읍내에 무속 일을 하러 나갈 적에도 낙빈을 데려간 적이 없었다. 때문에 무녀나 낙빈은 처음 만나는 사이였다. 할머니가 낙빈의 등을 두드리며 말했다.

"천상선녀님이 이 아기 무당님이 도와줄 거라고 했어요."

"아유, 우리 무녀님이 대단한 제자를 두셨네?"

낙빈의 신을 대충 알아본 무당이 혀를 찼다. 낙빈은 애써 아들이라는 말은 하지 않고 빙긋 미소만 지어 보였다.

"나도 선녀보살님을 오랜만에 꼭 만나고 싶어서 부랴부랴 왔는데 아쉽네. 이왕 걸음을 했으니 우리 제자님한테라도 좀 배워야겠구먼. 아이들은 우리 집에 두고 오려고 했는데 통 떨어지길 싫어해서 데려오고야 말았네요."

"그래그래, 잘하셨어."

할머니는 무녀와 손을 맞잡으며 고개를 끄덕였다. 아직도 두 딸은 겁을 잔뜩 먹은 얼굴로 가족과 낙빈을 바라보았다. 낙빈도 자매를 찬찬히 바라보았다. 머리가 짧은 쪽이 언니, 어깨 아래로 내려오는 쪽이 동생이었다. 다행히 자매 모두 혼령이 붙은 흔적은 없었다. 일부 기운이 붙었더라도 무당 아주머니가 깨끗이 소거한 것이 분명했다. 낙빈이 다행이라는 생각에 한숨을 쉬는데 번뜩 신경이 날카로워졌다.

"앗!"

낙빈의 눈썹이 치켜 올라갔다. 맹렬한 두 개의 기운이 서로 맞부딪치는 게 생생하게 느껴졌다. 저주와 원한의 기운, 그리고 그것을 막으려는 필사적인 몸부림이 건물의 3층에서 맞부딪치고 있었다.

"안 돼!"

재빨리 건물로 달려간 낙빈이 안으로 들어가려다 유리문에 걸려버렸다. 그냥 밀고 들어가는 것이 아니라 거주자들만 알고 있는 비밀번호를 눌러야 들어갈 수 있는 구조였다.

"왜, 무…… 무슨 일이십니까."

당황한 남편이 내쳐 달려와 비밀번호를 눌렀다. 하지만 설명할 시간이 없었다. 잔뜩 날선 두 개의 기운이 서로를 향해 내달리는 게 생생히 느껴졌다.

"빨리요. 어서요!"

띠띠 소리가 몇 번 울린 후에 문이 열려야 하는데 마음이 급해서 평소 하지 않던 실수까지 해버렸다. 삐삐 경고음을 내며 '비밀번호가 틀렸습니다' 하는 야멸찬 여자의 음성이 흘러나왔다.

"이런. 죄, 죄송합니다."

중년의 남자가 어린 낙빈에게 고개를 숙이며 다시 번호를 눌렀다. 그제야 띠리리 소리가 흐르며 문이 열렸다. 낙빈은 유리문이 열리자마자 재빨리 건물 안으로 내달렸다. 계단 여러 개를 성큼성큼 날듯이 밟으며 순식간에 3층으로 올라갔다.

"아아, 안 돼!"

문 앞에 서자마자 낙빈은 외마디 비명을 질렀다. 문 안에서 벌어지는 일들은 이제 수습할 수 없는 지경이 되고 말았다. 뒤이어 가족이 하나둘 올라오더니 3층 철문 앞에서 하얗게 질린 낙빈의 얼굴을 바라보았다.

"무슨 일이에요? 저기…… 문을 열어도 되나요?"

제일 먼저 달려온 남편이 조심스럽게 물었다. 그 뒤로 아내가 계단을 올라오고 마지막으로 무녀와 아이들이 할머니를 모시고 올라왔다. 무녀도 무얼 느꼈는지 얼굴을 찌푸렸다.

"문…… 여셔도 돼요. 이제 다 끝난 것 같아요……."

낙빈이 기운 빠진 목소리로 중얼거리자 다들 고개를 갸웃거렸다. 끝이 나다니. 뭐가 끝이 났다는 건지 도통 알 수가 없었다. 다시 현관문이 띠띠 소리를 내더니 잠금 상태가 풀렸다.

남편은 조심스럽게 문을 열고 도어스토퍼로 받쳐놓았다. 여차하면 달려 나와 도망칠 퇴로를 확보하려는 마음이었다.

"아이고, 저런. 싸움이 난 건가?"

낙빈의 뒤에서 거실 안쪽을 기웃거리던 무녀가 혀를 찼다.

"아니, 이게 어떻게 된 거야?"

현관문 밖에서 안을 들여다보던 부인도 신음 소리를 냈다. 집에서 지내지 않는 동안 엉망이 되어버릴까봐 언젠가 낮에 남편과 둘이 들러 거실이며 방이며 깨끗하게 정리해두었는데, 지금 거실에는 온통 살림살이가 쏟아져 나와 있었다. 옷도 구르고 냄비도 뒹굴었다. 소파의 방석과 쿠션들도 여기저기에 엉망으로 내팽개쳐져 있었다.

그뿐 아니라 사람들의 시선을 한눈에 사로잡은 것은 거실 중앙에 네 다리를 쫙 뻗은 채 천장을 바라보고 죽어 있는 거대한 쥐였다. 어찌나 큰지 꼬리까지 길이가 성인 팔뚝만큼이나 커다랬다. 눈을 부리부리하게 뜨고 입을 쩍 벌린 채 뻗어 있는 회색 쥐의 입에 새빨간 혀가 길게 뻗어 있었다.

"아아…… 한 발 늦었어요. 늦고 말았어요."

소년 무당의 눈썹이 팔자로 내려갔다. 모두들 거대한 쥐를 바라보고 있었지만 소년은 쥐와 조금 떨어진 빈 공간을 바라보며 슬픈 얼굴을 했다.

"이게 무슨 일이래요, 아주머니? 뭐가 늦었다는 거예요?"

"그래, 이게 대체 뭔 말이여?"

부인과 할머니가 무녀를 올려다보며 물었다. 소년의 말을 당최 이해할 수가 없었기 때문이다.

"귀신이…… 귀신이 사라진 거 같아요. 저 쥐랑 같이 있던 여자 귀신이 보이질 않아. 나도 어찌 된 건지 잘 모르겠어요. 얘, 박수무당아. 좀 알아듣게 설명해주겠니?"

무녀의 말에 낙빈이 그제야 고개를 들고 가족을 바라보았다. 두 눈이 축 처진 게 슬퍼 보였다.

"네, 차근차근 말씀드릴게요. 그 전에 준비해주실 게 있어요. 근처 상점에서 제일 향기가 좋은 비누와 샴푸를 사오셔야겠어요. 그리고 여자분들이 좋아할 만한 예쁜 선물 상자를 준비해주세요. 상자를 묶을 리본도요. 또 물 좋은 생멸치랑 생선도 사다 주세요. 생선은 작은따님이 고르는 게 좋겠어요. 따라가서 작은따님 눈에 드는 걸로 사주세요. 쥐가 들어갈 만한 뚜껑이 있는 항아리도요. 항아리 안에 넣을 질 좋은 햅쌀도 필요해요. 장보는 분들 외에는 집을 치워주시고 제사상을 준비해주세요."

가족은 어리둥절해하면서도 더 이상 묻지 않고 서둘러 장을 보고 집을 치우고 제사상을 펼쳤다. 낙빈이 말하는 대로 새로 사 온 항아리에 쥐를 거두어 넣고 그 안에 하얀 쌀을 소복이 담았다. 거실 창가에는 큰 상을 펴고 생선과 멸치를 보기 좋게 접시에 담았다. 한쪽에는 화려한 꽃무늬 상자에 비누와 샴푸를 넣어두었다. 상 앞에 촛불도 두 개 밝혔다. 낙빈이 시키는 대로 상을 마련하고 나니 그제야 어린 박수무당이 입을 열었다.

"이 집에 살던 원혼은 죽음과 함께 본래 떠났어야 했는데……흔적이 남아 있어요. 그 흔적에 서린 원한이 이곳에 남아 있었던 거예요. 그러다가 귀기가 들어도 충분할 만큼 늙은 쥐를 만나게 되었어요. 우선은 원혼이 남긴 흔적을 찾아야겠어요. 그러면 더 상세한 이야기를 알아낼 수 있을 거예요. 가족들께서는 마음속으로 이 집에 살던 원한령을 찾는다고 생각해주세요."

낙빈이 말하는 대로 가족들은 모두 제사상 앞에 무릎을 꿇고 앉아 두 손을 모으고 기도했다. 그들이 마음을 모으자 바람도 한 점 불지 않는데 갑자기 촛불 하나가 팔락거렸다. 무녀는 제사상과 떨어진 소파에 앉아 낙빈을 찬찬히 바라보았다. 낙빈은 촛불을 뚫어져라 바라보다가 금세 일어서서 안방 쪽으로 향했다. 안방에 들어가 장롱과 바닥, 그리고 벽까지 구석구석을 살피더니 마침내 "아저씨!" 하고 불렀다. 남편이 달려가자 소년은 안방 장롱을 가리켰다.

"장롱을 좀 들어내야겠어요."

소년이 시키는 대로 부부가 달려들어 장롱 한 칸을 앞으로 꺼냈다. 그러자 소년이 그 뒤의 벽지를 가리키며 "저거, 저거"라고 말했다. 이사를 하면서 새로 도배하고 몰딩에 페인트칠도 해서 전혀 몰랐는데 바닥 쪽의 나무 몰딩과 벽지 사이의 모서리 부분에 뭔가 가느다란 가닥이 눈에 들어왔다.

"저게 뭡니까?"

"머리카락이에요. 저기 벽지 좀 뜯어보세요."

남편은 낙빈이 시키는 대로 헌 벽지 위에 덧발라진 새 벽지를 뜯었다. 그러자 헌 벽지까지 뜯기면서 검은 머리카락 몇 가닥이 드러났다. 머리카락 사이사이에는 거무죽죽한 덩어리들이 굳어 있었다.

"아, 이제 전부 알겠어요."

그것을 바라보던 낙빈이 고개를 끄덕였다. 낙빈은 부부에게 머리카락을 한 올 한 올 조심스럽게 뜯어내라고 했다. 그러고는 비누와 샴푸를 상자에서 꺼내고 상자에 쌀을 가득 담으라고 했다. 그다음에는 쌀 위에 벽지에서 뜯어낸 머리카락과 핏덩이를 차곡차곡 올리게 했다. 그 위에 샴푸와 비누까지 담고 상자의 뚜껑을 닫은 뒤 예쁜 리본을 묶어주게 했다. 잘 포장된 상자를 제사상 위에 올려놓으니 소년의 입에서 겨우 한숨이 나왔다.

"아이고, 어린 무당이 참 찬찬히도 일을 잘하네. 어쩜 저리 꼼꼼히 빈 데가 없을꼬. 할머니, 걱정 마세요. 할머니 자녀랑 손주들이랑 이 집에서 동티 하나 없이 아주 잘 살겠어요."

낙빈을 지켜보던 무녀가 머리를 흔들었다. 경험도 거의 없어 보이던 어린 무당이 사실은 보통내기가 아니었다. 무녀의 칭찬에 살짝 얼굴을 붉히던 낙빈이 그제야 내막을 털어놓았다.

"그럼 말씀드릴게요. 그 머리카락의 주인이 바로 이 집에 남아 있던 원혼입니다. 원혼의 흔적을 보니 아마 여러분이 이사 오기 전에 이 집에 살던 분인가 봐요. 결혼한 지 얼마 되지 않은 젊은 여자분 같은데 늘 남편과 다투었어요. 남편이 좋은 사람은 아니라서 밖에 나가 엉뚱한 일을 하기도 하고 다른 여자분을 만나기도 하고······. 아내의 속을 많이 썩였어요. 어느 날 두 사람은 정말 크게 나투었어요. 제 눈에는 머리를 감고 있던 여자분이 보였어요. 남자분이 여자분의 머리카락을 붙들었죠. 그렇게 크게 몸싸움을 벌이다······ 결국 여자분은 안방에서 살해당하고 말았어요."

낙빈은 되도록 모든 상황을 간단하게 설명했다. 어린 자매도 함께 듣고 있으니 표현을 더욱 조심하는 것도 같았다. 무녀의 눈에는 그 모습이 참 가슴 아팠다. 이 집 아이들보다 더 어린 박수무당은 지금 제 눈으로 끔찍한 살해 장면을 보고 있는 것이 분명했다. 그런데도 그 장면들을 한 겹 포장해서 덜 잔인하고 덜 무섭게 말하고 있었다. 그런 것을 생각하니 짠한 마음이 들었다.

"남편은 한동안 도망을 다니다가 경찰에 붙잡힌 것 같아요······. 그동안 아내는 며칠 동안이나 안방에 방치되어 있었던 모양이에요. 그분의 머리카락 몇 가닥이 피랑 같이 벽에 붙어 말라버렸나 봐요. 그리고 내내 그 머리카락에 원한이 서리게 되었어요. 원혼은 근처에 살던 늙은 쥐를 홀려서 벽에 붙은 머리카락을 주워 먹게 했어요. 쥐가 손톱을 먹고 사람으로 변신한 옛날이야기도 있잖아요. 그런데 여기 있던 늙은 쥐는 강한 원혼이 담긴 머리카락을 먹었어요. 혼령의 원한이 늙은 쥐와 뒤섞이면서 원혼은 강한 힘을 가지게 되었어요. 그 뒤로 자신을 죽인 남편은 물론이고 주변에 있는 남녀만 봐도 날뛴 것 같아요. 머리카락에 대한 상념이 많이 남아 있어서 큰누나에게 혼령이 서리면 자기도 모르게 머리가 가려워 머리카락을 자르거나 피가 나도록 머리를 빗게 되었던 거예요."

"이런 망할 부동산 놈들! 그런 내력을 까맣게 속이고 이 건물을 팔아먹었군! 그것도 모르고 몇천만 원 싸다고 좋아했다니!"

이야기를 듣던 남편이 이를 갈았다. 어쩐지 건물을 사기 전에 자신에게 뭔가 비밀스러운 이야기를 꺼내려던 사람이 몇 있었다. 그가 '아니 왜 이 건물이 싸게 나왔대요?'라고 물으면 입만 달싹거리던 몇몇 사람……. 그들이 하고 싶었던 말이 이거였다. 여기 3층에 살던 젊은 부부 사이에 살인 사건이 있었다는 것!

"원한이 참 셌어요. 돌아가신 지 얼마 되지 않은데다 기운도 드셌지요. 거기에 늙은 쥐와 뒤섞이면서 정신도 제대로 잡히지 않은 불안정한 상태였어요. 그래서 사실대로 말하자면, 이 집에 있는 모든 분이 몰살당했을 수도 있어요. 특히 누나들만 있을 때는 정말…… 누나들이 지금껏 살아 있는 건 크나큰 은혜예요."

제 이야기가 나오자 딸들의 눈이 커졌다. 파리한 얼굴이지만 호기심이 가득했다. 낙빈이 생선을 사오라고 말한 뒤로 둘째는 뭔가 감을 잡은 것도 같았다.

"작은누나를 살려준 영혼은 둘이에요."

"둘? 정말?"

"네."

"아아, 역시 그랬어!"

작은아이가 두 손을 꼭 붙잡더니 고개를 끄덕였다. 자신을 도와준 영혼이 무엇인지 감을 잡은 것 같았다.

"무녀님께서 동물의 영혼이라고 하셨잖아요? 맞아요, 고양이 두 마리였어요."

"고양이라고? 우린 고양이를 키운 적이 없는데?"

남편이나 아내는 어리둥절한 얼굴로 서로를 바라보았다. 부부가 눈이 둥그레져서 작은딸을 바라보자 아이는 모두 알았다는 듯 고개를 끄덕였다.

"한 마리는 검은 고양이고, 한 마리는 얼룩 고양이지?"

"네, 맞아요. 어찌 된 일인지는 누나가 자세히 말씀해주세요."

낙빈이 빙긋 웃으며 바라보자 딸의 볼이 발갛게 달아올랐다.

"엄마, 기억 안 나요? 내가 1학년 때인가 2학년 때인가 길에 버려진 얼룩 고양이……. 학교에서 돌아오던 길에 라면 상자에 담긴 아기 고양이들을 봤어요. 세 마리 가운데 두 마리는 죽고 한 마리만 울고 있었어요."

"어머나!"

그 말에 부인도 기억이 나는지 입을 벌렸다.

"그 아기 고양이를 데려왔다가 엄마한테 엄청 혼났잖아요. 길거리에서 동물을 주워 오면 안 된다고……. 그래서 엄마가 어디서 데려왔냐면서 도로 갖다 두자고 저를 끌고 나갔잖아요. 그러다 상자에서 죽은 다른 고양이들을 보고는 엄마도 아무 말 안 했잖아요. 아기 고양이를 데리고 도로 집으로 돌아왔지요?"

"아, 나도 기억나. 나비 말이구나."

언니도 고개를 끄덕이며 고양이를 기억해냈다. 이제 남편만 의아한 표정을 짓고 있었다.

"나 몰래 고양이를 키웠어? 나한테 동물 털 알레르기가 있는데도?"

"아니, 그때 당신은 출장을 갔을 거예요. 한 달인가 장기 출장 중이었지."

부인이 멍한 눈빛으로 고개를 흔들었다.

"엄마가 나비가 기운을 차릴 때까지 딱 3일만 데리고 있으라고 해서 내가 얼마나 좋아했는지 몰라요. 그때 엄마가 우유도 데워주고 생선죽도 끓여주고…… 그랬잖아요? 나비가 처음에는 잘 받아먹지 못하다가 며칠 만에 우유며 죽이며 뚝딱 먹어치우는 걸 보고 얼마나 좋아했는지 몰라요. 3일이라고는 했지만 사실 한참 동안 나비를 키우도록 눈감아주셨죠. 작은 고양이가 얼마나 빨리 자랐는지 정말 놀랄 정도였어요. 그런데 얼마 뒤에 아빠가 오시는 날이 되어서 엄마가 더 이상 봐줄 수가 없다고…… 나비를 이제 그만 놓아주라고 하셨어요. 처음엔 울었어요. 그러다 결국에는 엄마 몰래 나비를 키웠어요. 방 안은 아니어도 우리 집 근처에서 매일 먹이도 챙겨주고 물도 챙겨주면서 매일매일 나비를 만났어요. 가끔 비가 오는 날에는 나비가 제 방에 들어오기도 했어요. 엄마께는 말씀 안 드렸지만 나중에는 나비가 새끼까지 생겨서…… 새끼들까지 다 제 친구가 됐어요. 우리 집이 이사하기 전까지 그렇게 나비한테 물이랑 밥이랑 다 챙겨주었어요. 이사할 때는 너무 걱정이 돼서 근처 빌라에 사는 친구에게 단단히 부탁까지 했어요. 나비랑 나비 새끼들을 꼭 챙겨달라고."

"그래, 그랬구나……."

딸의 말을 듣는 동안 부인의 입이 스르르 벌어졌다. 그게 벌써 몇 년 전인데……. 그 어렸던 나비가 은혜를 잊지 않고 딸아이를 구했다니 정말 믿을 수가 없었다.

"그리고 검은 고양이는요…… 여기 이사 와서 만난 아이예요.

학교 가는 길은 차가 너무 많아서 위험하잖아요? 애들도 위험하지만 고양이들에게는 훨씬 더 위험해요. 전학 오고 며칠 만에 학교에서 집으로 돌아오는데 등 뒤에서 엄청나게 시끄럽게 브레이크를 밟는 소리가 들리는 거예요. 저한테 사고가 나는 줄 알았어요. 그래서 꼼짝도 못하고 가만있는데, 까만 차가 엄청나게 먼지를 내면서 달려가는 거예요. 살았다는 게 믿기지 않을 정도로 놀랐어요. 한참 동안 가만있다가 간신히 뒤를 돌아봤어요. 그런데…… 몇 걸음 떨어지지 않은 곳에 까만 고양이가 쓰러져 있는 거예요. 브레이크 소리가 왜 크게 났는지 그때야 깨달았어요. 전 너무 무서워서 벌벌 떨며 집에 들어왔어요. 심장이 터질 것만 같아서 아무것도 못하다가 길거리에 쓰러진 고양이가 걱정돼서 밖으로 나갔어요. 혹시나 싶어서 커다란 비닐봉지랑 비닐장갑도 챙겨 갔어요. 근데…… 낮에 사고가 나고 한참이 지났는데도 고양이가 거기 그대로 있더라고요. 처음보다 더 형편없는 모습으로……. 아마 그 후로도 차들이 밟고 지나간 것 같았어요. 너무 무섭고 징그러웠는데…… 너무 불쌍해서…… 정말 너무 가엾어서 모른 척할 수가 없었어요. 자꾸 우리 나비 생각이 나고 그래서…… 봉투에 담아다가 우리 집 1층 밭에다가…… 엄마 아빠 몰래 묻었어요.”

"뭐야?"

그 말에 부부의 눈이 커졌다. 다세대 주택의 법적 요건을 갖추기 위한 작은 정원이 현관문 옆의 주차장 끝에 있었다. 아마 그곳을 말하는 모양이었다. 전 주인이 심어둔 감나무 두 그루가 전부인 정원에 죽은 고양이를 몰래 묻었다는 이야기였다.

"죄송해요. 말씀드리면 싫어하실 것 같아서요."

작은딸이 미안한 마음을 감추지 못하고 고개를 숙였다. 처음엔 표정이 사납던 부부의 얼굴이 서서히 누그러졌다.

"그랬구나. 우리 인영이…… 네 덕분에 언니도 살고, 엄마랑 아빠도 살았구나. 네 착한 마음 덕에 우리가 안 죽고 모두 살았다니. 인영아, 고맙다."

가족의 눈시울이 붉어졌다. 무녀도 작은딸을 바라보며 한 말씀을 더했다.

"네 착한 마음이 가족을 구했단다, 아가야. 참으로 장하구나. 그걸 대갚음이라고 하느니라. 스스로가 행한 원한은 원한대로 주인을 찾아 되돌아오고 네가 베푼 은혜도 다시 네게 돌아온단다. 잘했다, 아주 잘했어."

혼날 줄 알았던 일이 되레 칭찬으로 이어지니 작은아이의 얼굴이 벌게졌다. 그러면서도 가족을 구해준 고양이들이 어찌 되었는지 무척이나 궁금한 모양이었다.

"저기, 그 고양이 말이야……. 우리 나비랑 그 까만 아이…… 다 여기 있어? 아직도 우리 가족을 도와주고 있는 거야?"

딸의 물음에 낙빈의 얼굴이 살짝 굳었다. 어쩐지 그 표정이 좋지 않은 대답으로 이어질 것만 같았다.

"죄송해요. 제가 한 발 늦었어요. 가족이 돌아온 줄 알았는지 좀 전에 고양이들과 원혼이 마지막으로 결전을 벌였어요. 가족을 해칠까봐 고양이들도 온 힘을 다해 저항했나 봐요. 아무리 원한령이 늙은 쥐랑 결합했다고 해도 고양이들에게 겁을 집어먹는 건 잠깐뿐이었을 거예요. 게다가 무당 아주머니의 부적 때문에 원혼이나 고양이들이나 모두 기운이 떨어져 있었어요. 고양이들은 마지막으로 원혼을 물어뜯고 소멸하고 말았어요."

"뭐, 소멸? 그게 무슨 말이야?"

여자아이의 눈이 동그래졌다.

"좋은 곳에 갔다는 말이야. 너를 도와주고 원혼도 없애고 좋은 데로 갔다고."

당황하는 낙빈 대신 무녀가 끼어들었다. 낙빈은 고양이들의 영혼이 여자아이를 살리고 사라져버렸단 말을 하기가 어려웠다. 목숨을 바쳐 소멸했기에 이제는 영혼도 남지 않았다는 말을 설명할 수가 없었다. 쩔쩔매는 소년 대신 무당 아주머니가 솜씨 좋게 말을 막았다.

"쥐는 쌀 항아리에 담아서 밭에다 묻으면 되고, 착한 고양이들은 생선이랑 모두 먹고 좋은 데로 갈 거야. 이제 더 이상 동티도 남지 않게 만드는 거야. 원혼이랑 고양이들이랑 다 사라져버렸지만 혹시나 그 낌새를 알아채고 다른 영혼이 찾아와 머무를까봐 아예 깨끗하게 정리를 하는 거야. 그러니까 마지막으로 다들 고맙다고 인사하고 좋은 곳에 가라고 기도해줘. 그러면 되는 거야."

무녀가 은근슬쩍 마무리를 해준 덕분에 낙빈은 한시름을 놓았다.

가족과 함께 무녀도, 낙빈도 깊은 마음으로 기도를 드렸다. 사라진 영혼들은 물론이거니와 이 집에도 복운이 가득하기를 빌었다. 적어도 이 집에 저리 마음 따뜻한 사람이 살고 있는 이상 고난은 없을 것이다.

그렇게 제사를 지내고 가족과 인사를 나눈 낙빈은 터덜터덜 산으로 돌아왔다. 영혼들을 구하지 못해 가슴 한편이 아팠지만 어머니가 자신을 보낸 이유를 알 것만 같았다. 낙빈은 훠이훠이 구름을 밟는 듯한 발걸음으로 단숨에 산을 올랐다. 푸르른 산을 오르는 동안 복잡한 도시에서 겪었던 모든 일이 치유되고 정화되는 것만 같았다.

낙빈은 암자로 들어가기 전에 먼저 어머니의 너와집으로 향했다. 캄캄한 방 안에 촛불이 어른거렸다. 하얀 한복을 입은 어머니가 촛불 앞에 가만히 좌선을 하고 있었다. 낙빈은 어머니의 수도를 방해하지 않기 위해 살며시 인기척을 줄였다.

"다녀왔느냐."

"네, 어머니. 다녀왔습니다."

낙빈은 어머니의 나지막한 목소리를 들으며 이미 모든 것을 알고 있으리라 짐작했다. 아무리 먼 곳이라도 어머니의 신들이 낙빈의 일거수일투족을 소곤소곤 전달해주었으리라.

"배운 것이 있느냐?"

"네, 어머니. 제 삶을 반성했습니다. 늘 선한 일을 행해야 한다는 걸 다시 한 번 깨달았습니다."

어린 소년의 말이 어른보다 성숙했다. 그런 아들을 바라보는 어머니의 눈이 서글서글했다. 아들이 누구보다 그 뜻을 잘 알고 있으리라 생각하면서도 어머니는 잔소리처럼 한마디를 덧붙였다.

"보이지 않지만 복덕은 늘 주인을 찾아온단다. 내가 쌓은 선덕善德은 행운과 기쁨이 되어 나를 찾아오고, 내가 쌓은 악덕惡德은 불행이 되어 나에게 돌아온다."

"네, 어머니. 명심하겠습니다."

"지금도 네가 베푼 덕들이 너를 찾아오고 있단다. 매사에 한 걸음 한 걸음을 조심하거라."

"네, 어머니."

낙빈은 깊이 고개를 숙였다.

삶의 진정한 방법을 이야기해줄 수 있는 큰 어른이 자신의 어머니라는 사실에 낙빈은 감사했다. 어린 나이에 크나큰 일들을 겪었지만 자신의 인생은 이제 겨우 시작이라는 것을 아이는 알고 있었다. 그리고 그가 걷는 걸음걸음이 자신의 미래를 결정하고 사람들의 걸음이 모여 미래의 인세人世를 결정하리라는 것을 알았다. 그래서 하루는 하루가 아닌 일 년이고, 일 년이 아닌 전 생애이며, 전 생애가 아닌 인류의 역사가 될 것이다.

낙빈은 저 먼 하늘을 바라보았다. 어느새 붉은 태양이 산어귀를 지나고 있었다. 붉은 태양이 지면 다시 산은 깊은 어둠 속에 잠길 것이다. 그리고 깊은 어둠이 흐르면 세계는 다시 환히 밝아질 것이다. 모든 하루하루가 복덕과 선덕으로 가득 차도록 낙빈은 한 걸음 한 걸음을 조심스레 내딛으리라 다짐했다.

짧은 이야기 1
세상에서 가장 소중한 선물

1

 오늘은 12월 24일입니다.
 반짝반짝 아름다운 별들이 땅으로 내려온 것처럼 온 세상이 환히 빛나고 있습니다. 세상이 이렇게 반짝반짝 빛나기 때문인지 사람들의 얼굴에도 함박웃음이 묻어납니다. 거리를 지나는 사람들의 발걸음도 사뿐사뿐 가볍기만 합니다.
 오늘은 크리스마스이브입니다. 저와는 아무 상관없는 날인데도 괜스레 마음이 콩닥거리고, 거리의 밝은 불빛에 자꾸 눈이 돌아가는 게 이상합니다. 왠지 오늘은 모든 사람의 마음속에 작은 병아리가 한 마리씩 들어와 작은 날개를 파닥이며 폴짝폴짝 뛰어다니는 것 같습니다. 그래서인지 저도 괜스레 가슴이 들뜨는 걸 어쩔 수가 없네요.
 이렇게 모든 세상이 사뿐거려도 신문 배달을 쉴 수는 없습니다. 오늘도 어김없이 석간신문은 보급소 안으로 들어오고 신문이 배달되기를 손꼽아 기다리는 분들이 계시니까요.
 신문을 들고 이리저리 뛰어가는 동안 자꾸만 반짝이는 불빛에 눈이 돌아가는 바람에 다른 때보다 조금 더 배달이 늦어지고 말았습니다. 빛무리는 반짝거리지만 날씨는 여간 추운 게 아니라서 달리는 내내 발가락이 좀 아팠던 것도 배달이 늦어진 이유죠. 그래도 어쨌거나 오늘도 무사히 신문 배달을 끝냈습니다.

 신문을 모두 돌리고 나니 어느새 진이에게 저녁 해줄 시간이 다 되어가네요. 저는 새벽과 저녁에 보급소에서 신문을 타다가 주변에 있는 아파트와 주택들에 신문을 배달합니다. 새벽에는 저녁보다도 배달 부수가 더 많습니다. 처음 배달을 할 때는 꽤 오랜 시간이 걸렸지만 이제는 속도가 붙어서 광고 전단지를 끼우고 신문을 배달하기까지 금방이면 됩니다. 그러니까 아침엔 5시에만 일어나면 신문 배달을 마치고 등교 시간에 맞춰 학교에 도착할 수 있죠.

 요즘은 방학이라 학교에 가지 않습니다. 그래서 좋은 점도 있고 아주아주 안 좋은 점도 있습니다. 우선은 방학이니까 학교에 안 나가도 되고 아침부터 존다고 선생님한테 혼나지 않아서 좋습니다. 겨울 점퍼가 얇다고 놀려대는 심술꾸러기들을 안 만나는 것도 좋은 일입니다. 또 좋은 점은 진이를 업고 낑낑대지 않아도 된다는 것입니다. 다리가 아파서 걷지 못하는 동생 진이는 제가 없이는 학교에 갈 수가 없습니다. 진이를 업고 학교까지 다니는 건 좀 고된 일입니다. 우리 집은 산처럼 꺾어 올라가야 하는 달동네에 있어서 진이를 업고 오르락내리락하기가 여간 힘들지 않습니다. 휠체어를 사거나 빌릴 돈도 없지만, 사실 우리 동네에는 휠체어가 올라갈 수 없어서 있었더라도 진이를 업고 다녔을 겁니다. 제 동생 진이를 업고 멀리 떨어져 있는 학교까지 낑낑내며 가는 건 참 힘든 일입니다. 진이를 업는 건 일도 아니지만 제 거랑 진이 거랑 가방 두 개에 신발주머니까지 들고 다니자면 사실 학교에 도착했을 때, 그리고 집에 돌아왔을 때 모두 머리가 핑 돌거든요.

그렇게 힘든 점은 있어도 학교에 다니는 게 훨씬 좋은 점이 많습니다. 제일 좋은 건 바로 점심을 안 굶는단 거죠. 우리 학교는 점심은 푸짐한 무료 급식이니까요. 그래서 방학 전에 학교에 가면 진이랑 저는 점심을 두 번씩 타 먹곤 했어요. 아침은 아예 먹은 적이 없고 저녁도 굶는 날이 많아서 점심을 두 그릇씩 먹어두면 아주 든든하거든요.

하지만 방학이 되면 학교 급식을 먹을 수가 없습니다. 돌봄교실이 있는 학교는 급식을 준다던데 우리 학교는 방학 때가 되면 급식실이 닫히고 말거든요. 그래서 방학을 하면 먹을 걱정이 많아집니다. 쌀도 평소보다 너무 많이 들고 반찬도 만날 걱정해야 하고……. 할머니가 살아 계실 때는 몰랐는데 '목구멍이 포도청이다. 먹는 입이 젤로 무섭다'고 말씀하시던 걸 이제는 이해하게 되었어요. 정말 하루 한 끼나 두 끼만 먹는데도 어떻게 이렇게 쌀이 쑥쑥 줄고 돈이 쑥쑥 사라지는지 기가 막힐 지경이라니까요. 정말이지 돈 생각만 하면 어서 빨리 개학했으면 좋겠어요.

신문을 전부 돌린 저는 영업소에 잠시 들렀습니다.

온통 신문이 여기저기에 쌓여 있고 컬러와 흑백 전단지가 신문에 끼워지기를 기다리며 높이높이 쌓여 있는 곳……. 시커먼 시멘트가 우중충하게 드러나 있는 작은 사무실이 바로 우리 영업소예요. 조금 지저분하고 작긴 하지만, 그래도 우리 영업소는 이 근방의 동구하고 서구까지 다 관할하는 곳이랍니다. 요즘은 신문 보는 사람이 많이 줄어서 영업소마다 담당하는 구역이 훨씬 늘어났다고 아저씨들이 걱정을 많이 한답니다.

저는 이곳에서 매일 새벽과 저녁에 신문을 타서 구역을 돌게 되지요. 어쨌든 요즘 영업소 소장님은 신문을 돌려서는 돈을 벌 수가 없다고 자주 말씀하십니다. 그나마 영업소가 유지되는 건 동네 상권에서 돌리는 전단지 덕분입니다. 광고 전단지를 끼워 넣지 않으면 수입이 없는 거나 마찬가지라네요. 몇 장 남지 않은 신문 뭉치를 들고 들어오니 영업소 소장님이 철제 책상 앞에 앉아 있었습니다. 앞에 두꺼운 수첩과 계산기가 있는 걸 보니까 이번 달 손익계산을 하고 계셨던 모양입니다.

"오늘은 좀 늦은 거 같네?"
"네, 조금 늦었어요. 크리스마스이브라 거리에 사람이 많아서요."
저는 남은 신문을 구석에 쌓아놓으며 지저분하게 널려 있던 전단지를 정리했습니다. 영업소에는 늘 종이 뭉치가 어지럽게 널려 있습니다. 신문이나 전단지가 이리저리 굴러다녀서 지저분한데도 시커먼 남자들뿐이라 치우는 사람이 없었습니다.

소장님이 그런 저를 멀거니 바라보았습니다. 우리 소장님은 마흔이 다 되어가는데도 아직 총각입니다. 게다가 대머리여서 형들하고 저하고 대머리 총각이라고 가끔 놀리곤 하죠. 소장님은 항상 올해 안에 장가간다고 말씀하시지만 늘 헛된 약속이 되어버립니다. 아아, 그러고 보니 올해도 이제 다 끝나가는데……. 이번 연도에도 또 공약을 지키지 못하겠네요.

대머리 총각 소장님은 참 좋은 분입니다. 비록 결혼을 못해서 혼자 지내긴 하지만 잔정이 많아서 저를 굉장히 챙겨줍니다. 할머니가 돌아가시고 진이랑 저랑 둘이 남은 것을 안 뒤로는 더욱 절 보살펴주려고 애를 씁니다. 하지만 노총각이 챙기긴 누굴 챙기겠습니까. 그래도 소장님이 다른 형들이나 아저씨보다 저를 아끼고 배려해주신다는 걸 저는 잘 알고 있습니다. 사실 오늘도 그랬습니다. 소장님은 방에서 슬며시 나오더니 바지 뒤춤에서 만 원짜리 한 장을 꺼내어 제 호주머니에 푹 쑤셔 넣어주었습니다.

"찬이야, 내일이 크리스마슨데…… 이걸로 동생 과자나 사줘라."

"어! 가, 감사해요, 소장님!"

세상에! 전혀 생각지도 못한 돈을 받자 저는 너무 놀라서 두 눈이 동그래졌습니다. 소장님도 매일매일 줄어가는 신문 부수에 신문 값을 떼먹는 사람도 많아서 돈을 못 버는 것을 뻔히 아는데……. 그래서 장가도 못 가고 있는 걸 훤히 아는데……. 너무너무 죄송스러운 마음이었지만 사실 너무너무 기뻤습니다.

이렇게 기대치도 않은 공돈 만 원이 생기다니……. 하아, 오늘은 정말 운이 좋은 날입니다!

"고, 고맙습니다, 소장님! 우리 진이…… 맛난 거 사줄게요!"

"그래. 그래라. 오늘은 어서 빨리 집에 가봐라."

"네엣! 안녕히 계세요!"

전 소장님께 꾸벅 인사하고는 날듯이 달렸습니다.

아아, 정말 하늘을 날아갈 것 같았습니다. 다행이에요! 정말 다행이에요! 그렇잖아도 오늘 아침에 쌀도 다 떨어지고 반찬도 하나 남질 않아서 걱정했거든요. 실은 며칠 전 진이가 갑자기 아파서 병원에 데려갔거든요. 진찰비와 약값으로 비상금까지 탈탈 털고 나니까 정말 한 푼도 남질 않았답니다. 이달 말일까지 5일 정도밖에 남지 않았지만 그 5일 동안 어떻게 사나 사실 앞이 깜깜했는데…… 정말 행복합니다!

"헤헤헤, 치잇!"

하지만 저는 괜스레 벙긋벙긋 웃다가 일순 화난 것처럼 얼굴을 구겨보았습니다. 제가 언제부터 이렇게 계집아이처럼 살림 걱정을 하고 반찬 걱정을 했던가 싶어 괜스레 마음 한구석이 어두워졌기 때문입니다. 후우, 할머니가 계셨으면 제가 이렇게 살림까지 맡아 하진 않았을 텐데…….

문득 할머니 생각이 났습니다.

진이와 저에겐 할머니가 계셨습니다. 할머니와 저, 그리고 진이, 이렇게 셋이 지금 살고 있는 산동네의 작은 방 한 칸에서 함께 살았지요. 할머니가 살아 계셨을 때는 애들이 옷에서 노인네 냄새가 난다면서 놀리고, 학교 주변에서 폐지 줍는 할머니를 보면 그게 괜히 창피해서 할머니가 밉기도 했는데……. 지금 생각하니 저는 참 이기적이고 멍청한 아이였어요. 작년, 할머니가 교통사고로 돌아가시기 전까지 저는 할머니가 우리 둘에게 얼마나 소중한 분인지를 하나도 모르고 살았답니다. 바보처럼 말이지요!

진이 앞에선 말할 수 없지만, 사실 요즘 저는 참 힘이 듭니다. 할머니가 돌아가신 후로 말할 수 없이 힘들어진 것 같아요. 재작년만 해도…… 크리스마스가 되면 신문 보는 아주머니들이 제게 양말이나 장갑을 주시기도 하고, 새벽에는 아파트 현관문 앞에 '수고해요'라는 쪽지와 함께 우유랑 빵이 들어 있기도 했는데……. 올해는 그렇게 해주시는 분이 한 분도 없더라고요. 그렇게 선물 받은 장갑이랑 양말을 지난 일 년간 참 잘 끼고 신었는데 올해는 생돈을 들여 사야 할지도 모른다고 생각하니 참 눈앞이 캄캄하지 뭐예요.

뭐, 다들 살기가 힘드니까 그렇겠지요. 저도 그 맘 다 이해해요.

저는 소장님이 주신 돈으로 우선 쌀을 사기로 했어요. 저는 이 동네에서 쌀이 제일 싼 구판장에 들어갔습니다. 구판장은 백화점처럼 화려하진 않지만, 구석구석에 물건을 쌓아놓아서 정말 없는 게 없는 만물상점이랍니다. 게다가 쌀뿐만 아니라 다른 것들도 주변에 있는 슈퍼보다 훨씬 싸지요.

저는 구판장에 들어가 쌀이 층층이 쌓여 있는 곳으로 다가갔습니다. 그리고 붙어 있는 쌀값을 들여다보았죠. 그러고는 입이 쩌억 하고 벌어지는 걸 막을 수가 없었습니다.

'으악! 세상에! 3킬로짜리가 이렇게 비싸다고?'

입이 다물어지지 않았어요. 그제야 지난달에 공짜로 얻은 보조쌀 10킬로그램을 옆집 아주머니한테 3킬로 값만 받고 팔아버린

게 생각났습니다. 진이 약값이 부족해서 어쩔 수 없이 쌀을 좀 팔아달라고 사정했거든요. 하지만, 쳇! 지금 생각해보니 진짜 완전 손해를 봤네요!

전 할 수 없이 제일 작게 포장된 쌀 한 봉지를 샀습니다. 이걸로 어떻게든 오랫동안 버텨야 합니다. 아아, 정말 슬프네요. 우리 보급소의 신문 부수는 만날 떨어져서 월급도 줄인다고 하는데, 이놈의 쌀값이랑 반찬값은 하루가 멀다 하고 두 배씩 뛰는 거 같네요.

"으아!"

전 쌀 봉지를 계산대로 가져가다가 갑자기 발걸음을 멈추고 말았습니다. 새빨간 불빛 아래 먹음직스러운 고기가 늘어서 있는 정육 코너 앞에서 말이죠. 그러고 보니 어제 뒷집에서 고기 냄새가 났습니다. 어젠 쌀이 똑 떨어져서 진이랑 저는 조금 남은 쌀로 죽을 쑤어 먹었어요. 근데 저희가 묽은 죽을 나눠 먹고 있을 때 어디선가 솔솔 고기 굽는 냄새가 났답니다. 아마도 뒷집에서 나는 고기 냄새 같았어요. 휴우, 사실 그때 고기가 얼마나 먹고 싶던지! 죽을 먹고 나서도 솔솔 풍겨오는 고기 냄새 때문에 일찍 잠자리에 누운 진이나 저의 배에선 꼬르륵 소리가 나고 아주 난리도 아니었답니다.

말은 안 했지만 진이 녀석…… 그 어린 게 얼마나 고기가 먹고 싶었을까요? 배에서 나는 꼬르륵 소리를 감추려고 자꾸만 이리저리 뒤척이던 진이 녀석이 생각났습니다.

"뭐 사려고? 삼겹살 줄까?"

물어보지도 않았는데 정육 코너 아주머니가 말을 걸었습니다. 그 순간 저는 너무 부끄러워서 계산대 쪽으로 쪼르르 달려갔죠. 그런데, 으음…… 왜 자꾸 저쪽으로 고개가 돌아가는 걸까요? 왜 자꾸 어제 침울한 얼굴로 죽을 떠먹던 진이 녀석이 생각나는 걸까요? 왜 자꾸만 잠을 못 이루고 뒤척거리던 그 녀석의 배에서 꼬르륵 소리가 나던 게 떠오르는 걸까요?

"저, 저기, 아주머니! 두 명이…… 애들 두 명이 고기를 먹으려면 얼마큼 사 가야 되나요?"

전 결국 정육 코너 아주머니한테 돌아가고 말았답니다. 그리고 용기를 내어 물어보았지요.

"어른은 안 먹고?"

"네. 집엔 동생이랑 저밖에 없거든요. 할머니도 돌아가셔서…… 부모님은 안 계시고요. 그래서 동생이랑 둘이서 먹을 거예요."

"으음. 알았다."

아주머니는 한동안 저를 물끄러미 바라보았습니다. 저는 그 앞에서 마치 죄를 지은 사람처럼 고개를 수그렸어요. 어쩐지 부끄러운 것도 같고, 돈이 없는 걸 들킨 건가 싶기도 하고……. 고작 만 원으로는 아무래도 쌀에 고기까지 살 수는 없겠지, 후회가 밀려왔습니다.

하지만 이내 아주머니께서 고개를 끄덕이더니 고기 몇 점을 저울에 올려놓았어요. 그러자 저울 위의 숫자가 올라갔답니다. 돼지고기 한 덩이가 올라가고 저울의 숫자가 커질 때마다 전 심장이 콩닥콩닥 뛰는 걸 느꼈어요. 어찌나 심장이 콩닥거리는지 혹시 누구한테 들키는 건 아닐까, 제가 고기를 사는 게 처음인 걸 들키는 건 아닐까 창피하고 무서웠어요.

 사실 전 고기를 사는 게 처음이에요. 다른 건 다 가격표가 붙어 있는데 고기는 그렇지 않아서 불안했어요. 게다가 비싸기도 좀 비싸야 말이죠. 아아, 정말 무지하게 떨리네요! 혹시 돈이 모자라면 어떡하죠? 그러면 다시 내려놓고 가도 되는 걸까요? 돈도 없으면서 고기를 사러 왔다고 혼나면 어떡하죠? 아아, 아주머니 제발 조금만 주세요. 한 덩이도 너무 많은 것 같아요. 저 사실 돈이 없어요. 쌀 사고 나면 5,000원밖에 없어요. 죄송해요. 이 돈으로 살 수 없다는 걸 몰랐어요. 제발 그냥 물러주세요. 온갖 걱정의 말이 가슴속에서 되풀이되었답니다.

 "얘, 이건 3,000원어치야. 이 정도면 애들 둘이 먹을 수 있을 거다."

 에? 순간 저는 깜짝 놀랐습니다. 다행입니다! 쌀 사고 남은 돈으로 살 수 있군요! 신나서 방긋 웃는데 아주머니가 마주 보며 웃어줍니다. 순간 아주머니 앞으로 저울이 보였습니다. 한쪽에는 킬로그램이 적혀 있고 다른 한쪽에는 몇 원이라고 적힌 것을 보니 가격을 보여주는 것 같았습니다. 그런데 제가 잘못 본 걸까요? 가격 표시에 1만 3,000 얼마라고 적혀 있는 것 같은데 아주머니는 제게 3,000원이라고 하시네요. 조금 고개가 갸우뚱하긴 했지만 하여간 고기를 살 수 있다는 기쁨에 겨워 이상하다는 생각을 못했습니다. 아주머니는 가격표를 붙여주고 제게 건네주려다가 진열해놓은 고기 몇 점을 더 얹어주었습니다.

"이건 서비스야! 네가 착해 보여서 주는 거니까 동생이랑 잘 먹어야 된다!"

우와, 아주머니 정말 감사합니다! 저는 너무나도 좋아서 하늘을 날 것 같았습니다. 까만 봉지에 묵직하게 담긴 고기를 받자 진짜 어찌나 좋은지 춤을 추라고 해도 출 수 있을 것 같았습니다. 기쁘면서도 죄송스러웠습니다. 고백하자면 사실 전 하나도 안 착해요, 아주머니. 학교에선 만날 꾸벅꾸벅 졸아서 선생님한테 혼나고……. 청소 시간에는 땡땡이치고 신문 배달을 하러 가다가 잡혀서 혼난 적도 많아요. 우리 진이가 무겁다고 속으로 투덜거리면서 괜히 성을 낸 적도 많아요. 전 진짜 안 착해요. 그런데도 아주머니 눈에는 제가 착해 보였나 봅니다.

하지만 저도 뭐 할 말이 없는 건 아녜요. 새벽 4시 반에 일어나 신문을 돌리고 집에 들러 진이를 업고 학교까지 오면 얼마나 기운이 빠지는지 몰라요. 아침부터 책상 앞에 앉으면 얼마나 졸음이 쏟아지는데요! 학교에서 돌아올 때도 마찬가지예요. 진이를 집에 내려놓은 다음 신문 배달을 하러 가려면 시간이 좀 모자라거든요. 그러니까 청소를 땡땡이칠 수밖에 없는 거예요.

하지만 선생님 앞에선 이런 얘기 안 해요. 애들이 다 알아버릴 것 같아서 창피하기도 하고…… 또 그냥 그 앞에 가면 입이 얼어

붙거든요. 헤헤, 저 정말 바보 같죠?

계산대 앞에 줄을 서서 쌀하고 고기를 계산하고 나니까 파란색 만 원짜리가 금세 없어지고 겨우 1,000원짜리 두 장만 남았습니다. 아이고, 아까워라! 별로 산 것도 없는데 돈이 너무 쉽게 없어지네요. 흑! 하지만 그래도 신이 납니다. 할머니가 돌아가신 이후로 우리끼리 고기를 구워 먹는 건 처음이 될 테니까요!

헤헤, 고기를 샀습니다, 고기를! 헤헤, 너무너무 좋아서 막 노래가 나오려고 그랬습니다. 아아, 어서 집에 가서 삼겹살을 구워 먹어야겠어요! 진이도 보면 무지 놀랄 거예요. 아아, 얼마나 좋아할까요, 그 녀석이!

"앗!"

전 구판장의 문을 빠져나오다가 하마터면 계단에서 구를 뻔했습니다. 어떤 아주머니의 뒷모습 때문이었답니다.

막 구판장을 빠져나오려는데 그 앞에 알록달록한 장갑을 파는 아주머니가 보였어요. 전 유심히 아주머니를 쳐다보았죠. 왜냐면 우리 엄마랑 뒷모습이 너무너무 닮은 아주머니였거든요. 진이를 낳고 아버지가 돌아가신 후에 집을 나가버린 우리 엄마……. 사실은 저도 엄마 얼굴이 잘 기억나진 않지만 어쩐지 이상하게 머릿속에 엄마의 뒷모습만은 또렷하게 남아 있답니다. 그런데 장갑을 파는 아주머니의 뒷모습이 바로 제 기억 속에 남아 있는 우리 엄마의 뒷모습이랑 너무너무 닮아 있었어요.

혹시나…… 아아, 설마 그럴 리는 없겠지만…… 혹시나, 우리 엄마…… 일까요?

"장갑 사려고?"

제가 엄마인가 아닌가 쭈뼛거리며 아주머니를 유심히 쳐다보는데 갑자기 아주머니가 제 쪽으로 얼굴을 돌렸어요. 으앗! 심장이 멈춰버리는 줄 알았네! 얼굴을 보니…… 아아, 역시! 우리 엄마는 아니군요. 우웩! 우리 엄마보다 백배는 못생긴 아주머니네요! 에이, 저런 아주머니를 보고 엄만 줄 착각하다니 나도 참!

저는 괜스레 속이 상했습니다. 저렇게 못생긴 아주머니를 엄마로 착각하다니 제가 너무 멍청하고 한심하게 느껴졌어요. 하지만, 하지만요……. 저 못생긴 아주머니는 울 엄마보다 백배 못생기긴 했지만…… 그래도 울 엄마처럼 애들을 내버려두고 도망가진 않았을 거예요. 아마도…… 그렇겠지요…….

"얘, 이 장갑 원래 5,000원짜린데 지금 회사가 부도나서 1,000원에 파는 거야. 한번 보고 가! 넌 손이 꺼칠해서 장갑 하나 껴야겠다, 얘!"

저는 얼떨결에 아주머니가 파는 장갑을 보았어요. 노란 상자에 반짝거리는 비닐 봉투에 담긴 형형색색의 장갑들이 있었답니다. 작년 같으면 신문 보는 아주머니들이 하나 주셨을 텐데……. 요즘엔 다들 사는 게 힘이 드는지 선물이 하나도 없었어요. 전 저도 모르게 노란색하고 빨간색이 섞여 있는 작은 요술장갑 하나를 사고 말았답니다. 이건…… 아주머니가 우리 엄마 뒷모습이랑 닮아서 산 건 아니에요. 이건…… 진이에게 줄 거예요. 제가 태어나서 처음으로 진이에게 주는 선물로 말이지요!

가끔 우리 집 연탄보일러가 꺼지면…… 자주는 아니고 가끔 그런 일이 있거든요. 제가 깜빡 중간에 일어나지 못해서 연탄을 못 갈았을 때, 아니면 비가 와서 연탄이 눅눅해졌을 때 가끔 보일러가 꺼진답니다. 그럴 때면 진이는 손하고 발이 무지 차가워져요. 진이의 손은 평소에도 무척 찬데 그땐 얼음장처럼 차가워지죠. 그럴 때 저흰 옷을 모두 껴입고 양말까지 신고 자는데, 진이는 그때마다 손이 제일 시리다고 덜덜 떨었거든요.

저는 1,000원짜리 한 장을 내밀어 진이에게 줄 장갑을 샀어요. 그러고도 시장을 빠져나올 때까지 뒷모습이 엄마와 닮은 노점상 아주머니를 자꾸 뒤돌아보았답니다.

어쩐지 누군가가 몹시 보고 싶은 날이네요. 가난해도 좋고, 못생겨도 좋아요. 그냥, 엄마를 한 번 보고 싶어요. 만나고 싶어요. 그냥, 아무 이유 없이 얼굴을 한 번 봤으면 좋겠어요. 진이가 이런 말을 하면 저는 아주 호되게 야단을 치는데……. 참 못된 형이지요? 아아, 정말 반성합니다. 반성한다고요!

2

오늘은 정말 신나는 날이네요. 소장님께 배춧잎도 한 장 받고, 그걸로 쌀에다 고기랑 진이 선물까지 샀으니까요! 아아…… 정말 날아갈 것처럼 기분이 좋습니다.

그래서 전 막 뛰었어요. 비닐봉지도 뱅뱅 돌리면서 아주 신이 났지요. 봉지에 든 고기를 가지고 얼른 집에 가서 진이랑 구워 먹어야지! 헤헤헤, 고기 봉지를 보면 진이가 무지 놀라겠죠? 고기를 보고도 놀랄 텐데, 장갑 선물까지 주면……. 우와! 아마 그 녀석은 뒤로 넘어갈 거예요. 총싸움 놀이 할 때 죽은 사람 역할을 하는 것처럼 말예요. 뒤로 쿠당탕 하고 말이에요. 히히히.

저는 정말 세상에 태어나 기분이 제일 좋은 것 같았어요. 너무 너무 신이 나서 콧노래를 부르며 신나게 달리는데…… 막 달리는데…… 그렇게 막 웃으면서 뛰는데…….

끼이이익!

"으아악!"

저는 갑자기 건널목에서 주저앉고 말았어요.

새까만 커다란 차였어요. 새까맣고 아주아주 커다란 차가 갑자기 제 앞으로 튀어나온 거였어요. 전 차 앞에서 꽈당 하고 넘어지면서 그만 손에 들고 있던 봉지를 놓치고 말았어요. 그런데 차는 제가 있는지 없는지도 몰랐나 봅니다. 그냥 쌩하고 사라져버리더라고요. 전 너무 놀라서 철퍼덕 주저앉았어요. 정말 바보처럼 그냥 그 자리에서 움직일 수가 없었어요. 그렇게 앉아 있던 제가 정신을 차린 건 커다란 누런 개가 진이와 함께 먹을 소중한 고기와 쌀, 그리고 장갑이 들어 있는 까만 비닐봉지를 물었을 때였어요.

"으악, 안 돼! 내놔아!"

제가 소리를 지르며 봉지를 뺏으려 하자 그 누런 개는 갑자기 무지 빨리 뛰기 시작했어요. 물론 저도 그 녀석을 쫓아 있는 힘껏 달렸죠. 태어나서 이렇게 빨리 뛰어본 건 처음이었어요. 전 정말 아무 생각 없이 까만 봉지와 누런 개만 보고 있는 힘껏 뛰었어요. 젖 먹던 힘까지 다 짜내어 뛰었는데……. 아아, 그런데도 그놈의 개를 놓치고 말았답니다. 이 동네는 사방이 굽이굽이 골목골목 좁게 이어져 있어서 그놈의 개새끼가 어디로 들어가 사라졌는지 알 수가 없었어요.

아아, 눈물이 나려고 했어요. 너무 속이 상했어요. 너무 아깝고 너무 소중한 걸 잃어버려서 전 정말 엉엉 울고 싶었어요. 하지만 전 참았어요. 전 남자니까! 전 절대로 그놈의 누런 개를, 그놈이 물고 간 제 소중한 것들을 찾고야 말겠다고 결심했어요. 그리고 저는 한참 동안 그 동네를 누비고 다녔답니다. 계속, 계속 몇 바퀴나 돌았어요. 봉지를 찾기 전에는 아무 데도 가지 않을 거라는 생각을 하면서 말이에요.

"우와아! 너, 이 자식!"

히야, 역시……. 음, 노력하면 성공한다던가? 하늘은 스스로 돕는 사람을 돕는다나, 뭐 그런 말 있죠? 여하튼 저는 해내고야 말았어요! 벌써 세 번째 골목골목을 돌아다니며 샅샅이 뒤지던 끝에 저는 제 까만 봉지를 찾을 수 있었어요. 이미 누런 개는 사라졌지만…… 제가 가지고 있던 그 봉지가 틀림없었어요!

저는 즉시 힘껏 달려갔어요. 그러고는 좁은 골목에 외롭게 떨어져 있는 까만 봉지를 주워 올렸답니다. 앗! 묵직한 느낌이 나는군요.

"쌀이닷!"

다행입니다. 저는 까만 봉지 안에 들어 있던 봉지쌀을 확인할 수 있었어요.

"쌀은 그대로 있고, 그리고……."

이번에는 또 다른 까만 봉지를 열어보았습니다. 반투명한 비닐에 감싸고 다시 까만 봉지에 넣은 고기를 말입니다.

"으아악!"

그 순간 저는 머리를 감싸고 털썩 주저앉고 말았습니다.

아아, 고기는…… 고기는! 고기를 넣었던 봉지는 갈가리 찢겨져 있었습니다. 아주 갈래갈래 말이에요. 어쩌면 이럴 수가 있는지! 우리 진이에게 구워주려고 큰마음 먹고 산 고기가…… 세상에, 하나도…… 단 한 점도 남아 있지 않았습니다.

"안 돼! 안 돼!"

갑자기 눈물이 핑 돌았어요.

억울했어요. 그건 우리 진이 줄 건데……. 그 고기는 내일이 크리스마스라서 정말 큰맘 먹고 산 건데……. 진이랑 처음으로 구워 먹으려고 산 건데……. 진이랑…… 진이랑 둘이서…….

아아, 갈기갈기 찢어진 고기 봉지처럼 제 마음이 다 찢어져버린 것 같았어요.

"으흐흑! 으아아아……."

눈물이 막 나오려고 해요. 사내아이는 우는 게 아닌데. 할머니가 절대로 울지 말라고 하셨는데……. 엄마가 우리를 버리고 도망간 그때, 이젠 네가 가장이니까 절대로 울지 말라고 그러셨는데. 울면 안 되는데……. 그래야 되는 걸 잘 아는데……. 저도 울고 싶진 않은데 너무너무 속상해서 눈알이 빨개지는 걸 어쩔 수가 없었어요.

"으흑, 젠장!"

저는 입고 있던 검은색 겨울 점퍼로 눈가를 쓰윽 닦았어요. 신문을 돌리는 동안 잉크 가루가 많이 묻어서 제 옷은 항상 검은색이죠. 늘 검은색 점퍼라 잘 모르겠지만 점퍼 가득 검은 인쇄 가루가 묻어 있곤 하죠. 지금 눈물을 소매로 비볐으니 아마 거울을 보면 눈가가 까맣게 물들어 있을 거예요. 하지만 지금은 그게 문제가 아니었어요. 속상해요! 그놈의 까만 차…… 그놈의 개새끼……. 다 미워, 다 원망스러워요!

"으으, 으흐흐흑!"

마저 흘러나오는 눈물을 쓰윽 닦는데 그 순간 제 머릿속에서 뭔가가 번쩍하고 불을 뿜는 것 같았어요.

"아, 장갑……!"

맞아요, 아까 샀던 1,000원짜리 요술장갑…… 빨간색과 노란색으로 알록달록 예쁜 장갑……. 제가 태어나 처음으로 진이에게 전해줄 선물이 있었지요! 아아, 설마 그놈의 개새끼가 장갑을 먹지는 않았겠죠?

저는 다시 쌀이 들어 있던 까만 봉지 안쪽을 뒤졌습니다.

"다행이다……."

정말 다행입니다. 봉지 안에는 제가 진이를 위해 산 그 요술장갑이 고스란히 들어 있었습니다.

"어엇?"

장갑을 들어올리며 즐거워하다가 요술장갑이 아까 그대로는 아니라는 걸 알아챘습니다. 어라, 장갑을 담았던 투명한 비닐이 뜯어져 있네요? 그놈의 개새끼가 먹을 것인 줄 알고 봉지를 뜯은 걸까요? 전 끝부분이 벗겨진 장갑의 비닐을 뜯었습니다. 진이 손에 껴줘야 하지만 제가 먼저 장갑에 손을 넣어보았습니다. 우리 진이에게 주기 위해 생전 처음 산 선물. 알록달록한 요술장갑 두 짝이 마술처럼 늘어났습니다.

"엇, 안 돼!"

아아, 어쩌면 저는 이렇게도 운이 없을까요! 아아, 누런 개가 물어뜯은 게 틀림없는 찢어진 비닐 바로 안쪽에 있던 장갑의 엄지손가락 부분이 뻐엉 뚫린 게 아니겠어요?

"이게 뭐야, 이게 뭐야! 이게 뭐야아! 으흐흐흑!"

아아, 눈물이 찔끔 흘러내렸습니다. 제가 생전 처음 산 진이의 선물이 못쓰게 된 걸 보고는 속이 상하고 모든 게 원망스러워서 정말 일어날 기운도 없었습니다.

"이게 뭐야! 이게 뭐냔 말이야!"

아아, 좀 전까지 날아갈 것만 같았던 기분은 완전히 엉망진창이 되고 말았습니다. 소장님이 주신 돈으로 소중히 산 모든 것이 어쩜 이렇게 엉망이 되어버릴 수가 있는지요! 진이를 위해 샀던 삼겹살은 사라졌고, 진이를 위해 샀던 장갑도 찢어지고 말았습니다!

"이 바보, 이 바보야! 왜 봉지를 놓았어! 붙잡고 있었어야지! 차에 치여도 그건 놓지 말았어야지, 이 바보야! 이 멍청아! 으흐흐흑!"

저는 너무 속상하고 분해서 일어나지도 못했습니다. 창피하게도 울음이 우왕 하고 터져 나왔습니다. 다행히도 이 동네는 우리 학교나 집과 떨어진 곳입니다. 이렇게 비참하게 울고 있는 걸 누군가에게 들키지는 않겠지요.

"이게 뭐야! 이게 뭐냔 말야!"

아아, 저란 놈은 어쩌면 이렇게도 운이 없는 걸까요! 그래서 울 엄마도 저랑 진이를 버리고 떠나버린 걸까요? 그래서 울 할머니도 저 먼 하늘로 가버린 걸까요? 우리 진이가 다리를 못 쓰게 된 것도 다 제 불행 때문인 걸까요?

"어헝, 어허어엉!"

저는 모든 게 제 탓인 것만 같아 울고 또 울었습니다.

3

겨우 되찾은 쌀 봉지와 찢어진 장갑을 들고 터벅터벅 집을 향해 걸어갔습니다. 세상에 밝고 환하기만 하던 불빛도 어찌나 보기 싫던지……. 우리 할머니가 늘 사람 마음은 참 간사한 거라고 하더니 정말 그렇습니다. 아까 신문을 다 돌릴 때만 해도 참 예쁘고 환하게만 보였던 장식등들이 지금은 너무나 얄밉고 보기 싫네요.

쿵당!

힘이 없어서 빨리 가지도 않았고 덤벙거리지도 않았습니다. 그런데도 길가에 만들어진 작은 빙판에 바보처럼 넘어지고 말았습니다. 저는 또다시 그 말을 곱씹지 않을 수 없었습니다. 나는 참 운이 없는 놈이야. 진짜 운도 지지리 없는 놈! 행운 따위가 다가와도 다 도망가버리는 거지 같은 인생이야!

"으흑!"

겨우 손바닥만 한 빙판에서 넘어지는 스스로를 보며 기도 차지 않았습니다. 이 바보, 이 바보야! 저는 마음속으로 저를 향해 있는 힘껏 욕을 했습니다. 그러자 일어날 기운도 없어지고 일어나기도 싫어지고 말았습니다. 차가운 땅과 맞닿은 두 다리는 꽁꽁 얼어버릴 것만 같았지만 그래도 일어날 수가 없었습니다. 바보 같은 제 처지가 원망스러워서 다시 눈물을 흘리고 말았습니다.

'진이가 기다릴 텐데……. 그 바보가 배고파할 텐데……. 으흑! 그 바보, 나만 기다리고 있을 텐데…….'

걱정되었습니다. 방 안에 혼자 앉아 저를 기다릴 진이가 생각났습니다. 처음엔 불쌍한 진이 때문에 훌쩍훌쩍 눈물이 났습니다. 하지만 점점 더 시간이 지나자 마음이 달라졌습니다. 제가 이렇게 된 게 다 진이 때문이라는 생각이 들었습니다. 괜히 죄 없는 그 녀석이 원망스러웠습니다.

'생각해보면 이게 모두 다 진이 때문이야! 다 진이 때문이라고! 진이가 아프지만 않았어도 이렇게 쌀이 모자라는 일도 없었을 테고……. 그리고 진이 그 녀석이 어젯밤에 그렇게 꼬르륵거리지만 않았어도 고기를 사지는 않았을 텐데! 그 녀석 병원비 때문에 비상금도 한 푼 안 남고 이게 뭐람! 그 녀석 병원비 때문에…….'

원망을 시작하자 한도 끝도 없었습니다. 맘에도 없는 생각들까지 다 일어나 제 머릿속을 채워갔습니다.

'진이는 만날 앉아서 냉큼냉큼 받아먹기만 하고 내 등에 업히기만 하면 되지만……. 난 이게 뭐야? 난 매일 그 녀석을 업고 다녀야지, 새벽이며 밤이며 매일 신문 배달로 돈을 벌어야지! 그런데도 밥까지 지어 그 녀석을 먹여야 되지, 밤마다 연탄 가는 것도 다 내가 해야지. 도대체 나만 뭐야! 도대체 나만 이게 뭐냐고! 나도 아직 어린아이라고! 내가 왜 가장이야? 내가 왜 진이 때문에 이렇게 살아야 해? 난 이게 뭐야! 난 이게 뭐냐고! 으흐흑!'

전 일어설 수가 없었어요. 사람들이 쳐다보건 말건 빙판길에서 일어나지 않고 그냥 엉엉 울고 싶었어요. 세상 모두 게 원망스러웠어요. 생각할수록 제 처지가 너무너무 비참해서 속이 상했어요.

"일어나, 형. 형이 넘어진 건 형 동생 때문이 아니잖아? 형이 잘못한 거지."

누군가가 저에게 말을 걸었어요. 전 깜짝 놀랐어요. 눈물을 닦고 올려다보니 저보다 조금 더 어려 보이는 남자아이가 제게 손을 내밀고 있었어요. 얼굴은 진이처럼 귀엽게 생겼지만 차림새는 조금 이상했어요. 보통 아이들과 달리 하얀 한복을 입고 있었어요.

처음엔 갑자기 나타나 말을 거는 바람에 잘 몰랐는데 생각해보니까 정말 이상했어요. 남자아이가 우리 진이를 어떻게 알고 동생이니 뭐니 이야기를 하는 걸까요? 참 이상하지 않나요?

"못 일어나겠어? 어디 다친 거니?"

남자아이를 보느라 몰랐는데, 조금 더 얼굴을 들어보니까 흰 한복 차림의 남자아이 뒤에 무지 긴 머리를 땋아 내린 누나가 있었어요. 누나는 꼭 스님들이 입는 것 같은 회색 옷을 입고 있었는데, 속눈썹도 무지 길고 얼굴도 아주 예뻤어요. 그리고 그 누나 옆에는 머리가 한 올도 없는 진짜 스님이 저를 보고 있었답니다.

"형, 어디 다친 건 아니지요?"

"얘, 많이 아프니?"

남자아이가 절 살펴보자 회색 승복을 입은 누나가 제 옆에 쪼그리고 앉았어요. 누나는 벙벙한 회색 옷이 바닥에 깔리는데도 아랑곳없이 제 옆에 가까이 다가와 앉았어요.

"얘, 손을 이리 내보렴."

누나는 갑자기 무릎을 꿇고 앉아 두 손으로 제 손을 꼬옥 쥐었어요.

"뭐, 뭐하는 거예요!"

저는 순간 겁이 나서 버럭 소리를 질렀어요. 하지만 누나는 제 손을 잡고 놔주지 않았어요.

"세상에, 잘못 넘어졌구나. 으음. 손목이 시큰하네. 단단히 삔 모양이야. 혹시 여기서 넘어지기 전에 어디 세게 부딪혔니? 다리도 쓰리고 아프구나."

어어, 어라아? 저는 두 눈이 크게 떠졌어요. 도대체 이 누나는 누구죠? 대체 이 누나가 무슨 말을 하는 건가요? 어떻게…… 어떻게 이 누나는 제가 아픈 곳을 정확히 말하는 걸까요?

사실 아까 누렁이를 찾느라 분한 마음에 신경질이 나서 몰랐는데, 제 앞을 달려갔던 그 검은 차 때문에 처음 넘어졌을 때부터 무릎이랑 손목을 심하게 다쳤던 모양이에요. 그런데 처음 보는 누나가 자세히 살펴보지도 않고 제가 아픈 곳을 속속들이 알다니……. 이 누나는 의사인 걸까요? 별로 의사처럼 보이지는 않는데 말이지요.

"애, 이리 와봐. 저기 놀이터 의자에 좀 앉자! 금방 안 아프게 해줄게."

이상한 사람들이었어요. 누나랑 똑같은 승복을 입은 스님이 저를 번쩍 들고 놀이터로 가는데……. 처음엔 깜짝 놀랐지만 어쩐지 무섭지는 않았어요. 세 명 모두 이상한 옷차림이었지만 어쩐지 나쁜 사람들은 아닐 거란 생각이 들었어요. 왜인지는 모르겠지만, 이유를 말하라면 한마디도 할 수 없지만…… 그냥 그런 막연한 생각이 들었어요.

처음 보는 그 사람들이 하라는 대로 동네 놀이터 벤치에 앉았답니다. 길게 머리를 땋은 누나가 제 손을 꼬옥 잡고는 두 눈을 감앉어요.

"저, 저기…… 뭐하는 거예요?"

제가 어리둥절해서 물어보니 승복을 입은 스님 형이나 하얀 한복을 입은 남자아이 모두 씨익 웃기만 할 뿐, 아무 말도 해주지 않았어요. 그래서 전 별수 없이 그냥 누나랑 손을 잡은 채 가만 앉아 있었어요. 뿌리칠 수도 있었지만 누나가 손을 잡아주는 게 아주 싫지는 않았거든요. 너무 세거나 헐렁하게 붙잡지 않은 누나의 손이 절 불안하게 만들지 않았답니다.

근데 참 이상하죠? 누나는 되게 이상한 사람이었어요. 누나의 손은 너무너무 따뜻하고, 또 아주아주 기분을 좋게 만들었어요. 누군가가 따뜻하게 손을 잡아주는 것도 너무 좋았고 뭔가 손을 통해 뜨거운 기운이 몸 안으로 쑤욱 들어오는 느낌도 싫지 않았어요. 누나 손에서 무언가가 제 손으로 넘어오는 것 같았는데, 그 느낌이 이상하면서도 너무너무 기분 좋았어요. 기분이 좋다 못해 조금은 졸리기도 했죠……. 하여간 무지무지 편안한 느낌이 들었어요.

근데 정말 이상한 것은 그다음이었어요. 그러고 있으니까 이상하게도 욱신거리던 손목이나 깨진 무릎, 그리고 시큰거리던 다리의 통증이 사라졌어요. 누나가 손을 잡은 것만으로 완전히 나아버린 것 같았어요. 마술사인 걸까요? 아니, 엄청 유명한 의사인 걸까요, 이 누나는?

"내일이 크리스마스인데 집에 안 가고 뭐하는 거예요, 형?"

"으, 으응……."

"형네 할머니가 동생이 많이 기다린다고 걱정하시는 걸요?"

눈이 반쯤 감긴 것처럼 나른해진 기분에 휩싸였을 때 옆에 있던 흰 한복 차림의 남자아이가 이상한 말을 지껄였습니다. 옷도 한복을 입고 까만 머리카락을 바가지처럼 동그랗게 자른 조막만 한 녀석이 말이에요.

누나도 이상하지만 저 녀석도 정말 이상합니다. 저 녀석…… 아까부터 동생 얘길 하는데, 제가 동생이 있는 줄 어떻게 알았을까요? 아까 빙판에 넘어졌을 때 제가 중얼거리던 말을 들었을까요? 아니면 우리 진이랑 같은 반 친구인 걸까요? 진이 친구라면 제가 매일 진이를 업고 다니는 걸 보았겠지요. 그런 모습을 보면 다들 제게 '좋은 형'이네, '착한 아이'네, 말들이 많은데 이젠 그 말도 좋게 들리지 않네요. 특히나 오늘처럼 운수가 나쁜 날에는 말이지요. 그래서인지 마음에도 없는 말이 들으란 듯이 나왔습니다. 나 그렇게 착한 애 아냐, 나 아주 비뚤어진 사람이야 하고 보여주고 싶었답니다.

"동생은 무슨! 그런 자식 다 필요 없어! 그 자식 땜에 난 놀지도 못하고. 애들하고 축구도 못하고. 그 자식 땜에 난 하고 싶은 것도 하나 못한단 말이야! 다 진이 그 자식 때문이야! 할머니가 죽은 것도, 엄마가 떠난 것도 다 그 자식 때문이라고!"

말을 하다 보니까 마음속에 화가 일었습니다. 처음에는 여봐란 듯이 내뱉은 말인데 막상 그 말을 하고 나니 정말로 화가 나고 말

앉습니다. 제가 오늘 이렇게 엎어지고 넘어진 것도 다 진이 때문이란 생각이 밀려들었습니다.

생각해보면 진이 때문에 모든 일이 시작되었습니다. 진이가 선천성 질병을 가지고 태어나지 않았다면 우리 아버지가 멀리 외국으로 일하러 가지 않았을지도 모릅니다. 그러면 그 외국 땅에서 죽지 않았을지도 모릅니다. 아버지가 살아 있었다면 엄마도 우리를 버리지 않았을 테고, 우리 할머니도 안 죽었을 겁니다.

제 머릿속에 걷잡을 수 없는 원망이 밀어닥쳤습니다. 눈물 콧물이 뚝뚝 떨어졌습니다.

"진이만 없었으면…… 진이만 없었으면 이렇진 않을 텐데. 진이 업고 병원에 가던 할머니가 교통사고로 그렇게 돌아가시지도 않았을 텐데……. 중동에 갔던 아빠도 건물을 짓다가 떨어져서 죽지 않았을 텐데……. 그랬으면 엄마도 집을 나가진 않았을 거야. 진이만 없었으면…… 진이만 없었으면!"

쿠웅!

그때였어요. 제 머리 꼭대기에 불똥이 떨어진 것은 말이죠. 세상에, 이게 웬일인가요? 저보다 키도 작은 남자아이가 주먹을 불끈 쥐고 제 머리를 쥐어박은 게 아니겠어요? 마치 어른이 어린애를 한 대 쥐어박은 듯한 얼굴 표정을 하고 말이에요. 전 부글부글 화가 치밀어 오르기보다는 조금 당황하고 놀래서 멍하니 움직일 수가 없었답니다.

"이 녀석아, 그런 말 하는 거 아니다! 동생이 없어지면 세상에서 제일 슬퍼할 녀석이 그렇게 말하는 게 어디 있어? 이 녀석, 네가 공기의 소중함을 못 느끼는 것처럼 동생의 소중함을 못 느끼고 있어서 그렇지, 네게 네 동생이 얼마나 소중한 존재인데 그러냐! 이 녀석, 그런 말 하는 거 아니야! 그런 말 하다 벌 받는다! 그런 말은 정말 함부로 하는 거 아니다."

게다가 남자아이의 말투는 어린아이의 것이 아니었어요. 나이 많은 아저씨가 나무라는 것처럼 느껴질 정도로 말투가 참 이상했습니다.

"승덕 오빠 말이 맞아. 그런 말 하는 거 아니야. 속으론 동생을 좋아하잖니. 누구보다도 동생을 아끼고 사랑하잖아, 그렇지?"

제 손을 잡고 있던 누나가 제 눈을 보면서 웃었어요. 예쁜 얼굴이 저를 보고 웃으니까 얼굴이 다 빨개졌어요.

"아냐, 누가 그런 앨 좋아해!"

저는 있는 힘껏 고개를 흔들었어요. 그러자 한복을 입은 아이가 또 제게 말합니다.

"형, 동생이 아픈 건 죄가 아니야. 그런 말 하지 말아요. 형이 이러고 있으니까 할머니가 걱정하시잖아요."

이게 또 어찌 된 일이죠? 좀 전에는 아저씨처럼 말하던 아이가 '형, 형' 하면서 다시 어린아이의 말투로 말을 하네요. 말투가 바뀌는 게 좀 이상하기는 하지만 어쩐지 아주 괴상하다는 생각은 들지 않는 것도 참 요상한 일이네요.

"야, 거짓말하지 마! 난 할머니 없어. 우리 할머닌 돌아가셨단 말이야. 진이랑 나는 돌봐주는 어른이 하나도 없다고. 진이는 그래도 내가 돌보지만…… 난, 나란 놈은 아무도 돌봐주지 않는다고!"

자꾸 꼬마 아이가 할머니를 들먹이는 것이 제 속을 더 긁어놓았습니다. 할머니는 죽었는데…… 그래서 할머니는 더 이상 우리 곁에 없는데……. 아무것도 모르는 녀석이 괜히 아는 척하다니 화가 났습니다.

"할머니는 언제나 너와 네 동생을 보고 계셔. 항상 너희 곁에서 말이야."

긴 머리의 누나가 제 머리를 쓰다듬으며 그렇게 말했습니다.

치! 저도 압니다. 어른들은 항상 그렇게 말하긴 하죠. 하지만 어디? 어디에 우리 할머니가 있어요? 어디 있냐고요! 다들 거짓말쟁이예요! 그래도 긴 머리 누나만큼은 좋은 사람인 줄 알았는데……. 이 누나도 날 위로하려고 거짓말을 늘어놓는군요.

"형네 할머니는 무지 걱정하고 계셔요. 엄마 아빠도 없이 형이랑 형 동생 진이랑 둘이 살아야 된다고 얼마나 걱정하고 계신지 모르겠어요. 아아, 작년에 할머니가 돌아가셨다고 말씀하시네요. 비록 눈에 보이지 않지만 돌아가신 그때부터 할머니는 내내 형 곁에서 매일매일 지켜보고 계시대요. 항상 형과 동생을 걱정하면서 보살피고 계셨대요."

어라? 저는 남자아이의 말에 깜짝 놀랐어요. 어떻게 된 거죠? 다른 사실은 제 말을 통해 알았다고 쳐도 할머니가 작년에 돌아가신 건 어떻게 아는 거죠? 제가…… 제가 그런 말을 했던가요?

분명히 그런 말은 하지 않았는데 어떻게 알았을까요? 갑자기 팔에 소름이 돋았습니다.

"너…… 나 알아? 나를…… 아는 사람이야? 너, 우리 동네 사니?"

"아뇨. 형네 할머니가 말씀해주셔서 알았어요."

"뭐어?"

저는 입만 크게 벌어져서 아무 말도 할 수 없었습니다. 이 애…… 조금 미친 게 아닐까요?

"너무 놀라지 마. 우리 낙빈이는…… 평범한 사람들에게는 안 보이는 게 보이거든. 하여튼 애! 동생한테 그런 말 하는 거 아니야. 동생이 알면 얼마나 슬퍼하겠니? 너희 둘밖에 없다니 서로 아껴주고 보듬어가며 살아야지. 더군다나 내일은 크리스마스인데 더더욱 동생하고 같이 놀아줘야지."

누나는 그런 남자아이가 아무렇지도 않은 듯 말했습니다.

"쳇, 크리스마스는 무슨 크리스마스! 예수님 생일이랑 내가 무슨 상관이에요? 제길, 크리스마스라고 선물을 주는 것도 아니고, 학교 급식이 나오는 것도 아니고. 나 같은 놈한테 크리스마스는 무슨 크리스마스! 그딴 거 다 없어져버렸음 좋겠어!"

저는 갑자기 화가 치밀어서 누나에게까지 소리를 지르고 말았습니다. 한번 소리를 지르면 속이 뻥 뚫릴까 싶었지만 웬걸, 마음이 더 답답해졌습니다. 자꾸만 나쁜 소리를 해대니 제가 정말 나쁜 아이가 되어버린 것 같아 부끄럽고 속이 상했습니다.

"속마음은 안 그러면서 왜 그래요, 형. 동생 장갑도 샀다면서요? 동생이 귀여우니까 샀을 거 아녜요. 할머니가 많이 좋아하시는 걸요? 형 동생한테 갖다 주면 좋아할 거예요."

이건 또 어떻게 된 거죠? 이 녀석, 제가 장갑을 산 건 또 어떻게 알았죠? 하지만 그 순간 저 녀석이 그걸 어떻게 알아냈는가보다 갑자기 치밀어 오르는 분노에 정신이 없었습니다. 찢어진 장갑을 생각하는 순간, 봉지를 물고 달아나던 큰 개가 생각났고 그 개가 먹어치운 고깃덩이가 눈에 선했습니다. 저는 너무나 화가 나서 주머니 안에 꼭꼭 넣어두었던 장갑을 꺼내 바닥으로 내팽개치고 말았습니다.

"이런 장갑 따위!"

엄지손가락이 뚫린 요술장갑이 얼어붙은 모래밭 위로 내동댕이쳐졌습니다.

"진이 장갑을 사면 뭐해? 다 찢어졌는데! 차라리 그 녀석이 없었으면 내가 장갑도 안 사고, 고기도 안 샀을 텐데……. 그랬다면 괜히 이렇게 다 잃어버리고 속상하지도 않고 괴롭지도 않을 텐데……. 다 그 녀석 때문이야! 다 그 녀석 때문에!"

또 눈물이 찔끔 나오려고 하네요.

아아, 계집애처럼 눈물이라니! 왜인지 모르겠지만 처음 보는 이 사람들 앞에서 부끄러운 줄도 모르고 저는 엉엉 울어버렸습니다. 오늘은 정말 왜 이렇게 눈물이 나는 건지 이유를 모르겠습니다.

"할머니도 죽지 않았을 거야. 진이 업고 병원에 가다가 교통사고로 돌아가신 할머니……. 진이를 살리려고 달려오는 자동차에 몸을 던진 우리 할머니! 진이만 없었으면⋯⋯ 우리 할머니도 안 죽고 나랑 같이 살고 있을 텐데⋯⋯. 할머니랑 같이 자고, 할머니가 밥해주고, 내가 학교에서 돌아올 때까지 할머니가 기다려주고⋯⋯. 우리 할머니 안 죽고 같이 살았을 텐데⋯⋯ <u>으흐흐흑</u>!"

아무 말도 없이 긴 머리의 누나가 절 꼭 안아줬습니다. 누나의 품은 옛날 우리 엄마 품처럼 따뜻했습니다. 꿈에도 한 번 생각나지 않던 엄마의 품이 떠올랐습니다. 토닥토닥 등을 두드려주던 따스하고 말랑말랑한 엄마 품이 생각났습니다. 울고 있는 제 등을 두드려주고 쓱쓱 밀어주는 누나의 손길⋯⋯ 아아, 죽은 할머니 품 같기도 했습니다.

그 순간 악에 받쳐 나쁜 말을 해대던 제 가슴속의 돌덩이가 산산이 깨지는 기분이 들었습니다. 본래 생각하던 것보다 더 악한 말만 하던 가슴속의 나쁜 악마가 쑤욱 빠져나왔나 봅니다.

사실은 진이 때문이 아니에요. 진이를 원망하는 말을 했지만 저도 잘 알고 있답니다. 제일 힘들 건 진이라는 것을요. 그 녀석은 세상에서 가장 불쌍한 녀석입니다. 그 녀석은 누가 곁에 없으면 밖에도 못 나오고, 어딜 돌아다니지도 못해요. 화장실에도 가지 못하고, 학교도 다닐 수가 없지요. 태어날 때부터 그랬습니다. 그러니 세상에 얼마나 불쌍한 아이입니까? 혹시라도 제가 죽어버리면 그 녀석은 약도 못 먹고, 방 안에서 굶어 죽을지도 모릅니다. 도와달라고 말하려면 집 밖으로 나와야 하는데 그것조차 못하니 얼마나 답답하고 가엾은 아이입니까?

그 녀석은 약해빠져서 하루가 멀다 하고 아프기만 하고 학교에서는 걷지도 못한다고 친구 하나 없는 아입니다. 게다가 매일 놀림이나 당한다는 걸 저도 잘 알고 있어요. 그런 바보 같은 녀석이니까…… 그렇게 약해빠진 녀석이니까…… 제일 불쌍한 건 제 동생 진이란 거…… 저도 잘 압니다. 알고는 있는데…… 그냥 심통이 나서 심하게 말하고 말았어요. 딱히 원망할 사람이 없으니까 그 녀석을 원망하는 것뿐이에요. 사실은 원망하지 않아요. 사실은 제일 좋아하는 제 동생이니까. 그냥 말만 좀 멋대로 한 것뿐이에요.

"'저 들 밖에 한밤중에 양 틈에 자던 목자들, 한 천사가 전하여 준, 주 나신 소식 들었네. 노엘 노엘 노엘 노엘…….' 혹시 이런 노래 알고 있니?"

누나는 여전히 제 등을 쓰다듬어주며 나지막이 노래를 불렀어요. 노랫소리는 너무 맑고, 누나의 손은 너무나 따뜻했어요.

저는 여전히 누나의 무릎에 엎드려서 고개를 끄덕였어요. 어떤 화장품 가게 앞을 지나면서 들은 적이 있거든요. 다른 크리스마스 캐럴처럼 신나지는 않지만 조용하고 은은한 느낌의 노래라서 한참 동안 그 가게 앞에 서서 들었어요.

"노엘은 그리스도의 탄생이란 뜻이래. 난 예수님을 신으로 섬기는 사람은 아니야. 하지만 크리스마스가 다가오면 항상 기도한단다. 이날에는 그런 생각을 해. 예수라는 분의 이름을 빌려서 모든 아기들을 축복하는 날이라고 말이야. 세상에는 예쁘고 건강한 아이도 많지만 못나게 태어나고, 약하게 태어나고, 또 비정상으로 태어나는 아이도 참 많아. 하지만 어여쁜 아이든, 잘난 아이든, 아픈 아이든, 부족한 아이든, 모든 아이는 축복받아야 한다고 생각해. 적어도 태어나는 그날만큼은 말이야.

삶은 하루하루가 힘들고 어려운 고통일 수도 있어. 하지만 어린 아가들은 이 힘든 세상을 살아보려고 나온 용감한 모험 왕들이잖아? 엄마 배 속에서 편안하게 있으면 좋겠지만 그런 편안한 삶에 안주하지 않고 세상 밖으로 모험을 나온 용기 있는 아가들이야. 태어난 아기들은 한 번도 경험한 적이 없는 새로운 세상에 내던져지고 그들 나름대로 열심히, 열심히 하루하루를 버둥거리며 살기 위해 노력하는 거야. 나는 그 모든 아기를 위해 기도하는 날이 바로 크리스마스라고 생각한단다. 여든의 할아버지도, 돌아가신 너의 할머니도 모두 처음엔 갓난아기였겠지?

난 크리스마스만큼은 모든 사람의 탄생에 감사한단다. 그분들 모두 어머니의 배 속에서 나와 거친 세상을 살아가기 위해 수많은 고생을 했던 대단한 모험 왕들이니까. 그분들의 용기와 탄생에 축복을 드린단다. 모든 아기가 그 탄생의 순간에 축복을 받았듯 나는 이 세상에 있는 모든 생명이 너무나 소중하다는 것을 믿는단다.

네 동생 진이 역시 나름대로 열심히 살아가고 있는 거야. 아픈 동생이 있다는 건 너에게 힘든 일일 거야. 때론 버겁고 때론 괴롭기도 하겠지. 매일 동생을 업고 학교에 가고 밥을 차려주고 약을 먹이고……. 분명 힘들 거야. 하지만 네가 동생에게 해주는 것만

이 다는 아니야. 알게 모르게 동생도 너에게 많은 것을 해주고 있을 거야. 네 동생이 있어서 너는 더 용기 있게 하루를 사는 걸 거야. 그리고 더 강한 사람, 더 멋진 사람이 되어가고 있는 거야. 진이는 네 옆에 있는 것만으로 네게 행복을 주고 있는지도 몰라."

노엘…… 노엘……. 갑자기 누나의 노랫소리가 온 세상에 펼쳐지기 시작했어요.

노엘…… 노엘……. 맑고 청아하고 따뜻하고 포근한 노랫소리였어요.

아아, 온 세상에 태어난 모든 아기에게 축복을! 아아, 축복을!

갑자기 온 주위가 따뜻해지는 것 같았어요. 눈물이 마르고, 두 눈이 감기고, 온몸이 노곤했어요. 한없는 사랑이 저를 보듬는 게 느껴졌어요. 처음 보는 누나? 아니, 돌아가신 우리 할머니? 아니, 둘도 없이 소중한 동생 진이……? 세상에 따스한 모든 것이 저를 감싸는 것 같았어요.

4

"찬이야."

부드러운 목소리가 들려와요. 흐으음. 저는 냄새를 맡아요. 따뜻한 냄새. 그리운 냄새. 어라? 설마 이건, 설마 이건……?

"할머니?"

저는 떠지지도 않는 눈을 힘껏 떴어요. 아아, 세상에! 이게 꿈인가요, 현실인가요? 저는 믿을 수가 없었어요. 고개를 들자 제 앞에 할머니가 계셨어요. 자글자글한 손으로 제 머리를 쓰다듬어 주고 계셨어요. 조금 전만 해도 분명히 회색 승복을 입은 누나의 무릎에 누워 있었는데. 이게 어찌 된 걸까요? 어느새 전 할머니의 무릎에 누워 있었어요!

"힘들지, 우리 찬이…… 할미가 미안하다, 찬이야. 어린것 둘만 남겨두고 나 혼자 떠나다니……. 내 마음이 아프고 걱정이 되어 하늘로 올라갈 수가 없구나. 정말 미안하다, 미안해. 이 할미 때문에 네가 고생이 많구나. 미안하다, 찬이야. 정말 미안해. 불쌍한 내 새끼…… 가엾은 내 새끼!"

"할머니! 할머니! 할머니!"

저는 할머니의 가슴에 얼굴을 비볐어요. 아아, 할머니 냄새! 할머니 냄새! 할머니 냄새가 났어요. 우리 할머니…… 우리 할머니 냄새, 우리 할머니 냄새가 틀림없었어요.

"힘들지, 찬이야? 아직도 어린 네가 동생까지 돌보고……. 진이 약값 때문에 힘든 것도 할미는 잘 알고 있어. 이 어린 몸으로 병원까지 어린 동생을 업고 가는 걸 보면…… 그 모습을 보면 정말 이 할미 맘이 미어진다. 흐이구, 흐이구. 이 할미가 오래오래 살아서 너희를 돌봐줬어야 하는데. 이 할미가 죽지 말고 살았어야 네 고생을 조금이라도 덜어주는 건데. 널 조금이라도 도와주는 건데……. 이 몹쓸 할미가 온갖 짐을 너에게 떠넘기다니……. 이 할미를 때려주렴, 찬이야. 이 나쁜 할미를 때려주렴, 찬이야. 어흐흐흑!"

할머니는 울고 있었어요. 주름진 얼굴에 눈물을 흘리며 제 손을 붙잡았어요. 고생으로 자글자글한 손으로 제 주먹을 잡아 할머니의 가슴을 쿵쿵 치게 했어요. 할머니가…… 우리 할머니가 너무너무 슬픈 얼굴로 그렇게 울고 있었어요.

"할머니, 울지 말아! 할머니가 울면 정말 싫어! 난 진이랑 둘이 아주 잘 살고 있어. 할머니가 보고 싶고, 가끔 엄마 생각도 나지만. 할머니, 난 힘들지 않아. 아침저녁으로 신문 돌리는 건 어제오늘 일도 아니잖아? 나 하나도 안 힘들어. 그리고 진이 업는 것도 하나도 안 힘들어! 나 키도 얼마나 컸는데 그래? 할머니 모르지? 나 일 년 사이에 한 뼘이나 더 컸어. 그래서 나 이제 우리 진이 업고 병원에 가는 거 힘들지 않아. 정말이야! 진짜 하나도 안 힘들어! 진짜라니까! 괜찮아, 할머니! 정말 난 괜찮아, 울지 마! 난 정말 괜찮단 말이야!"

저는 울고 있는 할머니의 가슴에 얼굴을 묻었어요. 아아, 우리 할머니 냄새가 코로 쑤욱쑥 들어왔어요. 할머니…… 아아, 그리운 우리 할머니 냄새! 세상에서 제일 좋아하는 우리 할머니 냄새…….

"착한 것! 우리 착한 내 새끼! 우리 찬이는 진짜 어른이 다 됐구나. 할미가 없어도 진이도 잘 돌보고……. 게다가 이렇게 착하게 잘 자라니까, 우리 찬인 정말 어른이야! 이 할미가 천지신명께 얼마나 감사하는지 몰라. 우리 찬이 이렇게 듬직하게 크게 해주셔서 이 할미는 얼마나 자랑스러운지 몰라. 찬이야, 아이고 우리 강아지야!"

할머니는 아직도 눈물을 글썽이며 제 머리를 하염없이 쓸어주셨어요.

"할머니…… 하지만 할머니가 보고 싶어. 가끔 할머니가 너무 보고 싶어서 눈물이 나. 아까 누렁이한테 고기 뺏기고 그거 찾아다닐 때…… 할머니가 너무 보고 싶었어. 할머니, 정말이야. 너무 너무 보고 싶었어. 아 참! 할머니, 그건…… 그건 거짓말이야. 아까 진이 밉다고 한 건 다 거짓말이야. 그냥 심통이 나서 그런 것뿐이야. 할머니, 알지? 할머니, 내 맘 다 알지? 그렇지?"

"암, 알고말고. 우리 찬이가 얼마나 착한데…… 알고말고. 암, 알지. 이 할미가 다 알지."

다행이에요. 할머니는 고개를 끄덕이며 제 맘을 다 안다고 하셨어요. 제가 진이를 얼마나 아끼고 사랑하는지 다 안다고 말씀하셨어요. 다행이에요. 할머니가 제가 진이를 미워하는 걸로 알고 또 가슴 아파서 슬퍼하면 어쩌나 무척 걱정됐거든요. 저는 한숨을 내쉬며 할머니의 손을 잡았어요. 볼품 없이 모난 손…… 세상에서 제일 쭈글쭈글한 우리 할머니 손이 있었어요.

"아 참, 할머니! 그러고 보니까 할머니 머리 좀 봐요. 어디, 어디 좀 봐봐! 어, 상처가 그대로네? 진이 업고 교통사고 났을 때 머리에 생긴 그 상처가 그대로 있네?"

저는 문득 할머니가 돌아가셨을 때 제일 크게 보였던 머리 상처가 생각나서 할머니의 정수리를 살펴보았어요. 그런데 아직도 그 상처가…… 그때의 그 상처가 남아 있는 것이었어요. 순간 나는 다시 울상이 되어버렸어요.

"할머니, 아프지? 어떻게 하지? 죽으면 상처도 절대 안 없어지는 거야? 이렇게 아프게 계속 있어야 해?"

"아이고, 아니야. 할민 하나도 안 아파. 그냥 겉만 그런 게야. 하나도 안 아파. 보기만 그렇지 아프진 않아."

"하지만 피가 나는 걸? 이렇게 피가 배어서……. 할머니 아파서 어떻게 해, 응? 정말로 안 아픈 거야? 그냥 겉만 그런 거 맞아? 할머니 아프면 안 돼, 정말이야! 정말로 아프면 안 되는 거야, 알았지?"

"그래, 내 새끼야! 걱정하지 말어. 할민 하나도 안 아파."

할머니는 다시 눈물이 나는지 저를 꼬옥 안아주었습니다. 아아, 우리 할머니 품은 정말로 따뜻했습니다. 세상에서 가장 따스한 곳이었습니다.

"할머니, 할머니 품은 정말 따뜻해. 진짜야. 세상에서 젤로 따뜻해. 할머니, 나 좀만 이러고 더 있을게. 할머니 냄새 맡으면서 좀만 더 이러고 있을게, 응? 할머니 냄새…… 할머니 냄새…… 우리 할머니 냄새……."

5

"얘, 찬이야! 그만 일어나, 응?"

누군가가 저를 흔들어 깨웠어요. 그제야 저는 부스스 눈을 떴답니다. 제가 누나 무릎에서 일어섰을 땐 이미 주위가 어두워져 있었어요. 세상에! 제가 그만 깜빡 잠이 들었나 봐요.

"형, 할머니 잘 만났어요?"

그런데 어찌 된 걸까요? 부스스 눈을 뜬 저에게 흰 한복 차림의 남자아이가 그렇게 이야기했어요. 제가 꿈에서 할머니를 만난 걸 저 아이가 어떻게 아는 걸까요?

"찬이야……."

누나는 제 손을 꼬옥 쥐면서 말했어요.

"손이 많이 텄구나. 손톱 끝도……."

전 부끄러워서 손을 빼려고 했지만 누난 꼭 쥐고 놓지 않았어요.

창피하긴 하지만 어쩔 수 없잖아요. 제가 손을 안 닦아서 손톱 끝이 새까만 건 아니라고요. 신문을 돌리다 보면 잉크 가루가 껴서 손톱 밑이 새까매지는 건데……. 그건 어쩔 수 없잖아요. 이건 비누로 아무리 닦아도 안 지워지는 건데……. 제가 게을러서 그런 게 아니라고요!

누나는 제 손을 꼬옥 쥐더니 꺼칠꺼칠한 제 손등을 매만져주었어요.

"이렇게 갈라진 손등은 하늘이 찬이에게 내리는 훈장 같은 거야. 손등이 이렇게 갈라지는 건 하늘님이 우리 찬이를 아주 예쁘게 보고 계시다는 뜻이야. 아직 어린데도 이렇게 훈장을 많이 주셨으니까 말이야. 부끄러운 게 아니라 정말 자랑스러운 표시지."

"에, 정말요? 그럼 울 할머니는 진짜 훈장을 많이 받은 거네요?

할머니 손은 온통 주름투성이였는데······. 나랑 진이 땜에 고생만 하시느라 아주 주름투성이에 까끌까끌했는데······. 그럼 울 할머닌 지금 천국에 계시겠죠? 하늘님이 그렇게 훈장을 많이 내려주셨으니까요, 그죠, 누나?"

저는 문득 누나를 향해 그렇게 물었어요. 그러자 누나랑 남자아이, 그리고 까까머리 스님까지 저를 향해 환하게 웃었어요.

"물론이지! 할머닌 분명히 천국으로 가실 거야!"

어쩐지 저는 이 사람들의 말이 다 믿어졌어요. 조금 이상한 사람들이긴 해도 분명히 우리 할머니가 아주 좋은 곳에서 행복하게 살고 있을 거라고 난 생각해요.

"이제 동생한테 가야지, 찬이야? 찬이, 누나가 만져준 이 손으로 동생의 아픈 다리······ 힘들어도 열심히 문질러주렴. 그러면 분명히 조금씩 조금씩 나아질 거야. 누나가 직접 하는 것보다도······ 찬이 네가 온 마음으로 동생의 다리를 문지르는 게 동생을 더 빨리 낫게 할 거야. 자아······ 누나가 붙잡아주었던 두 손으로 밤마다 동생 다리를 꼬옥 문질러줘야 한다. 잊으면 안 돼."

누나는 다시 한 번 내 손을 꼬옥 붙잡더니 그렇게 말했어요. 누나의 말 때문일까요? 어쩐지 제 손에서 무언가 뜨거운 기운이 아지랑이처럼 울렁거리는 느낌이 들었어요. 묘하게 따뜻하고 이상한 기분이었어요. 누나 말대로 제 두 손이 약손이 된 듯한 기분이 들었답니다.

"알았어요!"

어쨌거나 저는 누나와 단단히 약속했어요. 정말로 제 두 손으로 진이의 아픈 다리를 낫게 할 수만 있다면 매일 진이 다리를 문지르는 것쯤 못하겠어요?

"형, 메리 크리스마스예요. 형의 곁에는 할머니가 언제나 함께 계신다는 거 잊지 마세요!"

남자아이 역시 그렇게 말하며 제게 기운을 불어넣어주었습니다.

세 사람은 그렇게 나에게 손을 흔들었습니다.

"메…… 메리…… 크리스……."

저도 얼떨결에 손을 흔들었습니다. 그리고 '메리 크리스마스'라고 인사하려 했습니다. 하지만 결국엔 끝까지 인사를 마치지 못했어요. 조금 부끄러웠거든요. 메리 크리스마스…… 그런 꼬부랑말로 인사해본 적이 없어서 괜히 쑥스러웠습니다.

저는 멀어져가는 세 사람을 바라보다가 곧 쌀 봉지와 구멍 난 장갑을 호주머니에 넣었습니다. 아아, 좀 전까지만 해도 모든 것이 괴롭고 원망스럽기만 했는데……. 지금은 왠지 마음이 무지무지 따뜻합니다. 정말 신기하지요? 진짜 마술 같습니다. 크리스마스 전날이라 그런 걸까요?

6

높다란 골목을 올라 집에 도착했을 때는 온 사방이 깜깜해져 있었답니다. 평소보다 많이 늦어버렸네요. 아마 우리 진이가 목이 빠져라 절 기다리고 있을 겁니다.

저것 보세요. 이 추운 날에 우리가 살고 있는 문간방의 방문이 살짝 열려 있는 걸 말이에요. 찬바람이 쌩쌩 불어도 빼꼼 문을 열고 절 기다리는 거지요. 우리 진이가 말이에요.

"형, 왔어?"

제가 방문을 열고 들어서기도 전에 진이가 두 눈을 동그랗게 뜨며 절 맞았습니다.

"아우, 왜 이렇게 늦었어? 걱정했잖아!"

헤헤, 걱정했다는 말에 괜히 기분이 좋아지네요. 녀석, 제 몸이나 걱정할 일이지 이 형님까지 걱정하다니……. 저는 쌀 봉지를 부엌에 놓고 진이 곁에 와서 방바닥을 만져보았습니다.

"후우, 안 추웠어?"

요즘엔 이상하게 방바닥이 따뜻하지 않습니다. 진이 혼자서 내내 여기 앉아 있어야 하는데, 제 손바닥에 닿은 방바닥은 냉랭하기만 하네요. 뭐가 잘못된 건지 잘 모르니까 그냥 답답한 마음이 들었습니다.

"형, 내일이 크리스마스래. 그래서 내일은…… 으음…… 케이크 먹는 거래, 히히!"

냉랭한 바닥 때문에 기분이 안 좋아졌는데, 이 바보 같은 녀석이 아무것도 모르고 저에게 또 그런 말을 하네요. 순간, 너무 속이 상했습니다. 지금 돈이라곤 주머니에 1,000원짜리 한 장밖에 없고, 부엌에 먹을 거라곤 달랑 쌀밖에 없는데……. 이 바보 자식!
 전 갑자기 너무 화가 났습니다. 실은 맛있는 거 해주고 싶어서 큰맘 먹고 고기도 샀는데, 그걸 커다란 개한테 빼앗겨버리고 결국 빈털터리가 되었는데 어떻게 하냐고! 나보고 대체 어쩌라는 거냐고! 속상한 마음이 화가 되어 치밀어 올랐습니다.
 "야, 주면 주는 대로 먹지 뭔 말이 많아! 네가 한 푼이라도 돈 벌어 왔어? 네 약값 땜에 내가 놀지도 못하고 매일 신문 돌리는 것도 몰라? 너, 내가 돈이 있으면 안 해주냐? 그렇게 맛있는 게 먹고 싶으면 네가 돈 벌어서 사와! 네가 돈 벌어 오란 말이야! 나도 네 약값만 없으면 매일 맛있는 거 신나게 먹을 수 있어! 다 너 때문이야! 다 너 때문이야!"
 아아, 맘은 그게 아닌데…… 사실은 그게 아닌데……. 너무 화가 나서 또다시 바보 같은 말을 해버렸어요. 너무 화가 나서…….
 전 가끔 진이한테 막 퍼부을 때가 있어요. 자주는 아니지만 아주 가끔 짜증이 나고 힘들 때면 저도 모르게 진이가 원망스럽고 미워서 안 좋은 소릴 하게 돼요. 그러면 진이는 조용히 이불을 덮고 눕죠. 아무 말도 하지 않고 말이에요. 차라리 대들면 미안하진 않을 텐데, 저 바보 같은 자식은 만날 풀이 죽어서 이불 속으로 기어 들어가기만 해요. 그러니까 학교에서도 애들한테 놀림받고, 울기만 하고. 매일 학교 가기 싫다고 떼쓰고 그러죠.
 실은 지금도 너무 미안했어요. 고기를 잃어버린 건 저인데 괜히 진이 탓을 하다니……. 너무 미안해서 전 부엌으로 도망가려

했어요. 너무 미안했지만 미안하다는 말이 나오지 않았어요. 그래서 모른 척하고 부엌으로 내려가는데…… 그런데, 그런데…… 바로 그때 우리 진이가 이렇게 말했어요!

"형, 형한테 미안해. 다 나 때문이야. 난…… 나 같은 건 죽어야 되는데. 아니, 태어나지도 말았어야 하는데. 미안해, 형!"

심장이 멈추는 걸 느껴보신 적이 있어요? 아아, 전 태어나서 처음으로 그런 느낌을 받았어요. '아픈 진이는 정말 지겨워. 진이가 아프니까 내가 고생하는 거야'라고 생각한 적도 있지만…… 그건 거짓말이었어요, 진심이 아니었어요!

죽어야 된다고요? 아예 태어나지 않았어야 된다고요, 우리 진이가? 우리 진이가 죽으면…… 우리 진이가 죽으면 저는요? 우리 진이가 죽으면…… 우리 진이가 없으면…… 저 혼자서, 저 혼자서 어떻게 살아갈 수가 있을까요? 말도 안 돼요! 진이 없이 저 혼자 어떻게 살 수 있나요! 진이는…… 진이는 하나뿐인 제 동생인데! 아아, 그건 말도 안 되는 일이에요!

진이가 죽는다고 말하다니. 눈앞이 깜깜해서 미칠 지경이었어요. 제가 나쁜 놈이에요! 제가 할머니랑 약속한 걸 또 어겼어요. 진이 잘 돌보겠다고 약속하고 이내 나쁜 소리를 했어요. 그래서 우리 진이가 죽는다고까지 말하다니…… 제가 몹쓸 형이에요!

"찬이야!"

그때였어요. 마침 문밖에서 옆집 아주머니의 목소리가 들렸어요. 저는 하나 가득 고인 눈물을 팔뚝으로 쓱 닦고서 부엌문을 열고 내다보았어요. 옆집 아주머니가 접시를 들고 서 있었어요.

"이거 부침개야. 금방 했거든? 이거 진이랑 둘이 나눠 먹어라, 응?"

"아⋯⋯ 고, 고맙습니다!"

아주머니가 건네주는 따끈한 부침개를 받는 순간, 갑자기 가슴속에 안도감이 들었어요. 불안으로 무너질 것 같았던 마음이 순식간에 위로받았습니다. 동시에 안도감이 밀려왔어요. 쌀밖에 없어서 걱정이었는데, 그래도 진이한테 줄 것이 생겼습니다. 케이크는 아니더라도 비슷한 부침개가 있으니 다행이에요!

전 부침개를 받아서 절반은 접시째로 신문지에 잘 싸서 올려놓았습니다. 이건 내일 먹어야지, 하면서 말이지요.

전 냉큼 방으로 들어가 시무룩해 있는 진이 앞에 부침개를 내려놓았어요.

"진이야, 이거 먹어!"

미안한 마음이 한가득이었지만 이놈의 입에선 무뚝뚝한 목소리밖에 나오지 않네요. 진이는 아무 대답이 없었습니다. 뒤로 돌아서 이불을 푹 뒤집어쓴 채로 움직이지도 않았어요. 저는 그런 진이의 모습이 너무나 가엾고 슬퍼서 다시 마음속이 울렁거렸습니다.

"진이야, 형아가 미안해. 정말이야. 넌 어디 가면 안 돼. 어디로도 사라지면 안 돼. 늘 형이랑 같이 살아야 해. 알았지? 그러니까 어서 먹어, 응?"

저는 부침개를 찢어 돌아누운 진이 입에 억지로 넣어주었습니다. 뒤로 돌아 있지만 부침개를 주니까 입에 넣긴 하네요. 하루 종일 굶었으니 얼마나 배가 고팠을까요, 자식!

"맛있어?"

"......응."

진이가 겨우 화를 풀고 부침개를 씹자 저도 한 조각을 잘라 입에 넣었습니다. 둥근 부침개 귀퉁이를 잘라 한입 베어 물 때였습니다. 저는 순간 두 눈이 핑 도는 걸 느꼈습니다.

"아아, 이 부침개는……."

이건 분명히 할머니가 해주신 그 부침개였습니다. 할머니가 공짜 밀가루가 나오는 날마다 저희에게 해주신 부침개…… 그거랑 똑같았습니다!

그 순간 저는 아까 놀이터에서 만났던 누나와 남자아이의 말이 생각났습니다. 우리 할머닌 언제나 진이랑 제 곁에 계신다는 말 말이에요. 그렇다면 이건…… 이건 분명히 할머니가 주신 거예요! 먹을 게 없어서 속상해하는 걸 아시고 이렇게 우리에게 보내주신 게 틀림없다는 생각이 들었습니다. 그 순간 저도 모르게 두 눈을 감고, 두 손을 꼬옥 잡고 기도를 드렸습니다.

'할머니 잘못했어요. 제가 진이한테 나쁜 말을 한 것도 보셨죠? 죄송해요. 제가 정말 잘못했어요, 할머니. 실은 그렇게 말하려던 건 아닌데……. 할머니, 정말 죄송해요!'

전 갑자기 눈물이 핑 돌았어요.

"진이야, 형아가…… 형아가…… 으으, 미안…… 미……."

저는 부침개를 먹다 말고 눈물이 흘렀어요. 아까 진이에게 몹쓸 말을 한 게 너무 미안해서 목구멍으로 부침개가 넘어가지 않았어요. 그런데 미안하단 말이 목에 걸려 잘 나오지 않았어요. 계집애처럼 매일 질질 짠다고 진이를 구박하던 전데…… 진이 앞에선 한 번도 운 적이 없는데, 이놈의 눈물이 자꾸…….

"흑흑. 진이야! 내일이 크리스마슨데…… 으으, 형아가 바보 같아서…… 쌀밖에 못 사왔어. 오늘도…… 실은 반찬이 하나도 없어. 쌀밖에 아무것도 없어. 형아가 바보 같아서…… 너 맛있는 것도 못 먹이고…… 고, 고기도 잃어버리고…… 형아가 바보 같아서……. 미, 미안……."

"형아, 울지 마아……."

진이도 울상이 되었습니다. 바보 자식. 미안해서 우는 건 전데 왜 지가 눈물을 찔끔거리는 건지 모르겠습니다.

"진이야, 이거 봐. 으으, 이거 봐……."

저는 눈물을 훌쩍이면서 주머니에서 찢어진 장갑을 꺼냈어요. 아까부터 호주머니에 손을 넣어 주물럭거리던 그 빨간색과 노란색이 섞인 장갑이었어요.

"이거 너 주려고 샀는데…… 사실은…… 사실은 고기도 샀어! 너 주려고…… 너 먹이려고 말이야. 그런데, 그런데 형이 바보 같아서 개, 개새끼에게 빼앗겨버렸어. 으흐흑, 이것도 너, 너 끼라고 샀는데…… 구, 구멍이 나버렸어. 미안해! 미안해애! 으흐흐흑."

말이 잘 안 나왔어요. 목에 뭔가가 막 걸린 것 같고 자꾸 눈물만 흘러내렸어요. 진이는 일그러진 제 얼굴과 장갑을 번갈아 쳐다보았어요. 그러더니 이렇게 물었어요.

"형아가 나 주려고 산 거야?"

"으으, 으응. 흐윽!"

저는 한 손으로 눈물을 닦으며 고개를 끄덕였어요.

"진짜로 형아가 나 주려고 산 거야?"

"으, 으응!"

"우와, 진짜? 예쁘다아!"

"으……."

"이거 형아가 나 선물 주는 거지, 그지? 그런 거지?"

"으, 으응……."

"돈도 없으면서 이걸 샀어? 나 주려고? 나 선물 주려고? 이야아아!"

아아, 제가 잘못 본 건 아니겠죠? 분명히 진이가 웃고 있는 거 맞죠? 그것도 무지무지 환하게 말이에요!

"에이, 요기 구멍이 쪼그맣게 났네 뭐. 잘 보이지도 않는데 뭐! 우와, 형. 고마워! 이거 너무너무 예쁘다아!"

"으으……."

저는 흘러넘치는 눈물을 어쩔 수가 없었어요.

"으앗! 아냐, 형. 구멍은 하나도 안 보인다아, 그지? 우와 이거 되게 좋다!"

"이히어어엉!"

저는 진이를 꼭 안고 엉엉 울고 말았습니다. 구멍이 커다랗게 뚫린 장갑을 보며 좋아라 웃고 있는 진이 녀석이 고마워서 죽을 것만 같았습니다. 게다가 그렇게 커다란 구멍이 안 보인다니, 바보! 바보 자식! 이 고마운 자식! 세상에서 제일 소중한 자식!

전 아까 만났던 긴 머리의 누나가 해준 말을 기억했어요. 때로 힘들고 때로 귀찮기도 하겠지만, 사실 진이는 내 옆에 있는 것만으로도 많은 걸 해주고 있다는 말을 이젠 이해할 수 있었어요. 진이는 그냥 내 곁에 있어주기만 하면 돼요. 항상 그냥 이렇게 있어주었으면 좋겠어요. 우리 둘이 항상 이렇게요…….

"찬이 있니?"

눈물을 닦고 있는데 또 밖에서 저를 부르는 소리가 들려왔습니다.

"누구지?"

저는 운 것을 들키는 것이 창피해서 재빨리 눈물을 훔치고는 부엌문으로 나가보았습니다. 그랬더니, 어? 웬일로 앞집에 사는 아주머니가 오셨네요?

"찬이 있었구나? 우리 집에서 고기를 구웠는데 많이 구워서 남았지 뭐냐? 니들이 생각나서 조금 싸가지고 왔다. 여기 과자도 좀 가져왔거든? 동생이랑 같이 나눠 먹어, 응?"

"……아, 아주머니! 고, 고맙습니다. 으흑!"

전 저도 모르게 아주머니 앞에서까지 눈물을 흘렸어요. 아주머니가 건네주는 접시도 받지 못하고 울고 있으니 아주머니가 얼마나 황당했겠어요? 그런데도 아주머니는 별말씀 안 하고 제 등을 토닥거려주었어요.

"그래그래, 울지 말고…… 동생이랑 맛있게 먹어라. 응? 아줌마가 더 자주 와서 돌봐줄게. 이런 날에만 와서 미안해."

좀처럼 따뜻한 말을 안 하는 아주머닌데 세상에 이렇게 부드럽게 말씀을 해주다니. 믿을 수가 없었어요. 아아, 저는 그 순간 할머니를 느꼈어요. 아까 부침개부터 지금 고기까지……. 저는 이 모든 일이 할머니 덕분이란 걸 알아챘어요. 고마운 아주머니 뒤에서 우리 할머니가 빙긋이 웃고 있을 거란 사실을……. 할머니의 모습이 보이진 않지만 느낄 수 있었어요.

내가 고기를 잃어버려서 울고, 다쳐서 우니까 할머니가 마음이 아프셔서 이렇게 도와주고 계신 거예요! 맘 편히 천국에 계실 수도 있는데…… 하늘님이 주시는 훈장도 많이 받은 우리 할머니가 저랑 진이가 걱정돼서 항상 이렇게 옆에서 우리를 돌봐주고 계신다는 걸…… 그 순간 전 너무나도 똑똑히 알 수 있었어요.

벌써 밤이 되었어요. 진이랑 나랑, 우린 매일 천장을 보고 나란히 누워서 잔답니다. 오늘은 완전히 진수성찬에 부침개까지 다 먹고 누웠습니다. 배도 부르고 우리 진이랑 나란히 누우니 정말 정말 기분이 날아갈 것처럼 좋았습니다. 방바닥만 따뜻하면 진짜 좋겠지만 헤헤, 너무 욕심을 부리면 안 되겠지요?

"진이야, 너 자니?"

"아니, 형. 너무너무 많이 먹어서 잠이 안 오는 거 있지?"

진이도 저처럼 잠이 안 오나 봅니다.
"진이야, 너 노엘…… 노엘…… 이런 노래 들은 적 있어?"
"음. 들은 거 같기도 하고 아닌 거 같기도 하고. 에이, 모르겠어!"
"바보! 너, 노엘이 뭔 뜻인지 알아?"
"몰라. 형은 알아?"
"음. 노엘은 아기의 탄생을 말하는 거래. 크리스마스는 노엘의 날이라 모든 아기의 탄생을 축하하는 날이래."
"히야, 형은 별걸 다 아네! 천재야, 천재!"
"바부팅이!"
우리 귀여운 진이. 전 이불 속에서 진이를 꼬옥 안았습니다.
"형, 왜? 추워?"
"으, 으응."
전 춥지 않았어요. 그냥 우리 진이를 꼬옥 안아주고 싶었거든요. 하지만 제가 춥다고 하자 진이 녀석까지 제 몸통에 팔을 둘러서 저를 꼭 안아주었습니다. 저보다 약하고 힘도 없는 녀석이 저보다 손발이 훨씬 찬데도 절 따뜻하게 해준다며 꼭 안아줍니다. 자식! 이 바보 같은 자식! 이 귀여운 자식!
"따뜻하다, 이러고 있으니까. 그지, 진이야!"
"응, 형!"
전 진이를 안고서야 겨우 알았습니다. 진이의 몸이 무척 말라 있다는 걸. 저도 꽤 마른 편이지만, 그보다도 진이는 훨씬 더 가냘픈 뼈를 가지고 있다는 걸요. 이러니까 병이 낫질 못하는 거예요.

밥만 잘 먹고 살이 찌면 그래도 많이 나을 텐데…….

"진이야, 나중에 형이 돈 많이 벌어서 매일 고기랑 맛있는 거 사줄게. 꼭 건강해야 돼. 알았지?"

"응! 히히. 고기 먹으려면 건강해져야겠구나? 히히히…….''

저는 키득거리는 진이가 귀여워서 녀석의 목을 꽉 안아주었습니다.

"어, 이상하게 형 손이 오늘따라 무지 따뜻하다? 꼭 난로 같아. 히히."

그런데 녀석이 이런 말을 하는 겁니다. 그 순간 저는 누나의 말이 생각났습니다.

'누나가 만져준 이 손으로 동생의 아픈 다리…… 힘들어도 열심히 문질러주렴. 그러면 분명히 조금씩 조금씩 나아질 거야. 누나가 직접 하는 것보다도…… 찬이 네가 온 마음으로 동생의 다리를 문지르는 게 동생을 더 빨리 낫게 할 거야. 자아, 누나가 붙잡아주었던 두 손으로 밤마다 동생 다리를 꼬옥 문질러줘야 한다.'

"아, 맞아! 그랬지!"

저는 왜 바보처럼 그 누나의 말을 까맣게 잊어버렸던 건가 머리를 쳤어요. 그러고는 벌떡 일어나 앉아 진이의 다리에 내 두 손을 갖다 댔습니다. 그러고는 조물조물 주무르기 시작했지요.

"히히! 아유, 왜 그래, 형? 히히, 간지러워. 하지 마!"

진이는 내가 주물러주는 게 어색한지 키득거렸습니다.

"야아, 조용히 해! 매일매일 밤마다 이렇게 주물러줄 테니까 넌 그냥 자. 형은 이러다가 잠 오면 잘 테니까. 알았지?"

"헤헤헤! 헤헤헤! 간지럽다, 형! 헤헤!"

깜깜한 어둠 속에서 연신 키들거리는 진이를 주무르며 저는 기도를 드렸습니다. 사실 기도라는 걸 처음 해봐서 어떻게 하는지 잘은 모르지만 그냥 제 마음이 가는 대로 막 해버렸습니다.

'하늘님, 하늘님. 감사합니다. 진이를 태어나게 해주셔서, 진이를 제 곁에 있게 해주셔서 정말 감사합니다. 전 진이가 세상에서 젤 좋아요. 제가 꼭 돈 많이 벌어서 매일 맛난 거 사주고, 고기도 먹이고, 또 수술도 시켜줄 거예요. 그때까지 꼬옥 우리 진이가 제 곁에 있도록 해주세요. 제가 꼭 고쳐줄 테니까 그때까지 우리 진이를 제 옆에 있게 해주세요!'

아아. 창피하게 또 눈물이 찔끔 나오네요. 그래도 다행입니다. 사방이 깜깜해서 아무도 볼 수 없으니까요.

올겨울, 펑펑 눈이 내리면 진이를 업고 바깥에 나가야겠습니다. 그리고 작은 눈사람을 만들어야겠습니다. 눈사람은 두 개를 만들 거예요. 그리고 두 개를 꼭 붙여놓을 겁니다. 서로 꼬옥 안고 있는 눈사람을 만드는 거죠. 그러고는 이름을 붙일 거예요. 눈사람의 이름은 '진이와 찬이'가 될 거예요.

하아, 어서 눈이 오면 좋겠습니다.

그리고 어서 우리 진이가 건강해지면 좋겠습니다.

노엘…… 모든 아이에게 축복을!

노엘…… 어린아이였던 모든 사람에게도 축복을!

1

 황주현 씨도 잘 알고 있었다. 아이들을 따라 공항까지 함께 오는 것이 얼마나 볼썽사나운 짓인지. 엄마가 그래서는 안 된다는 것도 머리로는 잘 알고 있었다. 그런데 살갑기 그지없는 착한 사위가 결혼식이 끝난 뒤에도 장모를 붙들고 옴짝도 못하게 챙겨주는 걸 은근히 즐기고 말았다. 몇 분 안 되는 처가댁 친척 분들이 멀리까지 오시느라 고생하셨다며 신혼여행을 떠나기 전에 하루 묵어갈 저희의 호텔방 옆에 빈방을 예약해두기까지 했다. 그것으로도 끝이 나질 않아서 결혼식 다음 날 신혼여행을 떠나는 공항까지 어머니를 리무진에 태우고 함께 모셔왔다. 집으로 돌아가실 때도 리무진으로 극진히 모시겠다며 장모를 챙기는 사위의 씀씀이가 참 눈물겨웠다.
 그래도 거절해야 마땅했다. 아무리 사위가 혼자 계실 어머니가 걱정돼서 안 된다고 손사래를 치고 고집을 부려도. 제 처가 어머니 혼자 적적해하실까봐 이래저래 걱정이 많다고 설레발을 쳐도. 그래도 안 따라온다고 했어야 옳았다. 머리로는 잘 알고 있었는데도 좋은 남자 만나 어미 곁을 떠나는 무남독녀 외동딸의 모습을 한 번이라도 더 보고 싶은 욕심이 쉬이 사라지질 않았다. 그래서 '박 서방, 그러지 마. 박 서방, 내 걱정은 하지 마. 시댁 어른들서운해하실라. 그만둬' 하면서도 어느새 공항 로비까지 따라오고야 말았다.

주현 씨는 한편 후회가 되면서도 딸과 사위가 편안한 옷차림에 똑같은 운동화를 예쁘게 맞춰 신은 모습을 보면서 이렇게라도 배웅하게 되어 다행이라고 생각했다. 더구나 결혼식 때문에 혼이 다 빠졌는지 두 아이 모두 이래저래 자꾸만 뭘 줄줄 흘리고 돌아다녔다. 그걸 뒤에서 꼼꼼히 챙겨준 덕에 자신의 걸음이 아주 쓸모없지는 않았다는 위안도 있었다.

"박 서방, 차 조심하고……. 옷이든 뭐든 부족한 거 있으면 아끼지 말고 다 사고 그래. 돈 걱정은 하지 말고 푹 쉬고 또 잘 놀다가 와. 영애야, 너는 박 서방 말 잘 듣고. 이제는 항상 남편부터 먼저 챙기는 거야. 알겠지?"

"알았어, 엄마. 너무 걱정하지 마."

"걱정 마세요, 장모님."

이제 비행기 탑승을 위해 자리에서 일어선 신혼부부에게 주현 씨의 마지막 당부가 이어졌다.

"떠나기 전에 시댁 어른들께 꼭 전화드리고. 도착해서도 전화드리는 거 잊지 마. 엄마한테는 연락할 필요 없어. 엄마는 무소식이 희소식인 줄 알고 있을 테니까 나한테는 안 해도 돼. 알겠지?"

"장모님, 그런 게 어디 있어요. 무사히 잘 도착했다고 전화드리고 사진도 잘 찍어서 계속 보내드릴게요."

"아유, 그러지 마. 사진 같은 거 보내느라 괜히 놀 시간 줄어. 그러지 마. 챙기려거든 시댁 어른들이나 챙겨. 알겠지?"

마음은 그러지 말자고 하면서도 주현 씨의 입에서 자꾸만 잔소리 비슷한 것들이 쏟아져 나왔다.

"나도 늙었나 봐. 신혼여행 가는 데까지 따라와서 이렇게 잔소리니 말이야. 박 서방, 미안하네."

"장모님, 그런 말씀 마세요. 다 저희 잘되라고 하시는 말씀인데 잔소리라뇨. 제가 무슨 일이 있어도 영애가 아주 행복한 웃음만 짓게 할 테니 걱정 마세요. 도착하자마자 전화드릴 테니 집에서 편히 계시고요."

주현 씨는 공항까지 따라 나온 못난 장모에게 싫은 소리 하나 하지 않고 서글서글 좋은 말만 건네주는 사위가 얼마나 고마운지 몰랐다. 저리 맘 착한 사위라니. 내 딸도 귀하지만 딸의 남편 역시 업고 다녀도 모자랄 판이었다.

"고맙네. 이제 어서 가. 재미있게 놀다 오고. 영애야, 엄마 걱정 말고 아주 재미나게 지내다 와. 어서 가, 어서!"

주현 씨는 비행기를 타러 가는 딸 내외의 모습을 보며 그들이 완전히 사라질 때까지 내내 손을 흔들었다. 눈에 넣어도 아프지 않은 두 사람이 정겹게 출국장을 넘어서는 모습을 보니 주현 씨의 가슴이 뜨거워졌다. 힘겹게 살아온 날들이었지만 그래도 저리 좋은 남편을 만나 알콩달콩 살아갈 딸아이를 생각하니 이제 주현 씨가 할 일은 다 했구나 싶었다. 어깨 높이로 쌓였던 짐이 반쯤으로 줄어버린 듯 홀가분한 마음이었다.

어쩐지 온몸에서 힘이 빠져 그 자리에 스르르 쪼그리고 앉았다. 아이들을 보내고 나니 결혼식 전부터 쌓였던 긴장이 그제야 풀리는 것 같았다. 손발이 축 늘어져서 움직이기가 힘들었다. 무릎을 일으키려고 했는데 힘이 나질 않았다. 아무래도 스스로에게 힘을 좀 불어넣어야 할 것 같았다.

"수고했어, 잘했어."

누구도 칭찬해주지 않으니 주현 씨는 자신이 스스로를 칭찬했다. 가슴을 쓸어내리며 눈물을 꾹 참고 자신을 쓰다듬었다. 그래, 참 힘든 날도 많았지만 잘 살아왔다 싶었다. 결혼식 준비라는 게 신경 쓸 일이 은근히 많았다. 그걸 오롯이 혼자 챙기기는 힘겨웠다. 그러니 칭찬을 받아도 되리라는 생각이 들었다. 그렇게 자신을 북돋우니 간신히 두 다리에 힘이 생겼다. 끄응 하며 무릎을 세우는 찰나였다.

"우헤헤, 나 잡아보라고!"

눈앞에 양 갈래로 머리를 묶은 어린 여자아이가 잽싸게 뛰어들었다. 아이는 뒤쪽을 바라보며 내처 달리느라 쪼그리고 앉은 주현 씨를 미처 보지 못한 모양이었다. 어어, 하는 순간 여자아이가 주현 씨의 발에 걸려 넘어지고 말았다. 매끄러운 공항 바닥에 손발을 쫙 뻗고 대자로 넘어져서는 꼼짝도 하지 않았다.

"어머나, 애기야! 어머나, 괜찮으니?"

주현 씨가 아이를 일으키려는데 일행으로 보이는 사람들이 뒤로 와르르 달려들었다. 양 갈래로 머리를 묶은 여자아이는 귀여운 원피스를 입었는데, 일행이라는 사람들의 차림새는 조금 특이했다. 달려와 아이를 일으키는 긴 머리의 여자는 스님들이 입는 회색 승복을 입었고, 그 곁에 선 무뚝뚝해 보이는 남자는 진짜로 머리가 하나도 없는 스님이었다. 그리고 낄낄거리며 다가온 남자아이는 새하얀 한복을 입고 있었다.

"어머나, 미안해요. 아가, 괜찮으니?"

"우리 미덕이가 앞도 안 보고 달리는 바람에…… 정말 죄송합니다."

아이를 일으키던 여자가 공손하게 고개를 숙이고 사과했다. 아무 말 없이 젊은 스님과 소년도 여자를 따라 함께 고개를 숙였다.

"으앙, 다 낙빈이 때문이야!"

"왜 나 때문이냐. 네가 날 때리고 도망가놓고는!"

발딱 일어선 여자아이는 다행히 별다른 상처가 없어 보였다. 입을 빼쭉 내밀고 한복 차림의 소년에게 투덜거리는 모양을 보니 한 가족인 모양이다.

"아유, 괜찮으니 다행이네."

"정말 실례가 많았습니다."

서로 인사를 하고 나서 주현 씨가 몸을 돌렸다. 아까 타고 왔던 리무진이 기다리는 출구를 찾아 이리저리 기웃거렸다. 그런데 누군가가 주현 씨의 옷자락을 잡아당겼다. 몸을 돌려보니 좀 전에 부딪혔던 여자아이가 동그란 눈으로 주현 씨를 올려다보고 있었다.

"왜 그러니, 아가야?"

주현 씨는 참 귀엽게도 생긴 여자아이를 빤히 바라보았다. 아이의 모습을 보니 갑자기 가슴이 뛰었다. 이제 곧 우리 영애도 저렇게 예쁜 딸내미를 키우게 되겠지. 너무 오래전에 아기를 키우고 말아서 영애의 애기를 잘 봐줄 수나 있으려나. 문득 이런저런 걱정까지 들었다.

"이거…… 떨어뜨리신 것 같아요."

여자아이가 한 손에 들고 있던 새하얀 편지 봉투를 주현 씨의 앞으로 내밀었다. 특징 하나 없이 새하얀 봉투였다. 주현 씨는 봉투를 물끄러미 바라보다가 안쪽에 들어 있는 종이를 끄집어냈다. 봉투에도 표시가 없었지만 살살 접힌 종이에도 낙서 하나 없었다.

"내 것이 아닌데?"

"혹시 황주현 씨 아니세요?"

고개를 흔드는 주현 씨의 앞으로 하얀 한복을 입은 남자아이가 다가왔다. 주현 씨의 눈이 둥그레졌다.

"그건 내 이름이 맞는데……. 어떻게 알았니?"

"여기 있잖아요. '사랑하는 아내 황주현'이라고……."

소년이 새하얀 편지 봉투를 가리키며 말했다. 주현 씨의 눈은 그야말로 튀어나올 것처럼 커졌고, 곁에 서 있는 여자아이 역시 표정이 일그러졌다. 두 사람을 번갈아 바라보던 소년이 무언가 잘못된 것을 알았는지 깜짝 놀란 표정으로 입을 막았다.

"그게…… 그게 무슨 소리니? 여기에 내 이름이 있다고? 분명히 '사랑하는 아내 황주현'이라고 했니?"

"아……."

소년은 입을 다물었지만 어쩐지 늦어버린 것 같았다.

"아이고, 낙빈 오빠야. 안 보인단 말이다!"

당황한 소년의 모습이 우스운지 작은 소녀는 일부러 크게 혀를 찼다. 주현 씨는 자신이 뭔가 적혀 있는데도 못 본 것인가 해서 봉투와 종이를 이리저리 불빛에 비춰보고 흔들어보았지만 봉투도 하얀 종이도 새하얀빛만 남아 있을 뿐이었다.

"아, 이런……."

난처해하는 소년의 모습과, 그런 소년을 놀리듯 바라보는 여자아이의 얼굴에서 주현 씨는 이 일이 심상치 않다는 사실을 직감했다. 거짓말이 아니다. 보이는 것이다. 저 아이의 눈에는…….

"얘야, 아까 분명 '아내에게'라고 그랬지? '아내 황주현에게'라고…….'

"아, 저 그게……."

"내 남편은 벌써 20년도 전에 죽은 사람이란다. 네게는…… 네게는 그 사람의 글씨가 보인단 말이니, 그러니?"

그녀는 봉투 안에 들어 있던 흰 종이도 꺼내 보였다.

"봉투만이 아니라 여기에도 혹시 글씨가 적혀 있는 거니? 혹시 우리 남편이 나에게 남긴 편지가 있는 거니?"

그녀는 거의 사색이 되어 소년을 바라보았다. 소년도 어쩔 줄 몰라 사색이 되었다. 그래도 거짓말을 할 수는 없는지 작은 목소리로 진실을 말했다.

"저, 적혀 있어요."

그 말 한마디에 주현 씨의 눈이 반짝반짝 빛났다. 그녀는 흰 종이를 이리저리 뒤집어보며 글을 읽으려고 했다. 하지만 어떻게 해도 주현 씨에게는 보이지 않는 편지일 뿐이다. 주현 씨는 편지와 봉투를 움켜쥐고 그대로 소년 앞에 무릎을 꿇었다. 두 무릎을 꿇고 반질반질한 공항 바닥에 이마를 묻었다.

"아이고, 아주머니!"

소년의 일행이 달려들어 주현 씨를 붙들었지만 그녀는 그렇게 고개를 숙인 채 꼼짝하지 않았다. 그녀는 두 손을 모아 소년에게 싹싹 빌었다. 그런 광경을 사람들이 이상스럽게 여기며 힐끗거렸다.

"제발…… 그분이 뭐라고 썼는지 알려다오! 제발, 제발 부탁이다!"

"아주머니, 일어나세요! 제발 일어나세요!"

소년은 그녀를 겨우 일으켰다. 소년은 주현 씨의 손에 들려 있던 편지와 봉투를 가져가 주르르 훑어보더니 이내 마음을 먹었다. 주현 씨에게 해로운 내용은 아님을 확인한 모양이었다.

"아주머니, 아무도…… 아무도 없는 밤에 혼자 있을 때요, 그때 쓰세요. 이 부적으로 눈을 한 번씩 문지르고 나서 편지를 보면 글씨가 보일 거예요. 하지만 딱 한 번뿐이에요. 아셨죠?"

소년은 하얀 한복의 호주머니에서 노란 부적 하나를 꺼내 주현 씨에게 건네주었다. 어린 소년이 건네준 부적에는 글씨인지 그림인지 모를 희한한 무늬가 새겨져 있었다.

"아아, 고맙다! 고마워!"

소년은 연신 고맙다고 인사하는 주현 씨에게 꾸벅 절을 하고는 일행과 함께 잽싸게 공항 저편으로 사라졌다. 그 뒷모습을 바라보는 주현 씨의 두 손에는 아무것도 적히지 않은 새하얀 편지와 노란 부적이 단단히 쥐여 있었다.

그날 밤.

그녀는 새하얀 봉투와 그 안에 곱게 접혀 있던 다섯 장의 흰 종이를 펼쳐놓았다. 사람들도 모두 잠이 들어 그 누구도 그녀를 방해하지 않는 깊은 밤까지 기다렸다가 한복을 입은 작은 소년이 건네준 부적으로 두 눈을 문질렀다. 그렇게 눈을 문지르고 잠시 기다리자 새하얀 종이들 위로 무언가가 일렁일렁 움직이기 시작했다. 하얗기만 하던 종이 위에 까만 그림자가 지렁이 기어가듯 꿈틀꿈틀 요동치더니, 마침내 한 자, 한 자 또렷또렷한 글자로 눈에 들어오기 시작했다.

2

여보. 벌써 내일이 하늘이 우리에게 준 가장 큰 선물. 영애의 결혼식이군.

영애도 이제 새로운 가정을 만들어 단란하고 행복하게 살아가겠지. 오늘이 당신과 함께 자는 마지막 밤인 만큼 안방으로 들어온 영애가 당신 옆에 누웠군. 나는 잠든 당신과 영애를 바라보다가 당신의 옆얼굴로 흐르는 한 방울 눈물을 보았어.

서운하겠지. 어떻게 키운 우리 딸인데 말이야……. 그렇지만 걱정 말아요. 시집간다고 해서 못 볼 것도 아니고. 특히나 우리 사위 녀석은 사람이 서글서글한 것이 붙임성도 많아서 내가 참 마음이 놓여. 주말마다 당신과 함께 시간을 보내겠다는 약속까지 하더군. 그야말로 내 자식을 보내는 게 아니라 좋은 아들이 하나 굴러들어오는 셈이지. 영애는 아주 좋은 녀석을 골랐으니 걱정하지 말아요.

이렇게 당신에게 편지를 쓰다 보니 새록새록 옛날 일들이 생각나는군. 내가 당신하고 결혼을 하다니 말이야. 지금 생각해봐도 당신이 날 선택한 건 정말 믿어지지 않는 일이야.

우리는 한 회사에 다녔지. 당신, 생각나오? 그 왜, 우리 옆 부서에 있던 잘생긴 녀석 말이야. 당신을 좋다고 따라다니던…… 박모라는……. 사내(社內)에 그 사람을 좋아하는 여사원이 많았지만 웬만한 여자에겐 눈길도 주지 않았지. 하지만 당신이 우리 회사 신입사원으로 들어온 날부터 그 사람도 다른 총각 사원들처럼 당신의 미모와 재치, 그리고 인간 됨됨이에 푹 빠지고 말았어. 물론 나도 예외는 아니었고. 여자친구라곤 한 번도 만나본 적이 없던 나는 당신을 그저 하늘에서 내려온 천사처럼 건드릴 수 없는 어여쁜 그림쯤으로밖에 생각하지 않았다오. 아니, 그렇게밖에 생각하지 못했다는 게 맞겠지. 쳐다볼 수 없는 천상의 선녀 같았거든, 당신은.

그러나 당신은 박이란 녀석을 포함한 수많은 남자들의 프러포즈를 모두 거절했지. 나는 박이란 놈을 딱딱하게 대하는 당신을 볼 때마다 사무실 한구석에서 쾌재를 부르기도 했다오. 그렇게 명랑하고 친절하고 아름다웠던 당신이 나의 신부가 되리라곤…… 그땐 상상도 못할 일이었지.

우리가 가까워진 건 아마도 공통점이 있었기 때문일 거야. 나는 천애 고아였고 당신도 부모님이 사고로 돌아가셔서 이모님 댁에 살고 있었지. 부모님이 안 계시다는 것. 그것은 외롭고 쓸쓸한 사람들만이 이해할 수 있는 부분이었어. 우리는 그 부분을 서로 보듬어주었던 거지. 어쩌다 우연처럼 당신과 둘만 있는 시간이 많아지면서 우리가 서로 고아라는 것을 알게 되었고, 그 후로 우리가 함께하는 시간은 더더욱 많아졌어. 나는 당신이 나에게 관심이 있을 거라곤 생각하지 못했기에 십수 번을 만났어도 손 한 번 잡아보지 못하는 맹한 사내였지. 어느 추운 겨울날, 그렇게 맹한 나에게 당신은 먼저 팔짱을 껴주었지.

그때 나는 날아가고 있었어. 하늘로…… 높이높이……. 나 자신이 깃털이 된 것만 같았지. 얼굴은 붉어지고 당신의 손이 닿은 오른팔은 불타는 것처럼 뜨거웠어. 그 후로 당신에게 향하는 내 맘을 그 누구도 막을 수 없었지. 지금 당신에 대한 내 사랑이 물과 같다면 그때는 참으로 모든 것을 태울 만한 커다란 불덩이였던 것 같아.

당신이 내게 팔짱을 껴주던 그날부터 단 3개월 만에 우리는 결혼을 했지. 사람들은 사내 커플 중에 가장 안 어울리는 쌍으로 우리를 꼽을 것이 분명했지. 내가 생각해도 그랬으니까. 내게는 분에 넘치게 환하고 아름다웠던 당신. 지금도 언제나 생각하지만 당신은 나에게 너무나 과분한 아내였어. 그런 당신에게 아무것도 해준 것이 없으니 나는 그저 미안한 마음뿐이라오.

영애가 생겼을 때, 당신 기억하오? 난 그날을 잊을 수가 없어. 결혼한 지 4년이 다 되어갔지만 우리에겐 아이가 생기지 않았지. 금실 좋고 그저 행복한 우리에게 단 하나의 걱정이 그것이었지. 그토록 기다리던 금쪽같은 아이가 생긴 건 겨울이 마지막 끝자락에서 기승을 부리던 어느 날이었어. 당신의 달거리는 자주 불규칙해서 의심치 않았는데, 밥을 짓던 당신이 냄새를 맡지 못하고 안에 것을 토해냈을 때, 드디어 우리에게도 하늘의 선물이 날아왔음을 직감했어. 당신의 입덧은 무척 심한 편이라서 다른 사원들도 금세 눈치를 챘고 다들 크게 축하해주었지. 하지만 나는 그 선물을 조금 원망하기도 했다오. 제대로 입맛을 챙기지 못하고 음식을 볼 때마다 토해내고 나중엔 토해낼 것이 없는데도 신물마저 넘기는 당신을 보며, 그리고 마침내 영양실조로 거실에 쓰러져버린 당신이 링거를 꽂은 채 파리한 얼굴로 누워 있는 모습을 보며 나는 아이가 밀기까지 하더군.

아마도…… 하늘이 그토록 행복한 우리에게 벌을 내린 것은 내가 그 귀한 선물에 이런 얼토당토않은 감정을 가졌기 때문일 거야. 그래, 그건 모두 나의 잘못이었어! 임신 5개월쯤 되었을 때, 나뿐만 아니라 다른 사람들도 당신의 배가 서서히 나오고 있음을 알아채기 시작했을 때, 그때 그 일이 있었더랬지. 당신에게 고개도 들지 못할 그 일이…….

그날, 대구 출장을 모두 마치고 경부고속도로 상행선을 타고 올라오던 길이었어. 결혼하고는 처음으로 일주일이란 시간을 떨어져 지낸 것이었지. 나는 당신과 당신 배 속에서 발을 구르는 어여쁜 우리 아이가 보고 싶어서 견디기 힘들 지경이었어. 원래는 그다음 주 화요일까지 끝내면 되는 일을 무리해서 금요일까지 끝내버렸지. 그리고 당신과 아기를 향해 정신없이 달려가고 있었던 거야. 액셀을 밟는 내 입에서는 나도 모르게 콧노래가 흘러나왔어. 이제 당신에게 도착하면 당신과 배 속의 아이를 한 품에 안아버려야지 하는 마음이 가득했어. 그렇지만 속도를 너무 냈다가는 큰일이다 싶어서 주의를 했지. 맘 같아서는 200킬로라도 밟고 싶었지만 '조심해서 오라'는 당신의 말을 떠올리며 내 스스로를 달랬지.

……조금 이상하다는 생각이 들긴 했어. 그 트럭을 보았을 때 말이야. 짐을 하늘 높은 줄 모르고 쌓아둔 그 거대한 트럭을 보았을 때 위험하다는 생각이 들긴 했지만…… 주의하지는 못했어. 오른쪽으로 급커브를 돌면서 트럭 바퀴가 승용차 차선을 깊이 넘어왔

다는 생각이 드는 순간, 높게 쌓아올린 짐들이 왼편으로 완전히 기울었다는 것을 겨우 알아차렸지.

그러나 너무 늦은 일이었어. 커다란 트럭은 왼쪽 차선으로 완전히 기울어졌고 내 앞에 가던 승용차 두 대가 짐에 깔렸어. 급히 브레이크를 밟았지만…… 이미 내 코앞에 바로 앞차가 서 있었어.

……미안해. 지금도 당신에겐 그것밖에는 할 말이 없어. 100년만 함께 살자는 약속도, 그날 당신에게 사주기로 했던 호두과자도, 우리 아기에게 사주기로 했던 어여쁜 구두도……. 난 그 어떤 약속도 지키지 못하게 되었지.

합동 영안실에서 오열하는 당신을 바라보며, 그렇게 오열하다가 견디지 못하고 뒤로 넘어가는 가냘픈 당신을 보면서도…… 안아 일으킬 수도 없었고 나는 여기 있노라 소리칠 수도 없었지. 매일 저녁 사랑한다는 말도 할 수가 없었고 당신의 가녀린 손발을 녹이는 것도 할 수가 없었지. 따뜻한 키스도 아무것도 할 수가 없었어. 매일매일 아무것도 먹지 못하고 깨어났다가 기절하고 다시 깨어났다가 기절하는 당신…… 그런 당신을 보면서 그 앞에서 보이지 않게 울부짖는 것밖에 나는 할 수 있는 일이 없었던 거야.

'우리 아이를 위해서라도 여보, 제발 일어나……'라고 말하고 싶었지만…… 아니, 당신을 보며 그 말을 수백 번, 수천 번도 넘게 되뇌었지만…… 당신은 아무것도 듣지 못했어. 그렇게 식음을 전폐하던 당신이 미음을 먹은 건 이모님의 말씀을 듣고 나서였지. 당신도 기억해?

부모님을 대신해 당신을 키워주시던 이모님이 말씀하셨지. 아이를 떼자고…… 5개월이라 위험할 수도 있지만 여하튼 병원에 가보자고. 남편도 죽은 마당에 새파랗게 젊디젊은 것이 혼자 살 수는 없다고. 그 꼴은 눈에 흙이 들어와도 못 본다며 아이를 지워버리자고 하셨더랬지. 아이만 떼버리면 얼마 지나지 않아 나를 잊을 수 있을 것이고, 그러다가 더 좋은 사람을 만나 지금보다 행복하게 살 수 있다고…….

나는 안 된다고 말하고 싶었어. 그럴 수는 없다고. 우리가 얼마나 고대하던 아이인데, 얼마나 기다리던 아이인데, 그 아이가 어떤 아이인데, 그럴 수는 없다고 말하고 싶었어. 이모님의 마음은 알지만, 당신을 위해서 그렇게 해야 된다는 것도 알고는 있지만…… 그런 말씀은 제발 하시지 말라고 빌고 싶었어.

이모님이 집으로 돌아가신 그날, 당신은 그분이 두고 간 미음을 모두 먹었지. 눈물을 흘리면서 한 숟가락도 남기지 않고 모조리 다 먹어버렸어. 그리고 당신은 빈 허공을 향해 말했지.

"여보, 아기를 낳으려면 잘 먹어야겠지? 내가…… 내가 이렇게 굶고 있으면 안 되는 거겠지? 당신의 아이를 낳아야 하는데. 나…… 나 꼭 튼튼해져야겠지? 그렇겠지? 으…… 흐흐흑……."

당신은 몰랐겠지만…… 그날 나 당신의 어깨를 감싸 안고 얼마나 울었는지…… 당신에게 얼마나 감사했는지…… 나의 이기심에 얼마나 가슴을 쳤는지. 미안해, 미안해라고 얼마나 외쳐댔는지.

……임신한 아내에게 가장 맛난 것을 사주고 가장 좋은 것만 먹

여주고 싶은 것이 남편의 마음이지만, 난 당신에게 아무것도 해줄 수가 없었지. 아무것도…….

그날, 당신은 기억하고 있는지……. 임신하면 몸에 있는 모든 기운을 아이에게 빼앗기기 때문에 임신부는 어떤 것을 먹어도 얼굴이 좋아지지 않고 언제나 푸석푸석하지. 그리고 영양분과 칼슘도 모조리 빠져나가서 온몸이 붓기도 하고 아프기도 하지. 물론 당신도 그렇게 아파했어.

어느 날 저녁, 회사에서 퇴근한 당신은 문을 잠그자마자 그대로 방에 쓰러져 누웠어. 임신한 것만 해도 힘들 텐데, 회사에 집안일까지. 도와줄 사람이 없어서 한 몸으로 두 명, 세 명 몫을 하는 당신이니 당연히 온몸이 피곤에 절어 있었지.

그런 당신이 잠든 사이 짧은 꿈을 꾸었던가 봐. 당신의 잠든 모습을 그저 바라보던 나는 날 부르는 당신의 목소리에 흠칫 놀라고 말았어. 당신은 잠깐 가는 눈을 뜨더니 옆에 놓여 있던 커다란 베개, 우리가 신혼 시절 함께 베던 그 베개를 바라보며 말했지.

"여보, 만두가 먹고 싶어요."

당신은 잠결에 말한 것이었어. 꿈속에서 나와 함께 있었던가 봐. 잠시 후 당신은 졸린 눈을 억지로 크게 떴지.

"바…… 바보!"

당신은 내가 없다는 걸 깨닫고는 다시 자리에 누웠어. 두 눈엔 한가득 눈물이 맺혀 있었지.

"여보, 만두가 먹고 싶어요. 그런데 일어날 힘이 없어. 손가락이랑 발가락이 너무 아파요. 아이가 뼛속에 있는 것까지 모조리 가져 가려나 봐……. 너무 아프고…… 저리고…… 쑤셔. 누가 주물러 줬으면 좋겠다. ……왜 혼자 갔어요……? 왜 나만 두고 혼자 갔어……? 100년 동안 같이 살자더니…… 왜……?"

나는 참을 수가 없었어. 내 스스로가 미워서 미칠 것만 같았어. 살아 있었다면 금방 달려 나가 당신이 먹고 싶어 하는 만두를 사왔을 텐데……. 온몸이 저리고 아픈 당신의 팔다리를 주물러주었을 텐데……. 일 따윈 그만두고 태교를 위한 클래식이나 들으라고 핀잔을 주었을 텐데……. 그런데, 여리디여린 당신을 혼자 두고 죽어버리다니! 이토록 소중한 당신에게 아무것도 해줄 수 없다니!

나는 거실로 뛰쳐나와 죄 없는 벽을 탕탕 두들겼어. 도저히 나 자신이 미워서 참을 수가 없었어. 그런데…… 그 순간! 그 순간 나는 알게 되었어! 비록 몸은 없어도 강력한 신념이 있다면 실재하는 물건을 움직일 수도 있다는 것을! 벽을 치던 내가 온몸에 참을 수 없는 고통을 느끼며 바닥으로 넘어졌지. 마치 강력한 전기가 온몸을 통과하는 것 같았어. 엄청난 고통이었어. 하지만 바로 그 순간, 나는 벽에서 울리는 '탁' 소리를 들을 수 있었어. 안방에 있던 당신이 '누구?'라고 묻는 소리가 들렸지.

그날 나는 죽을힘을 다해 당신이 냉장고에 넣어둔 냉동 만두 한 개를 꺼낼 수 있었어. 마지막에는 눈앞이 노래지고 물건에 손을 대는 것이 무척이나 고통스러웠지만…… 나는 멈출 수가 없었어. 그리고 마침내 부엌 싱크대에 있던 그릇에 그 냉동 만두 한 개를 겨우 올려놓을 수 있었지.

"누구세요? 누구 있어요……?"

달그락 소리가 당신에게도 들렸던가 봐. 당신은 부엌으로 나와 주변을 둘러보다가 마침내 내가 꺼내놓은 냉동 만두 한 개를 보았지.

"이게…… 왜 여기 있지? 내가 언제 꺼내놨나? 하지만 한 개를 꺼내진 않았을 텐데……."

당신은 꿈에도 내가 했으리라고는 생각지 못하는 듯했지. 하지만 다음 순간 당신은 재빨리 주변을 획획 돌아다보았지.

"혹시…… 다, 당신이?"

그래 맞아, 여보! 나야, 나! 난 여기 당신 곁에 있어! 당신에게 아무것도 해줄 순 없지만 이렇게 당신을 사랑하는 마음 그대로 당신 곁에 있어! 나는 소리쳤지. 하지만 곧 당신은 입술을 살짝 찡그리며 피식하고 웃었어.

"나도 참……."

당신은 알 수가 없었어. 내가 얼마나 힘들여 그 만두를 꺼내놓았는지. 비록 언 만두 한 덩이지만…… 실은 그 만두 한 덩이가 다른 남편들이 사다주는 좋은 보약보다도 훨씬 더 힘들게 내놓은 것임을…….

그러나 사랑하는 사람은 서로 통하게 마련이지. 당신은 잠자리에 들려던 발걸음을 멈추고 그 냉동 만두를 조금씩 입안에 넣었지. 차갑기 때문에 당신은 아주 천천히…… 그리고 오래오래 씹었어. 만두의 마지막까지 모두 넘기고 당신은 먼 허공을 바라보며 말했지.

"여보, 맛있어. 잘 먹었어요."

여보, 그때 내가 얼마나 기뻤는지. 그 작은 냉동 만두 하나가 당신의 입에 들어갈 때 내가 얼마나 행복했는지, 당신은 모를 거야. 더 좋은 것을 주었으면 하는 바람은 끝이 없었지만 아무것도 해줄 수 없던 내가 그 작은 냉동 만두 하나라도 당신에게 꺼내줄 수 있었다는 사실에 정말 얼마나 행복했는지! 당신에게 무언가 해줄 수 있다는 걸 알게 되었지만 사실상 그 이후로 내가 당신에게 해준 것은 여전히 아무것도 없었지. 단지 마음밖에…….

임신 8개월이 좀 넘고 9개월이 다가오자 당신의 배는 남산만 하게 커졌지. 그제야 당신은 휴직을 신청하고 겨우 집 안에 들어와 쉴 수 있게 되었어. 내가 있었다면 배가 불러오기 시작하던 6개월, 7개월부터는 회사 근처에 얼씬도 못하게 했을 텐데……. 아니, 사실 죽기 전에 나는 당신을 설득했지. 아이 낳는 것만으로도 힘든데 사회생활까지 시킬 수는 없다고 생각했기에 직장은 그만두라고. 당신은 내게 이기적이라며 툴툴댔지만 난 당신을 위해서 그렇게 말했지.

우리 아이가 태어나던 날…… 정말 그날은 지금도 생생하게 기억나는군. 혼자이기 때문에 아이 낳을 때를 철저하게 대비해둔 당신이었어. 진통이 시작되자 당신은 준비해둔 것들을 챙겨 일찌감치 택시를 잡아타고 병원으로 향했지. 모든 것을 미리미리 완벽하게 준비해두었다고 생각했는데…… 문제는 엉뚱한 데서 일어났어.

"보호자 사인이 없으면 저흰 못해요!"

앙칼진 간호사가 혼자 온 당신에게 말했지.

"남편은 어디 있는데요?"

그 질문에 당신은 조금 머뭇거리다가 이렇게 대답했어.

"추, 출장 중이라서……."

"그럼 남편 말고 딴 사람이라도 보호자로 데려오셔야죠! 그냥 혼자 오시면 어떻게 해욧!"

"여, 연락은 했는데…… 좀 멀어서…… 시간이 걸릴 거예요. 그때 오시면 사인하라고 할게요. 아니면 제가 사인하면……."

"아우, 안 돼요! 당사자가 사인하는 건 안 된단 말예요! 보호자를 데려와야 해줄 수 있으니 그렇게 아세요!"

당신은 눈물을 보이진 않았지만 나는 당신이 아주 많이 울고 있다는 걸 알았어. 우리 아이가 태어날 축복의 날, 눈물을 흘려서는 안 된단 생각에 당신이 이를 악물고 참고 있다는 걸…… 난 알 수 있었어.

나는 그 당시 아무 생각도 못할 정도로 멍해버렸지. 당신에게 떽떽거리는 그 간호사가 밉다는 생각도 들지 않았어. 간호사와 당신의 대화를 보다 못한 누군가가 '내가 보호자로 사인할 테니 이 아주머니 분만 시술하쇼!'라고 말할 때도 그런 상황에서 눈물 한 방울 흘리지 못하는 내 불쌍한 아내에 대한 연민도 들지 않았어.

다만…… 미치고 싶었어. 그렇게 고통스러울 수가 없었어. 너무 고통스러워서 차라리 미쳐버렸으면 하는 생각으로 멍하니 있었어. 죽음보다 더한 고통이었어. 아무것도 해줄 수 없다는 것, 아니

오히려 당신에게 이렇게 고통만 주고 있다는 생각에 너무나 괴로워서 차라리 미쳐버리고 싶었던 거야.

내가 정신을 차렸을 때는 모르는 남자의 사인을 받은 당신이 분만대 위에 누워서 땀을 흘리고 있었지. 못난 나는 그저 당신의 손을 꼬옥 부여잡고 기도를 드리기만 했어.

'부디…… 아내만이라도 무사하게 해주세요……. 제발…….'

막상 당신이 죽을 듯이 비명을 질러대는 모습을 보니 아이의 생사 같은 건 전혀 중요하지 않았어. 당신만은 무사해야 해……. 제발 당신만은!

여덟 시간. 이제는 지쳐서 제정신을 차리기도 힘든 당신이 가물가물한 의식을 부여잡으며 겨우 마지막 힘을 냈을 때 우리 아기가 울음을 터뜨렸지. 나는 당신의 손을 꼭 붙잡고 함께 엉엉 울고 말았어.

'고마워…… 고마워…… 정말 고마워…….'

그것밖에는 할 말이 없었어.

'고마워…… 정말 고마워…….'

정신이 가물거리는 당신과 내가 두 눈을 마주친 것은 바로 그 순간이었어. 고맙다고, 정말 고맙다고 눈물을 철철 흘리며 서 있는 나와 의식을 잃어가는 당신의 두 눈이 정확히 마주쳤던 거야.

이모님이 오시고 나서 아이의 첫 면회 시간이 되었을 때 허리가 아파 제대로 일어나지도 못하는 당신은 그 엄청난 고통에서 아직 헤어나지 못한 상태에서도 우리의 아기를 바라보며 미소 지었지. 그러고는 말했어.

"이모, 출산 중에 그이가 제 손을 붙잡아주었어요. 아이가 태어나고 의식이 가물가물해지는데 그이가 보였어요. 눈물을 흘리면서 미소 짓는 그이가요……. 분명히 그 사람이 아이를 보러 왔나 봐요. 이모, 안 믿으시는 거죠? 저도 처음엔 제가 헛것을 봤나 했어요. 하지만요, 누군가가 제 손을 꼬옥 붙들어줘서 제가 마지막까지 정신을 잃지 않고 힘을 냈거든요. 아까 간호사한테 물어봤는데 제 손을 잡아준 사람은 아무도 없었대요. 혹시 잘못 보았다 치더라도 이 손에 남은 감촉은 거짓이 아니잖아요? 그이가 출산 중에 제 손을 잡고 있었던 게 분명해요."

나는 기뻤어. 비록 죽었지만 당신에게 무언가를 해주었다는 생각에 기쁨을 이루 표현할 수 없을 정도였어. 이모님은 그저 '불쌍한 것'이라면서 당신의 말을 믿지 않았지만……. 여보, 그것은 정말이야. 나는 당신의 손을 붙잡고 우리 아이의 탄생 순간을 하나도 빠뜨리지 않고 지켜보았어. 그리고 당신에게 고맙다는 미소를 보내고…… 눈물을 보내고…… 사랑을 보낸 것이 사실이야.

아이의 이름을 두고 무척이나 고민하던 당신이 생각나. 나도 사실 어마어마하게 고민했지. 당신이 사전을 찾고 『이름 짓는 법』이란 책을 읽을 때, 나도 당신 옆에서 아주 열심히 사전과 책을 함께 읽었지. 그리고 고민 끝에 어떤 결론에 다다랐어. 그건 '영원'이란 것이었지. 당신에 대한 나의 영원한 사랑과 죽은 나에 대한 당신의 영원한 사랑, 그리고 우리의 아이에 대한 우리의 영원한 마음……. 나는 우리 딸에게 '영원'이라는 이름을 지어주고 싶었어.

그래서 펜을 들어 흰 종이에 겨우겨우 비뚤비뚤하게 적어놓았어. '영원'이란 두 글자를 말이지.

당신은 그것이 내 글씨인지 알아보지 못하겠지만…… 나로서는 그것이 최선의 방법이었으니까. 다음 날, 당신은 당신의 노트 한가운데에 적힌 비뚤비뚤한 글씨를 보고는 곧장 동사무소로 달려갔지. 그러고는 출생신고란에 적었어. '영애永愛'라고 말이야.

우리 딸의 이름은 '영원한 사랑'이 되었어. 당신이 내 마음을 찰떡같이 알아준 것이었어.

영애…….

영원한 사랑…….

우리의 사랑스러운 아이…….

내가 당신을 사랑하고 당신은 나를 사랑하고. 그런 우리의 사랑이 모두 담긴 영애는 무럭무럭 참 잘도 커나갔지. 당신은 영애가 태어나고 얼마 지나지 않아 다시 직장에 나가야 했고, 영애는 어린이집의 생판 모르는 여자에게서 우유를 받아먹어야 했지. 안타까웠지만 아무런 도움도 되지 못하는 나였어. 내가 할 수 있는 일이라곤 한밤중에 깨어난 영애가 피곤한 당신을 깨우지 않게 하는 것뿐이었지. 영애는 생후 38개월까지는 내 얼굴을 볼 수 있었어. 지금 스물이 훨씬 넘은 그 아이는 옛날에 내 얼굴을 보았다는 걸 기억하지 못하겠지만, 그 시절의 어린 영애는 확실히 나를 볼 수 있었어.

착한 아이였어. 영애가 밤중에 깨어 울라치면 나는 당신이 타놓은 우윳병을 겨우 들어서 영애의 입가에 대주었지. 그러면 아이는 제 두 손으로 우윳병을 잡고 더 이상 울지 않았어. 조금 짜증이 나거나 기저귀가 축축해도 '영애야, 엄마는 하루 종일 밖에서 일하고 와서 정말 피곤하단다. 내일도 다시 일을 해야 하니 네가 방해하면 안 되지 않겠니?'라고 말하면 그 말을 알아듣는지 전혀 울지 않았지. 그리고…… 영애는 나를 좋아했어. 매일 똑같은 것만 반복할 줄밖에 모르는 아빠의 재롱에 까르르 웃음을 지어주는 아주아주 착한 아이였지. 정말 착한 아이였는데…….

당신도 그 일을 기억하겠지? 당신이 처음이자 마지막으로 심하게 영애를 때린 그날 말이야. 영애가 초등학교 2학년 때였어. 학부형들을 초대해 아이들이 학교에서 생활하는 모습을 보여주는 날이었지. 물론 당신은 회사에서 일하느라 오지 못했고, 대신 내가 우리 영애를 보러 갔어. 영애가 나를 보지는 못해도 자신을 위해 누군가가 있다는 걸 느낄 것만 같았거든. 그날 수업은 아이들이 글짓기를 발표하는 것으로 진행되었어. 우리 영애는 똑똑한 만치 아주 잘해주었어. 영애는 우리의 이야기를 썼던 거야.

엄마와 함께 둘이 살고 있다고 말했지. 아빠가 안 계시지만 엄마와 함께 재미나게 산다고. 친구들이 아빠 이야기를 할 때 부럽긴 하지만 엄마가 있으니 괜찮다고. 그러고는 당신이 사준 크레파스와 미미 인형 세트, 그리고 동화책도 자랑했어. 그리고 마지막으로 이렇게 말했지. 다른 아이들은 아빠가 무얼 선물했노라고 자랑하지만 자기는 엄마가 모두 해주니 걱정이 없다고, 행복하다고 말이야.

우리 영애의 발표가 끝나자 모두들 박수를 쳤고 나도 정신없이 박수를 쳐댔어. '저 아이가 내 딸입니다. 저 아이가 말한 아빠가 바로 저라고요! 저 아인 모르지만 전 항상 저 녀석 곁에 이렇게 함께 있답니다!'라고 말하고 외쳐댔다니까.

……선물을 하고 싶었어. 다른 아버지들은 딸에게 예쁜 옷이나 신발, 가방과 인형 등을 사주는데 난 우리 영애에게 조그만 것도 선물하지 못했지.

진심으로…….

진정으로…….

무엇이든 주고 싶었어. 마음만이 아닌 무언가를…… 무언가를 말이야.

그래서 그랬던 거야.

엘리베이터에서 위층 여자아이가 내릴 때 그 아이가 새로 산 화려한 핀을 보고는 우리 영애가 하면 아주 예쁠 텐데…… 하는 생각을 하고 말았지. 그러고는…… 그 핀을 몰래…… 살며시 영애의 손에 쥐어주었어.

"어? 웬 핀이지?"

멋모르던 영애는 그저 예쁘다는 생각에 얼른 핀을 머리에 꽂았지.

……행복했어. 비록 영애는 이 아비가 준 것이라고 상상도 못할 테지만 말이야. 어쨌든 정말 기뻤지. 내 딸에게 무언가를 해주었

다는 그 마음에 말이야. 그러나…… 그건 완전한 잘못이었어. 윗집 여자와 그녀의 딸, 그리고 당신과 우리 영애가 엘리베이터에 탔을 때, 윗집 아이가 소리쳤지.
"이거 내 거야! 내 핀이잖아!"
당황하는 영애의 머리에서 재빨리 핀을 낚아챈 윗집 여자가 말했지.
"너구나! 우리 애가 만날 뭘 잊어버리더라! 너지! 네가 만날 훔친 애로구나!"
급하게 핀을 빼느라 한쪽 머리가 헝클어진 영애는 아무 말도 못하고 그 자리에서 엉엉 울어버렸어. 당황하는 당신과 영애를 뒤에 남겨둔 채로 그녀가 말했지.
"그러게 애비 없는 자식은……!"
……그날 우리 영애는 학교도 가지 못하고 당신에게 맞았지. 영애는 아니라고 울며불며 말했지만 당신은 믿어주지 않았어. 당신의 손바닥이 새빨개지고 영애의 엉덩이와 다리가 붉게 멍들 때까지…… 당신의 매질은 계속되었지. 나는 살아서도, 죽어서도 단 한 번도 하지 않았던 욕을 당신에게 퍼부었어.
'이 여편네야, 넌 네 딸을 못 믿니? 그건 내 짓이야! 내가 영애한테 주고 싶어서! 네가 네 딸을 못 믿으면 세상천지에 누가 믿겠니? 이 여편네야, 내가 그랬다! 내가 그랬단 말이다!'
나는 울부짖었어. 내가 아는 욕이란 욕을 모두 당신에게 퍼부어 댔지. 당신에게 맞고 울다가 지쳐서 잠든 영애 앞에서 붉게 멍든 아이의 허벅지를 보며 당신이 오열할 때, 나 역시 미칠 듯이 울어 댔어.

모든 것은 내 죄였어. 모든 것은 내 죄였어……!

영계의 사람이 인간계를 함부로 건드리면 큰 화가 된다는 말을 들은 적이 있어. 나는 그 말을 뼈저리게 느끼고는 다시는 당신과 영애 앞에 어떤 흔적도 남기지 않았어. 아무것도 건드리지 않고 묵묵히 지켜만 볼 뿐이었지. 내가 아무것도 하지 않아도 당신과 영애는 정말 잘 살아주었어. 정말…… 아주 잘…… 서로 사랑하고 의지하면서…… 아주 보기 좋은 모녀간이었어.

영애가 우리 사위 녀석을 고를 때 얼마나 고민했는지 당신은 모르지? 영애는 항상 당신을 생각했어. 우리 사위 녀석이 그러더군.

"매주 당신과 당신의 어머니를 모시고 가장 행복한 여왕과 공주로 만들어드리겠습니다! 선서!"

이런 선서를 한 뒤에야 영애는 그 녀석을 당신에게 소개했어. 당신은 조금 섭섭해했지만…… 전혀 그럴 필요가 없다는 말을 해주고 싶군. 당신이 우리 사위 녀석을 처음 소개받은 후에 바로 찾아간 곳이 점집이란 걸 알고 있어. 당신은 다른 것은 필요 없고 명이 긴가만 보아달라고 했지. 내가 살아 있었다면 '당신도 늙었군' 하면서 나무랐을 테지만 당신의 마음을 가장 잘 알고 있는 나로서는 그저 쓸쓸한 미소만 지어지더군.

여보, 걱정하지 말아. 영애보다 우리 사위 녀석이 저승에 먼저 발을 디딜 참이면 내가 멱살을 잡고 볼기를 때려서라도 이승으로 돌려보낼 테니까. 내가 무슨 일이 있어도 나처럼 당신에게 죄를 짓게 하지 않을 테니 걱정 말아.

우리가 만난 날부터 바로 오늘까지의 모든 것이 지금도 새록새록하군. 마치 어제 일처럼 말이야. 내 당신에게 아무것도 해준 게 없지만…… 당신의 마지막까지, 그리고 우리 영애와 사위의 마지막까지 항상 옆에서 보호하고 지켜보겠어.

언제나 함께…….

언제나 사랑하는 마음으로…….

난 당신과 함께 있음을 알아줘요.

그 편 사건 이후로 단 한 번도 이승의 물건에 손대지 않았지만 오늘은 꼭 펜을 들어야겠어. 이 긴 편지…… 당신은 읽지 못하고 그저 백지로 보이겠지만…….

여보, 언제나 내가 당신의 귓가에 이렇게 속삭이는 걸 알아줬으면 좋겠어.

사랑해요…….

영원히…….

영원토록 당신을 사랑합니다…….

마지막 줄까지 모두 읽은 주현 씨는 흐르는 눈물을 더 이상 참을 수가 없었다. 한동안 눈물을 닦고 눈을 다시 떴을 때는 좀 전까지 보였던 까만 글자들이 온데간데없이 사라지고 없었다. 그러나 그녀의 눈에는 남편의 마지막 말이 선하게 남아 있었다. 그리고 그날은 밤새…… 온밤이 다 가도록 그녀는 그 누군가를 향해 속삭였다.

"사랑해요, 영원히……. 영원히 당신을 사랑합니다……."

『신비소설 무』,
그 마지막 장을 덮으며

　시간이라는 것은 늘 곁에 있지만 그것을 바라보는 주체에 따라 그 의미는 천양지차입니다. 제게 『신비소설 무巫』는 깊은 시간의 의미를 알게 해준 고마운 작품입니다. 같은 작품을 10여 년 동안 끌어온 몹쓸 작가이지만, 10여 년 전이라면 결코 할 수 없던 것을 지금이 되었기에 온전히 마무리 지을 수 있었던 것 같습니다. 불같던 그 시절에는 보지 못했던 것을 잔잔해진 지금에는 봅니다. 불같던 그때 미처 깨닫지 못했던 것들도 잔잔한 지금의 글에는 담뿍 담을 수 있었습니다. 그 시간이 있었기에 온전히 제가 하고 싶었던 이야기를 하며 만족스러운 마지막을 지을 수 있었습니다.
　긴 시간 동안 이야기를 쏟아낸다는 것은 몹시도 지난한 일이었습니다만, 뒤를 돌아보니 시원함보다는 아쉬움이 큽니다. 그만큼 이 작품을 사랑하고 그곳에서 숨 쉬고 살던 낙빈이들을 오랫동안 애착해왔기 때문일 겁니다.

이 글을 통해 좋은 분들을 많이 만나고, 뜻깊은 시간을 보낼 수 있었습니다. 만난 적이 없어도 폐를 끼치고, 죄를 짓고, 또 은혜를 입은 고마운 독자님들이 헤아릴 수 없을 정도입니다. 글을 위해 찾아뵌 무녀님과 박수 어른들께도 큰 은혜와 도움을 받았습니다. 숨었던 작가를 찾아주시고 늘 꼼꼼히 일을 진행해주셔서 글에만 몰두하도록 도와준 출판사 분들께도 깊이 감사드립니다. 깊은 애정과 넘치는 관심에 행복한 시간이었습니다.

인사의 끝을 섣불리 내지 못하는 것은 오랫동안 정들었던 작품과의 이별을 아직 실감하지 못하기 때문인 듯합니다. 시작이 있듯이 끝도 있는 법이지요. 아쉬움을 가득 담고 더 나은 걸음을 향해 한 발을 내딛을 수밖에 없습니다. 그동안 지은 폐를 하나하나 갚는 심정으로 저만이 할 수 있는 좋은 작품으로 다시 만나뵐 날을 고대합니다.

지금껏 깊은 사랑으로 함께해주신 독자 여러분께 머리 숙여 감사의 인사를 드립니다.

늘 행복과 평안이 함께하시기를 염원하며…….

2016년의 끝자락에
작가 문성실, 고개 숙여 절을 올립니다

신비소설 무 12 구원의 날(완결)

초판 1쇄 인쇄 2017년 1월 5일
초판 1쇄 발행 2017년 1월 10일

지은이·문성실
펴낸곳·달빛정원
펴낸이·전은옥

출판등록·2013년 11월 14일 제2013-000348호
주소 · 04004 서울 마포구 월드컵로10길 27, 201호(서교동, 세화빌딩)
전화 · 02-337-5446
팩스 · 0505-115-5446
전자우편 · garden21th@naver.com
블로그 · blog.naver.com/garden21th

ⓒ 문성실 2017
ISBN 979-11-87154-21-1 04810
     979-11-951018-6-3 (세트)

• 이 책은 저작권법에 따라 보호받는 저작물이므로 무단 전재와 무단 복제를 금지하며,
  이 책 내용의 전부 또는 일부를 이용하려면 반드시 저작권자와 달빛정원의 동의를 받아야 합니다.
• 잘못된 책은 바꾸어 드립니다.
• 책값은 뒤표지에 있습니다.

이 도서의 국립중앙도서관 출판예정도서목록(CIP)은 서지정보유통지원시스템 홈페이지(http://seoji.nl.go.kr)와
국가자료공동목록시스템(http://www.nl.go.kr/kolisnet)에서 이용하실 수 있습니다. (CIP제어번호: CIP2016028925)